# 러시아 문화의 풍경들

## 러시아성Russianness과 문화 텍스트

## 일러두기

1. 도서는 『 』, 논문이나 문서는 「 」, 회화 작품은 「 」로 묶어 구분했습니다.
2. 러시아어의 한국어 표기는 국립국어원 외래어 표기 규정을 따랐습니다.
3. 문학 작품에서 인용한 주요 문장과 핵심적인 개념어들은 해당 러시아어 원문과 원어를 함께 적었습니다.

자유학예
artes liberales
01

# 러시아 문화의 풍경들

## 러시아성Russianness과 문화 텍스트

성균관대학교
출 판 부

머리말

제1부 러시아성이란 무엇인가

1. 러시아 농민과 농노제 _ 23

2. 농민의 형상과 어머니 러시아 _ 34

3. 외모와 인상에 깃든 러시아성 _ 44

4. 역사에 간직된 러시아성 _ 47

5. 문화 영역에서 러시아성 _ 50

6. 문학 작품에 담긴 러시아성 _ 55

7. 민속 영역에서의 러시아성 _ 59

제2부 푸시킨의 『예브게니 오네긴』

1. 댄디의 소설 _ 65

2. 러시아성 구현의 문제 _ 130

제3부 투르게네프의 『사냥꾼의 수기』

1. 사냥꾼의 오체르크 _ 143

2. 러시아성 구현의 문제 _ 323

제4부 복식의 역사와 러시아성

1. 들어가며 _ 335

2. 수용과 배재의 복식사
 - 고대 루시에서 표트르 대제 이전까지 _ 340

3. 만들어진 가상 감정과 노골화된 정체성 논쟁
 - 표트르 대제의 의복 개혁에서부터 19세기까지 _ 360

4. 나가며 _ 393

참고문헌 / 주 / 찾아보기 _ 399

# 머리말

영국의 문학 비평가 테리 이글턴은 최근작 『문학을 읽는다는 것은』(*How to Read Literature*, 2014)에서 "비평적 분석은 재미있을 수 있다"고 전제한다. 그러면서 자신의 책이 도울 수 있는 일은 곧 "분석이 즐거움을 누리는 일의 적(敵)이라는 신화를 깨부수는 일"이라며 서문을 마친다.[1] 그렇다. 이글턴의 목표는 '분석적 비평 = 차가운 이성적 노력'이라는 굳어진 생각에 도전하는 것이다. 또한 즐거운 독서는 싸늘하고 논리적인 시선에서 멀어질 때 비로소 가능하다는 관성에 도전하는 것이기도 하다. 텍스트를 읽고 해석하는 작업에선 기쁜 마음으로 텍스트에 빠져 들어가는 게 우선이다. 그러나 읽을수록 매력적인, 무언가 분석해보고 싶은 의미의 코드가 떠오르는 순간부터 이성적이고 비평적인 감각은 작동한다. 이 두 과정은 분리될 수 없으며, 서로 상치되는 작용이라고 볼 수도 없다.

이글턴은 또 "한 편의 작품을 '문학적(literary)'이라고 부르면서 우리가 의미하는 것들 가운데 하나는 이 텍스트가 특정 맥락에 구속돼 있지 않다"는 것이라고 말한다.[2] 작가의 전기적 맥락을 지나치게 고려하거나 작품이 탄생하게 된 사회 상황이나 특정한 배경, 혹은 텍스트가 전달하는 주제에만 초점을 맞추는 식의 텍스트 접근법은 작품을 협소한 해석에 국한시켜버린다는 의미다. 그래서 비평적 범주를 초월해 시대와 공간을 뛰어넘는 다양한 해석이 가능해짐으로써 구속에서 해방된 텍스트를 우리는 걸작이라고 부른다. 바로 이글턴이 지적한 것과 같은 이유에서 말이다. 이 책이 소개하려는 러시아의 두 작가 푸시킨과 투프게네프는 이른바 문학의 거장들이자, 19세기 러시아 문학을 대표하는 고전의 창조자들이다.

푸시킨은 19세기 초 '러시아 국민문학의 전범'으로 불리는 작가다. 영국에 셰익스피어, 독일에 괴테, 스페인에 세르반테스가 있다면, 러시아에는 그가 있다. 현대 러시아어와 문학어의 창조자로서, 푸시킨은 러시아의 본질을 표현했다. 또한 문학 전 장르를 통해 기념비적인 작품을 남기면서 지금까지도 러시아에서 가장 사랑받는 작가로 알려져 있다. 그의 명성은 문화적으로 '푸시킨 현상, 푸시킨 신드롬'을 낳을 정도다. 2011년에는 대통령령으로 푸시킨의 탄생일인 6월 6일이 '러시아어의 날'로 지정되기도 했다.

푸시킨보다 19년 늦게 태어난 투르게네프는 서구주의 사상가 그룹에 속했던 작가다. 『아버지와 아들』이라는 작품을 통해, 19세기 중반 갈등하는 아들 세대를 니힐리스트로 창조해낸 문학적 공로를 인정받고 있다. 그의 작품들은 일찍이 영국과 독일에 번역돼 소개됐다. 이런 이유에서 혹자는 투르게네프가 "러시아 문학을 유럽과 전 세계의 문화적인 현상이자 사건으로 만든" 장본인이었다고 언급하면서, 러시아 문학의 세계화에 대해 거론하기도 했다.[3]

우리는 두 작가의 많은 작품들 가운데 『예브게니 오네긴』(Евгений Онегин, 1837)과 『사냥꾼의 수기』(Записки охотника, 1852)를 집중적으로 살펴볼 것이다. 필자가 보기에 두 작품은 '가장 러시아적인 정수'를 담아내며,

'가장 러시아적인 색채와 정체성'을 드러내는 문학 텍스트다. 러시아의 역사와 문화를 관통하는 가장 본질적인 주제들을 아우르는 작품인 것이다. 러시아어를 빌려 다르게 표현해본다면, 두 작품은 계층과 신분에 상관없이 러시아인의 '러시아적인 영혼(русскал душа)'과 '러시아 냄새가 나는(русью пахнет)' 무언가를 내포하고 있다고 하겠다. 필자는 이를 포괄적으로 '러시아성(Russianness)'이란 개념으로 풀어내보려고 한다.

❧

먼저 러시아성 개념의 사전적·학술적인 의미는 무엇일까? 러시아 학계에서는 이를 어떻게 정의내리고 있을까?

앞으로 이 책에서 자주 언급될 러시아성이란 개념은 러시아어로 '루스코스티(русскость)'라 언명한다. 이는 흔히 '러시아적이다'라고 지칭하는 것들의 총체인 추상적인 단어다. 25년 넘게 여러 학자들이 연구를 거듭한 끝에 발간된 『러시아인의 정신 구조 사전』(Словарь русской ментальности, 2014)에서 러시아성은 노동애, 조국애, 선(善)의 추구, 동정심, 관용, 양심, 개인의 자유, 비겁함에 대한 증오, 극단적인 몰입, 적대 세력에 대한 증오와 같은 개념들을 핵심어로 거느리고 있다.

> 루스코스티(русскость)는 흔히 '러시아적이다'라고 말할 수 있는 모든 것을 총칭하는 추상적·철학적 개념을 말한다. 인종적으로 러시아인을 구성하는 추상적·사상적 속성으로서 다음과 같은 일련의 기본적인 의미 항목들을 전제로 한다. **노동**에 대한 사랑(трудолюбие), **조국**에 대한 사랑(любовь к отечеству), 자신이 속한 협의의 **사회**(общество)에 대한 사

랑, **선**(доброта)에 대한 사랑, **동정심**(отзывчивость), **관용**(терпимость), **양심**에의 호소(согласие с требованиями совести), 개인의 **자유**(личная воля), 무모할 정도로 용감하게 달려드는 **지향성**(стремление к личной воле и лихую бесшабашность), **비겁함에 대한 경멸**(презрение к подлости), **극단적**인 일상들로 빠져듦(метание между крайностямм быта), **러시아인의 성격을 침해하는 모든 적대 세력들에 대한 증오**(ненависть ко всяким враждебным силам). (강조는 필자)[4]

러시아 문학과 문화, 민속을 연구하면서 필자는 이 주제를 오래도록 마음속에 품어 왔다. 다른 유럽 국가들과 러시아가 어떻게 다른가? 다르다는 것을 인정한다면 어떤 요소들이 발견되는가? 왜 그것들이 차별적 요소가 될 수 있는가? 이러한 특징적 요소들의 원천은 상류 귀족 계급인가, 아니면 하류층인 농민들인가? 이 두 이질적인 계층 내에서 과연 문화 접점은 있었는가? 있었다면 어떤 상호 작용이 벌어졌는가?

이런 의문들을 화두 삼아, 필자는 19세기 러시아 문학을 대변하는 두 텍스트의 분석을 통해 러시아성의 주제가 어떻게 실현되고 있는지 탐색하고 분석해보았다.[5] 이 과정은 필자에게 어떤 요소들이 러시아성을 이해하는 데 보다 근본적인지 정리하는 계기가 됐다. 요컨대 그 요소들은 '문화 민족주의'와 '문화 정체성'의 개념으로 수렴되고, 실제적으로는 귀족과 농민의 일상사와 매우 밀접하게 연관돼 있었다. 따라서 텍스트 분석의 초점은 일상사(бытовая жизнь)와 물질문화(материальные куьтуры)의 소재들에 맞춰져야 했다.

지금까지 국내에서 러시아 문학 연구는 주로 작가론과 작품론에 치중돼왔다. 예컨대 『예브게니 오네긴』과 『사냥꾼의 수기』가 쓰여질 당시 문학의 조류였던 낭만주의에서 자유롭거나 테마 탐구에 매달린 분석에서 벗어난 연구는 그간 찾아보기 힘들었다. 두 작품에 대한 문화적 접근이 전혀 없었다고는 볼 수 없지만, 개별 텍스트 분석에 한정돼 통합적인 조망에는 미치지 못하는 경우가 많았다.

따라서 필자는 이제 텍스트 속 저자의 목소리, 즉 '화자 = 작가'란 관성적 등식에서 벗어날 것이다. 물론 작가의 전기 비평적 요소를 아예 고려하지 않겠다는 의미는 아니다. 그보다는 롤랑 바르트가 비판했듯이, 저자를 "작품 뒤에 숨어 있는 초월적 기의"로 보는 방식에서 벗어나고, 작품을 현실의 단순한 모사적 재현으로 해석하는 관습에서도 탈피해, 의미를 생성하는 서사 체계로 분석하고자 한다. 여기에 일상사의 측면과 러시아성의 주제들을 분석의 거시적인 틀로 삼는다.[6] 의식주 생활, 각종 풍습과 전통, 미신까지도 포함된 종교 체계 등이 러시아인과 러시아성을 이해하는 데 풍부한 재료로 채택될 것이다. 또한 이를 위해 관련 문헌에서 취사 선택된 삽화들도 주제 이해에 큰 도움을 줄 것이다.

아울러 필자가 러시아 현지에서 직접 촬영한 사진들 역시 적극적으로 활용했다. 2009년부터 2016년까지 필자는 한 해도 거르지 않고 여름과 가을, 겨울에 러시아를 방문했다. 2009년에는 모스크바에서 약 550킬로미터 떨어져 있는 스몰렌스크에서 12박 13일의 '러시아 민속 기행'에 참여했다. 스몰렌스크에는 지도에서조차 찾기 어려운 작은 마을들이 많다. 이 가운데 예르시치(Ершичи)라는 작은 마을에서 필자는 러시아 시골의 일상과 민속을 직접 보고 확인하는 귀중한 시간을 가지곤 했다. 매년 현지를 찾을 때마다 색다른 것들이 눈에 들어 왔고, 매번 다른 생각들이 내 안에서 자리를 잡기 시작했다. 그 증거들을 엄선해 이 책에 자료로 삼았다.

❋

텍스트 분석 과정에서 중요한 연결 고리는 무엇보다 '농민(крестьяне, мужики)'이다. 필자가 이 책의 제1부에서 '농민과 농노제'에 대해 먼저 언급한 까닭도 여기에 있다. 비단 문학 영역뿐만 아니라 역사, 민속, 예술, 사상, 철학의 영역에서도 농민은 러시아성을 논할 때 핵심이 되는 요소로서, 이들을 배제한 러시아성 담론은 있을 수 없다는 것이 필자의 생각이다.

물론 푸시킨의 『예브게니 오네긴』은 언뜻 농민 형상에 대한 언급이 전혀 없는 듯 보인다(투르게네프의 『사냥꾼의 수기』는 농민의 문제를 직접적으로 다룬다). 그러나 이 텍스트 역시 귀족 가정의 생활을 묘사하면서 주인공인 타티야나의 부모가 지켜내는 러시아 풍속과 민속 전통을 통해 하층 농민의 일상을 풍부하게 드러내고 있다. 전통과의 괴리가 아닌 수용, 하층 문화에 대한 배격이 아닌 수용, 그리고 비(非)러시아적인 요소들에 대한 환멸과 거부가 『예브게니 오네긴』을 읽는 하나의 독서 문법이라고 하겠다. 이미 나보코프나 로트만의 탁월한 해석[7]이 있긴 하지만, 필자는 이제 『예브게니 오네긴』을 새롭게 이해하는 나만의 독법을 시도해보려 한다. 『사냥꾼의 수기』 역시 마찬가지다.[8]

한 편의 훌륭한 문학 작품은 그 어떤 역사서보다 더 깊고 넓게 한 나라의 총체적 국면을 담아낸다. 때문에 단순한 재미를 넘어 일국의 정체성과 구성원의 의식까지 읽어낼 수 있는 문화 텍스트로서의 가치를 지닌다. 바로 이러한 맥락에서 필자는 두 거장의 두 걸작을 문학만의 범주를 넘어선 '문화 텍스트'로 부르고자 한다.[9] 문화 텍스트의 해석적 범위 안에는 '시대정신의 구현'으로서의 문화, 혹은 종교적 개념에서 '영혼의 발현'으로서의 문화가 동시에 내재돼 있다.[10] 두 텍스트는 허구의 인물과 스토리로 전개됨에도 불구하고, 당대와 현실을 외면하지 않는다. 각 인물의 행위와 언어, 복식 그리고 종교 이미지 등은 각각의 개성과 시대적 보편성을 함께 내포하고 있는 것이다.

러시아어로 기념비를 파마트니크(памятник)라고 부른다. 앞으로 우리가 살피게 될 두 텍스트는 그 자체로 문학의 파먀트니크다. 결투로 사망하기 한 해 전에 쓴 「기념비를 세웠노라」(Exegi monumentum)에서 푸시킨은 자신의 시가 페테르부르크의 겨울 궁전 한복판에 세워진 알렉산드르의 탑보다 높고, 무엇보다 "손으로 쓰이지 않았(нерукотворный)"[11]음을, 그리하여 인간의 능력을 초월한 어떤 신적인 경지의 숭고함이 배어 있음을 자랑스러워하고 있다. 그는 "자신이 지은 이 위대한 기념비에 인간의 무리가 결코 끊이지 않으리라(К нему не зарастет народная тропа)"는 도도한 예언까지 던지고 있다.

❦

이제 『예브게니 오네긴』과 『사냥꾼의 수기』가 기초해 있는 이질적인 두 문화 요소, 즉 '귀족 문화'와 '농민 문화'에 대해 거시적으로 언급할 차례다. 핵심은 두 문화 속에 배어 있는 보편적인 속성은 벗어나지 않으면서, 각 텍스트가 어떤 문화 요소들을 나름대로 코드화하고 있고, 또 어떤 점들은 배제하고 있는지 살피는 것이다.

첫째, 두 텍스트의 주요 스토리는 공간상으로 뚜렷하게 구분된다. 푸시킨의 텍스트는 도시(город)와 정원(сад)을, 투르게네프의 텍스트는 시골의 전원(деревня)과 숲(лес)을 배경으로 한다.

귀족적인 삶의 범주가 대저택(усадьба)을 벗어나지 않고, 그들만의 소우주인 정원에서 삶이 펼쳐지기에 이는 당연해 보인다. 사랑으로 범위를 좁혀보더라도, 만남과 이별, 충격적인 고백과 갈등 등 주요 문학적 모티프들이 거의 이 정원에서 이행된다. 러시아 형식주의의 개념을 빌리자면, 러시아 문학에서 정원은 사랑에 얽힌 동적인 모티프가 작동하는 공간이다. 『예브게니 오네긴』에서도 정원은 플롯의 한 축을 이룬다.

반대로 『사냥꾼의 수기』에서는 사냥꾼 화자의 태생만 농민이 아닐 뿐, 이야기 전체가 전원과 깊은 숲속에서 전개된다. 지주에서 최하층의 이름 없는 농노에 이르기까지 화자가 만나는 대부분의 등장인물들도 숲을 주거의 환경으로 삼고 있다.

둘째, 가족 구성원의 차원에서 귀족 문화와 농민 문화의 대비를 보여준다. 『예브게니 오네긴』은 소가족 구성인 귀족 가정에서 개인화된 스토리가 주를 이룬다는 점이 서사상의 특징이다. 오네긴과 타티야나라는 두 귀족 가문이 소개된 뒤, 모두 네 명의 주인공의 삶이 개별화돼 스토리가 전개된다. 서로 밀접하게 연결된 친밀도를 드러내기보다 개별 인물 자체에 집중하는 비중이 높다. 하지만 『사냥꾼의 수기』에서는 대부분의 가족이 대가족 단위이며, 가족사란 커다란 범주 안에서 특정 인물이 겪는 삶의 문제가 작품의 스토리를 만든다. 그래서 꼼꼼하게 읽지 않는다면, 작품의 줄거리가 제대로 파악되지 않거나 전개의 지루함 탓에 쉽게 책을 놔버리기 십상이다.

셋째, 같은 맥락에서, 귀족 문화에 기초한 푸시킨의 인물들은 자신이 속한 공동체 안에서 자기 정체성을 인식하는 사례가 하나도 없다. 그들은 벌어진 사건과 문제를 오로지 개인의 문제로 삼고, 정체성 인식이 개인 단위를 넘어서지 못한다. 그러나 투르게네프의 농민 주인공들은 자기 족보나 소속 집단의 정체성을 분명하게 인식하고 있다. 그리고 이를 타인에게 자주 알려준다. 따라서 독자는 작품을 읽어가면서 작중 등장인물의 대화 상대자가 된 느낌을 강하게 받으면서 몰입하게 된다.

25편의 단편들이 모인 형태를 취하고 있기 때문에 『사냥꾼의 수기』에는 모두 60명 남짓의 인물이 등장한다. 독자는 점차 이 '60인의 눈'으로 세상을 바라보는 착각에 빠져들기도 한다. 전지적 시점을 따라 주인공의 마음속까지 낱낱이 드러날 때도 있지만, 대부분은 등장인물들이 제각각 바라본 세상이 개성적으로 펼쳐진다. 터키의 소설가 오르한 파묵의 개념을 빌리자면, 이는 투르게네프의 소설을 읽으며 독자가 받을 수 있는 "읽는 작업의 희열"로서, 철저하게 "등장인물의 눈으로 그들이 속한 세계를 바라보는 데에서 시작된다."[12]

넷째, 두 텍스트의 두 문화 집단에서 사용하는 일상 어휘가 다르다. 오네긴의 일상에서나 타티야나의 삶에서는 외국어인 프랑스어가 자주 보인다. 타티야나는 당대 귀족 집안의 여식처럼 프랑스어 소설을 읽으며, 프랑스어로 연애편지를 쓴다. 물론 타티야나의 형상을 창조해가기 위한 푸시킨의 설정이었겠지만, 이로써 독자는 19세기 초 상류층 집안에서 어떠한 언어 예절이 통용되고 있었는지 알게 된다. 반면 투르게네프의 농민들은 제대로 번역할 수조차 없을 정도의 투박한 토속어와 임업 및 농업 전문 용어를 모두 러시아어로 구사한다. 지역 방언이 불쑥불쑥 들리기도 한다.

다섯째, 두 텍스트에서 공통으로 드물게 나타나거나 거의 언급이 없는 문화 요소가 있다. 종교에 대한 언급은 『사냥꾼의 수기』에서만 현저하다. 특히 후반부 세 편의 단편들은 그 색채가 농후하다. 반면 국가나 차르에 대한 언급은 드물거나 거의 없다. 음식에 대한 언급이나 소개도 드물다.

귀족과 농민의 일상을 통해 대표적인 음식 문화가 드러날 법한데, 푸시킨도 투르게네프도 이에 대해서 거의 언급이 없다. 타티야나의 부모님이 "손님이 왔을 때, 관등(ранг) 순으로 음식을 차려냈다"는 아주 짧은 언급 외에는 이렇다 할 음식 목록조차 없다.

여섯째, 반대로 두 텍스트에서 상당히 많이 언급되는 물질문화 목록이 있는데, 바로 의복(одежда)이다. 어느 집단이나 자기 신분을 드러내는 것으로서 의상 코드가 있다. 등장인물에 대한 묘사에서도 옷차림은 빠지지 않는다. 그만큼 인물의 형상을 이해하는 데 본질적인 기호 가운데 하나다. 의상 코드는 스토리 전개는 물론 당대 문화의 풍경을 함축할 만큼 중요한 요소로 기능한다. 이 책에서 후반부의 한 부 전체를 할애해 복식사를 통해 러시아성을 분석해보려는 까닭이 여기에 있다.

일찍이 문화사학자 호이징하는 기호학자 로트만과 유사한 논지로 '문화의 역사성'에 대해 언급한 적이 있다. 로트만이 문화를 "특정 집단의 비유전적 기억(негенетическая память)"이라 정의하며 본질적으로 역사적일 수밖에 없음을 강조했듯이,[13] 호이징하도 문화사의 과제가 일반적이고 보편적인 문제들에 뛰어들기보다 우선 "개별적인 대상들에 대해 형태학을 수행하는 것"이라고 피력한 것이다.[14] 여기서 말하는 개별적인 대상들의 형태학을 필자는 문화사적 사건 하나하나에 스민 '정신의 형식'들로 파악한다. 이렇게 개개의 형식들이 모여 이뤄낸 유형과 그 속에 면면히 담긴 정신적 표상과 특징적 유산을 점검하는 것이 바로 필자가 생각하는 문화사의 과제이기도 하다. 따라서 호이징하가 언급하고 있는 "역사적 형태

학자"란 곧 "위대한 문화사가"에 다름 아니다.[15]

러시아 문학 텍스트의 독해를 통해 러시아적인 것들의 엣센스를 뽑아내는 일에 한동안 골몰해왔다. 여러 가지 다양한 이론의 도움을 받기도 했다. 러시아 형식주의, 프랑스 구조주의와 해체주의, 러시아 기호학 등의 이론적 프레임은 문학 텍스트를 바라보는 현명한 안목들을 제공해주었다. 그래서 필자는 나보코프가 자신의 『러시아 문학 강의』(Лекции о русской литературе) 서문에서 주장하고 있는 "훌륭한 독자(настоящий читатель)"의 개념을 절반만 받아들인다. 나보코프는 이렇게 단언했었다.

> 훌륭한 독자는 러시아 소설을 읽으면서 러시아에 대한 정보를 찾으려 하지 않는다. 톨스토이 또는 체호프가 그리고 있는 러시아는 천재에 의해서 상상력으로 탄생한 특별한 세계일 뿐, 진정한 역사적 러시아가 아니다. 훌륭한 독자는 커다란 이념들에 끌리지 않는다. 대신 이들의 관심을 끄는 것은 바로 [문학이 선보이는] 개별성[혹은 개성]이다.
>
> Настоящий читатель не ищет сведений о России в русском романе, понимая, что Россия Толстого или Чехова — это не усредненная историческая Россия, но особый мир, созданный воображением гения. Настоящий читатель не интересуется большими идеями: его интересуют частности.[16]

나보코프는 여기서 그치지 않고, 러시아 소설에서 추구하는 바를 단도직입적으로 주문한다. 그는 문학적 취향을 통해 "러시아의 정신이 아니라, 천재 개개인을 찾아보라(И наконец, вот что мне хотелось бы подчеркнуть еще раз: не надо искать «загадочной русской души» в русском романе. Давайте искать в нем индивидуальный гений)"고 독자를 독려한다.[17] 나보코프가 자신

의 책에서 전언하는 내용이 러시아 문학 연구가들 사이에서는 권위 있는 것으로 여겨진다 해도, 이와 같은 입장에 필자는 동의하지 않는다. 필자가 발견하고 싶은 것은 한 명의 천재 작가가 아니라 문학 텍스트 속에 펼쳐진 러시아적 토양의 창조성, 러시아적 요소들의 총체적인 윤곽, 그리하여 이를 조합할 때 뚜렷하게 드러나게 되는 러시아의 면모들이다.

단 두 편의 작품을 골랐지만, 그 두 편이 내장한 러시아만의 정체성과 잠재력은 크고 깊었다. 달리 거장이라, 달리 걸작이라 불리는 게 아닐 것이다. 끝으로 하이쿠의 거장 마쓰오 바쇼가 남긴 글에 의지해 필자가 두 걸작을 얼마나 사랑했고 또한 얼마나 깊이 읽어내려 노력했는지 되돌아보고 싶다.

> 소나무에 대해선 소나무에 배우고
> 대나무에 대해선 대나무에게 배우라
> 그대 자신이 미리 가지고 있던 주관적인 생각을 벗어나야 한다
> 그렇지 않으면 자신의 생각을 대상에 강요하게 되고 배우지 않게 된다
> 대상과 하나가 될 때 시는 저절로 흘러나온다
> 그 대상을 깊이 들여다보고
> 그 안에 감추어져
> 희미하게 빛나고 있는 것을 발견할 때 그 일이 일어난다
> 아무리 멋진 단어들로 시를 꾸민다고 해도
> 그대의 느낌이 자연스럽지 않고
> 대상과 그대 자신이 분리돼 있다면
> 그때 그대의 시는 진정한 시가 아니라
> 단지 주관적인 위조품에 지나지 않는다[18]

교학상장하고 있는 학생들의 격려와 관심도 이 연구에 큰 역할을 했거니와, 이 책이 강의실에서 여러모로 쓰임이 있기를 기원해본다.

2017년 가을

퇴계 인문관 연구실에서

필자

# 제 1 부

# 러시아성이란 무엇인가[1]

# 1

# 러시아 농민과 농노제

"오늘날까지도 농민은 우리들 사이에서 노예이다.
우리는 그들을 우리와 같은 시민으로 간주하지 않는다.
우리는 그들이 인간임을 잊어버렸다.
오, 사랑하는 사람들이여! 오, 조국의 진정한 아들들이여!
당신들 주변을 돌아보고,
당신이 미혹돼 있는 것을 깨달으시라!"[2]
알렉산드르 라디셰프, 「호틸로프」(Хотилов)
『페테르부르크에서 모스크바로의 여행』

"시민의 삼분의 이가 시민권을 박탈당하고,
법 자체를 모르는 그런 나라가
과연 은총을 받고 있다고 할 수 있을까?
러시아 농민의 시민 조건을
과연 행복하다고 할 수 있는가?"[3]
알렉산드르 라디셰프, 「호틸로프」(Хотилов)
『페테르부르크에서 모스크바로의 여행』

## 농노제란 무엇인가

일반적으로 농노제(農奴制, крепостное право)란 땅을 소유한 영주와 그 땅에 거주하며 경작하는 농민 사이에 얽혀 있는 모든 관계 체계를 의미한다.

법·경제·사회·문화·정치 등 다양한 영역에서 이 관계의 특징이 드러난다. 러시아 농노제는 복잡한 사회 관습이 돼버렸고, 이 억압적인 제도는 역사적으로 이백 년이나 지속됐다.

러시아에서 농노제는 매우 길고 복잡한 역사를 지니고 있다. 이미 11~12세기에 생계 수단인 연장이나 도구 그리고 가축까지 소유한 농경민이 존재하고 있었다. 이들은 러시아어로 '스메르트(смерт)'라고 불렸다. 러시아어 동사 '냄새를 풍기다(смердеть)'에서 유래했다고도 전해지는 이들은 자기 재산을 소유하고 처분할 수 있었던, 속박 상태에서 자유로운 농경민을 의미했다. 그러다 농경제의 환경 조건이 변하면서 점차 부유해지는 지주와 가난해지는 농민의 구분이 생겨났고, 지배와 예속의 관계가 형성되기에 이르렀다. 노동으로써 지대(地代)를 갚고, 때로는 빚까지 지는 신세의 농민이 등장하는 것이다. 이 지대는 '오브록(оброк)'이라 불렸으며, 농민들은 점차 자유와 권리를 박탈당해갔다.[4] 예속됨은 마음대로 이동할 수 없음을 의미하는데, 1497년 이반 3세의 포고령에 따르면, 예속 농민이 자신의 거처를 떠날 수 있도록 허락받은 날은 추분기의 성(聖) 게오르기 축일에 제한됐다.

농노제의 기원을 살펴볼 때, 반드시 짚고 넘어가야 할 시기가 몽고·타타르의 지배로부터 러시아가 해방되던 16세기 초다. 빼앗겼던 영토를 회복하게 되자 바로 토지가 풀렸고, 경작할 수 있는 땅이 넘쳐 났다. 동시에 시베리아와 러시아 전역에 걸쳐 지주의 예속으로부터 이탈하는 농민들의 숫자가 엄청나게 증가했다. 지주들은 자기 재산과도 같은 농민들이 토지로부터 이탈하자 노동력 부족에 직면했고, 급기야 정부에 농민 이동을 규제하는 법령을 제정해줄 것을 요구하기에 이른다. 그리하여 1597년, 당시 차르인 보리스 고두노프는 법 제정을 통해 성 게오르기 축일에는 이동

권리를 보장받지만, 그 외에는 농민이 어떠한 방식으로든 토지에 예속돼야 함을 명시해놓았다. 나아가 1649년에 새로 공표된 법은 농민에 대한 지주의 법적 권한을 확대함으로써 농민을 토지에 완전히 고정시키는 결과를 낳았다.

16세기 러시아의 이러한 현실은 국내외를 막론하고 주목의 대상이 됐다. 같은 시기 유럽 여러 나라에서는 비슷한 형태의 농노제가 폐지되고 있었다. 비유컨대 중세 말에 영국에서 폐지된 농노제가 같은 시기 러시아에서는 생겨나는 셈이었다. 이 사실만으로도 당시 러시아가 얼마나 경제적으로 낙후되고 정치적으로 비민주적이었는지 잘 드러난다. 러시아·소련 역사의 권위자인 리처드 파이프스는 "러시아의 토지 보유 제도는 유럽과 정반대의 길을 갔다"고 적는다.[5] 서유럽이 봉토라는 형태로 주로 조건적인 토지 보유를 허용했을 당시 러시아에는 완전하게 사유지만 있었는데, 서유럽의 조건적인 토지 보유가 사유로 발전할 무렵에는 러시아의 사유지가 도리어 차르 황실의 봉토 제도로 바뀌었고, 한때 지주였던 사람들이 차르의 소작인이 됐다는 것이다.

## 농노의 유형

18세기에 들어서는 노예와 자유 농경민들이 하나의 커다란 그룹 속에 편입됐다. 이것이 바로 '농노(러시아어로 크레파스트노이 크레스티야닌крепостной крестьянин)'다. 지주의 자산이자 국가의 자본이기도 했던 농노들은 크게 다섯 가지 형태로 나뉘었다.

최고 신분의 농노 그룹에 속한 첫 번째 유형의 농노들은 특별한 법률적 보호 아래 지대를 제대로 갚기만 하면 자유롭게 이동할 수 있는 자들이었다. 두 번째 유형의 농노들은 개인 집에 기거하는 가택 농노들로서 지주의 영지에서 집안일을 주로 담당했다. 세 번째 유형은 배우로, 음악가로, 잡역부로 수련을 받는 이들이었으며, 네 번째 유형은 지주가 운영하는 사업에 관여해 상업에까지 발을 들여놓기도 했다. 마지막 유형은 상업으로 부유해진 극소수 농노들이었다.

그러나 거의 대다수의 농노는 극도의 가난과 반인륜적 상태에서 생을 살아가야 했던, 사회 최하층의 보잘것없는 자들이었다. 19세기 중반까지 러시아 농민의 대부분은 지주나 국가의 농노로 토지에 구속돼 있었다. 반대로 그들의 주인과 차르 황실 관료들의 권한은 점점 더 커져 갔다.

러시아 농노제는 매우 복잡해서 언뜻 노예제도와 비슷하지만, 그와 차이점도 상당하다. 엄밀하게 말하면, 농노는 지주가 아니라 국가의 소유였다. 따라서 국가의 승인 없이 자유인이 될 수 없었다. 표트르 대제 시기에 도입된 신분증 여권 제도(паспортная система)는 이들의 거주 이동을 더욱 어렵게 만들었다. 지주의 허락 없이는 자신의 고향이나 거주지 인근을 넘어서는 지리적 이동이 원천적으로 불가능했다.

농노는 감독관이 있는 대규모 농장 소속이 아니라 자기 집에 살면서 농민 공동체인 미르(мир)나 옵쉬나(община)로부터 할당받은 토지를 경작했다. 대개 이들은 지주의 땅에서 일주일에 3일간 일하는 부역을 통해 노동력을 제공함으로써 지대를 되갚아 나갔다. 부역이나 지대를 감당해내지 못하거나 거주 구역으로부터 도망치는 일은 범죄로 취급돼 법적 조치를 받았다.[6] 경작해 생산한 것은 마음대로 쓰고 팔 수도 있었지만, 법적으로 농노의 소유물은 모두 지주의 것이었다. 노예나 매한가지로 의무에 관한 한 농노는 전적으로 지주의 손에 매여 있었다.

### 농노를 해방하다

19세기 중반부터 농노제는 사회 발전의 장애 요인이자 개혁의 첫 번째 대상으로 간주되기에 이른다. 1825년 귀족 장교들의 데카브리스트 봉기 이전부터 싹트기 시작하다 본격적으로 불붙은 계몽철학 사상과 공상적 사회주의 사상, 상류층 인텔리겐치아들이 주도한 지적인 철학 논쟁, 자기 문명에 대한 자가 진단과 정체성 논의 등은 19세기 중반 러시아의 국가 정체성을 스스로 진단하는 계기를 제공했다. 도덕과 윤리 기강의 부재, 비효율적 행정 체계, 수구파의 관제 이데올로기 등이 몰고 온 부정적 여파들은 급기야 크림전쟁을 통해 여실히 노출됐다. 니콜라이 1세 치하(1825~1855)의 제정 러시아에서는 이렇게 절실한 개혁의 열망이 사회 각계각층으로부터 탄원과 호소로 터져 나왔다.

니콜라이 1세의 뒤를 이은 알렉산드르 2세(1855~1881)는 집권 초기부터 국가적 차원의 개혁을 단행한다. 역사학자들이 다양하게 해석해놓은 이 개혁의 사유들은 다음과 같이 크게 세 가지로 정리된다.

첫째, 1917년 혁명 이전 서구 학계에서 공감을 불러일으켰던 하나의 결론은 19세기 중반 러시아 정부의 고위 관료들과 사회의 상부 그룹 내에 팽배했던 서구 자유주의 사상의 승리를 강조한다. 이는 서구의 가치와 문화를 습득하고 여기에 많이 노출돼 있던 엘리트 집단이 농노 소유자로서 자신들의 처지에서 생겨나는 모순 의식을 외면하지 못했을 거라는 근거에 바탕을 두고 있다. 하지만 실제 서구 자유주의 사상의 여파는 귀족 계급 전반으로 확대되지는 않았다. 오히려 이들은 농노 해방에 결사적으로 반대하는 태도를 보이기도 했었다.

둘째, 마르크스주의에 입각한 일부 사학자들, 즉 주로 소비에트 시기의 학자들은 경제적인 요인을 꼽는다. 이는 영지의 생산성이 줄고, 파산이 현실화될 수도 있다는 위기의식에 사로잡힌 귀족 계급이 농노 해방의 불가피성을 자각하게 됐다는 사실에 근거해 있다. 하지만 이 역시 부분적으로는 일리가 있으나, 정부 소속의 관련자 대부분과 특히 귀족 계급에는 이렇다 할 호소력을 갖고 있지 않았다.

셋째, 농민들의 소요에 대한 공포를 들 수 있다. 1796~1826년 사이에 일어난 농민 반란(крестьянские волнения)은 총 990여 건이었던 데 반해, 1826~1856년 사이에는 거의 배에 가까운 1,799건을 기록했다. 사료로 입증할 수 있는 데이터에 따르면, 한 해 기준 백 단위 이상(최저 107건, 최대 202건)으로 봉기가 일었던 해만도 무려 다섯 해였다.[7] 19세기 후반으로 접어들면서 농민들은 더 이상 정부에 대한 불만 표출을 자제하지 않았다. 이에 대한 불안 심리는 마침내 귀족 계급으로 전달돼 오직 농노 해방만이 사회 동요를 잠식시킬 수 있다는 결론에 이르게 했다. 그러나 이 해석 역시 결정적인 요인으로 받아들여지지는 않았다.

「농노 해방령」(отмена крепостничества)이 선포될 수 있었던 근본적인 동인은 과연 무엇이었을까?

1856년 크림전쟁에서 러시아가 패배함으로써 제국 러시아의 총체적인 부패상과 행정의 비효율성 그리고 정치의 낙후성이 부각돼, 결국 대개혁으로 이어지게 됐다는 해석이 상당한 공감을 얻는다. 1856년 3월, 알렉산드르 2세는 한 연설에서 모스크바 귀족들을 향해 다음과 같이 「농노 해방령」의 필요성에 대해 역설한다.

> 내가 농노를 해방하려 한다는 소문이 무성합니다. 중대한 사안에 대해 이렇게 근거 없는 소문이 떠도는 것을 방지하기 위해 본인은 「농노 해방령」을 즉각적으로 시행하겠다는 의사가 전혀 없음을 여러분들에게

쿠스토디예프가 그린 「농노 해방」(Освобождение крестьян). 1907년 작이다. 황제 알렉산드르 2세가 농노 앞에서 해방령을 직접 읽는 장면을 묘사하고 있다.[8]

> 알려드립니다. 그러나 물론 여러분들은 인식하셔야 할 것입니다. 현재의 농노 소유 체계가 결코 변함없이 지속되지는 않으리라는 것을. 단, 농노 해방은 밑에서부터 [폭동으로] 시작돼 해결되기보다는 위에서부터 평화적으로 단행되는 편이 좋다고 생각합니다.[9]

이후 1857년 11월 20일에는 「나지모프 칙령」이라는 차르의 포고령이 하달돼 각 지역의 사정에 맞는 농노 해방 지침을 귀족들이 논의하도록 했다. 차르 직속으로 '농민 문제 특별 위원회'를 설치해 농노 해방을 위한 개혁 프로세스가 잘 작동되고 있는지 감독하기도 했다.

이 과정에서 주목해볼 또 다른 지점은, 이 시대에 러시아 역사상 최초로 '개방' 혹은 '공개'를 의미하는 러시아어 '글라스노스티(гласность)'가 널리 사용되기 시작했다는 점이다. 이는 개혁의 차르로서 알렉산드르 2세가 언론 검열의 수위를 상당히 완화했기 때문에 가능한 일이었다.

즉각적이지는 않았지만, 「농노 해방령」은 점진적으로 시행돼 1861년 2월 19일, 마침내 정식으로 공표되기에 이른다. 「농노 예속 상태로부터 해방된 농민들에 대한 일반적인 입장」(Общее положение о крестьянах, вышедших из крепостной зависимости)이란 문건에 서명한 차르는 이어 해방령 문서 「마니페스트」(Манифест)를 발표하게 된다.[10]

당연한 결과로 대다수 귀족, 즉 드보랴닌(дворянин)은 농노에 대한 개인적인 권한을 모두 박탈당했고, 그간 보유해오던 상당수의 영지를 잃게 됐다. 정부로부터 보상금을 받았지만, 이조차도 대부분 오랜 채무와 저당을 갚는 데 소진됐기 때문에, 실질적으로는 소유 재산을 상실하게 되는 셈이었다. 하지만 이제 농노는 법적으로 자유인이 됐으며, 소송의 주체나 대상이 될 수 있는 법인격을 부여받았다.

사회 사상적인 측면에서 「농노 해방령」은 귀족 계급 내에 자유주의 사상의 확산을 촉구하는 계기가 됐거니와, 경제적 측면에서는 "토지 소유 귀족의 퇴조를 알리는 출발점"이었다.[11] 또한 「농노 해방령」이 거의 같은 시기에 있었던 대개혁(великая реформа) 프로그램과 맞물려 러시아에 근대화와 민주화의 물꼬를 트는 역할을 맡았다는 건 각별히 눈여겨볼 지점이다. 「농노 해방령」은 이렇게 "제국 러시아의 거의 모든 정치 제도들에 대해 전면적인 개혁의 문제를 제기했다."[12]

## 농민과 러시아성

필자는 농노제라는 엄격한 제도 아래 평생 농노로 살았던 농민들이야말로 생생한 역사적 사실이자, 정확한 기술(技術)의 대상이라는 점을 강조하고 싶다. 그들로부터 진정한 러시아의 특성들—국민성과 의식 구조, 세계관—이 읽혀 나온다. 그리고 '러시아성'의 원형은 그것들로써 복원된다. 구체적으로 이는 미시사(microhistory)적인 사례들로서, 과거에는 거의 조명받지 못했던 농노와 농민 개개인에 대한 문학적·문화사적 해석이다.[13]

전통적으로 대가족 형태의 가부장 중심 농경 국가였던 러시아는 국민 대다수가 농민이었다. 이들은 귀족 계급이 다수를 점한 지주의 영지에 예속돼 대부분 소작농으로 살았다. 과거 이들은 자유의 몸으로 풀려나기도 했지만, 16~17세기를 거치며 점차 국가 소유의 토지를 귀족 가문에 하사하라는 법령이 생겨나면서 많은 수의 농민들이 노예화됐다.

러시아 농민에 대해 연구한 제롬 블룸에 따르면, 18세기 말 남자 농노는 총 8백70만 명으로 전체 남자 인구의 49%를 차지했다. 이 수치는 1817년에 절정을 이뤄 무려 9백80만 명에 육박했다.[14] 약 70년 후인 1857년에 집계된 인구 조사 결과에 따르면, 국가 소속이건 개인 지주에 딸린 농노이건, 전체 농민의 인구는 5,295만 명에 달했다. 이는 궁정 관리인 드보랴닌과 관청 관리자들을 합친 87만 명의 약 60배가 넘는 수치이며, 전체 인구 5,988만 명을 기준으로 볼 때 약 88%에 달하는 수치다. 이렇게 제정 러시아 시대 전체 인구의 대부분을 농민이 차지했고, 이 그룹 내에서 농노 역시 절반 이상을 차지하고 있었다.[15]

「농노 해방령」 발표 전인 1844년에 집계된 모스크바의 인구 통계를 보다 자세하게 살펴보자. 가스테프가 집대성한 이 자료에서 우리는 투르게네프의 작중 인물들이 실제로 어떤 조건에서 살았는지 구체적으로 짚어볼 수 있다.

| | 1789~1793 | | | 1835~1839 | | |
|---|---|---|---|---|---|---|
| | 총계 (명) | 전체 인구 대비 비율(%) | 남녀 인구 비율 | 총계 (명) | 전체 인구 대비 비율(%) | 남녀 인구 비율 |
| Дворяне<br>드보랴닌 | 8,600 | 4.9 | 1,3 : 1 | 15,700 | 4.7 | 1,2 : 1 |
| Духовенство<br>사제직 | 3,600 | 2.1 | 1,4 : 1 | 8,200 | 2.4 | 1,6 : 1 |
| Купцы<br>상인 | 11,900 | 6.8 | 1,5 : 1 | 17,800 | 5.3 | 1,2 : 1 |
| Мещане и цеховые<br>도시 하층민과 수공업자 | 9,100 | 5.2 | 1,9 : 1 | 75,300 | 22.5 | 1,6 : 1 |
| Солдаты и их семьи<br>군인 및 이들의 가족 | 7,000 | 4.0 | 2,9 : 1 | 33,700 | 10.1 | 2,0 : 1 |
| Канцелярские служители и разночинцы<br>관공서 공무원 및 잡계급 지식인 | 17,600 | 10.1 | 1,7 : 1 | 27,700 | 8.3 | 2,0 : 1 |
| Крестьяне<br>농민 | 53,700 | 30.7 | 2,6 : 1 | 84,500 | 25.2 | 1,8 : 1 |
| Дворовые<br>지주의 집에 예속된 농노 | 61,300 | 35.0 | 1,6 : 1 | 67,000 | 20.0 | 1,3 : 1 |
| Иностранцы<br>외국인 | 2,200 | 1.3 | 2,1 : 1 | 4,800 | 1.4 | 1,7 : 1 |
| 총계 | 175,000 | 100.0 | 1,9 : 1 | 335,000 | 100.0 | 1,6 : 1 |

출처: М. С. Гастев, *Материалы для полной и сравнительной статистики* (Москва, 1841), часть 1, с. 264.[16]

농노를 거느리고 지주로 살던 계급은 바린(барин)으로 불렸다. 이들은 농민과 직접적인 교류를 갖지는 않았다. 영지의 일을 대신 도맡아 해주던 집사들이 이들을 관리했으며, 영지 경영에도 관여했다. 영지 경영을 노동으로 감당한 실질적 당사자이자 희생자는 농노였다. 이들에 대한 처벌은 쉽게 용납되곤 했다. 매질과 학대는 불성실한 농노에게 일상적으로 가해질 수 있었던 형벌이었다. 이것은 당대 농노들의 일상을 극도로 위협했다. 물론 러시아 농노의 삶이 전적으로 지배 계급의 핍박 아래 노출된 것은 아니었다. 노동과 여가의 차원에서 러시아의 농노들이 서유럽 지역의 농노들보다 상대적으로 자유로웠다는 연구 결과도 있다.

미르나 옵쉬나라는 농민 공동체는 일요일마다 자율적인 모임을 가지곤 했다. 각 가정의 가장들은 이곳에 모여 미르의 수장을 선출했다. 농민들은 이렇게 공동체 안에서 자신들만의 전통과 문화를 지키며 일상을 영위해갔다. 혼담이나 혼례 의식 등 기본적인 민속에서부터, 시댁에서 중요한 노동력으로 평가받던 농민 아낙의 일생이나 대다수 농민들에게서 보이는 주벽(酒癖)과 다혈의 기질, 뿐만 아니라 대지와 주변 세계에 대한 토속 신앙의 갖은 양상들까지, 러시아 농민의 이 모든 삶의 증거들은 러시아를 이루는 중요한 문화적 구성 요소들이다.[17]

때문에 필자는 러시아 농민의 문화는 가장 러시아적인 것의 정수를 대변하며, 농민의 세계관과 생활 방식이야말로 러시아성의 진정한 근간이라고 판단한다.[18] "러시아 농민은 다름 아닌 [우리나라] 문화, 과학, 국가성의 근간(русские крестьяне - основа отечественной культуры, науки, государственности)"이라는 전언은 가장 본질적인 명제라고 하겠다.[19]

## 2

## 농민의 형상과 어머니 러시아

러시아 땅(земля)과 토양(почва) 위에 천 년 넘게 이어져온 역사를 감안할 때, 최초의 호기심이 당도해야 할 곳이 바로 농민과 그들의 문화다.[20] 그리고 이 대전제 위에 러시아성의 연장으로 볼 수 있는 것이 '러시아 농민 = 어머니 러시아'라는 등식이다. 이 등식이 어떻게 성립하며 어떤 의미를 갖고 있는지 파악하기 위해서는 우선 '어머니 = 러시아'란 개념을 이해해야 한다.

기독교가 러시아 땅에 전래되기 전부터 토속적으로 믿어져온 이교 신앙(языческие верования)의 중심에는 '축축한 대지모(мать-сыра земля)'의 신화가 자리 잡고 있었다. 여성성이 의인화된 대지모(大地母)는 러시아인의 삶 한가운데 존재하는 어머니로서 인간의 생과 사를 공히 관장한다고 믿어졌다. 러시아인들은 이 가공할 만한 존재의 능력을 숭앙했다. 다음의 인용은 땅에 자기 존재의 뿌리를 박은 농민들의 삶이 생명(산)력의 근원인 대지모에 대한 숭배 사상과 밀접하게 연관될 수밖에 없는 까닭을 암시적으로 드러내준다.

> 대지는 천상의 이미지라기보다 러시아의 '영원한 여성상(Eternal Womanhood)'이다. 대지는 처녀가 아니라 어머니이며, 순결하지 않고 다산

(多産)한다. 그리고 검다. 러시아에서 가장 좋은 토양은 검기 때문이다.[21]

농민들은 씨앗의 발아와 성장을 촉진하는 가장 중요한 환경으로서 땅을 자신과 하나로 합쳐진 전일체(единое целое)로 간주했다. 그들은 "러시아 사회의 가장 근원적인 기반(коренная социальная основа российского общества)"으로서 자연에 의존하며 자연 친화적인 삶을 살았다.[22] 그리고 대지는 원초적인 여성성을 내포한 창조자의 형상과 일치했다.

### 「농부 마레이」

이제 농민의 선량한 형상을 주제로 삼은 아름다운 작품 하나를 살펴보자. 작가 도스토옙스키의 단편 「농부 마레이」(Мужик Марей, 1876)다. 글을 쓰고 있을 당시 화자는 죄악의 대가를 치르려는 인간들이 모인, 시베리아의 한 감옥에 수감 중이었다. 그 어둠의 공간에서 그는 불현듯 자신이 아홉 살 때 겪었던 사건 하나를 떠올린다. 그 이야기는 제목의 주인공 마레이에 관한 것이었다. 마레이는 화자가 어렸을 적 함께 시간을 보낸 농노로, 당시 쉰 살가량이던 순박하고 충직한 하인이었다. 그는 "성성한 백발과 어두운 턱수염으로 얼굴이 온통 뒤덮여 있었다(с сильною проседью в темно-русой окладистой бороде)"고 묘사되면서, 러시아의 전형적인 농부의 형상으로 독자 앞에 등장한다.

영지의 자작나무 숲에서 마레이가 밭일을 하고 있을 때, 아홉 살 소년이던 화자는 갑자기 "늑대가 나타났다"는 소리를 듣고 극도의 공포에 사로잡힌다. 그런데 그 소리는 단지 우연한 환청이었을 뿐, 실제로 늑대는 나타나지 않았다. 마레이는 두려움에 떨고 있던 주인님 소년에게 다가가 아무 일도 없었다고 안심시키면서, "그리스도께서 너와 함께 계신다. 성호를 그으렴(Ну, полно же, ну, Христос с тобой, окстись)"이라고 위로한다. 이 다정한 권유에 선뜻 응하지 못하고 있던 소년에게 다가가 마레이는 그의 입술에 자신의 두툼하고 투박한 손가락을 댄다. 백미는 이어지는 다음의 문장이다.

> 그는 어딘가 어머니 느낌이 나는, 느릿느릿한 긴 미소를 내게 지었다
>
> улыбнулся он мне какою-то материнскою и длинною улыбкой.

악령들의 온상인 감옥에서 화자는 선량했던 한 농부의 따스한 손길과 미소를 떠올린다. 20년이란 시간이 흘렀지만, 그의 기억 속에 투박했던 농부의 형상은 도리어 자상한 어머니로 또렷이 각인돼 있었다. 그리고 그 인상의 깊이는 페이지를 넘길 때마다 점층된다. 이 짧은 이야기의 맺음은 이렇다.

> 그때 아직 자신의 자유 같은 것은 꿈에도 생각지 않았던, 짐승처럼 무지하고 난폭한 러시아의 농노가 얼마나 진화되고 인간다운 깊은 감정과, 얼마나 상냥하고 여성 같은 친절함을 가슴에 지니고 있었는가는 아마 하느님만이 높은 곳에서 굽어보셨을 뿐이리라. 자, 말해보라. 콘스탄틴 악사코프가 우리 민중의 높은 교양이라고 부른 것은 이 점을 두고 말한 것은 아닐까? ... 갑자기 나는 불행한 이 사람들[죄수들]을 전혀 다른 눈으로 바라볼 수 있게 됐다고 느꼈다.
>
> Встреча была уединенная, в пустом поле, и только Бог, может, видел сверху, каким глубоким и просвещенным человеческим чувством и какою тонкою,

почти женственною нежностью может быть наполнено сердце иного грубого, зверски невежественного крепостного русского мужика, еще и не ждавшего, не гадавшего тогда о своей свободе. Скажите, не это ли разумел Константин Аксаков, говоря про высокое образование народа нашего? ... я вдруг почувствовал, что могу смотреть на этих несчастных совсем другим взглядом.

죗값을 치르기 위해 갇힌 이 불행한 죄수들을 똑같은 우리 민중으로, "전혀 다른 눈으로 바라볼 수 있게 됐다고 느낀" 화자의 성찰은 러시아 문학에 등장하는 여느 인물들의 참회와 갱생의 장면과도 자연스럽게 포개어진다. 농부 마레이의 형상은 이렇게 러시아 문학의 심부로 진입해온다. 푸시킨도, 고골도, 톨스토이와 체호프도 농민과 이들의 도덕적 순결성에 존경을 표했거니와 농민의 이미지는 혁명 이후 20세기 문학에서도 끊임없이 등장한다.[23]

### 『페테르부르크에서 모스크바로의 여행』

27편의 에세이로 구성된 알렉산드르 라디셰프의 기행문 『페테르부르크에서 모스크바로의 여행』(Путешествие из Петербурга в Москву, 1790)에는 계몽적 성향의 한 지식인 화자가 평범한 러시아의 민중들(나로드), 특히 농민들로부터 받은 감동이 잘 묘사돼 있다. 「에드로보」(Едрово)라는 짤막한 글에서 작가는 직접 만나 듣고 경험한 안누쉬카의 혼담 사례를 소개한다. 그녀는 열 살배기 소년과 강제로 결혼을 당해야만 하는 순박한 시골 처녀다. 작가는 어린 신랑 대신에 시아버지가 며느리를 끼고 자는 악덕한 조혼 풍습을 들려주면서, 이 처녀가 얼마나 진실한 사랑의 소유자인지 깨달으며 감동하게 된다.

한편 자신을 둘러싼 혼담과 암투 이야기를 전해 듣고 의협심에 불탄 작가는 안누쉬카의 집을 찾아가 그녀의 어머니와 예비 신랑 이반을 만난다. 이 자리에서 그는 안누쉬카의 어머니에게 자신이 받은 감동의 대가로 백 루블의 결혼 지참금을 선의로 전달하면서 받아달라고 당부한다. 하지만 처녀의 어머니와 신랑은 작가의 호의를 정중하게 거절한다. 작가는 이들의 태도에 또 다시 감동을 받고, 글 곳곳에서 농민을 예찬한다.

작가가 적고 있는 다음의 문장은 아마도 러시아 문학의 전통에서 오래도록 기억될, 그리고 반드시 인용돼야 할 중요한 문장이라고 생각한다. 농민이 품은 고결하고 위엄 있는 정신이 상류 귀족인 작가에게 어떻게 긍정적인 영향을 미치며, 그 반성과 회고가 어떻게 문학 속에 계승되고 있는지, 이 문장은 잘 보여주고 있다. 나중에 보다 자세하게 살펴볼 테지만, 이 단편이 품은 '고귀한 정신(благородство)', '솔직함(откровенность)', '품위 있는 행동(благородный поступок)' 등의 주제 의식은 19세기 러시아 문학의 특징을 규정하는 중요한 요소들이다.

> 아뉴타, 아, 아뉴타, 너는 내 머리를 온통 뒤흔들어 놓았다. 내가 왜 15년 전에 너를 알지 못했던가! 정열의 대담성에 맞서는 증거로서, 솔직한 마음은 나로 하여금 순결의 길을 걸어가도록 가르쳤다.
>
> 오, 나의 안누쉬카여! **언제나 내 가까이에 있으면서, 너의 그 끝없는 순결함으로 우리를 가르쳐다오. 나는 네가 빗나가기 시작하는 남자를 덕으로 되돌려 인도하고, 길을 잃고 헤매는 남자에게 힘을 주리라는 것을 안다…**[24]
>
> (강조는 필자)
>
> Анюта, Анюта, ты мне голову скружила! Для чего я тебя не узнал 15лет тому

назад. Твоя откровенная невинность, любострастному дерзновению

неприступная, научила бы меня ходить во стезях целомудрия.

О моя Анютушка! Сиди всегда у околицы и давай наставления твоею

незастенчивою невинностию. Уверен, что обратишь на путь, доброделания

начинающего с оного совращатися и укрепишь в нем к совращению

наклонного...

익히 알려진 투르게네프의 단편 「무무」(Муму, 1854)에 나오는 농부 게라심이나, 톨스토이의 『이반 일리이치의 죽음』(Смерть Ивана Ильича, 1886)에 등장하는 동명이인의 하인 게라심은 모두 전형적인 러시아 남성 농민의 형상이다. 바로 이들 농민이 19세기 제정 러시아의 인구 대다수를 구성하면서 가부장제의 농경 사회를 일구고 있었다. 그리고 이들의 삶의 배경이던 '전원(田園)'은 도시를 배경으로 둔 부르주아 계급의 문화가 생득적으로 결여하고 있는 것들에 대한 영적인 보충이자 정신적인 고향이었다.[25]

문학·예술 텍스트에 묘사된 농민의 형상은 1917년 혁명으로 돌출된 새 세상의 도시민과 프롤레타리아 계급의 모습과 상당한 거리를 보인다. 혁명 정권이 사용했던 새 시대 소비에트의 언어는 대다수 농민과 심지어 혁명의 중추였던 프롤레타리아에게까지 생경한 언어였다. 현실적이지도 효과적으로 전달되지도 않았다. 사실 통제와 동원, 폭력과 분노 등으로 분위기만 고조됐을 뿐, 혁명의 소용돌이는 이들의 솔직한 정신에 큰 영향을 미치지는 않았다. 도스토옙스키의 「농부 마레이」가 재차 환기될 수밖에 없는 까닭이 여기에 있다. 비록 미천했으나 순박했던 한 농부의 형상은 지주의 일생 한가운데서 잊지 못할 사건으로 남아, 러시아가 살아낸 힘겨운 나날들을 보듬어주는 위로가 되었기 때문이다.

대지 러시아로 묘사되는 체호프의 스텝 지방이나, 시인 튜체프가 어떠한 기준으로도 잴 수 없다고 고백하는 시 속의 러시아나 모두 내밀한 신비 속에 감춰진 러시아다. 이러한 러시아를 구성하는 농민들의 정서와 그 영향력, 그리고 혁명의 폭압과 격변에도 변함없이 자리를 지키고 펼쳐진 대지의 평온과 광활, 이 모든 것이 필자가 러시아성의 관점에서 살피려는 주제이기도 하다.

## 『러시아는 누가 살기 좋은가』

니콜라이 네크라소프는 19세기 중반, '시민 시(гражданская поэзия)' 혹은 '시민 비평(гражданская критика)' 활동으로 유명했던 시인이자, 세태 비평가였다. 그는 다음과 같은 명구를 남겼다.

> 슬픔과 분노도 느끼지 못하며 사는 자
> 조국을 사랑하지 않는 자이리
> Кто живёт без печали и гнёва
> Тот не любит отчизны своей

러시아 민중의 밑바닥 삶, 그들의 슬픔과 극빈의 처지에서 비롯되는 처절한 아우성은 네크라소프에게 묵과될 수 없었다. 그가 사회 비평적 시각을 견지하며 남긴 대서사시가 바로 『러시아는 누가 살기 좋은가』(Кому на Руси жить хорошо, 1863-1876)이다. 일곱 명의 농부가 유랑을 떠나 러시아 전역을 돈다. 이 책의 목적은 제목에서 드러나듯이, 러시아에서 과연 누가 행복한지 진지하게 탐구하기 위한 것이었다. 하지만 이에 대한 긍정적인 답변은 작품 어디서도 드러나 있지 않다. 암울하게 맺어지는 이 서사시는 농민들이 고민했던 진실 찾기가 러시아에서는 사실상 불가능했음을 보여준다.

시 곳곳에 그려진 처절한 농민의 삶은 가슴에 먼저 다가와 박혀버린다.

러시아의 술주정을 측량할 수는 없다
그러면 우리의 고통은 잴 수 있는가?
농부의 일에 한계가 있는가?
술이 농부를 거꾸러뜨린다면
고통은 그들을 거꾸러뜨리지 않는가?
또 일이 거꾸러뜨리지 않는가?
Нет меры хмелю русскому.
А горе наше меряли?
Работе мера есть?
Вино валит крестьянина,
А горе не валит его?
Работа не валит?

그러나 시적 화자는 이렇게 헐벗고 가난에 찌들어 살지만 강건하고 힘찬 농민의 삶이 백면서생인 귀족의 삶보다 훨씬 값지고 소중하다며, 이들에게 한없는 존경을 보내고 있다.

뜨거운 태양 아래서 모자도 쓰지 않고
땀방울과 진창을 머리 꼭대기까지 뒤집어 쓴 채

띠풀에 살갗을 베이면서

진흙 펄의 파리와 모기떼에게

피를 뜯어 먹히는

그러한 우리가 한층 더 아름다워 보이지 않느냐?

동정을 하려거든 할 줄 알면서 해라

알량한 귀족들의 잣대로는

농부들을 재지 말라

유약한 백면서생이 아니라

일하는 데서도 노는 데서도

우리는 위대한 민중들이다!

Под солнышком без шапочек

В поту, в грязи по макушку

Осокою изрезаны

Болотным гадом-мошкою

Изъеденные в кровь

Небось мы тут красивее?

Жалеть - жалей умеючи

На мерочку господскую

Крестьянина не мерь!

Не белоручки нежные,

А люди мы великие

В работе и в гульбе!

네크라소프가 러시아 내면으로 찾아들어가 진지하게 모색한 것은 제정 러시아 당대의 한 지방의 문제로 국한되지 않는다. 이는 한 인텔리겐치아가 자기 양심을 걸고 평생을 탐구한 러시아 정체성의 문제와 맥이 닿아 있다. 여기에 천착했던 그의 호기심은 내밀한 수수께끼를 풀어가듯 러시아성의 문제 안으로 끌려들어갔을 것이다.

3

# 외모와 인상에 깃든 러시아성

다음 사진들처럼 순수한 슬라브 계열 인종(현대 러시아인 포함)에게서는 굵은 선의 강한 인상과 뚜렷한 이목구비, 곱슬머리에 고동색 머리칼, 장대한 기골과 근육질의 몸체, 미소가 전혀 느껴지지 않는 준엄한 눈빛, 야무지고 단단한 체구 등의 신체 특성이 발견된다. 빅토르 베르딘스키흐는 러시아인의 이 같은 특징적 요소들을 다음과 같이 정리하고 있다.

머리칼 색깔 — 아마색

얼굴 — 둥근형 (긍정적인 의미)

눈 — 반짝이는 눈빛

코 — 짧은 감자형

몸집 — 다부진 형태 (허약하지 않음을 의미)

Цветное волос - русый

Лицо - круглое (желательное)

Глаза - светлые

Нос - короткий (картошкой)

Телесложение - плотное (не хиляк)[26]

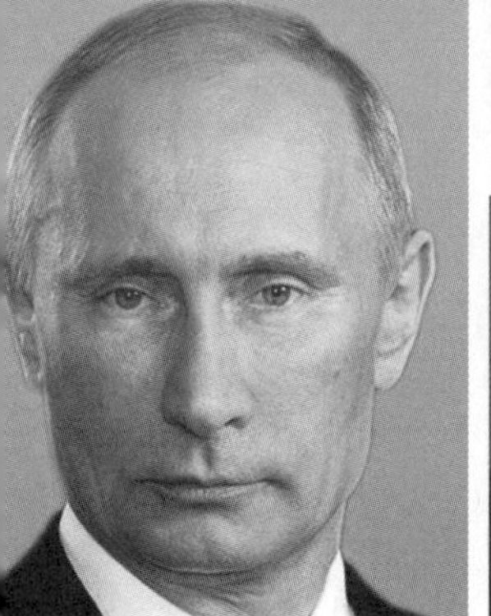

전형적인 러시아인의 얼굴

170개 이상의 민족으로 구성된 현대 러시아인은 인종과 언어만큼이나 복잡하고 다양한 얼굴 형태를 지니고 있다. 2015년 러시아 통계청이 발표한 자료(Россия в цифрах в 2015 г.)에 따르면, 러시아의 인구는 1억4천6백30만 명이다. 또한 현재 러시아에는 총 27,496개의 교회가 있으며, 이 가운데 러시아 정교회 사원은 16,076개로 58.4%이지만, 이슬람 사원은 4,998개로 18.2%에 달한다.[27] 인구 구성비로 볼 때도 러시아 전체 인구의 약 15% 이상은 전혀 러시아적이지 않은, 이른바 이슬람 혈통에서 태어난 사람들이다. 사실이 이렇다면, 우리는 과연 러시아인에게서 '전형적인' 러시아인의 얼굴이라 할 수 있는 특징적 요소들을 찾아낼 수 있는 것일까?

천 년 이상의 시간에 걸쳐온 러시아의 역사 가운데 결코 무시할 수 없는 시절이 바로 몽고-타타르의 압제기이다. 이 시기에 형성된 문화의 잔재는 여러 모로 러시아에 영향을 끼쳤다. 이민족과의 혼종적 혼인을 통해, 이후 슬라브인의 외모에서는 아시아인의 흔적을 피할 수 없게 됐다. 이를 두고 나폴레옹은 "러시아인의 가죽 한 겹을 벗기면, 타타르인이 얼굴을 내민다"라는 식의 끔찍한 비유를 들며, 러시아인에게 새겨진 아시아적 잔재를 노골적으로 언급한 바 있다.[28] 혈족인 조상과 그들의 유산으로 따지면, 슬라브계 러시아인에게 동양인의 피가 섞였다는 사실은 부정할 수 없다.

『예브게니 오네긴』과 『사냥꾼의 수기』에도 러시아인의 외모를 떠올려볼 수 있는 얼굴 형상들이 자주 묘사된다. 피부색과 눈빛, 머리 모양, 머리칼, 코와 목, 그리고 목소리의 특징까지 상세하다. 이는 두 거장의 문학적 창조력에 힘입어 탁월한 이미지를 완성하는데, 종종 러시아적인 자질을 드러내는 표식과 기호로 숨어 있기도 한다. 때로는 노골적이고 지나칠 정도로 자세하게, 또 다른 경우에는 간단한 특징 언급만으로 등장인물에 대해 묘사함으로써, 러시아인을 차별화하는 정적인 모티프로 십분 활용되고 있다.

특히 성상화 제작술에서 기원한 '하늘색 눈빛'과 '둥근 얼굴'은 가장 긍정적인 이미지로서 러시아인들이 선호하는 시각적인 기호다. 예컨대 "둥근 얼굴을 하고 있다(круглое лицо)"는 언급은 해당 인물에게 이미 호의적인 의미를 부여했다고 해석될 수 있을 정도다.[29] 하늘빛을 닮은 눈빛은 성상화가가 예수 그리스도를 이콘에 그려 넣을 때 반드시 지켜야 했던 화술(畵術, иконография)이기도 했다. 이렇게 특징적 기호와 요소들을 염두에 두고 텍스트를 읽어나간다면, 러시아 문학을 새롭게 이해하게 되는 계기가 될 수 있다.

4

## 역사에 간직된 러시아성

러시아 역사를 해석하는 관점들 가운데 자주 언급되며 동의를 얻고 있는 개념이, '모순의 통합' 혹은 '모순 속의 조화'다. 이와 관련해 러시아 구성원의 세계관과 습성까지를 포괄하며 구체적으로 인용되는 사례 하나를 살펴보자.

소비에트 시절, 모스크바 주재 미국 대사를 지내고 이후 오랫동안 미국의 대외 정책 자문 역할을 담당했던 조지 캐넌은 자신의 『회상록, 1925-1950』에 다음과 같이 적었다.

> 모순은 러시아의 본질이다. 서와 동, 태평양과 대서양, 북극과 적도, 혹한과 폭염, 상상할 수 없을 정도의 게으름과 갑작스러운 에너지의 분출, 과장된 난폭함과 지나친 친절함, 도에 지나치는 부와 역겨울 정도의 근검절약, 폭력에 가까운 외국인 혐오증과 통제 불능이라고밖에 할 수 없는 외부 세계와의 접촉 열망, 무한한 잠재력과 욕지기가 나는 굴욕의 노예 상태, 같은 대상에 대한 사랑과 혐오 ... 러시아인들은 이 같은 모순들을 부정하지 않는다. 그들은 이 모든 속성과 함께 살아가야 하는 것을 배워왔고, 또 이 속에서 살고 있다. 러시아인에게 이 모든 것들은 삶의 한 부분이다.[30]

19세기 제정 러시아를 통시적으로 분석하면서 구(舊)체제가 1917년 혁명으로 필연적으로 붕괴될 수밖에 없었던 까닭을 증명한 알렉산드르 추바로프의 역작 『깨지기 쉬운 제국: 러시아 제국의 역사』에서도 이 '모순'의 문제는 다시금 상기된다.

> 차르의 러시아는 엄청난 내적 모순들의 제국이었다. 이 나라는 그 크기가 세계의 육분의 일 이상에 걸쳐 있으나, 언제나 외침에 취약했던 거인 제국이었다. 인구로 보면 세계 제일의 나라였음에도 불구하고, 대다수의 사람은 가난과 불만 속에 살아갔다. 천연자원으로 보아도 세계 제일의 위치를 차지했음에도 생산력은 봉건주의 잔재들로 심하게 제약받았다. 체계적인 러시아화를 통해 다민족 국가의 인구를 결집하려 했음에도, 이 움직임은 민족주의 운동을 자극할 뿐이었다. 이 나라는 정권이 국민들로부터 점차 '벗어나게 됐던' 바로 그때에 자국의 정치 체제를 일컬어 '국민의 전제 정권'이라고 하려 했다. [그리하여] 차르들로 이루어졌던 이 거인 제국은 전쟁과 혁명의 소용돌이 속에서 산산이 부서질 때까지 훨씬 더 취약해졌다.[31]

모순과 분열의 러시아적 정체성의 기원을 언급하기 위해서는 표트르 대제의 개혁 정책을 거론하지 않을 수 없다. 표트르 대제가 강행했던 서구화 정책은 러시아 역사에서 단절과 분리의 18세기적 기원을 의미한다. 추바로프는 이렇게 언급했다.

> 표트르 대제의 개혁은 종종 러시아 사회를 둘로 갈라놓은 주요 원인이자 돌이킬 수 없는 시기의 시작으로 이해된다. **표트르 대제의 개혁은 대**

**부분의 평민에게는 별 영향을 미치지 못했지만**, 러시아의 상류층을 대대적으로 변모시켰다. 표트르 대제는 귀족들에게 서구의 기술 지식과 유럽식의 복장과 예법을 습득하도록 강요했다. 지속적인 유럽화 교육은 상류층이 계몽주의 철학과 그 이론에 친밀감을 느끼게 했다. 얼마 지나지 않아 많은 러시아 귀족들이 러시아어보다 서유럽의 언어(특히 프랑스어와 독일어)로 말하는 것을 선호하게 됐다. 19세기에 이르러 그들의 세계는 의복, 예법, 음식, 교육, 교양 및 언어에 이르기까지 유럽인의 것과 같아져, 러시아의 대다수 평민의 삶의 방식과는 완전히 이질적이 되었다.[32]

(강조는 필자)

추바로프가 지적하고 있는 역사의 단절, 즉 대제의 서구화 정책으로 인한 현격한 분리 현상은 주로 황실에 거주하며 활동하던 궁정 관리인 드보랴닌 계층에 직접적인 영향을 준 결과였다. 사실 대제의 정책이 저 밑바닥 농민들에게까지 영향을 미친 것은 아니었다. 그런데도 의식주 전반에 걸쳐 단행된 서구화 바람의 여파는 실로 막대했고, 만만치 않은 반발을 사기도 했다. 이와 같은 문제는 풍속화 루복(рубок)에서 빈번하게 사용되던 모티프와 소재이기도 했다.

이 책에서는 의복과 관련해 '복식의 역사와 러시아성'의 문제를 제4부에 정리해 실었다. 몽고-타타르의 지배로 생겨난 아시아적 요소가 어떻게 러시아 복식에 영향을 주었는지, 또한 16세기에 탄생한 러시아 공국과 이후 등장한 로마노프 왕조는 그로부터 어떻게 문화적 차별화를 선언하게 됐는지 여기서 밝혀진다. 아울러 탈아(脫亞)적 러시아의 독자적인 행보와 민족주의적 이념이 어떤 영향을 주고받았는지 살필 기회도 제공한다.

# 5

## 문화 영역에서 러시아성

### 수용—창조—파괴

제임스 빌링턴의 야심작 『러시아의 얼굴: 러시아 문화에 나타난 격정, 열망, 그리고 성취』는 러시아 현지를 방문해 유명 예술인과 학자들을 취재하고, 그 내용을 바탕으로 집필한 에세이다. 이 책은 러시아의 예술(특히 건축과 회화)이라는 프리즘을 통해 러시아인의 삶에 새겨진 문화의 흔적을 추적하고 있다.

저자는 천 년 러시아의 문화와 예술의 역사를 삼단계의 '반복 구조' 속에서 읽어낸다. 그는 천 년의 역사를 다섯 단계로 구분한 뒤, 각각의 단계마다 또다시 세 번의 상호 모순되는 관계의 구조가 되풀이된다고 분석한다. 먼저 특징적으로 구분되는 다섯 단계를 대표하는 이들은, 중세의 이콘 화가인 안드레이 루블료프, 근대 초기의 건축가 바톨로메오 라스트렐리, 19세기 작가 니콜라이 고골, 19세기 말 작곡가인 모데스트 무소르그스키, 마지막으로 20세기 영화 제작자인 세르게이 에이젠쉬테인이다. 빌링턴의 분석에 따르면, 이 다섯 단계에서 예술이 전개된 양상은 다음과 같이 일관된 패턴을 보여준다.

첫째, 자부심 강하고 자기중심적으로 보이는 러시아인들은 새로운 형태의 창조적이며 모험적인 일의 본류와 지류를, 이전에는 깎아내렸지 만 현재는 훨씬 더 진보한 서구 문명으로부터 뚜렷한 전조 없이 **갑자기** 받아들인다. 둘째, 타인이 만들어놓은 완성된 형태의 새로운 예술 수단을 수용한 이후, 러시아인들은 놀라울 정도로 그보다 독창적이고 더 나은 형태를 **갑자기** 창조해낸다. 이 과정은 종종 [여러 예술 방면의] 사람들이 보기에 예술 수단의 창조적인 가능성이 다 소진했다는 결론 내려지는 바로 그 지점까지 정확하게 이루어진다. 마지막으로, 이 새로운 예술 형식을 더욱 높은 경지에까지 올려놓은 러시아인들은 미래 세대를 위해 가장 훌륭한 창조물들의 일부 파편만을 남겨둔 채, 이 새로운 예술 형식을 스스로 던져버리고 파괴하는 경향을 보인다.[33]

한 마디로 러시아에서 예술이 전개된 양상은 '수용—창조—파괴'의 패턴을 반복했다는 내용이다. 러시아 문화 발전의 과정이 이 삼단계의 반복과 정확하게 일치하는가에 대해서는 보다 자세한 연구가 필요하다. 하지만 분열이든 불연속이든, 러시아 역사의 흐름은 외래문화의 유입과 그에 대한 반작용이란 양상에서 크게 벗어나지 않는다.

표트르 대제의 정책 실행이 러시아 역사에서 획기적인 분수령이었음은 주지의 사실이다. 하지만 갑작스러운 정책의 돌출과 그를 뒤따른 사회 대변혁도 그 기원에 간과할 수 없는 원형적 모태가 자리하고 있었다. 특히 러시아의 상황에서는 더욱 그러했다.

리하쵸프는 이를 러시아 문화 구조의 비(非)단선성으로 강조한다. 그는 "일관된 합일체로서 전개됐을 때조차 러시아 문화의 구조는 단선적이지 않았다"고 강조하면서 "러시아 문화는 매우 급작스러운 방식으로 변화해갔다"고 언급한다.[34] 이 같은 회고는 빌링턴의 해석과 유사하게 러시아 문화가 매우 역동적인 흐름 속에서 전개됐음을 말해준다.

아울러 정책적인 대안 모델을 과거에서 찾고, 그러한 방식의 반복적인 일관성에 의존한다는 '경로 의존성(path dependency)'의 개념도 러시아적인 행태를 잘 설명해주는 키워드일 것이다. 이 개념은 한 번 경로가 정해지면 나중에 그 경로가 비효율적이라는 사실을 알면서도 관성과 경로상의 기득권 때문에 방식을 바꾸기 어렵거나 아예 불가능해지는 현상을 의미한다.

이러한 경로 의존성의 개념을 러시아의 역사적 문맥에 적용해보는 일은 유용하다. 러시아가 어떤 방식으로 역사를 인식해왔는지 밝혀낸다면, 어떤 논리로 미래에 대처할 것인지 예측이 가능하기 때문이다. 일종의 '원환적 순환론'과 같은 맥락인 경로 의존성은 러시아 농민의 세계를 파악하는 데도 적용된다. 또한 기독교가 전래되면서부터 현대에 이르기까지 장구한 세월에 걸쳐 이룩된 러시아의 국가적 정체성을 관통하는 해석의 틀로 활용하기에도 유용하다.

## 성큼성큼, 그리고 갑자기

투르게네프가 쓴 『사냥꾼의 수기』의 첫 번째 단편인 「호리와 칼리느이치」(Хорь и Калныич) 가운데 한 대목은 흥미로운 사실 하나를 제공한다.[35] 그것은 투르게네프가 자신의 소설 안에서 빌링턴의 관점과 유사한 러시아성의 문제를 제기하고 있다는 점이다. 앞서 제시한 예문에서 빌링턴은 "갑자기"라는 부사를 통해 러시아인들의 적극적이고 창의적인 외래문화 수용의 자세를 해석해냈다. 이러한 태도는 19세기 투르게네프의 작품에서 이미 포착된다.

아래의 인용에서 "무엇이든지 좋은 것이면 마음에 들고, 도리에 맞으면 '성큼성큼' 받아들인다"란 지적이 바로 그것이다. 투르게네프의 "성큼성큼"이란 단어는 빌링턴의 "갑자기"란 부사어에 호응한다. 받아들이는 문화의 근원이 어디든 자기 토양에 수용해 전혀 다른 것으로 창조해내는 능력이 러시아인들에게 있기 때문이다. 이를 자랑스럽게 여기며 러시아적인 자질의 중요한 원천이자 핵심 요소라고 보는 투르게네프의 주장은 공감할 만한 부분이 많다. 투르게네프는 이렇게 적고 있다.

> 그러나 우리들의 이야기 속에서 나는 하나의 확신을 얻었다. 독자 여러분은 도저히 상상조차 할 수 없는 확신이다. 그것은 다름이 아니라, 표트르 대제는 어디까지나 러시아인이며, 게다가 또 개혁하는 방식이 러시아적인 러시아인이라는 것이다. 러시아인은 자신의 힘과 강인함을 믿고 있으므로, 스스로 파괴하는 것조차 주저하지 않는다. 러시아인은 자신의 과거에 구애됨이 없이 대담하게 앞을 내다본다. **무엇이든지 좋은 것이면 마음에 들고, 도리에 맞으면 성큼성큼 받아들인다. 그것이 어디에서 나왔는가는 조금도 관심거리가 되지 않는다.** (강조는 필자)

## 『러시아의 밤』

블라디미르 오도옙스키의 소설 『러시아의 밤』(Русские ночи, 1844)은 차다예프의 『철학서한』의 후속작이라 여겨질 만큼, 러시아의 정체성, 특히 러시아가 인류 역사의 흐름 가운데 어느 곳에 위치하며, 과연 러시아가 세계 문명에 공헌할 수 있는지에 대한, 진지한 자성의 외침을 보여준다.

소설적 상상 담론 속에 등장하는 여러 인물들은 저마다의 논리로 서구문명을 표상한다. 여기서 가장 눈여겨볼 것은 에필로그에서 울려퍼지는 오도옙스키의 항변이다. 차다예프의 논지가 러시아의 위상을 부정하고 자아 비판적이었다면, 그의 웅변은 퇴락한 서유럽을 구원하고 영적으로 부흥시킬 수 있는 유일한 구세주의 자리에 러시아를 위치 지움으로써 미래지향적이며 낙관적이라고 할 수 있다. 도스토옙스키의 국수주의적 메시아사상을 예견하는 아래의 인용은 『러시아의 밤』이 품은 문화사적 의미를 잘 보여주고 있다.

> 그네들[서구 유럽인들]의 공동 연대는 사라진지 오래다. 그들에게는 유기적인 삶이 없다. 노쇠한 서구 세계는 마치 어린아이처럼 부분과 징후만을 보일 뿐이다. 이 세계에 보편적인 것은 도달하기 불가능한 것을 의미할 뿐이다... 서구에서 종교적인 감정이 있냐고? 이 감정은 이미 오래전에 잊혀졌다... 서구의 교회는 지금 정치적 격돌의 장이다... 종교적 느낌은 죽어가고 있다... 조국에 대한 숭고한 감정이 우리를 이끌고 가는 곳은 어디인가? 수많은 왕국이 우리 러시아 독수리의 밑바닥으로 휴식을 취하러 들어오고 있다. 공포와 죽음의 시절, 우리 러시아의 검(劍)만이 혼절한 유럽을 묶고 있던 밧줄을 끊었다... 유럽은 우리 러시아를 구세주로 부른다! 이 이름은 그 자체로 또 다른 더욱 숭고한 소명, 이른바 그 힘이 사회적 삶의 모든 방면을 관통하는 바로 그 소명을 품고 있다. 우리는 유럽의 몸체이자 동시에 영혼이 돼야 한다. 우리는 과거와 미래라는 서로 다른 두 세계의 접경 위에 서 있다... 위대함은 우리의 소명이다. 어려움은 우리의 과제이다! 우리는 모든 것을 되살려야 한다. 우리는 우리의 정신을 인간의 역사 속으로 들어가게 해야 한다... 보다 고상한 승리, 이름하여, 과학, 예술, 신념의 승리가 유약해진 유럽의 패망 위에서 우리를 기다리고 있다.[36]

# 6

## 문학 작품에 담긴 러시아성

지배·피지배란 이분법적 대립의 구도는 주로 농민과 지주가 주인공으로 등장하는 문학 텍스트에서 자주 포착된다. 러시아 주류의 역사, 문화, 예술을 작동시킨 건 상류층 귀족 계급의 한정적인 지적 활동이었다. 하지만 그들의 창의적 감각의 바탕에 늘 존재하면서 외면할 수 없는 주인공이 바로 농민[37]들이다.

물론 이러한 주장은 텍스트 속 농민의 형상이 농민 출신의 작가에 의해 묘사되거나 텍스트 안에서는 농민인 화자에 의해 언급된다는 의미가 아니다. 반대로 러시아 문학이 본격적인 궤도에 오르면서, 우리에게 익숙한 작품들의 주요 작가는 대부분 상류층 귀족이나 전문 지식인 그룹의 작가들이었다. 농민의 문학적 형상은 철저하게 반대 계급의 화자와 작가들에 의해서, 즉 외부의 시선으로 창조됐다.

농민의 형상이 선구적으로, 그리고 구체적으로 텍스트에 등장한 사례는 알렉산드르 라디셰프의 『페테르부르크에서 모스크바로의 여행』에 찾아볼 수 있다. 계몽철학가이기도 했던 그는 사회 비평적 시각에서 당대 농민의 실상을 객관적이고 사실적으로 묘사했다. 지식인의 참회적 반성과 고뇌가 엿보이는 이 책은, 이로 인해 출판 당시 엄청난 사회적 파문을 불러일으켰다.[38] 라디셰프의 이 작품을 계기로 18세기 말부터 문학 작품에는 농민 주인공들이 본격적으로 등장하기 시작한다.

### 『가엾은 리자』

한 사례로 러시아 근대 문학의 효시라 불리는 카람진의 「가엾은 리자」(Бедная Лиза, 1792)를 살펴보자. 여주인공 리자는 '농민 가정'에서 성장한다. 이와 대비되어 그녀의 순결을 빼앗고, 그녀가 자살에까지 이르게 만든 파렴치한 에라스트는 드보랴닌의 후손에 속한다. 이들은 궁정 사람들로 농민 계급과는 거리가 멀다.

이름마저도 유럽풍이어서 비러시아적인 속성의 외피를 쓴 에라스트는 평범한 농가 출신 처녀의 내면으로 침입해 들어온 일종의 '국외자'이다. 도시에서 성장해 그 성정(性情)이 애초부터 리자가 표상하는 전원적 품성과 거리가 있었다. 그에게 사랑은 현실로부터의 유희적 도피에 불과했다. 사랑과 치기 어린 장난을 구별하지 못할 정도로 순식간에 낯선 청년에게 빠져들었던 그녀의 순수한 내면은 겪어내야만 했던 모멸감을 훗날 자살로 증명해 보인다.

그녀의 치유 불가능한 상처는, 비유적인 의미에서 러시아가 겪어야 했던, 이른바 과도하게 유입된 외래 문물의 부작용이라고 할 수 있을 것이다. 지극히 세속적인 남자 주인공(외부 세력, 귀족 계급의 경박함, 진정성의 결여를 총체적으로 대변하는)과 순박한 여자 주인공(러시아의 자생적 힘, 하층민의 진솔함, 진정성 자체를 총체적으로 대변하는) 간의 사랑은 진부한 문학적 주제를 넘어 문화사적 의의를 담는 해석이 필요하다. 『예브게니 오네긴』에서 푸시킨이 "왠지 모르게 러시아적인 영혼으로 둘러싸여 있다"며 여주인공 타티야나를 묘사하고 있는 대목 역시 이와 같은 맥락이다.[39]

리자에 주목해야 할 또 하나의 이유는 19세기 러시아 문학에 '이상적인 여성상'의 원형을 제시한 데 있다. 로트만은 이를 두고 "여성에 대한 시적인 이상화(поэтизация женщины)"라고 언급하면서 이 시대가 카람진의 감상주의로부터 비롯됐다고 술회하기도 한다.[40] 또한 사랑의 진정성을 진솔하게 믿는 이상적인 여인 리자의 순수함은, "농민들 역시 사랑할 수 있다!(и крестьянки любить умеют!)"는 작중 화자의 언급을 통해 러시아 문학 속 농민의 이미지와 곧바로 연결된다.

농민은 전원을 배경으로 살며 자연스럽고 인간적이다. 이들의 삶은 인공적 색채에 휘감긴 도시민의 삶과 뚜렷하게 대조된다. 이들은 헌신적이며 순박하고 진솔하다. 예컨대 많은 작품들에서 귀족과 농부가 각각 나눠 맡은 주인과 하인의 관계에서도 신뢰감의 추는 자주 하인인 농부(농노)에게 기운다. 이들은 신체적으로 강건하며 심지어 도덕적으로도 고결하다. 충성스럽게 주인을 보살피는 그들의 이미지에선 일말의 부정적인 시선도 찾아보기 힘들다.[41]

그렇다면 이런 농민의 이미지가 러시아성과 직결되는 까닭은 무엇일까?

이는 표트르 대제의 개혁이 남긴 역사적 영향을 떠올리면 분명해진다. 황제의 서구 지향적 개혁은 궁정 관리인 드보랴닌과 행정 관료, 그리고 군대 지휘관들에게 한정돼 있었다. 하류층의 농민과 농노들에게 미친 영향은 그리 크지 않았던 것이다. 따라서 이들이 영위하며 누리던 고유의 전통과 민속은 큰 변화 없이 그대로 유지됐다.

러시아 농민 문화에는 타국으로부터 세속적인 문화의 유입이나 이른바 문화 접점을 이루는 극적인 전환점이 거의 없었다. 대신 러시아 농민들은 세시풍속을 지키며 살았고, 기독교의 예식이나 엄격한 율법보다 자연 속의 이교적 생활에 훨씬 익숙한 삶을 살았다. 이들이 태어나면서부터 보고, 듣고, 배웠던 구전(口傳) 민담과 속담, 민요, 점복, 그리고 각종 명절 풍습 등은 고스란히 러시아적인 전통을 지켜낼 수 있었다. 정체성이 보존된 러시아 농민 문화의 소중함은 여기서 기인한다. 그리고 러시아 농민 문화와 농민들에 대한 문학적 형상화가 러시아성의 문제와 연결될 수밖에 없는 이유도 바로 이와 같다.

필자는 이런 시각에 입각해 이 책의 제3부에서 투르게네프의 『사냥꾼의 수기』를 살필 것이다. 당대 러시아 농민과 지주 계급의 일상과 문화, 민속이 응집된 '백과사전적 일상의 보고'란 전제하에 작품에 대해 주제론적, 민속학적, 그리고 문학적 해석을 시도할 것이다. 알다시피 이 시도들이 최종적으로 목표하는 바는 문학 텍스트가 러시아성을 구현하는 그 입체적인 방식들에 놓여 있다.

# 7

## 민속 영역에서의 러시아성

민속을 정의할 때, '전통'이란 개념은 중요한 인식론적 근거이다. 민족을 통합하거나 자신과 타자를 구별하는 준거로서, 전통은 민속을 통해 그 세계를 인식하는 과정에서 핵심적인 요소라 하겠다.

한 민속학자가 구분하고 있듯이, "불순한 민속"은 시대와 논리에 따라 무시되거나 심하게 왜곡·훼손되는 운명에 놓이고, "순수한 민속"도 정치적 프로파간다와 정당성의 구도 속에서 변증적인 목적으로 이용되곤 한다.[42] 정권이 유지되고 있는 환경에서는 물론이고, 혁명으로든 민주적 계승으로든, 권력이 다음 세대로 이양되는 과정에서도 이 민속의 형식은 정권의 정통성 문제와 결부돼 있기 때문이다.

소비에트 러시아의 이데올로기는 19세기 인민주의자들이 선언하고, 민속 전통의 요소들로부터 지원받은 바 있는, 이른바 민중적 민주주의의 이상에 그 정당성을 두고 있다. 러시아 민속에 보존된 농민 공동체의 주요 가치들은 사회생활은 물론 가정생활에서까지 엿보이는 집단주의와 충성, 노동력 강조, 남성 중심주의와 같은 사회주의의 핵심 가치들과 크게 다르지 않다.

농민 공동체 미르는 러시아의 전통적 유산을 내장하고 있으면서, 그 속에 토속 신앙은 물론 기독교의 상징들까지 자연스럽게, 그리고 양자를 조화롭게 포함하고 있었다. 예컨대 부와 건강, 출산을 상징하는 원과 십자가, 활력과 사랑을 의미했던 붉은색 등은 배타적인 두 신앙 체계가 공유하는 여러 상징들 가운데 일부다.

또한 전통 민요와 민속춤에서 집단적인 움직임을 표현하는 비언어적 상징체계(원의 형상 혹은 십자가 방향 등)는 의상과 리본, 머리 장식 등의 장식물과 함께 노래와 의례의 언어적 상징체계들과 조화를 이룬다. 이렇게 다양한 상징들은 일정 단계에서 하나의 총체적 단위로 연결되는데, 이때 민속 공연의 정서적·미학적 효과가 강화되면서, 전달하려는 메시지가 극적으로 응집된다.[43]

러시아 민속자료들이 수집되고 편찬돼 지식인들 사이에서 관심의 대상이 된 것은 '자아'의 문제에 골몰하던 독일 낭만주의 철학과 관념론의 영향에서다. 그렇게 자기 과거에 대한 관심이 깊어지면서 전통 문화의 담지자가 농민이었다는 인식을 낳게 했고, 자연스럽게 기행과 여행을 통해 농민 이미지들이 환기됐다.

각종 세시풍속을 통해 농민들이 애창하던 민요, 세태가, 의례가들이 채록됐으며, 책으로도 출판됐다. 특히 1855~1862년 사이에 황실 지리학회가 시행한 '민족지 탐사 기행'과 '대개혁 프로그램(великая реформа, 1855-1881)'은 러시아 민속이 본격적으로 연구되기 시작한 시발점이 됐다. 19세기에 블라디미르 달의 『러시아 민중어 사전』(Толковый словарь живого великорусского языка), 알렉산드르 아파나시예프의 『러시아 민담집』(Русские народные сказки)이 나오게 된 것도 같은 맥락에서였다.

그러나 20세기 초반의 사회주의 혁명 이후 달라진 세상은 민속 연구에 전혀 다른 방향을 설정하게 했다. 혁명 정권은 집권 이데올로기를 대중 속에서 고취시키고, 교육하려 노력했다. 이를 통상 '허위 관제 민속(fake administrative folklore)'이라 부른다.

농민에게 혁명의 기치란 너무나 먼 이야기였으며, 사회 정책을 담고 구체적으로 하달되는 시행 언어들조차 낯선 언어였을 뿐이다. 일종의 '언어적 강간'이었다. 공식 이데올로기는 전통적인 유산과 생활방식에 익숙한 농민들과 동떨어져 있었다.

이런 상황을 극복하기 위해 공산주의 정권은 기층 민중들 속으로 파고들어가 이들의 민속적 세계관의 실태를 조사하고, 이를 정권에 도움이 되는 정책으로 이용하기 위해 대규모 관제 민속 기행을 단행한다. 하지만 레닌과 특히 스탈린 통치 시기에 실시된 민속 기행은 소비에트 전 지역을 직접 찾아가는 현지답사 형태를 띠긴 했지만, 허위 민속(fakelore)을 만들기 위한 실태 조사였을 뿐이며, 민속의 왜곡을 정치적으로 의도한 비민주적 선전 도구에 지나지 않았다.[44]

❋

제1부에서 필자는 러시아성 연구에 가장 기본이 되는 다섯 분야(인상과 외모, 역사, 문화, 문학, 민속)를 설정하고, 이 모든 영역을 관통하는 것이 바로 러시아 농민임을 주장했다. 이 과정에서 '왜 러시아적인가?', '러시아적 현실을 총체적으로 파악하기 위해 이 다섯 영역의 구분은 정당한가?', '러시아성의 본질은 이 다섯 영역을 연구함으로써 극대화될 수 있는가?' 등의 문제는 필자를 항상 쫓아다닌 화두였다. 이제 이 근본적인 질문들에 대한 실마리를 푸시킨과 투르게네프에게서 구체적으로 찾아보려 한다.

러시아 농노제의 현실을 현미경으로 관찰하듯 바라본 것이 투르게네프의 수기 소설인 『사냥꾼의 수기』라면, 러시아 귀족 계급의 일상사적 면모가 고스란히 노출된 것이 푸시킨의 운문 소설 『예브게니 오네긴』이다. 필자가 보건대, 한때 프랑스풍의 이국적인 문화에 경도됐던 여성상(타티야나의 어머니)이 전형적인 러시아의 여성상(타티야나)으로 거듭나는 푸시킨의 '문화 순례'는 투르게네프에게서 '영적이고 정신적인 농촌 순례기'로 진화한다. 두 텍스트는 19세기 초중반의 러시아 사회 현실을 촘촘하게 묘파해내고 있거니와, 여기서 건져낸 러시아성의 원형들은 20~21세기 현대 러시아 사회의 특징과 속성을 추상화하고 보편하는 데도 일조한다.

소박한 작품의 수준을 뛰어넘어, 문화적 확장자의 역할을 하는 두 작품은 이미 고전의 반열에 올라 있다. 테리 이글턴의 "문학적이다"란 언급을 다시 떠올리며, 이제 두 텍스트에 대한 분석을 통해 러시아성의 주제를 현대적 시각에서 진지하게 들여다보고자 한다.

# 제 2 부

# 푸시킨의 『예브게니 오네긴』[1]

# 1

# 댄디의 소설

## 시로 쓴 소설

일반적인 낭만주의·사실주의 경향의 소설들과 달리 푸시킨의 『예브게니 오네긴』은 그 형식이 독특하다. 바로 시의 형식을 지닌 소설, '운문 소설(роман в стихах)'이다. 집필이 시작되면서 푸시킨은 부제로 이를 염두에 두고 있었고, 초판부터 이 부제가 달린 채 출판됐다. 영어로는 러시아어를 그대로 직역해도 문법이나 의미상에 문제가 없어 그대로 'novel in verse'로 옮겨 사용한다. 러시아 문학사에서 이 작품은 '19세기 러시아 고전문학의 출발점'으로 기술된다.

이 작품은 푸시킨이 부모로부터 물려받은 니즈니노브고로드의 볼디노(Болдино)란 영지에서 1823년 5월 9일부터 1830년 9월 25일에 걸쳐 완성됐다. 이곳에 체류하면서 푸시킨은 『예브게니 오네긴』의 마지막 8, 9장을 완성했고, 애초에 계획했던 제10장은 불태웠던 것으로 전해진다.[2] 출판업자 스미르딘에게 최종 원고를 보내면서 푸시킨은 원고 한쪽 뒷면에 "7년 하고도 4개월 17일이 걸렸음"이라고 표시해두었다. 이로써 푸시킨이 이 작품의 완성에 쏟은 시간과 열정을 가늠해볼 수 있다.[3]

창작 기간 동안 푸시킨에게는 일생일대의 사건이 있었다. 1831년 2월 18일, 당시 열일곱 살이던 나탈리야 곤차로바와 결혼을 한 것이다.

아르바트 거리에 있는 푸시킨의 신혼집과 맞은편에 서 있는 부부의 동상. 나탈리아 곤차로바와의 결혼은 1831년 2월 18일에 있었다. 신혼집의 측면 벽에는 "1831년 2월 초부터 5월 중순까지 이 집에서 살았다"는 현판이 걸려 있다(필자의 직접 촬영 2012. 11. 23).

푸른색으로 칠해진 1831년 푸시킨 부부의 신혼집 외관과 내부 사진(필자의 직접 촬영 2012. 11. 23).

이 작품에는 남녀 주인공의 연애와 결혼, 그리고 삶의 무료함과 일탈, 자유와 책임감, 사랑과 헌신, 방종과 정절 등 다양한 주제들이 나타난다. 이는 주로 네 명의 주인공과 관련돼 있는데, 각 캐릭터의 행동과 말, 몸짓과 심리 변화가 텍스트를 이끌어나간다. 『푸시킨 평전』을 쓰기도 한 엘라인 페인스테인은 이를 두고, 『예브게니 오네긴』은 "심리 내러티브(psychological narrative)," 즉 각 인물들의 행동으로부터 자연스럽게 소설이 전개되는 구조로 돼 있다는 견해를 피력한다. 나아가 텍스트 속 대화들이 쉽게 읽혀서, "텍스트가 복잡하게 구성돼 있다는 느낌조차 받지 못할 정도다"라고 말한다.[4]

## 스토리

총 8장으로 구성된 이 운문 소설의 스토리는 다음과 같다. 제1장은 오네긴이 임종에 이른 숙부의 집으로 가는 장면으로 시작된다. 계절은 겨울이다. 주인공의 착잡하고 답답한 심경이 겨울이란 배경과 어울려 작품이 전체적으로 침울하게 시작되고 있음을 독자들은 알게 된다.

제2장은 낙향한 오네긴과 그의 캐릭터를 자세하게 소개한다. 그의 친구이면서, 여주인공 타티야나의 여동생인 올가의 애인 렌스키가 등장한다. 이어 올가, 타티야나 순으로 등장인물이 소개된다. 제2장의 중심 서사는 타티야나의 부모님에 대한 것이다. 이들이 어떻게 러시아의 전통을 지키며 살고 있는가에 대한 자세한 언급들에 대해서는 별도의 분석이 필요하다. 타티야나의 부친이 사망한 사실이 알려지면서 이 장의 이야기는 맺어진다.

제3장은 『예브게니 오네긴』 전체 서사의 중심축으로서, 네 주인공의

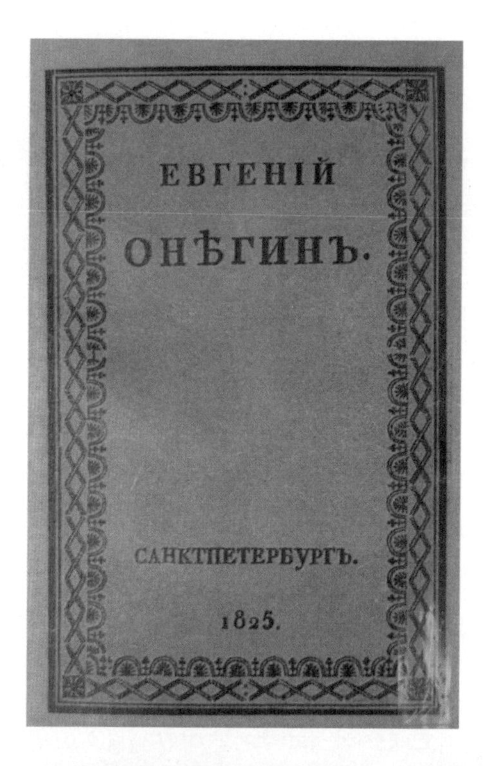


『예브게니 오네긴』의 초판본(первое издание)이란 글씨가 선명하게 보이는 하단 우측 사진. 사진에서처럼 첫 장(первая глава)은 별책과 같은 형식이었다. 초판은 1825년 2월 18일에, 제2판은 1829년 3월 말에 출간됐다. 제2판은 소책자 형식으로, 가로 11, 세로 7센티미터로 매우 작았고, 발행 부수는 5천 부였다. 푸시킨이 죽던 1837년에는 일주일 만에 5천 부가 완판됐다.[5] Музей А. Пушкина 소장(필자의 직접 촬영 2016. 7. 10).

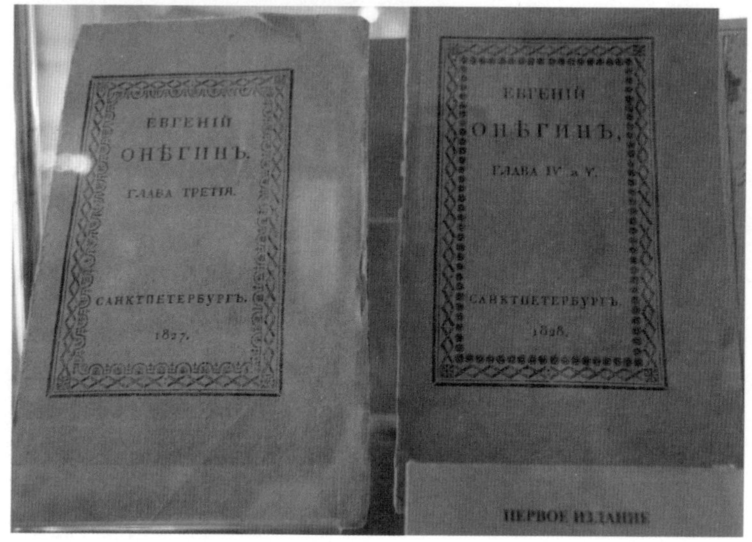

사랑이 복잡하게 드러난다. 타티야나가 오네긴에 반해 사랑의 편지를 보내는 장면이 나오고, 화자는 오네긴의 형상 속에 '악마'를 연상시키는 정체성을 숨겨둔다. 오네긴에 완전히 빠져버린 타티야나의 감정은 점차 고조되고, 스스로 빠져나올 수 없는 지경에까지 이른다.

제4장은 오네긴이 지나간 세월을 설명하는 장면으로 시작한다. 타티야나의 편지에 대한 오네긴의 입장이 소개되고, 두 사람은 재회한다. 타티야나가 사랑의 열병 속으로 점점 더 빠져드는 가운데 동생 올가와 렌스키와의 사랑도 고조된다. 그리고 이 두 자매의 사랑 이야기가 병치돼 전개된다. 시간적 배경은 여름에서 시작돼, 빠르게 가을과 겨울로 이동한다. 곧 타티야나의 명명일 파티가 있을 예정이고, 주인공들이 초대될 것을 암시하는 짧은 이야기로 제4장은 끝이 난다.

제5장은 1월 3일 첫눈이 오고 타티야나가 잠에서 깨는 것으로 시작한다. 여기서는 타티야나가 믿는 민간 전설과 민속들이 자주 인용되는데, 그것들이 어떤 형상으로 구현되고, 러시아성의 주제와 어떤 맥락으로 연결되는지 주의 깊게 관찰할 필요가 있다.

타티야나는 기이한 꿈을 꾸게 되는데, 그 내용은 올가의 애인 렌스키가 죽게 될 운명임을 암시한다. 사건의 중심인 타티야나의 명명일 파티가 이어지고, 무도회 장면에서 오네긴은 올가에게 접근해 춤을 추자고 유혹한다. 약혼자 렌스키가 있었지만 올가는 이를 대수롭지 않게 여기고 수락한다. 그런데 렌스키는 다른 남자, 즉 오네긴의 유혹에 넘어가 춤을 추는 것을 받아들인 올가의 행동을 오해하고 격분한다. 렌스키가 곧바로 오네긴에게 결투를 신청할 마음을 먹으면서, 5장은 막을 내린다.

제6장에서는 타티야나의 명명일 파티가 이어진 뒤, 렌스키와 오네긴이 마침내 결투를 하게 된다. 그러나 분노에 차 신청한 결투에서 렌스키

를 기다리고 있는 건 아이러니하게도 죽음이란 운명이었다. 오네긴이 쏜 총알은 그를 관통한다. 19세기 초 귀족 청년들 사이에서 명예를 지키기 위해 벌어지던 결투 현장에서, 이국적인 타자로 대변되는 렌스키는 러시아 토박이이자 잉여 인간으로 대변되는 오네긴에게 죽임을 당한다.[6]

"모욕이 명예에 각인한 오점을 지우는" 형식이자 남성적인 의례 행위이기도 했던 결투는 사회적 차원에서 개념이 형성됐다.[7] 질투가 동반된 즉흥적인 반응으로서, 렌스키의 시적인 감흥은 오직 결투에서 보상받을 수 있었다. 그러나 불행하게도 그의 명예 지키기는 단 한 발의 총탄으로 비극적이고 허망하게 종결돼버린다.

제7장은 모스크바를 찬양하는 시의 발췌문으로 막을 연다. 계절적 배경은 봄에서 시작되지만, 차례차례 여름, 가을, 그리고 겨울로 이동한다. 결투에서 사망한 렌스키의 쓸쓸한 비석과 올가의 결혼식이 연이어 묘사된다. 이어 타티야나는 오네긴의 정체를 보다 분명하고 섬뜩하게 알아간다. 그의 서재를 방문하게 된 타티야나는 그가 영국 시인 바이런의 쓸모없는 패러디요, 악한 영혼에 불과했음을 확신한다. 그녀는 여동생 올가의 혼인 이후, 부모의 성화가 날로 높아지자 남편감을 구하기 위해 어머니와 함께 모스크바 신부 시장으로 떠난다.

제8장은 푸시킨이 실제로 영웅처럼 존경하던 영국 시인 바이런의 시를 인용한 에피그라프로 시작한다. 무도회장에서 타티야나와 오랜만에 재회한 오네긴은 그녀의 달라진 모습에 큰 충격을 받는다. 그녀 옆에는 1812년 조국 전쟁의 영웅이기도 한 그녀의 남편도 있었다. 오네긴은 마음이 달아올라 그녀와의 만남을 고대한다. 오네긴은 타티야나에게 다시 구애를 시작했지만, 그녀는 냉정하고 지조 있게 그의 청을 거절한다. 오네긴은 타티야나에게 편지를 보내지만, 끝내 답장은 오지 않는다. 계절은

다시 오네긴의 우울한 심경을 반영하듯 겨울로 설정돼 있다가 도래하는 봄으로 이어진다.

타티야나의 페테르부르크 집을 다시 찾은 오네긴은 그녀의 발아래 엎드려 사랑을 고백하지만, 타티야나는 기혼녀임을 강조하면서 현재의 남편에 대한 지조를 지킬 것임을 다짐한다. 오네긴은 아무런 말도 할 수 없었다. 타티야나는 오네긴에게 이제 그만 자신에게서 떠나라며 당당하게 말한 뒤, 집을 나온다. 때마침 남편의 마차 소리가 들리고, 부부는 오네긴을 남겨둔 채 자리를 뜬다.

작품을 보다 촘촘히 들여다보자.

## 플롯과 캐릭터, 제1장

주인공 오네긴은 숙부가 위독하다는 전갈을 받고, 마차를 타고 고향으로 달려가고 있다. 그가 상속자 가운데 한 사람이란 사실이 알려지고, 독자는 이제 그가 어마어마한 지주 가문의 일원임을 눈치 챈다. 화자는 오네긴이 페테르부르크 출신임을 은연중에 암시하면서 하나둘 그에 대한 이야기를 풀어놓기 시작한다.

『예브게니 오네긴』 속의 인물 캐릭터들은 이 작품이 세상에 나오기 35년 전에 극작가 데니스 폰비진이 발표한 희곡 『미성년』(Недоросль, 1782)과 비교해볼 만하다. 인물 구도와 역할 상 『미성년』의 스타로둠과 소피아는 『예브게니 오네긴』의 숙부와 오네긴과 겹친다.

시베리아에서 정직한 방법으로 많은 재산을 모아 모스크바로 돌아온 스타로둠은 오네긴의 숙부와 작품 속 역할을 공유하면서도 대치되는 형상이다. 그의 재산 상속인은 지적인 후계자라 할 수 있는 소피야로 여성

푸시킨 국립 박물관(Государственный музей А. С. Пушкина)의 입구와 관람 티켓(필자 직접 촬영 2016.7.10).

이다. 그녀와 역할을 공유하는 오네긴이 남성이란 점에서 두 작품은 대비된다. 나아가 오네긴이 귀족 계급에 속해 있으면서 활동 영역이 사치스럽다는 점으로 미루어 비러시아적이라면, 소피야는 그와 정반대의 위상을 점유한다. 알다시피 오네긴은 난봉꾼이자 세상에 무료함을 느끼는, 이른바 '잉여 인간(лишний человек)'의 전형으로 러시아 문학사에 등장하는 모델이다.[8]

제1장 3연에서 화자는 오네긴의 부친에 대해, "일 년에 세 번씩이나 무도회를 열다가 지금은 쫄딱 망한(Давал три бала ежегодно / И промотался наконец)" 신세를 강조하면서 이어 등장할 타티야나의 어머니와 대비시킨다. 이러한 방식은 푸시킨이 의도적으로 설정한 장치라고 봐도 충분하다. 스토리 상 먼저 등장하는 오네긴과 그의 부친, 그리고 그의 숙부 등의 캐릭터와 이들을 둘러싼 서사들은, 작품 후반부로 가면서 타티야나와 그녀의 어머니 쪽으로 무게 중심이 옮겨간다. 주인공 오네긴을 둘러싼 부정적인 남성성이 작품 후반부에 여주인공 타티야나와 그녀의 어머니가 함축하는 긍정적인 여성성에 자리를 내어주는 설정인 셈이다.

이어지는 제4연에는 오네긴의 사치스런 일상과 개인적 취향이 자세하게 드러난다. 오네긴의 의상은 자기 캐릭터를 드러내는 기호이자, 당대 도시 귀족의 세태를 표상하는 물질문화의 메타포다.

고골의 단편 「코」(Нос)에 등장하는 주인공 코발료프처럼 오네긴 역시 외부로 출타하기 전 화장대에서 장시간 거울을 들여다보며 한껏 치장한다. 25연에서 외출 준비를 하는 오네긴을 묘사하면서 화자가 "적어도 하루에 세 시간은 / 거울 앞에서 보냈으며"라고 한 것은 그가 얼마나 치장에 신경을 쓰고 있는지를 잘 보여준다. 오네긴의 이러한 허식은 그의 나이(18세)를 고려하면 일견 타당도 하다. 화자가 오네긴을 "열여덟 살 난 청년 철

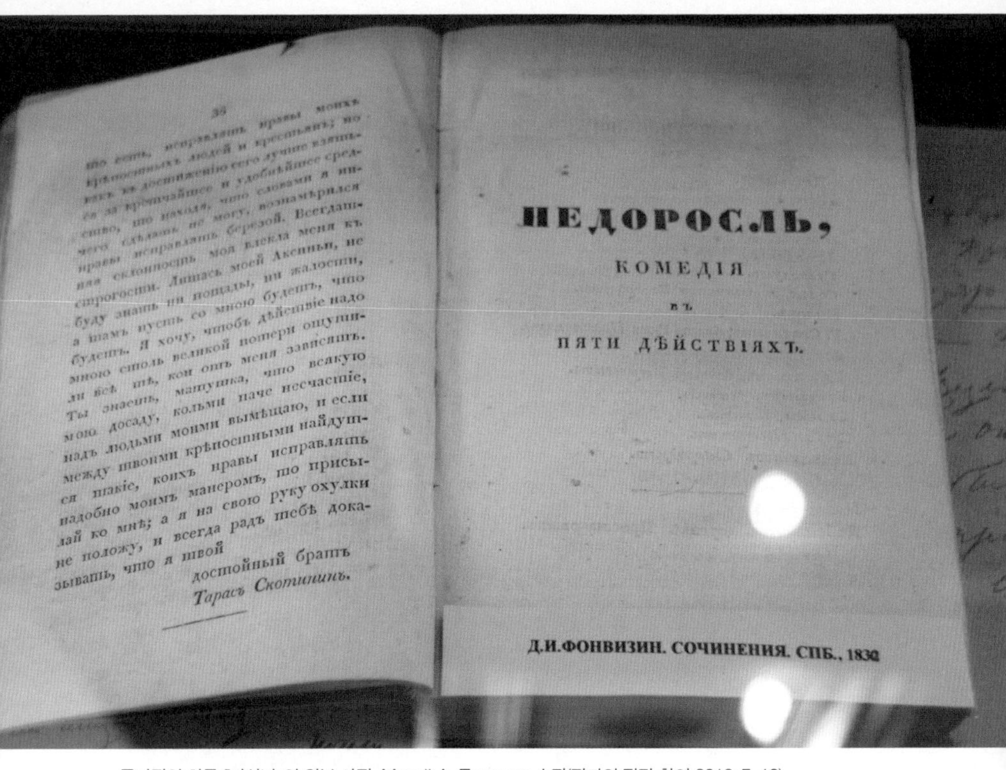


폰비진의 희곡 『미성년』의 원본 사진. Музей А. Пушкина 소장(필자의 직접 촬영 2016. 7. 13).

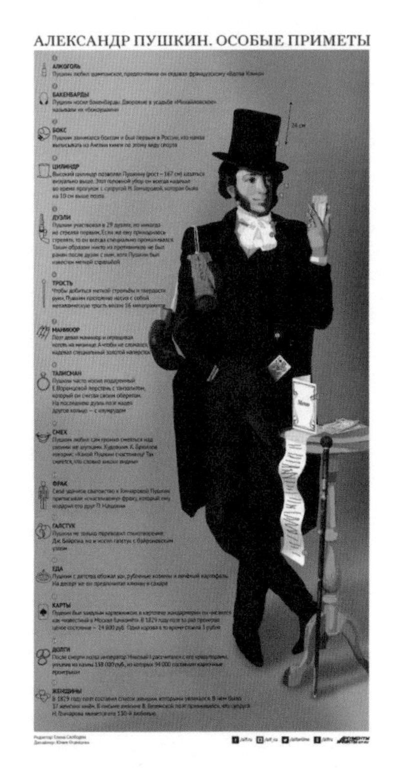


「알렉산드르 푸시킨의 특별한 소지품」(Александр Пушкин. Особые приметы)이란 제목의 신문 게재 인포그래픽. 당대에 푸시킨이 얼마나 '상당한 멋쟁이(большой модник)'였는지 잘 보여준다.[10] 비록 『예브게니 오네긴』에 시인 자신의 옷차림에 대한 언급은 없지만, 독자들은 오네긴의 형상으로부터 푸시킨의 의상 코드를 충분히 읽어낼 수 있다.

학가"로 지칭한 것에서 우리는 그가 얼마나 미성숙하고 불안정한 청년인지를 쉽게 상상할 수 있다.[9] 게다가 "최신 유행의 헤어스타일에 / 댄디 같은 런던식 의상(Остриижен по последней моде / Как *dandy* лондонский одет)"을 입고 있는 오네긴은 일찍부터 "바람둥이(мой проказник)"로 여자들 사이에서 소문이 나 있었다.

여기에서 바람둥이, 즉 "프로카즈니크(проказник)"라는 단어를 고른 푸시킨의 의도에 집중해볼 필요가 있다. 본래 러시아어에서 이 어휘는 '못된 장난기'를 의미하는 것으로, 그 결과를 충분히 예상할 수 있으면서도 일부러 나쁜 짓을 하는 치기 어린 행동을 의미한다. 이와 같은 행동은 진중하지 못한 미성숙함을 그대로 드러내고 있으므로, 이런 오네긴의 형상에 이미 가치 절하의 코드가 심겨져 있음을 독자들은 알게 된다.

그런데 흥미로운 사실은 푸시킨이 쓴 최초의 산문인 『벨킨 이야기』의 다섯 편 이야기에 등장하는 모든 주인공들이 이 프로카즈니크라는 수식어와 관련이 있다는 점이다. 첫 단편 「일발」(Выстрел)이나 두 번째 단편 「눈보라」(Метель)에서 고조된 긴장감 속에 사건들이 일어날 때, 화자는 이 단어를 빈번하게 사용한다. 이를 통해 일촉즉발의 상황에서 순간 이야기는 코믹한 상황으로 전환되곤 한다. 나머지 단편들에서도 진지하고 복잡한 플롯의 사랑 이야기가 '악동(惡童)'의 출현으로 일순 분위기가 반전된다.[11]

오네긴이 입었을 검은색 프록코트 사진 (1840년대).[12]

오네긴의 캐릭터를 드러내는 여러

표현들 가운데 "최신 유행의 모범적인 추종자(мод воспитанник примерный)"와 "진짜 멋쟁이(В своей одежде был педант)"는 돋보인다. 한마디로 오네긴은 1830년대 러시아 세속 사회의 바람둥이 잉여 인간을 대표한다. 그의 삶이 기초를 두고 있는 비러시아적인 토대와 그에 따른 사고방식, 그리고 그의 옷차림에서 드러나는 유럽풍의 겉멋 들린 치기는 다음의 구절에서 분명하게 드러난다.

그의 의상을 묘사하는 것도 괜찮지 싶은데
(중략)
그런데 판탈롱이니 프록코트니 질레니
이 모든 단어들은 사실 러시아어에는 없는 것들

Здесь описать его наряд
Но панталоны, фрак, жилет,
Всех этих слов на русском нет.

당대 러시아 사회에 낯선 기호들이던 오네긴의 드레스룸 소품 목록은 인용한 시구 외에도 23연에서 26연에 걸쳐 상당히 자세하게 묘사된다.

그런데 이렇게 화려하고 사치스런 주인공의 의상 스타일을 자세하게 소개하는 이유는 무엇일까? 과연 그의 충족되지 않은 삶의 허영을 적나라하게 폭로하는 것일까? 아래의 시구에서 이 문제가 얼마나 노골적으로 묘사되고 있는지 살펴보자.

한적한 내실을
있는 그대로 묘사해볼까?

끝없는 변덕을 만족시키기 위해
런던의 잡화상이 팔아먹는 모든 것
목재나 수지와 맞바꾸기 위해 발트 해의
물결을 헤치고 우리에게 들여오는 모든 것
탐욕스러운 파리의 취향이
수지 타산이 맞는 장사인가 싶으면
오락과 사치와 유행하는 호사를 위해
발명해내는 모든 것
이 모든 것이 열여덟 살 난 청년 철학가의
내실을 장식해주었다 (23연)

이스탄불에서 들여온 호박 파이프
탁자 위의 도자기와 청동상
섬세한 감정에 기쁨을 더해주기 위해
크리스털 병에 담겨진 향수
머리빗과 손톱 다듬는 철제 줄칼
쭉 뻗은 가위, 구부러진 가위
손톱을 소제하거나 이를 닦는 데 쓰는
서른 가지나 되는 각종 솔들...(24연)

오네긴은 새벽까지 오페라 극장과 술집, 무도회장을 배회했었다. 그러나 이제 쉼 없이 이어지던 사교계 여인들과의 교제도 시큰둥해질 정도로, 만사에 무료함을 느낀다. 오네긴이 쏘다니던 극장은 화려함과 사치스러움을 상징하는 공간이자, '연극성' 혹은 '극장성'이 내재된 도시 페테르부르크를 나타내는 기호다. 간교와 교태, 음탕함과 추파가 난무하면서 또한 무기력한 공간이 극장이다. 이런 이유에서 극장은 오네긴이 내내 앓고 있던 우울증을 야기한 공간이기도 하다. 헤어 나올 수 없는 정신적 동굴에 가깝다.[13] 화자는 오네긴의 이러한 병명을 "영어식으로 스플린 / 러시아식의 우울증(Подобный английскому сплину / Короче : русскаяхандра)"이라 독자에게 말한다. 인생에 염증을 느끼며 살롱을 드나들 때, 오네긴의 모습은 영국 시인 바이런의 '차일드 해럴드' 그대로였다.

이렇게 오네긴을 감싸고 있는 외피들은 그를 이국적인 바람둥이이자 부랑아의 이미지로 만들어버린다. 부모로부터 받게 되는 정신적인 영향이라곤 도무지 찾아볼 수 없다. 쾌락과 무위도식이 이어지다 이젠 이마저도 지겹고 무료하다는 식이다. 일종의 영적 뇌사 상태, 그것이 현재의 그다.[14]

## 플롯과 캐릭터, 제2장

주인공의 이러한 내면의 공허는 소설 첫 장에서부터 숙부의 죽음과 겹쳐지면서 작품 전체를 관통하는 주제의식을 만들어낸다. 또한 이 장면은 오네긴이 자라온 환경과 그의 가풍이 러시아에서 환영받지 못하는 외국풍인데다 주변과도 조화를 이루지 못하는 이질적 정서를 배태하고 있음을 보여준다.[15] 제2장 2연에서는 숙부가 살았던 저택이 묘사되는데, 작고 초라한 시골 환경에서 그의 저택은 '성(城)'을 뜻하는 '자모크(замок)'란 단어가 사용될 정도로 그 규모가 어마어마하다.

웅장한 그 집은
대저택의 격식에 맞게 지어져

푸시킨 광장에 서 있는 푸시킨 기념비(필자의 직접 촬영 2015.7.25)

현명한 조상들의 취향대로

최고의 견고함과 안정감을 보여주었다

방마다 높다란 천장

거실을 휘감은 비단 벽지

죽 걸린 역대 황제의 초상화

색색의 벽돌로 꾸며진 페치카

이 모든 것은 어쩐 일인지 몰라도

지금의 유행과 동떨어진 것

Почтенный замок был построен,

Как замки строиться должны:

Во вкусе умной старины

Отменно прочен и спокоен

Везде высокие покои,

В гостиной штофные обои,

Царей портреты на стенах,

И печи в пестрых изразцах.

Все это ныне обветшало,

Не знаю, право, почему;

이 와중에 오네긴의 친구이자 칸트 숭배자인기도 한 렌스키가 독일 유학을 마치고 돌아온다. 시인이요, 자유주의자다운 공상가, 격정적이고 다소 기이한 정신과 열정적인 말투가 그의 캐릭터를 설명해준다. 그를 둘러싼 환경 역시 러시아적 토양과는 거리가 있지만, 오네긴과 대비될 수 있는 지점은 그가 "아직 사교계의 냉혹한 방탕에 물들지 않은 영혼(От хладного разврата света / Еще увянуть не успев)"이라는 대목이다. 그는 "세상 물정을 모르는 철부지(Он забавлял мечтою сладкой)"로 독자 앞에 다가온다.

오네긴과 달리 세속 사회의 무료함이나 정신적 공허를 모르는 그에게 연회는 관심 밖이다. 물론 결혼이란 족쇄를 찰 생각이 추호도 없다는 점, 그리하여 총각인 지금의 상태를 충분히 즐기고 싶어 한다는 점 등이 그를 잉여 인간인 오네긴과 한통속으로 묶을 수도 있겠지만, 지극히 낭만적이며, "오네긴과의 진정한 우정만을 간절히 원했다"는 화자의 언급에서 보듯이 그는 아직 열정이 있고 순진하기까지 하다.

여기서 무엇보다 오네긴과 렌스키를 당대의 전형적인 귀족 청년으로 묶을 수 있는 매개는 둘 다 나폴레옹의 계승자란 점이다. 두 인물이 나폴레옹으로 캐릭터가 공유되고 있는 부분은 다음과 같다.

우리는 모든 사람을 제로로 생각하고
자기만을 단위로 믿는다
우리는 모두 나폴레옹이 되고자 하니
수백만의 두 발 가진 짐승은
우리에겐 모두 하나의 도구
감정이란 야만적이고 우스꽝스러운 것

Мы почитаем всех нулями,
А единицами — себя.
Мы все глядим в Наполеоны;
Двуногих тварей миллионы
Для нас орудие одно
Нам чувство дико и смешно

이 맥락에서 나폴레옹은 영웅과 거리가 멀다. 대신 "불구자이나 자신을 모른 채 자부심에 차 있는 가엾은 개인주의자"다.[16] 자존감도 없고, 속이 텅 빈 주권자, 민족적 공동체에 대해 인식을 할 수 없는 자이기도 하다. 때문에 이 나폴레옹은 숭배의 대상이 아니라 조롱과 퇴치의 우상일 뿐이다. 이런 나폴레옹을 우리 모두가 닮아가려 한다는 시인의 촌철살인과 같은 표현은 결국 오네긴을 두고 한 말이리라.

이어 서사의 중심은 렌스키와 사랑에 빠지게 될 올가, 즉 타티야나의 여동생으로 옮겨간다. 그녀의 성장 배경이 소개되는 부분에서 독자는 그녀의 집안이 얼마나 소박한지를 알게 되며, 결국 이러한 가풍이 오네긴의 집과 정반대라는 것을 깨닫게 된다.

"외딴 시골, 조촐한 집안에서 자라나 / 순박한 매력으로 가득 찬(В глуши, под сению смиренной / Невинной прелести полна) 올가"란 묘사는 런던 식 댄디 오네긴은 물론, 낭만주의와 자유주의 사상에 경도된 렌스키에게서 기대하기 어렵다. 위의 표현 중에서 "под сению смиренной"를 직역하면 '소박한 창고 밑자락에서'가 된다. 세니(сени)는 러시아어로 전통 농가의 창고와 같은 공간을 말한다. 통나무로 지어진 농가 이즈바의 문을 열고 내부로 들어가자마자 만나게 되는 좁은 공간으로, 보통 음식물이나 가축용 사료 등을 보관하는 창고 용도로 사용하는 곳이다. 올가의 집안은 사실 어머니의 이모가 모스크바에서 공작부인으로 살 정도로 오네긴의 집안에 버금가는 귀족 계급이다.[17] 아버지 라린 장군도 직업 군인으로 상당한 지위를 차지하고 있다. 한 마디로 올가의 집안은 나름대로 명예롭고 여유 있는 집안이지만, 소박하고 검소한 삶을 유지하고 있는 것이다. 화자는 바로 이런 점을 강조하면서 허름한 농가의 세니를 메타포로 사용하고 있다.

올가 집안의 소박한 가풍은 제3장 첫 번째 연에서도 다시 한 번 보인다. 오네긴과 대화를 나누는 중에 렌스키는 라린 댁에 간다며 그의 집을 "소박한 러시아식 가정(Простая, русская семья)"이라고 소개한다. 일견 평범한 농가를 떠올리겠지만, 이 집안의 가풍은 남다르다. 특히 강조되는 것이 손님 접대다. 화자는 올가의 부모가 "옛 풍습대로 손님을 반기고, 융숭하게 대접한다(Гостеприимной старины. / Обряд известный угощенья)"고 적고 있다. 일 년에 세 번씩이나 무도회를 열다가 가산을 탕진한 오네긴의 방탕한 부모와 너무나 대비된다.

오네긴은 알다시피 막강한 재력가의 자제다. 프랑스인 가정교사가 항상 딸려 있었다. 하지만 러시아 상류층의 영원한 부속품과도 같았던 외국인 가정교사는 자녀 교육에 헌신적인 올가와 타티야나의 어머니나 유모와 차별되는 형상으로 그려진다. 화자의 언급처럼, 오네긴에게 "엄격하지 않고, 대충대충 도덕 교육"이 가능했던 이유다. 어릴 때부터 자연스럽게 전통에 노출돼 삶을 통한 교육이 가능했던 타티야나와 사뭇 다른 환경 속에 그는 있었다. 아래 시구는 프랑스인 교사를 통해 어떤 식으로 엉터리 훈육이 이뤄졌는지 잘 보여주고 있다.

지루하고 엄격한 도덕 교육은 제쳐두고
말썽을 피워도 대충 혼내는가 하면
여름 정원으로 데리고 가서 함께 놀았지

Не докучал моралью строгой
Слегка за шалости бранил
И в Летний сад гулять водил.

부모 세대를 살펴보는 데 눈길이 가는 한 가지 사실이 더 있다. 바로 올가와 타티야나의 아버지 라린의 품성이다. 그는 지체 높은 군인—구체적으로 여단장(бригадир)에 해당하는 계급으로 소개된다(военный чин между полковником и генерал-майором)—임에도, 검소하기 이를 데 없는 생활을 유지했으며, 부부애가 남달랐으며, 겸손했다. 화자는 라린의 임종 장면을 이렇게 묘사한다.

그렇게 부부는 늙어갔다
그러다가 마침내
남편에게 관 뚜껑이 열리고
새로운 화관이 머리에 씌워졌다
(중략)
그 누구보다도 진실하고 충실한 아내는
구슬피 울었다
그는 소박하고 어진 지주였고
그의 유해가 안장된 곳에는
다음과 같은 비문이 새겨져 있다
겸손한 죄인, 주님의 종
드미트리 라린 준장
이 돌 아래 고이 잠들다.

И так они старели оба.
И отворились наконец
Перед супругом двери гроба,
И новый он приял венец.

Чистосердечней, чем иной

Он был простой и добрый барин,

И там, где прах его лежит,

Надгробный памятник гласит:

Смиренный грешник, Дмитрий Ларин,

Господний раб и бригадир,

Под камнем сим вкушает мир.

올가와 타티야나의 부모는 덕망을 누리면서 아랫사람들로부터 존경받았다. 장례식은 단출하게만 그려져 있지만, 곡(哭)이나 묘비명의 문구까지 모든 것들이 당시 정교회의 예법에 기초해 있음을 알 수 있다. "겸손한 죄인(Смиренный грешник)"이나 "주님의 종(Господний раб)"과 같은 표현은 엄숙한 정교회식 장례의 문법을 따른 것으로, 라린 장군의 죽음을 대하는 화자의 태도가 어떠한지를 잘 보여주고 있다. 이렇게 고결한 전통, 그리고 성스러운 예법과 함께한 라린의 장례식 분위기는 세속적이며 비러시아적인 요소들로 휩싸인 오네긴의 부친과 숙부의 임종 장면과 확연히 다를 수밖에 없다.

올가를 향했던 시선은 이제 그녀의 언니 타티야나에게로 이동한다. 타티야나에 할애된 지면은 훨씬 넓다. 독자는 먼저 그녀의 이름이 귀족 가문의 처녀에게는 어울리지 않는 평민의 이름이라는 것을 알게 된다. 평범함과 소박함이 매력인 그녀의 캐릭터는 이렇게 만들어진다.

어쨌든 그녀의 이름은 타티야나

동생과는 달리 예쁘지도 않고

싱그러운 장밋빛 뺨도 없어
아무도 거들떠보지 않았다
촌스럽고 우울하고 과묵하고
숲속의 사슴처럼 소심해
제 집에 살면서도
손님처럼 어색하게 굴었다.

Итак, она звалась Татьяной.
Ни красотой сестры своей,
Ни свежестью ее румяной
Не привлекла б она очей.
Дика, печальна, молчалива,
Как лань лесная боязлива,
Она в семье своей родной
Казалась девочкой чужой.

이어 제2장의 26연과 29연에서는 타티야나를 설명하는 데 꼭 필요한 단서들이 제시된다.

요람에 있을 때부터
명상은 그녀의 벗

От самых колыбельных дней
Задумчивость, ее подруга

소설책을 어려서부터 좋아했다

책은 그녀에게 모든 것을 대신해주어

리처드슨이나 루소의 허구에 깊이 빠져들었다

Ей рано нравились романы

Они ей заменяли всё

Она влюблялася в обманы

И Ричардсона и Руссо

종종 푸시킨의 다른 여주인공들과도 함께했던 '소설책'과 '공상(мечта)'이란 키워드는 낭만주의 문학이 단골로 다루던 소재들이었다. 이는 훗날 그녀가 사랑에 빠지게 될 때, 자의가 아니라 환경에서 비롯된 감정이 더욱 중요하게 작용할 것임을 예견한다. 이미 사교계의 사랑 놀음에 싫증이나 있는 오네긴과 달리, 타티야나는 사랑 한 번 제대로 해보지 못한 순진한 시골 처녀다. 그녀가 비현실적인 공상 속에서 꿈꾸고 있는 낭만적 사랑의 운명이 어떻게 전개될지 독자는 이로써 추측해볼 수 있다.

다소 과장되게 들리겠지만 그녀가 "태생적으로 소설을 좋아했다"는 표현은 "일찍이 리처드슨의 열렬한 숭배자"였던 그녀의 어머니와 연결되는 고리이며, 또한 두 모녀가 어린 나이에 외국 문화와 문물에 경도됐었음을 암시하는 것이기도 하다. 그러나 이 모든 상황은 그녀들이 어릴 적 일임을 놓치지 말아야 한다. 성숙해진 이후에 두 모녀에게서는 더 이상 그런 모습을 찾아볼 수 없기 때문이다. 그녀들은 삶이 깊어질수록 러시아 본연의 세계로 돌아온다.

타티야나라는 이름이 지극히 평민적이듯, 그녀의 어머니도 처녀 적에는 비음 섞인 프랑스어를 종종 쓰곤 했지만, 이제는 아쿨리나라는 평범한 농민의 이름으로 불린다고 화자는 소개한다. 신혼 초에는 프랑스풍에 경도돼 친구들에게 "시첩에 자기 피로 글을 써주거나 프랑스식 이름으로 불리곤 했었다." 의상도 꼭 끼는 코르셋을 입고 다니는 등 러시아적인 것과는 거리가 먼 삶을 살았었다.

그런 그녀가 이젠 러시아 귀족 사회에 영향을 미친 아시아풍의 의복 문화를 수용하는 모습까지 보여준다. 아래의 시 인용에 등장한 "솜을 넣은 헐렁한 실내복"은 몽고-타타르의 압제 이후 러시아에 남은 아시아계 의복의 잔재인 할라트(халат)를 일컫는다. 이는 유래 상 서유럽도 러시아도 아닌 동양의 것이었지만, 농민층의 의복 문화를 표상하는 중요한 기호였다.

> 급기야는
>
> 솜을 둔 헐렁한 **실내복**에 **두건**까지 쓰기 시작했다
>
> И обновила наконец
>
> На вате шлафор и чепец
>
> (강조는 필자)

34연에서는 타티야나 부모의 부부애와 행복한 결혼 생활이 주요 화제로서, 아버지인 라린 장군의 변모상이 그려진다. 그가 결혼 초기부터 듬직한 가장이나 교양 있는 상류층 귀족의 이미지를 뚜렷하게 보여준 건 아니다. 29연에서 "책이라곤 한 권도 읽은 적이 없고 / 책이란 쓸데없는 장난감이라 여긴" 대목은 과거 그의 성향을 부정적으로 비치게 한다. 그랬던 남편이 아내로부터 좋은 영향을 받아 변모했고, 나중에 두 부부는 전통과 관습에 충실한 러시아식 노부부가 되어갔다.

19세기 초 작가들 사이에서 유행했던 시첩. Музей А. Пушкина 소장(필자 직접 촬영 2016. 7. 13).

그러나 남편은 진정으로 아내를 사랑해
그녀의 변덕에 참견하지 않았고
매사에 태평하게 그녀를 신뢰했고
자기도 실내복 바람으로 먹고 마셨다
그리하여 그의 삶은 평온하게 흘러갔다

Но муж любил ее сердечно,
В ее затеи не входил
Во всем ей веровал беспечно,
А сам в халате ел и пил;
Покойно жизнь его катилась;

화자의 관심은 이제 이 두 부부가 일상의 삶에서 러시아의 전통을 굳건하게 지키고 있는 모습을 향한다. 전통 문화를 지키며 소박하게 사는 이들의 삶의 태도는 오네긴의 부모가 빠져 지냈던 사치한 무도회 등에서는 찾아질 수 없다. 노부부가 일평생 지켜온 관습과 민속의 실례들은 다음과 같이 35연에 그대로 담겨 있다.

그들은 평화로운 삶 속에
그리운 **옛 풍습**을 간직하고 있었다
기름진 **마슬레니차 주간**에는
러시아 식 **블린**을 구웠고[18]
일 년에 두 차례씩 **금식**을 지켰고
**둥그런 그네** 타기와
**접시 노래**와 **윤무**를 즐겼다

사람들이 하품을 하며 기도문을 듣는

**성삼위일체 축일**(**트로이차 젠**)에는

땅 두릅(야보르) 작은 다발에

자못 경건하게 세 방울쯤 눈물을 흘렸다

**크바스**는 공기 같은 필수품

손님을 대할 때는 **관등 순으로 요리를 돌렸다.**[19]

Они хранили в жизни мирной

Привычки милой старины;

У них на масленице жирной

Водились русские блины;

Любили круглые качели,

Подблюдные песни, хоровод;

В день Троицын, когда народ,

Зевая, слушает молебен,

Умильно напучок зари

Они роняли слезки три;

Им квас как воздух был потребен,

И за столом у них гостям

Носили блюды по чинам.

라린 가문이 러시아식 관습과 전통을 잘 지켜가는 모습을 묘사한 제2장은 이렇게 40연으로 끝을 맺는다. 정리하자면, 여주인공 타티야나와 올가가 독자 앞에 완전하게 모습을 드러내고, 그 부모의 훌륭한 가정생활까지 노출됨으로써 제1장에 제시된 오네긴의 가계와 대조를 이룬다. 주요

타티야나의 어머니가 잘 지켰던 성삼위일체 축일, 즉 트로이차 젠은 부활절 이후 50일째가 되는 일요일을 일컫는 정교회 축일 가운데 하나이다. 그 다음 날인 월요일은 정교회력에서 두홉 젠(Духов день)이라고도 한다. 하지만 주로 일반 민중이 믿는 이교력에 따르면, 그 순서가 반대다. 일요일이 두홉 젠이고, 월요일은 트로이차 젠으로 불렸다. 대부분의 사람들은 민중 달력으로 계산해서 일요일 하루 전인 토요일을 '두홉스카야 수보타(Духовская суббота)'라고 했고, 이날 가장 먼저, 그리고 가장 중요하게 치러지는 의식이 바로 조상의 혼령을 불러들이는 것이었다. 먼저 문과 창문에 '마이(май)'라는 일종의 나뭇가지 장식물(두릅나무 가지 다발)을 걸어놓는다(사진 참조). 그러고는 은행나무, 야보르, 그리고 칼리나 나뭇가지를 섞어 만든 것을 문과 창문 양쪽에 내걸고, 들어가신 조상의 혼령을 맞이했다. 특히 돌아가신 부모님이 이곳을 방문해 복을 더해 주고 불행을 막아주기를 기원했다(스몰렌스크 예르시치 마을에서 필자 직접 촬영, 2009.7.18).[20]

(상) 포포프가 그린 「마슬레니차 기간 중, 툴라 현의 길거리 극장 발라간」(Балаганы в Туле на святой неделе). 뒤편 가운데에 있는 것이 바로 둥그런 그네 카첼리(качели)이다.[21]
(하) 부활절 주간(пасхальная неделя), 남녀노소가 명절을 즐기는 사진 속에 그네 카첼리가 보인다.[22]

둥그런 모양을 만들어 추는 '윤무(хоровод)' 광경[23]

등장인물들이 자신의 정체성과 역할을 모두 드러내고, 이제 서사는 본격적인 갈등 국면으로 접어들 태세다.

### 플롯과 캐릭터, 제3장

제3장은 렌스키와 오네긴이 올가와 타티야나의 집으로 놀러가는 장면으로 시작된다. 이 자리에서 오네긴과 처음으로 만나는 타티야나에게 이내 사랑의 감정이 깃든다. 자신만의 상상 속에서 오네긴에 대한 열정과 사랑은 한없이 깊어진다. 마치 좋아하던 소설책 속의 사랑 이야기처럼 타티야나는 현실성 없는 공상의 나래를 펴기 시작한다. 이러한 분위기에 불을 지피기라도 하듯이, 집안과 마을에서는 타티야나의 신랑감이 드디어 나타났다는 소문이 돌게 된다. 신랑감이 확정이라도 된 듯, 이 소문은 타티야나의 연약하고 불안정한 마음을 뒤흔들어놓는다.

급기야 오네긴에게 보내는 장문의 프랑스어 편지가 소개된다. 화자는 타티야나의 연애편지가 프랑스어로 쓰여질 수밖에 없는 까닭을 알려준다.

> 여태껏 우리의 자랑스러운 언어는
>
> 서한용 산문에 길들여지지 못한 것이다
>
> Доныне гордый наш язык
>
> К почтовой прозе не привык.

이어 이 운문 소설을 통해 가장 서정적인 장면이 묘사된다. 타티야나는 오네긴에게 인편으로 편지를 보낸 뒤 답장을 기다리지만, 답장은 오지 않는다. 이틀이 지나도 소식이 없자 그녀는 망연자실해하며 창가에 앉아 있

쿠스토디예프가 그린 「마슬레니차」(Масленица, 두 편 모두 1919)[24]

1980년대 노브고로드 지역에서 촬영된 사진으로, 강가에서 큰 짚 인형에 불을 지펴 태우는 광경이다. 마슬레니차 기간에는 겨울 동장군을 보내고 봄을 맞이하는 중요한 의례로서 이와 같은 불놀이를 하곤 했다.[25]

다. 그러고는 "입김을 호 불어 창문에다 소중한 첫 글자 E와 O를 그렸다."

타티야나가 이토록 오네긴에게 빠져든 이유는 소설을 통해 키워진 공상이 한몫했다. 오네긴에게 편지를 쓰면서도 밤을 홀딱 새웠다("연분홍 봉함지로 편지를 마무리할 때, 이미 저 멀리 골짜기에서는 안개 사이로 날이 밝아왔다"). 이 맹목적인 사랑은 시골에서 남정네들과의 접촉 없이 비현실적으로 성장해 온 타티야나가 제어할 수 없는 감정이었다.

답답한 마음에 타티야나는 집 밖으로 산책을 나선다. "위험한 책을 손에 든 채 / 홀로 적막한 숲을 헤맨다"는 표현처럼, 그녀의 심정은 얼마나 답답했을까. 그런데 바로 이 순간 타티야나는 오네긴과 극적으로 조우한다. 하지만 그녀의 눈앞에 등장한 건 사랑의 기사가 아니라, "마치 유령처럼" 등장한 무시무시한 오네긴의 환영이었다. 불길한 기운이 엄습했다.

걷기 시작했다. 그러나 오솔길에
접어들기 무섭게 그녀 앞에
예브게니가 두 눈을 번득이며
무시무시한 유령처럼 나타났다

Пошла, но только повернула
Валлею, прямо передней,
Блистая взорами, Евгений
Стоит подобно грозной тени

## 플롯과 캐릭터, 제4장

제4장은 오네긴이 보낸 지난 세월에 대한 설명으로 시작된다. 타티야나

의 편지에 대한 오네긴의 입장이 드러나면서, 두 주인공의 가슴 아프고 답답한 연애담과 달리 올가와 렌스키의 사랑이 고조돼간다. 계절은 여름에서 시작해 빠르게 가을을 거쳐 겨울로 이동한다. 첫눈이 내리고, 네 주인공의 이야기도 빠르게 전개된다. 다음 주 토요일에 있을, 소설의 절정이자 중요한 사건의 계기가 되는 타티야나의 명명일 파티가 예고되면서 제4장은 막을 내린다.

이 장에서 독자의 눈에 확연하게 들어오는 장면은 정신적으로 무료한 삶을 살아온 오네긴에게 타티야나의 편지가 얼마나 큰 생동감을 주었으며, 그에게 어떤 삶의 방향을 선사했는가다. 지난 8년간 오네긴은 무위도식하며 피폐한 영혼으로 지내왔다. 화려한 무도회도 더 이상 그의 감정에 불을 지피지 못했고, 그저 여기저기 술자리나 기웃거리는 무료한 일상이 되풀이되고 있었다. 10연은 이런 오네긴의 심정을 잘 표현해준다.

사랑의 느낌 없이
미련의 아픔도 없이
마치 저녁에 휘스트 게임을 하러 찾아와
앉아 있다가 게임이 끝나면
훌훌 털고 일어나
제집에서 편히 잠들고
아침이 되면 깨어나
오늘 저녁엔 어디로 갈까 망설이듯

Чуть помня их любовь и злость.
Так точно равнодушный гость
На вист вечерний приезжает,

Садится; кончилась игра:

Он уезжает со двора,

Спокойно дома засыпает

И сам не знает поутру,

Куда поедет ввечеру

이토록 건조해진 삶에 타티야나의 편지는 얼마나 큰 활력을 선사했을까? 이번에는 그도 뭔가 다른 감정을 느꼈나 보다. 그러나 장난삼아, 분위기나 전환하자는 식의 대꾸가 그가 보일 수 있는 최고의 반응이었다. 바람둥이 오네긴의 태도는 단호하고 냉정했다. 알다시피 그는 일평생 한 여인을 아내로 맞아 가정을 꾸려낼 책임과 용기는 물론, 그럴 의사조차 없었다. 그는 이렇게 말한다.

그러나 나는 행복을 위해 태어나지 않았소

내 영혼은 행복을 모르오

당신의 미덕들은 내게 부질없소

나는 그걸 받을 자격이 없소

…

이 세상에서 가장 나쁜 것은

불쌍한 아내가 부도덕한 남편 때문에

밤이고 낮이고

홀로 눈물짓는 가정일거요

권태로운 남편은 아내의 가치를 알면서도

…

언제나 오만상을 찌푸린 채 말이 없고

냉혹한 질투심에 수시로 화만 낼 거요

그게 바로 나요…

Но я не создан для блаженства;

Ему чужда душа моя;

Напрасны ваши совершенства:

Их вовсе недостоин я.

...

Что может быть на свете хуже

Семьи, где беднаяжена

Грусти то недостойном муже,

И днем и вечером одна;

Где скучный муж, ей ценузная

...

Всегда нахмурен, молчалив,

Сердити холодно-ревнив!

Таков я.  И того ль искали

냉정한 어조의 설교처럼 예상치 못한 답변을 듣게 된 타티야나는 아무런 말도 못하고 그저 눈물만 흘리며 돌아선다. 이를 계기로 그녀는 보답받지 못한 사랑에 더더욱 집착하게 된다. 둘은 헤어졌지만, "오히려 충족되지 않은 열정으로 / 불쌍한 타티야나는 더욱 불타올랐다." 그리고 "그녀는 그렇게 시들어갔다(И меркнет милой Тани младость)."

## 플롯과 캐릭터, 제5장

제5장은 1월 셋째 날 밤의 겨울 풍경 묘사로 시작된다. 오네긴과의 운명을 예견하는 타티야나의 꿈 이야기와 그녀의 명명일 파티 사건이 이 장을 채운다. 신화적인 배경 속에 온갖 상징으로 가득 찬 타티야나의 꿈에서 오네긴은 칼로 올가와 열애 중인 약혼자 렌스키를 죽인다. 이는 렌스키에게 닥칠 불운을 예고하고, 실제로 파티 무도회장에서 오네긴은 올가 앞에서 렌스키의 심기를 건드리며 오해를 불러일으킨다. 질투와 분노에 휩싸인 렌스키는 받은 굴욕감을 되갚기 위해 오네긴에게 결투를 신청한다. 하지만 그는 도리어 오네긴의 총에 맞아 죽는다.

제5장에서 특징적인 부분은 여주인공 타티야나가 품고 있는 러시아적 품성이다. 그녀의 부모가 전통과 세시풍속을 지키며 러시아적인 삶을 고수하고 있듯이, 타티야나의 형상도 귀족적이지도 이국적이지도 않다. 특히 당시 비슷한 처지의 귀족 여인들과 달리 전혀 프랑스적이지 않다. 오히려 그녀 주위엔 러시아 농민의 삶을 연상시키는 민속적 모티프들이 가득하다.

이 장에서 점차 뚜렷해지는 타티야나의 인물됨과 정체성은 모두 '러시아적인 정서'와 연결돼 있다. 전통을 따르던 그녀의 어머니에게서 물려받은 것이라고밖에 볼 수 없는 것들이다. 화자는 독자가 이를 눈치 채지 못하는 것이 안타까워서인지, 분명한 시어로 타티야나의 형상에 대해 언급한다.

> 자신도 웬일인지 모르지만
> **러시아적인 정서로 가득 찬 타티야나는**
> 러시아의 겨울을

(좌) 예브게니 손체프가 그린 「점」(Гадание, 1884)은 주현절 기간 흔히 벌어지던 점치는 풍속을 잘 보여준다. 찬물 위로 촛농을 떨어뜨린 뒤, 이를 다시 마룻바닥에 부어놓고 곧 나타날 미래의 신랑감을 점쳐보는 방식이었다. (우) 알렉산드르 베네치아노프가 그린 「점」(Гадание, 1840) 속에는 두 처녀가 베개 위에 카드를 올려놓고 점을 치는 장면이 묘사돼 있다. 이렇게 주현절 기간에는 미래의 신랑감을 알아보는 카드 점 놀이가 처녀들 사이에서 큰 유행이었다.

니콜라이 피멘코가 그린 「주현절의 점」(Святочные гадания, 1889). 역시 주인공은 단연 처녀들이다. 접시 물에 촛농을 떨어뜨리기 전, 벽에 비친 촛불의 형상을 살펴보면서 미래의 낭군님을 가늠해보고 있다.

그 차가운 아름다움을 사랑했다.

(강조는 필자)

Татьяна (русская душою,

Сама не зная почему)

С ее холодною красою

Любила русскую зиму

간밤에 내린 첫눈을 확인하며 이 장이 시작되듯, 타티야나는 계절의 분위기와 함께한다. 차갑지만 아름다운 러시아의 겨울을 그녀는 사랑한다. 그리고 그녀 자신도 알지 못하는 "러시아적인 정서"가 이 계절과 함께 비밀스럽게 그녀의 형상을 감싼다.

한 러시아 여인상을 만들어내기 위해 작품 안에 설정된 모티프들은 다른 등장인물들의 그것에 비해 압도적이다. 이미 그녀의 부모를 통해 보인 전통과 세시풍속뿐만 아니라 농민의 삶으로부터 채집되는 여러 상징적 요소들이 가득하다. 오네긴과의 연애 스토리가 전개될 때 활용되는 전설과 미신, 카드 점 등의 요소는 1820-30년대 러시아 낭만주의 계열 작품에 단골로 등장하는 소재들—거울과 환영, 꿈, 악마, 애인과의 실현되지 않은 불운한 사랑 등—과 같은 맥락에 있으며, 소싯적 프랑스 소설에 빠져 있던 타티야나의 이국 취향의 형상에 러시아의 민속적 바탕을 제공한다.

11연부터 시작되는 타티야나의 꿈은 '모의 장례식'이라는 농민 민속의 모티프를 차용하고 있다. 이 장면에서 오네긴은 몰려든 혼령들을 쫓아낸다. 그러고는 타티야나를 탁자 위에 눕히고 욕정에 휩싸인 채 겁탈하려 든다. 바로 이 순간 렌스키가 들어옴으로써 그의 계획은 수포로 돌아간다. 이 불청객을 맞는 오네긴의 태도는 폭력적이다. 그는 칼을 들어 채우지 못한 욕망에 대한 분풀이로 렌스키를 살해한다. 이 꿈은 이후 질투에서 비롯될 두 주인공의 결투를 암시하기도 한다. 이 비극적인 장면을 끝으로 타티야나는 꿈에서 깬다.

흉몽에서 깬 타티야나는 곧장 마르틴 자데카가 쓴 해몽서를 찾아 들추며 이 꿈이 무엇을 의미하는지 알아보려 한다. 일종의 미신에 기대는 이러한 행위는 그녀가 당대의 민속에 얼마나 밀접해 있는지 보여준다. 이 해몽서가 지니는 의미는 크다. 무엇보다 "외딴 저택에서 서적 행상인에게서 산" 이 책은, 타티야나가 프랑스 소설책 같은 귀족 교양서 못지않게 이른바 하층 농민들의 삶의 교본에도 관심을 기울이고 있었다는 사실을 알려준다.

## 플롯과 캐릭터, 제6장

제6장에서도 타티야나의 명명일 파티는 이어진다. 단일 모티프로서는 가장 긴 지면이 할애된 이 파티에서 조만간 두 주인공이 맞닥뜨리게 될 사건의 단서가 제시된다. 친구 렌스키의 약혼녀에게, 그것도 렌스키와 한 장소에 있으면서, 춤을 추자고 유혹하는 오네긴의 경솔한 행동은 이후 악몽 같은 사건들의 출발점이 된다. 그의 의도된 추태에 아무런 생각 없이 응한 올가의 순진함도 렌스키의 질투를 부른다. 급기야 렌스키는 그녀의 행동을 불경하고 용납할 수 없는 교태와 유혹으로 오해한다. 이에 렌스키는 복수하기 위해 연적 오네긴에게 결투를 신청한다. 그러나 앞서 타티야나의 꿈이 암시했듯이, 렌스키는 오네긴의 총에 맞아 죽는 운명에 처한다. 제6장은 이렇게 렌스키의 죽음으로 끝이 난다.

이 결투 장면에서 한 가지 주목할 것은 결투에 임하는 두 주인공의 자세가 서로 다르다는 점이다. 렌스키는 연적을 반드시 죽이겠다는 복수심에 불타올랐다. 하지만 오네긴은 결투 당일에도 죽음을 초월한 듯 늦게 일어나 지각하는가 하면, 막상 결투장에서도 전혀 긴장 어린 태도를 보이지 않는다.

이러한 설정은 푸시킨의 또 다른 작품인 『벨킨 이야기』(Повесть Белкина)에서 사격의 달인 실비오가 보여준 태도를 연상시킨다. 단편 「일발(Выстрель)」에서는 실비오가 경험한 굴욕적인 결투 장면이 소개된다. 한 발 총탄으로도 생사가 갈리는 상황에서 실비오의 결투 상대는 마치 죽음에 조금도 관심이 없다는 듯, 총구를 겨누고 있는 실비오에게 먹던 자두 씨를 뱉어 보인다. 이 행동은 실비오에게 큰 모욕감을 안겨준다. 일반적으로 죽음을 앞둔 상대자가 살려달라고 애원하고, 이에 자신은 기사도를 발휘해 목숨만은 살려주는 것이 낭만주의식의 문법이기도 했기 때문이다. 하지만 「일발」에서나 『예브게니 오네긴』에서나 상황은 도리어 역전돼 있다.

주인공 실비오가 받았던 모욕을 이번에는 귀족 청년 오네긴이 갚는 것일까? 질투심과 복수심에 결투를 신청한 낭만주의자 렌스키는 한 잉여 인간에게 불명예스럽게 죽임을 당한다. 이렇게 푸시킨 스스로가 일전에 발표한 작품을 패러디하는 양상의 결투 장면에서 오네긴은 낭만주의자의 비극적 최후를 초래한 악마 역할을 맡는다. 그러나 시인이자 공상가, 헤겔 철학에 심취했던 낭만주의자 렌스키를 죽인 오네긴은 살인에 대한 반성은커녕 죄책감도 느끼지 못한 채 다시 무료한 일상으로 되돌아온다. 그에게선 그 어떤 일신상의 변화도 보이지 않는다.

반면 비극적인 최후를 맞은 렌스키의 삶은 너무나도 허망하다. 절반은 독일인이었던 시인 렌스키 역시 러시아에 뿌리내리지 못한 철저한 이방인의 형상이다. 40연에서 시인의 무덤가를 언급하고 있는 대목은 '존재론적 불안'과 '뿌리 없는 방랑적 경향'을 압축하며 그의 최후를 더욱 초라하게 만든다.

그의 무덤은 이른바 부정하고 비기독교적이며 악마적인 토양인, 마을의 "왼편(влево)"에 위치해 있다. 그것도 "시냇가 짙은 그늘 아래(Там у ручья в тени густой)"에 그의 "소박한 묘비(Поставлен памятник простой)"는 서 있다. 사탄과 부정한 실체의 방향으로 통하던 왼쪽 편에 그의 묘가 위치한 것만으로도 그가 주인공다운 대접을 받지 못했음을 의미한다.[26] 작가의 이러한 의도적인 설정은 렌스키의 또 다른 자아라고 볼 수 있는 오네긴의 앞날에까지 비극의 전조를 드리운다.

또한 여기서 렌스키의 죽음은 40연 마지막 행에서 사용된 단어들의 불균형한 조합으로 인해, 일종의 반어적(irony)—화자에 의해서 이야기된 것과 실제로 내포된 의미 사이에서 나타나는 불일치[27]— 분위기를 만들어낸다. 설명하자면, 묘비로 사용된 러시아어 '파먀트니크(памятник)'는 보통 뛰어난 역사적 인물을 기리는 우람한 기념비를 의미하는 것으로, 이런 외딴 시골구석 무덤가에 세워질 용도에는 적합지 않은 것이다. 더군다나 이 '우람한' 기념비를 수식하는 '평범한(простой)'이란 형용사 역시 조어론의 측면에서 서로 어울리지 않는 희극적인 뉘앙스를 만들어낸다. 따라서 렌스키의 무덤에 세워진 "памятник простой"란 단어 조합은 렌스키의 죽음에 부여된 비극의 기호와 그의 정체성과 존재감을 조롱하는 듯한 의도적인 기호라고 해석할 수 있다.

렌스키의 형상이 지닌 아이러니는 그의 이름을 통해서도 증명된다. 그의 이름은 블라디미르이고, 렌스키는 성이다. 러시아어로 블라디미르(Владимир)에는 여러 의미가 들어 있는데, 우선 동사로 '정복하다, 통치하다'는 의미의 '블라데티(владеть)'가 가장 먼저 떠오른다. 이 동사에서 명령

형 '블라디(влади)'가 파생한다(또한 이로부터 '권력'이란 명사 '블라스티(власть)'도 파생한다). '미르(мир)'는 세상과 평화를 동시에 뜻하는데, 이 문맥에서 평화보다는 세상에 가깝다고 할 수 있다. 정리하자면, 블라디미르는 '세상을 정복하라, 통치하라, 다스려라'란 의미이다. 이렇게 렌스키의 이름은 지극히 남성적이며, 기개가 넘치는 메시지를 품었다. 그런데 아이러니하게도 그의 말로는 치기어린 장난이 낳은 결투로 허망하게 끝난다. 죽음의 진행과 쓸쓸한 뒷자리 분위기까지 그의 남성적 허상과는 전혀 어울리지 않는다. 렌스키의 가벼운 존재감은 이렇게 아이러니 효과를 통해 비러시아적인 요소의 제거와 함께 다뤄지고 있다.

더구나 그의 죽음은 연인이었던 올가의 기억뿐만 아니라, 다른 스토리에서조차 금세 사라져 쉽게 잊혀져버린다. 다음 제7장 8~10연에 설명조로 소개되는 올가의 결혼 소식은 독자의 기억 속에서 렌스키를 빠르게 앗아간다. 사랑했던 연인을 비극의 장난으로 잃었으면서도 올가는 너무도 빨리 딴 남자와 혼인해버린다. 여기서 푸시킨이 사용한 빠른 서사 기법도 의미가 있다. 일반적인 방식이었다면 몇 개의 연에 걸쳐 그 스토리가 세세히 드러나겠지만, 렌스키의 죽음 이후 올가의 결혼담은 연속된 세 연의 짧은 분량 속에 압축적으로 서술된다. 이름도 없이 창기병이란 신분의 남자로만 독자 앞에 모습을 드러낸 신랑이 올가의 관심을 샀다고 화자는 적고 있을 뿐이다.

## 플롯과 캐릭터, 제7장

렌스키의 죽음을 비웃기라도 하듯, 제7장은 생기발랄한 봄으로 시작된다. 이어 짧은 여름, 가을로 빠르게 전환하고, 이어 타티야나가 어머니와 함께 모스크바의 신부 시장으로 여행을 떠나는 장면이 겨울을 채운다. 제5장과 제6장이 렌스키가 스토리에서 제거되고, 오네긴의 이중성이 조금씩 노출되는 과정으로 이루어져 있다면, 제7장에서는 오네긴의 인물됨, 특히 그의 잉여 인간적 속성이 완전히 폭로된다. 이 과정에서 타티야나는 오네긴을 분명하게 들여다보게 되고, 후반부에서는 한 남자의 아내가 된 모습으로 다시 등장한다. 이렇게 제7장은 오네긴과 타티야나의 재회, 그리고 악마적 인간의 수수께끼 같은 정체성이 폭로되는 내용이 주를 이룬다.

제7장 이전까지의 에피그라프(題詞)들이 등장인물들의 감정 상태나 낭만주의적인 열애의 모티프에 기초한 내용들이 주를 이루었다면, 7장 서두의 세 인용문은 모두 모스크바만을 다루고 있어 차별된다. 특히 '모스크바 = 여성' 혹은 '모스크바 = 사랑스러운 연인'의 개념으로 표현되고 있는 것이 특징이다. 이는 또한 오네긴의 거주 공간인 네바 강의 도시 상트페테르부르크에 대한 모스크바의 승리를 의미하는 것이기도 하다. 이러한 해석은 타티야나가 모스크바의 신부 시장에서 장래의 남편을 만나고 돌아올 뿐만 아니라, 훗날 빼어난 자태로 사교계를 호령하는 귀부인으로 등장하기 때문에 타당하다. 따라서 묘사되고 있는 모스크바의 풍경은 타티야나의 정신적인 위엄, 즉 정숙한 러시아 여인의 유럽식 댄디즘과 잉여인간에 대한 압도로도 풀이할 수 있다.

19세기 러시아 사상가 레프 셰스토프는 이와 유사한 방식으로 두 주인공의 관계를 풀어냈다. 오네긴에 대한 타티야나의 승리를 "현실에 대한 이상의 승리(победа идеала над действительностью)"로 규정했으며, 이 유산이야말로 푸시킨 이후 러시아 문학의 가장 본질적인 특징으로 간주했다. 특히 그는 "중요한 점은 바로 이 승리가 결코 기교나 허구가 아니라는 것"을 강조했다.[28]

제7장은 다음의 첫 에피그라프로 포문이 열린다.

> 모스크바여, 러시아의 사랑받는 딸이여
> 어디에서 너에 버금가는 것을 찾을까?[29]
> Москва, России дочь любима,
> Где равную тебе сыскать?

렌스키의 죽음을 노래하며 사뭇 비극적으로 마감됐던 전장의 분위기는 제7장에서 이내 사라진다. 언급했다시피 올가는 다른 남자와 신속하게 혼례를 올렸고, 언니 타티야나는 어머니의 성화에 못 이겨 모스크바 신부 시장으로 떠나야만 했다.

그러나 제7장에서 가장 중요한 장면은 올가 부부가 신혼살림을 차리기 위해 고향을 떠난 후 타티야나가 마음의 허전함을 느끼는 대목이다. 어느 날 그녀는 집을 나서서 정처 없이 한참을 산책하다 오네긴의 저택에까지 이르고, 마침 주인 없는 집의 서재 안으로 안내돼 들어간다. 바이런의 초상화가 걸려 있는 그의 서재에서 타티야나는 자신의 마음을 사로잡았던 이국풍의 신사이자 사교계의 풍운아로 비밀에 휩싸여 있던 오네긴의 정체를 바로 알아보게 된다. 그녀에겐 돌이킬 수 없는 중대한 깨달음이었다.

24연에선 타티야나의 눈에 비친 오네긴의 가면이 벗겨진다. 그는 이제 더 이상 타티야나의 마음을 사로잡은 청년이 아니다. 단지 "무가치한 패러디"이자 "보잘것없는 유령"에 지나지 않는 자로 인식될 뿐이다. 화자 역시 냉정하게, 마치 타티야나의 마음속에 들어가 있는 듯, 오네긴의 정체를 이렇게 묘사한다.

(상) 콘스탄틴 유온이 그린 「겨울, 로스토프 벨리키」(Зима, Ростов Великий, 1906). 모스크바 풍경은 아니지만, 유온의 화풍은 우선 따스한 세밀함으로 다가온다. 눈 내린 풍경이 라이트모티프로 사용된 이 그림은 대체로 파스텔 톤이다. 타티야나의 어머니도 이 그림에서처럼 마차 행렬을 이끌고 딸을 시집보내기 위해 모스크바 신부 시장으로 떠난다.[30]
(하) 유온이 그린 또 다른 그림 「러시아의 겨울, 리가체보」(Русская зима. Лигачево, 1947)다. 러시아의 전형적인 숲을 배경으로 순백의 설원이 압권인 이 그림은 가장 러시아적인 겨울을 담은, 유온의 대표작 가운데 하나다.[31]

그리하여 나의 타티야나는

다행스럽게도

차츰차츰 분명하게 알게 됐다

전능한 운명의 신이

탄식의 대상으로 정해준 **사내의 정체**를

슬프고 위험한 기인

천국 혹은 지옥의 피조물

천국 아니면 **오만한 악마**

그는 과연 누구인가? **모조품**

**보잘것없는 유령**, 아니면

해럴드의 망토를 걸친 모스크바인

아니면 타인의 변덕이 만들어낸 해석

유행어로 가득 찬 사전…?

결국 그는 하나의 **패러디**아닌가?

(강조는 필자)

И начинает понемногу

Моя Татьяна понимать

Теперь яснее — слава богу —

Того, по ком она вздыхать

Осуждена судьбою властной:

Чудак печальный и опасный,

Созданье ада иль небес,

Сей ангел, сей надменный бес,

Что ж он? Ужели подражанье,

Ничтожный призрак, иль еще

Москвич в Гарольдовом плаще,

Чужих причуд истолкованье,

Слов модных полный лексикон?..

Уж не пародия ли он?

19연에서 24연에 걸쳐 묘사된 오네긴의 서재는 철저하게 타티야나의 시선을 따른다. 그녀는 주인 없는 공간에 들어선 긴장과 흥분에 휩싸여 있었다. 하지만 그 "텅 빈 성(пустыный замок)"으로 들어온 타티야나는 본래 이방인이었던 오네긴의 정체를 마침내 알아차린다.

이에 앞서 20연에서 눈여겨볼 표현이 있다. 바로 한밤중 오네긴의 집에 들어선 타티야나를 지칭하는 "젊은 여순례자(пилигримка молодая)"란 시어다. 이는 타티야나의 이미지와 어떻게 부합할까? 서재를 찾은 첫째 날 밤, 바이런의 초상화와 주철로 조각된 나폴레옹 상이 있는 적막한 이곳에서 그녀는 동경해 마지않던 연인에 대한 호기심과 흥분에 사로잡혔었다. 바로 이 장면에서 화자는 타티야나를 '순례자'로 언급한다. 삶의 무상함에서 벗어나 구원의 확신을 가지고 진리를 찾아 길을 나서는 자, 이들이 구도자요 순례자다. 어쩌면 종교적 함의까지 서린 이들의 행위가 타티야나의 형상에 포개진다. 그리고 서재를 다시 찾은 다음날 아침, "마침내 혼자가 된 그녀는 이곳에서 한참을 운다."

이교도 숭배와 관련이 있던 영국 시인 바이런과 오만함에 세계 제패의 허상을 좇았던 프랑스 황제 나폴레옹은 오네긴 내면의 실체를 표상한다. 타티야나가 발견한 그의 정체는 이들을 추수하는, 한낱 "피조물"이자 "모사품", 그리고 "패러디"일 뿐이다. 진리를 찾는 구도자인 타티야나에 의해 그의 이국적인 허상과 비러시아적인 잉여성이 발가벗겨지는 건 당연지사일 수밖에 없다.

홍미롭게도 이 서재 장면은 (스토리 전개상 8년의 시간이 흐른) 제8장 41연에서 오네긴과 유부녀가 된 타티야나가 재회하는 장면과 겹친다. 41연의 공간은 결혼한 타티야나 저택의 실내로 설정돼 있다. 사교계에서 성공한 옛 연인을 다시 만나 충격에 빠진 오네긴이 그녀의 거처로 찾아와 재회하는 장면이 '역전된' 두 사람의 관계를 보여준다. 제7연에서 오네긴의 서재에서 혼자 통곡하던 타티야나는 이제 자신의 발아래 몸을 던져 지난 사랑을 후회하는 오네긴에게 냉정한 시선을 되돌려준다. 모든 것은 이미 결정됐으며, 이제 오네긴이 타티야나의 설교를 들어야 할 때가 온 것이다. 오네긴에게 보냈던 사랑을 부정하지는 않은 채, 하지만 동시에 자신이 유부녀임을 상기시키는 타티야나는 보란 듯이 과거의 바람둥이를 뿌리친다.

다시 제7장으로 돌아와서, 서사는 이제 그녀의 집과 그녀의 혼사 이야기로 이어진다. 타티야나에게는 세 명의 남정네들이 달려들었지만 모두 거절당했었다. 이에 걱정이 앞선 어머니는 타티야나를 모스크바의 신부 시장에 데리고 가려고 결심한다. 열여덟 마리나 되는 말이 끄는 포장용 썰매 세 대에 어마어마한 살림살이를 싣고, 두 모녀는 모스크바로 향한다. 무려 여섯 마리의 말이 썰매 한 개를 끄는 셈인데, 이 풍경은 얼마나 진기한가. 썰매에 실린 가재도구의 규모도 이 집안의 재력과 호화로움을 드러내기에 충분하다.

이렇게 모녀는 7일 동안을 쉼 없이 달려 마침내 모스크바에 사는 이모님 엘레나 공작부인 댁에 당도한다. 모스크바에서 이곳저곳 무도회를 기웃거리며 마땅한 신랑감을 찾아보지만, 태생적으로 이런 사교계에 익숙하지 않은 타티야나는 곧 염증을 느낀다. 하지만 7장 말미에 미래의 남편

푸시킨이 사용하던 실제 서재(푸시킨 작가 박물관에서 필자의 직접 촬영 2017.8.13)

푸시킨이 읽던 서재의 책들(필자의 직접 촬영 2016.7.10)

푸시킨이 직접 그린 삽화와 원고들의 원본(필자의 직접 촬영 2016.7.10)

이 될 위엄 있는 장군이 그녀를 지긋이 응시하는 모습으로 등장하면서, 타티야나에게 생길 혼사를 암시하는 것으로 7장은 끝을 맺는다.

### 플롯과 캐릭터, 제8장

제8장은 작품 속 화자이자 작가 푸시킨의 목소리가 반영된 바이런의 에피그라프로 시작한다. "그대여, 안녕, 만일 이것이 영원한 이별이라면 / 영원히 안녕(Fare thee well, and if for ever / Still for ever fare thee well)." 살아생전에 푸시킨의 영원한 우상이자 문학의 스승이기도 했던 바이런과의 이별을 공식화하는 이 구절은 비러시아적인 문학과의 과감한 결별로도 해석할 수 있다.

7연에서 오네긴은 갑자기 모스크바 무도회장에 모습을 드러낸다. 화자도 갑자기 등장한 그를 소개하면서 "정말 오네긴인가?"라고 반문할 정도로, 그의 출현은 새로운 긴장감을 불러일으킨다. 하지만 그의 옛 모습은 온데간데없이 사라져버렸다.

> …
> 아니면 아직도 괴짜인 척하고 다니는가?
> 어떻게 해서 돌아왔을까?
> 우리에게 무엇을 보여줄 셈인가?
> 이제 어떤 모습으로 등장할 작정인가?
> …
> 아니면 전혀 다른 가면을 과시할 것인가?
> …

그러나 한마디 충고만은 해두고 싶다

낡은 유행 따윈 끊어버리고

세상을 속이는 일도 그만둘 것...

당신은 이 사람을 아는가? 그렇기도 하고 아니하기도 하지

Иль корчит также чудака?

Скажите: чем он возвратился?

Что нам представит он пока?

Чем ныне явится?

Иль маской щегольнет иной,

...

По крайней мере мой совет:

Отстать от моды обветшалой.

Довольно он морочил свет...

— Знаком он вам? — И да и нет.

독자들은 뭔가 오네긴의 새로운 모습을 기대했겠지만, 정작 그는 타티야나의 남편을 현장에서 목격하고 충격에 빠졌을 뿐이다. "풍채 당당한 장군"이 과거 자신을 좋아했던 타티야나의 남편임을 직감한 오네긴은 그날 밤 무도회가 끝나자마자 타티야나의 집으로 향한다. 그리고 그녀의 발아래 무릎을 꿇는다. 타티야나가 이토록 빼어난 미모를 지니고 있었는지, 상류층 사교계에 어쩌면 이렇게 훌륭하게 적응했는지 오네긴은 알 길이 없다.

오네긴은 때늦은 후회와 함께 그녀의 사랑을 갈구하지만, 타티야나는 이미 태연스럽고 당당하며 정숙한 유부녀가 되어 있다. 그녀는 또다시 자

신의 사랑을 받아달라고 유혹하는 오네긴을 단호하게 물리친다.

그러나 그가 아무리 죽을 듯이 발버둥 쳐도

그녀는 본체만체

집에서 아무렇지도 않게 맞아 주고

손님들 앞에선 한두 마디 건네고

때론 인사만 끄덕하기도 하고

때론 아예 아는 척도 않는다

교태라곤 찾으려야 찾을 길이 없다

상류 사회에선 그런 것을 참아주지도 않지만

오네긴은 핏기를 잃어갔지만

그녀는 관심도 동정심도 없는 듯했고

오네긴은 수척해져서 마침내

거의 폐병 환자처럼 돼버렸다

Как он ни бейся, хоть умри.

Она его не замечает

Свободно дома принимает,

В гостях с ним молвит слова три,

Порой одним поклоном встретит,

Порою вовсе не заметит:

Кокетства в ней ни капли нет —

Его не терпит высший свет.

Бледнеть Онегин начинает:

Ей иль не видно, иль не жаль;

Онегин сохнет — и едва ль

Уж не чахоткою страдает.

면전에서 거절당한 상실감에 괴로워하던 오네긴은 과거 타티야나가 그랬듯, 사랑의 편지를 쓴다. "당신의 처분만 기다리며 운명에 복종하겠다(Ваш гордый взгляд изобразит!)"며 결연한 각오로 끝맺은 그의 편지에, 그러나 타티야나는 답장을 주지 않는다. 재차 보낸 편지에도 그녀의 마음은 열리지 않았고, 오네긴에게 되살아난 것은 과거에 경험했던 "잔인한 우울증(жестокая хандра)"이었다.

시간은 질주해, 계절은 겨울 지나 다시 봄이 당도했다. 그러나 이 계절의 포근함은 타티야나가 느끼는 새로운 삶의 시작이지, 오네긴을 향한 것이 아니다. 다시금 타티야나 앞에 선 오네긴은 사랑을 고백하며 그녀의 발아래로 몸을 던진다.

타티야나는 "파르르 떨더니 말없이 오네긴을 주시한다." 그러나 단호한 그녀의 태도에는 변함이 없다. 그녀는 큰 결단을 내린 듯, "오늘은 내 차례(Сегодня очередь моя)"라며 준엄한 판관의 자세를 드러낸다. 과거 장광설을 펼치던 오네긴의 태도를 떠올리게 하는 대목이다. 타티야나의 고백을 거절함으로써 오네긴이 그녀에게 큰 시련의 상처를 남겼듯이, 이번에는 그녀가 오네긴의 간절한 구애를 단호하게 거절함으로써 스스로 정절을 지키는 정숙한 여인상을 빚어낸다.

타티야나의 설교에는 정신을 번쩍 들게 하는 날카로움이 있다. 오네긴이 유부녀인 자신 앞에 다시 돌아온 의중을 그녀는 이렇게 내찌른다.

어째서 지금은 저를 쫓아다니시나요?

어찌해 제가 당신의 눈에 들게 됐나요?

Меня преследуете вы?

Зачемувасянапримете?

타티야나가 단정적으로 꼬집은 오네긴의 행동에는 진정성이 없다. 그녀가 보건대, 오네긴의 사랑 고백은 사교계의 귀부인으로 성장해 아름다운 자태로 그 앞에 다시 나타난 여자, 그것도 이젠 황제의 총애를 받는 한 남자의 부인이 되어 질투를 유발시키는 과거의 여자를 불륜의 대상으로 삼음으로써 애꿎게 괴롭히려는 난봉꾼 기질이 발동한 것일 뿐이다. 타티야나의 분석은 날카롭고 빠르다.

저의 불명예가 만인에게 알려진다면
당신은 사교계에서
유부녀를 정복했다고
자랑할 수 있기 때문 아닌가요?

Не потому ль, что мой позор
Теперь бы всеми был замечен,
И могбы в обществе принесть
Вам соблазнительную честь?

그리고 타티야나는 오네긴이 해석한 사교계에서의 성공도, 화려한 귀부인으로서의 명성도 모두 헛된 것임을 고백한다. 그리고 당장이라도 이 모든 껍데기의 삶에서 벗어날 각오가 돼 있다며, 재차 자신의 심정을 드러내보인다.

그녀의 고백은 오네긴이 상상하고 예상했던 것에 대한 전복이자 응징이다. 오네긴에겐 여전히 타티야나의 정신적인 고결함과 지조, 소박한 삶에의 사랑을 읽을 수 있는 능력이 없다. 자신의 사고 수준에서 결코 자유로울 수 없는 오네긴은 여전히 잉여 인간으로 남는다. 이렇게 반성과 참회의 기회를 부여받지만 깨닫지 못하는 정신적인 미숙아에게 타티야나의 일침은 다시 한 번 공명한다. 46연을 보자.

오네긴 님, 저에게 이 화려함
허위에 찬 이 역겨운 삶
사교계의 회오리바람 속에서 제가 거둔 성공
저의 멋진 저택과 야회가
무슨 소용이 있겠습니까? 지금이라도
당장에 이 모든 가면무도회와 누더기와
모든 광휘와 소음과 악취를 버리고
책장과 황량한 정원이 있는
당신을 제가 처음 뵀던
그곳으로
제 가엾은 유모가 묻힌 무덤 위에
십자가와 나무 그림자 어른거리는
소박한 교회 묘지로 가고 싶어요…

А мне, Онегин, пышность эта,
Постылой жизни мишура,
Мои успехи в вихре света,
Мой модный дом и вечера,

(상) 구교도식 무덤(старообрядческое кладбище)[32]

(하) 무덤 근접 촬영[33]

Что в них? Сейчас отдать я рада

Всю эту ветошь маскарада,

Весь этот блеск, и шум, и чад

За полку книг, за дикий сад,

За наше бедное жилище,

За те места, где в первый раз,

Онегин, видела я вас,

Да за смиренное кладбище,

Где нынче крест и тень ветвей

Над бедной нянею моей...

47연에서는 타티야나가 내린 최후의 결단이 메아리친다. 결혼한 몸, 유부녀로서의 정숙함을 지킬 의무가 있는 자신을 상기시키며 그녀는 마지막 말을 남긴다. 작품 전체를 통해 이보다 강한 여주인공의 메시지는 없다. 독자는 이런 타티야나를 통해 불안정한 십대 소녀로부터 성숙한 귀부인으로 성장한 한 러시아 여인의 총체적인 아름다움과 정신적 승리를 목격한다. 오네긴에게 던지는 그녀의 말이야말로 양심에서 우러나온 진심이 어린 언어다. 이런 타티야나의 형상이 바로 러시아 문학 속에서 보이는 '강한 여성상'의 원형이 된다.

저는 결혼했습니다. 그러니 부탁입니다

제발 절 그냥 내버려두세요

Я вышла замуж. Вы должны,

Я вас прошу, меня оставить.[34]

이 말을 끝으로 타티야나는 밖으로 나가 귀가하는 남편을 맞이한다. 그리고 둘은 마차를 타고 집을 떠나버린다. 사라진 부부의 모습 뒤로 사교계에서 젊은 생을 무모하게 낭비한 이국풍 댄디의 초라한 최후가 가련하게 남겨진다.

그녀는 나갔다
벼락이라도 맞은 듯 서 있다
얼마나 격렬한 감정의 풍랑이
지금 그의 가슴에 휘몰아치고 있는지!
그런데 별안간 마차 소리가 들리더니
타티야나의 남편이 모습을 드러냈다
그러면 독자여, 나의 주인공이
매우 난처한 입장에 처한 이 시점에서
그를 떠나기로 하자

Она ушла. Стоит Евгений,
Как будто громом поражен.
В какую бурю ощущений
Теперь он сердцем погружен!
Но шпор незапный звон раздался
И муж Татьянин показался,
И здесь героя моего,
В минуту, злую для него,
Читатель, мы теперь оставим,

총 8장으로 구성된 사랑의 대서사시는 이렇게 러시아의 이상적인 여성상인 타티야나의 정신적인 승리로 막을 내린다. 그녀의 상대였지만, 그저 우울증에 빠진 피조물, 혹은 낭만주의적 잉여성의 표본으로 남은 영국 신사 오네긴은 그녀 앞에서 한없이 왜소해져버린다. 그가 정신적인 갱생의 기회를 스스로 날려버린 채 또다시 과거로 되돌아갔는지, 혹은 전혀 새로운 삶으로 새 출발을 단행했는지는 아무도 모른다.[35]

❧

푸시킨과 동시대의 비평가 벨린스키는 이 운문 소설에 대해 "러시아인들의 삶을 총체적으로 보여주고 있는 백과사전(энциклопедия русской жизни)"이라고 평했다. 특히 러시아성을 확인할 수 있는 모티프들이 가득하다. 소비에트 시기 문학 비평가 구콥스키 역시 "일상사적인 주제와 여러 소재들의 집합 그 자체야말로 푸시킨 선대의 문학과 푸시킨의 소설을 원칙적으로 구별해준다"고 지적하고 있다.[36] 비평가 네폼냐쉬는 다른 비유를 든다. 그에게 이 작품은 "세계에 대한 러시아적인 화폭(русская картина мира)"이다. 상술하자면, 이 화폭 안에서는 러시아가 경험하는 세상과 인생, 사랑, 양심, 정의와 같은 것들이 구현되고, 실제로도 작동하고 있다.[37]

다시 말해, 러시아성의 문제는 『예브게니 오네긴』의 기저에 깔린 핵심 주제이자, 또 다른 작품들과의 연속성을 보장하는 주제다. 이 운문 소설은 러시아적인 것들의 원형을 고스란히 간직하고 있는 문화의 보고로서, 러시아 문학의 전통과 특징을 판별할 수 있는 해독의 출발점이라 하겠다.

# 2

# 러시아성 구현의 문제

## 세 주인공

모두 여덟 개의 장으로 구성된 운문 소설 『예브게니 오네긴』에는 1812년 조국 전쟁 이후 러시아 사회의 현실과 당대 러시아인들의 일상사가 마치 백과사전처럼 풍부한 사례들로 펼쳐져 있다. 올란도 파이지스가 이 소설을 두고 "러시아인의 자아에 대한 문화 풍습의 본능적인 영향이 이토록 뚜렷하게 나타나는 작품은 그 어디에도 없다"고 할 정도로, 독자는 『예브게니 오네긴』을 통해 러시아인의 문화 유전자를 파악하게 된다.[38]

소설은 두 건의 '죽음'을 모티프로 출발한다. 오네긴은 숙부의 위독설을 전해 듣고 귀향 중이며, 스토리가 오네긴 가문을 소개하면서는 사망한 부친 이야기도 함께 전해진다. 주인공의 부친과 숙부는 모두 사치와 향락에 빠져 살다 생을 마감했다. 오네긴의 성장 배경과 그를 따라다니는 어두운 분위기를 이해할 수 있는 대목이다. 타티야나가 깨달았듯이, 그는 낭만주의 시인 바이런의 피조물이자 껍데기로 판명된다.[39] 소설의 결말은 윤리적 책임감의 표상으로서 정숙한 유부녀가 앞으로 어떻게 살아가게 될지 독자들이 상상하게 함으로써 그가 맞은 패배를 상기시킨다. 소박하고 촌스러운 한 러시아 여인상이 방탕한 바람둥이이자 이국적인 것들의 패러디일 뿐인 한 잉여적 허상을 제압하는 구도다.

오네긴에 이어 등장하는 렌스키는 독일에서 유학하고 돌아온 시인으로, 독일 철학에 해박하며 낭만적 기질이 도드라진다. 하지만 질투에 눈이 멀어 결투에서 목숨을 잃기 때문에 서사에 오래 머물러 있지는 않는다. 그를 저격한 이는 우정을 최고의 가치로 여기던 자신과 닮은, 비러시아적인 잉여의 존재인 오네긴이다. 초라한 묘비가 증명하듯, 렌스키의 역할은 이국주의의 피조물이 겪는 운명에서 벗어나지 못한다. 반전도 회생의 기회도 없이 독일 철학의 문하생이란 꼬리표를 달고 그는 스토리 밖으로 밀려난다.

타티야나는 비록 프랑스 문학과 프랑스풍의 귀족 문화의 영향을 받았지만, 러시아의 전통과 풍습을 함께 체험하며 자라났다. 카람진의 『가엾은 리자』의 주인공과 비교되듯, 감상적 기질이 강하지만, 그녀의 모친을 매개로 러시아의 전통과 강력하게 연결돼 있다. 훗날 그녀에게 깃든 정숙한 이미지도 이 영향임을 부인할 수 없다. 이렇게 세 주인공은 근대 러시아 문학의 전방에서 선취된 "문학적 취향이나 기호들"을 설명해줄 뿐만 아니라, 그 자체로 러시아 문학의 "진화 과정에 대한 육화"이기도 하다.[40]

## 부부와 부모, 그리고 어머니

등장인물 가운데 쉽게 지나쳐버릴 수 있는 인물이 타티야나의 남편이다. 작품 후반부, 타티야나가 페테르부르크 상류 사회에 성공한 모습으로 등장하면서 그녀의 '이름 없는 남편'도 함께 존재를 드러낸다. 그는 조국 전쟁에 참전했던 상이군인이다. 타티야나는 바로 이 사실 때문에 그가 황제로부터 총애를 받고 있다며, 그의 형상에 도사린 영웅심을 부각시킨다.

더구나 그의 전력은 타티야나의 독백이나 화자의 일방적인 내러티브가 아니라 운명적으로 재회한 어색한 옛 연인간의 대화를 통해 드러난다.

조국 러시아를 위해 참전했던 영웅 앞에서 러시아란 토양에 뿌리내리지 못한 이국의 패러디요 피조물인 오네긴은 정신적으로 참패한다. 결국 렌스키에게 비극적인 최후를 부여한 것처럼, 역시 떠도는 유랑자인 오네긴을 화자는 사랑을 놓치고 후회하는 사회 부적응자로 내버려둔다. 진정한 사랑을 외면했던 오네긴이 그 대가를 치르는 가운데, 타티야나에겐 결단을 통한 긍정적인 미래가 예견됨으로써 이 소설은 막을 내린다.

타티야나의 성장 과정에서 어머니의 역할은 컸고, 바로 이것이 다른 등장인물들은 가질 수 없었던 그녀만의 정신적 토양이 됐다. 그녀는 어머니를 통해 러시아의 영혼을 호흡하며 이상적인 러시아 여인으로 성숙해나갔다. 타티야나의 형상이 '정신적인 승리자'이자 '고결하고 정숙한 여인'에 다가서는 까닭이 여기에 있다.[41] 가족사에서 어머니의 존재를 찾을 수 없는 오네긴은 모성을 모르는, 이미 정신적인 고아다.

이렇게 구도 상 비러시아적인 세계에 뿌리를 둔 오네긴이 이상적인 러시아 여인 타티야나에게 배척되는 이야기가 소설의 메인스토리다. 타티야나가 최종 선택한 정숙한 아내로서의 길은 어쩌면 여러 겹의 의미층을 거쳐 도달하게 되는 '러시아적인 길'에 대한 하나의 메타포다. 서구 문화의 영향을 받으면서 자라났지만, 타티야나는 부모와의 가정생활을 통해 익히며 점차 러시아 문화로 '토착화되는' 길을 걷는다. 특히 러시아 전통 의복과 음식을 준비하고, 각종 명절과 풍습을 지키는 어머니의 행적은 앞으로 그녀가 일궈나갈 삶에 큰 영향을 미쳤다. 또한 이후 그녀가 선택한 사랑에 중요한 조건이 됐음은 재론의 여지가 없어 보인다.

## 갈리치즘

물론 타티야나가 비러시아적인 문화의 영향을 받았음을 부정할 수는 없다. 그녀는 모국어인 러시아어 대신 프랑스어가 더 편해, 감정을 표현할 때나 편지를 쓸 때도 프랑스어를 사용했다. 프랑스어로 오네긴에게 쓴 편지는 화자를 통해 러시아어로 번역 소개된다. 하지만 화자는 타티야나가 모국어를 모르는 상태를 모욕하거나 질타하지 않는다. 오히려 작가적 사명을 떠올리며 당대의 이러한 언어 사정을 동정한다. '프랑스풍 문화에의 경도'를 의미하는 갈라마니아 혹은 갈리치즘(галлицизм)을 있는 그대로 수용하자는 태도까지 보인다.

> 타티야나는 러시아어를 잘 몰랐다
> 우리나라 잡지는 읽지도 않았고
> 모국어로 생각을 표현하는 것이
> 서툴기 짝이 없었다
> 프랑스어로 썼다…
> 그러니 어찌하랴! 되풀이해 말하거니와
> 여태껏 숙녀의 사랑이
> 러시아어로 표현된 적은 없다
> 여태껏 자랑스러운 우리의 언어는
> 서한용 산문에 길들여지지 못한 것이다
>
> Она по-русски плохо знала,
> Журналов наших не читала
> И выражалася с трудом
> На языке своем родном,

Итак, писала по-французски...

Что делать! повторяю вновь:

Доныне дамская любовь

Не изьяснялася по-русски,

Доныне гордый наш язык

К почтовой прозе не привык.

그러나 앞서 언급했듯이 타티야나의 부모, 특히 어머니가 물려준 정신적 유산이 그녀에게서 발견되는 이국적 영향을 상쇄해버린다. 모국어를 모른다는 점이 그녀에게 허점이 될 수도 있겠으나 언어 능력이란 본디 학습에 의해 인위적으로 달성되는 것으로 생래적인 문화 유전자와 다름없이 자연스럽게 달성된 타티야나의 전통에 대한 애정에 미치지 못한다. 더구나 오네긴과 렌스키가 공유한 이질적인 반감 요소, 이른바 러시아에 대한 뿌리 없는 이질감에 견주어 타티야나의 부족한 러시아어 실력은 그리 중요한 문제가 되지 못한다. 도리어 어느새 러시아 민속의 영향마저 체화된 그녀의 형상은 러시아성의 긍정적 요소들을 훌륭하게 대변하고 있다.

## 민속과 복식

타티야나의 꿈과 관련된 소재들이 러시아의 전설이나 민속의 모티프와 연관돼 있다는 점은 이 운문 소설을 대표적인 러시아적인 고전에 부합시킨다. 작품 속에는 바이런의 영향이나 나폴레옹 이미지, 이외에도 낭만주의 작품들에서 발췌된 많은 에피소드들이 일견 난삽하게 흩어져 있지만,

이것들은 각각의 미학적 장치로 기능하면서 최종적으로는 러시아성의 주제로 환원되는 모습을 보여준다. 그리고 바로 그 중심에 타티야나와 그녀를 둘러싼 러시아적인 것—민속적 모티프와 의복, 그리고 행동 양식—들이 자리한다.

복식 코드만을 놓고 보아도 '정신의 승리자' 타티야나는 소박하고 평범한 전통 복장으로 등장하지만, '정신의 패배자' 오네긴은 당시 이국풍의 유행을 좇은 옷차림이었다. 푸시킨 당대의 복식과 음식 문화 등 일상사를 연구한 만케비치는 두 인물의 차이를 이렇게 설명한다. "유행(мод)은 사람들 간의 관계를 거짓된 것으로 꾸미지만, 고풍스러움(старина)은 이를 공고히 한다."[42] 여기서 유행의 표상은 오네긴이며, 당연히 고풍스러움의 표상은 타티야나다. 타티야나의 고풍스러운 복식 코드를 통해 러시아성은 문학적으로 자연스럽게 형상화된다.[43]

텍스트 상에서 이런 복식 코드의 형태나 변화를 눈여겨봐두는 것은 유용하다. 인물들의 옷차림을 통해서도 충분히 사건과 정황의 변화를 간취할 수 있기 때문이다. 예컨대 타티야나 가계의 옷차림을 보면, 반(反) 오네긴 가문 정서가 십분 느껴지거니와, 옷차림의 변화로 타티야나의 가정에서 어떤 근본적인 변화가 있었음이 감지되기도 한다.

## 푸시킨과 러시아성

러시아 '국민작가'의 칭호를 받았던 푸시킨의 문학과 예술 세계를 러시아성의 입장에서 한 마디로 평가하기란 불가능하다. 시인은 너무나 다양한 장르에서, 너무도 방대한 업적을 성취해냈다. 고골은 「푸시킨 문학론」(Несколько слов о Пушкине, 1832)에서 "푸시킨은 범상치 않은 현상이고, 아

키프렌스키가 그린 푸시킨 초상화[44]

마도 러시아 정신의 유일한 현상이다"[45]라고 말하기도 했다. 그리고리예프도 「푸시킨 사후 러시아 문학 개관」(Взгляд на русскую литературу со смерти Пушкина, 1859)이란 글에서 푸시킨의 문학 세계와 그가 러시아에 남긴 정신적인 유산을 정리하면서 다음과 같은 구체적인 평가를 남겼다.

> **푸시킨은 우리의 전부입니다**(Пушкин — наше всё). 푸시킨은 우리의 정신적인, 특히 낯선 다른 세계와의 충돌 속에서 순수하게 정신적인 것으로 남겨진 세계의 대표자입니다. 또한 푸시킨은 [우리] 민중이 다른 특성과 조직들과의 온갖 격돌을 통해 스스로 받아들인 개성과 옥석을 대표하는 유일하고 완벽한 과정이기도 합니다… **예술 세계에서뿐만 아니라, 사회 및 우리가 공감하는 영역의 거의 모든 부분에서 푸시킨은 우리의 현상을 설명할 최초의 완벽한 대표자입니다.** (강조는 필자)
>
> А Пушкин — наше всё: Пушкин представитель всего нашего душевного, особенного, такого, что останется нашим душевным, особенным после всех столкновений с чужими, с другими мирами. Пушкин — пока единственный полный очерк нашей народной личности, самородок, принимавший в себя, при всевозможных столкновениях с другими особенностями и организмами... Вообще же не только в мире художественных, но и в мире общественных и нравственных наших сочувствий — Пушкин есть первый и полный представитель нашей физиономии.[46]

또한 푸시킨은 여러 장르를 넘나들며 실험에 가까운 왕성한 창작을 보여주었다. 외국 문학의 여러 요소들을 수용해 창조적으로 변형한 후, 완전히 새로운 수준으로 재생시켰다. 따라서 그의 문학은 러시아가 전 인류의 문화사적 흐름에 제공한 것과 같은 위상을 확보한다.[47] 그리하여 그리고리예프가 "푸시킨은 우리의 모든 것"이라고 했을 때, 이미 그의 명구(名句)들이 시대와 공간을 초월한, 세계 문학의 보편적이면서도 유일한 현상으로 진입했음을 의미한다.[48]

### 두 귀족의 다른 국면, 러시아 대 비러시아

『예브게니 오네긴』의 서사는 크게 오네긴과 타티야나의 것이 대비되는 구도다. 여러 번 언급됐지만, 오네긴의 일상사는 연극적이고 과시적인, 그리하여 소박함과는 거리가 먼 '유령의 것'이거나 '껍데기의 패러디'에 지나지 않는다. 하지만 타티야나의 삶은 '뭔가 러시아적인 정서로 가득 찬' 진실함의 정수를 보여준다.

「푸시킨」이란 소논문을 남긴 20세기 초의 비평가 메레지콥스키도 타티야나와 오네긴이 대리하고 있는 면모를 각각 러시아 대 비러시아로 대비시킨다.[49] 서로 다른 세계를 표상하는 두 주인공은 이미 부모 세대에서부터 그 뿌리가 다르다. 비러시아적인 토양에서 자라나 러시아 사회에서 잉여화된 오네긴은 지극히 러시아적인 토양에서 자라나 러시아의 본질을 심부에 내장한 타티야나의 형상 앞에서 자신의 존재감을 잃어간다.

두 부모를 중심으로 민속에 뿌리를 둔 일상사의 면모를 보여준 타티야나 가문은 19세기 전후의 한 러시아 상류 귀족의 문화를 대변한다. 당시 러시아 상류층에는 여전히 프랑스 문화에 강하게 경도된 부류가 있기는 했지만, 동양 문화와 하류층 농민의 일상에 관심을 보이며 그를 모방하는 부류도 공존하고 있었다. 그리고 타티야나의 부모는 후자에 속했다.[50] 이국풍의 세속적인 문화가 유행하고 있었음에도 불구하고, 타티야나 가문은 민중 문화, 즉 농민 문화와 대립각을 세우지 않으면서 전통을 따르는 친민중성에 기반하고 있었다.

물론 이 언급은 이들의 일상이 농민의 문화에 결박돼 있었다는 의미가 아니다. 상류층 귀족의 삶은 그들 나름의 방식으로 유지되고 있었으며, 이미 16세기 중반부터 『도모스트로이』(Домострой)라는 귀족 가문의 가정생활 지침서도 존재하고 있었다. 사실 귀족 가문의 일상은 주로 이 지침서를 따르고 있었다.[51] 따라서 세습적으로 전해져 내려오는 가풍과 귀족 문화의 기품을 지키되, 민중적 기반과의 친연성을 유지하고 있었다는 것이 합리적이고 올바른 해석일 것이다.

이런 배경 아래서 타티야나는 러시아의 이상적인 여인, 정숙하고 지조를 지키는 여인이 되어간다. 이러한 그녀의 형상이 만들어지기까지 그 역할의 팔 할은 그녀의 어머니의 것이었겠지만, 그 나머지는 유모의 것이었다. 타티야나가 러시아의 민속과 전통을 자연스럽게 익히고, 민중과의 친연성을 확보하는 것도 바로 유모를 통해서였다.

푸시킨은 제2장에 타티야나가 유모와 대화를 나누는 장면을 삽입한다. 이때 유모는 자신이 시집가던 날의 이야기를 타티야나에게 들려준다. 연애 이야기부터 풍부한 민속의 모티프가 담긴 러시아의 구식 결혼 '스바디바(свадьба)' 이야기를 어머니가 아니라 유모로부터 듣게 되는 상황은 흥미로우면서도 시사하는 바가 크다. 타티야나가 처해 있는 친민중적이며 러시아적인 환경을 방증하고 있기 때문이다. 당연히 이러한 분위기는 오네긴의 가정에서 찾아볼 수 없었다. 이것이 바로 독자들이 오네긴과 타티야나 두 가문의 가풍 사이에 놓인 간극을 이해하게 되는 결정적인 단서가 된다.

# 제 3 부

# 투르게네프의 『사냥꾼의 수기』

# 1

# 사냥꾼의 오체르크

## 생리학적 오체르크

『사냥꾼의 수기』는 러시아에서 「농노 해방령」(1861)이 단행되기 전인 1852년 8월 초에 출간됐다. 전제주의 정권 하의 농촌을 배경으로 하는 이 단편 모음집은 출간 6개월 만에 품절에 이를 정도로 큰 호응을 받았다. 『동시대인』(Современник) 지에 1847~1850년 사이에 연재 형식으로 스물두 편의 단편들이 공개되다가, 처음 단행본 형태(отдельная книжка)로 묶인 것이 1852년이다. 이후 1874년부터 세 편의 단편이 추가돼 오늘날 독자들이 알고 있는 구성을 갖추게 됐다.[1]

장르상 이 작품은 리얼리즘에 바탕을 둔 '생리학적 오체르크(физиологический очерк)'로서, 민중의 궁핍과 삶의 애환을 사실적으로 묘사한 것이 특징이다. 투르게네프는 이 장르의 기법을 활용해 당시 러시아 농촌의 실상을 현장감 있게 보여줌으로써 독자와 비평계의 주목을 받았다.

『사냥꾼의 수기』는 발표되기 64년 전에 출간된 알렉산드르 라디셰프의 『페테르부르크에서 모스크바까지의 여행』(Путешествие из Петербурга в Москву, 1790)과 자주 비교된다. 농노와 농민에 대해 인도주의적이며 박애주의적 태도를 지닌 이 기행문은 러시아 민중의 실상을 현실적으로 담아냈었다. 두 작가가 자신의 작품을 통해 당시 차르였던 예카테리나 여제와 알렉산드르 2세의 마음을 움직였다는 것도 공통점이라면 공통점이다. 그러나 라디셰프는 자신의 여행기를 손수 구입한 인쇄기로 자택에서 출판해야 할 만큼 감시와 검열에 시달려야만 했다. 하지만 끝내 정부의 감시를 피하지 못했고, 끝내 자살로 생을 마감한다.

반면 투르게네프는 『사냥꾼의 수기』를 통해 차르 알렉산드르 2세의 마음을 움직여 「농노 해방령」을 단행하는 데 결정적인 기여를 했다고 전해진다. 투르게네프 역시 농촌 현실을 바라보는 시각 탓에 작품이 검열을 통과할 수 없다고 생각했고, 이를 우회하기 위해 단순하고 건조한 묘사에 집중했다는 이야기도 전해진다. 푸시킨이 『예브게니 오네긴』을 통해 귀족의 일상을 탁월하게 보여줬다면, 투르게네프는 이 작품을 통해 당시 사회 하층민이었던 농민들에 대한 살아 있는 물질문화의 자료들을 제시함으로써 그들의 세계를 사실적으로 구현해냈다. 러시아 인구의 절대 다수를 차지했던 농민의 삶의 실상과 정신세계를 폭넓게 탐색했다는 점에서, 이 작품은 단순한 오체르크의 범위를 넘어서는 문학의 고전이자 의미 있는 '문화 텍스트'다.

이 작품의 의미는 여러 평가를 통해서도 증명된다. 책이 출간되고 몇 해가 지난 뒤, 작가이자 비평가였던 살티코프-셰드린은 『사냥꾼의 수기』를 두고, "민중과 이들에게 필요한 것에 관심을 둔 한 편의 온전한 문학이 탄생했다"고 호평했다.[2] 한편 비평가 벨린스키는 투르게네프가 이 작품을 집필하고 있던 당시 그의 '정치적 스승' 역할을 하고 있었던 것으로 보인다. 왜냐하면 벨린스키와 고골 사이를 오갔던 『왕복 서한』이 출간되어 세간에 알려지던 시기에 투르게네프의 단편 「관리인」(Бурмистр)이 탈고됐기 때문이다.[3] 러시아 사상사 연구의 대가 이사야 벌린의 회고에 따르면, 평생 벨린스키를 존경했던 투르게네프에게 이 작품은 "죽어가는 친

СОВРЕМЕННИКЪ,

ЛИТТЕРАТУРНЫЙ ЖУРНАЛЪ,

ИЗДАВАЕМЫЙ

АЛЕКСАНДРОМЪ ПУШКИНЫМЪ.

*ТОМЪ ТРЕТІЙ.*

САНКТПЕТЕРБУРГЪ.

ВЪ ГУТТЕНБЕРГОВОЙ ТИПОГРАФІИ.

1836.

푸시킨이 편집장으로 있던 문학지 『동시대인』. 『사냥꾼의 수기』 연작이 발표된 지면이다.

구이자 스승에게 바치는 영원한 헌사"였을 정도다.[4]

## 검열

『사냥꾼의 수기』를 둘러싼 논쟁거리이자 흥미로운 점 가운데 하나로 검열과 이에 대한 투르게네프의 태도가 있다. 무지해 보이지만 순박하고 순종적이며 선량한 자연인으로 이상화된 농민의 이미지가 지주의 형상을 압도하고 있다는 점에서, 이 작품은 '불량한 문학'으로 오해받기에 충분한 조건을 갖추고 있었다. 지주들은 거의 모든 단편에서 악독하고 폭력적이며 교양 없게 그려지며, 농민의 삶을 황폐하게 만들 뿐만 아니라 이들의 선량한 노동을 착취하는 비인간으로 묘사되고 있다.

작품 속 인물 설정과 러시아 현실에 대한 비판적인 자세는 검열관의 허가를 의심케 할 만큼 사회적으로 쟁점화 됐다. 투르게네프는 이렇게 자신의 작품에 사회적 관심이 집중된 데 은근히 자부심도 있었던 것으로 보인다. 그는 투옥됐고 유형에 처해졌다. 하지만 작가의 구속 사유는 『사냥꾼의 수기』와는 아무런 관련이 없었다. 그는 이 작품의 출판과 그 경위에 대한 당국의 조사가 있기 전부터 이미 수감 상태였다. 정확한 죄목은 선배 작가 고골에 대한 부고(訃告)를 잡지에 기고했다는 이유였다. 투르게네프의 전기를 연구한 레너트 샤피로의 기록에 따르면, 작가가 투옥된 시점은 황제에게 작품의 출간 경위 조사 보고서가 올라가기 2~3주 전이었다. 때문에 『사냥꾼의 수기』 출간이 문제가 돼 자신이 수감됐다는, 그의 소시민적인 자기 영웅화는 그리 신빙성이 없어 보인다.[5]

한편 찰스 디킨스가 운영하던 문학지에도 이 작품의 일부 단편들이 영어[6]로 번역 게재됐다. 그 서문에는 다음과 같이 한 비평가의 짤막한 평가가 달려 있다. “스스로 문명화돼 있고, 기독교적이라고 생각하는 사람들의 나라에서 벌어지는, 이 강력한 세상의 야수성 때문에 분노를 참을 수 없을 지경이다.”[7]

러시아 검열관이 내린 공식적인 평가는, 작품에서 국가 통치에 독이 될 만한 정치적 반동성과 위험이 감지된다는 내용이었다. 당시 상부에 보고된 검열관의 최종 평가는 다음과 같았다. 당시 당국이 이 텍스트를 얼마나 위험천만한 것으로 판단하고 있었는지 십분 이해된다.

> 검열관 본인이 보기에 투르게네프의 이 책은 선보다는 훨씬 악한 것으로 생각됨. 예를 들어, 글을 읽고 쓸 줄 아는 우리 민중들에게 이런 부류의 내용을 보여주는 것이 과연 득이 될까 모르겠음.[8]

이제 첫 번째 단편인 「호리와 칼리느이치」부터 하나씩 살펴보도록 하자.

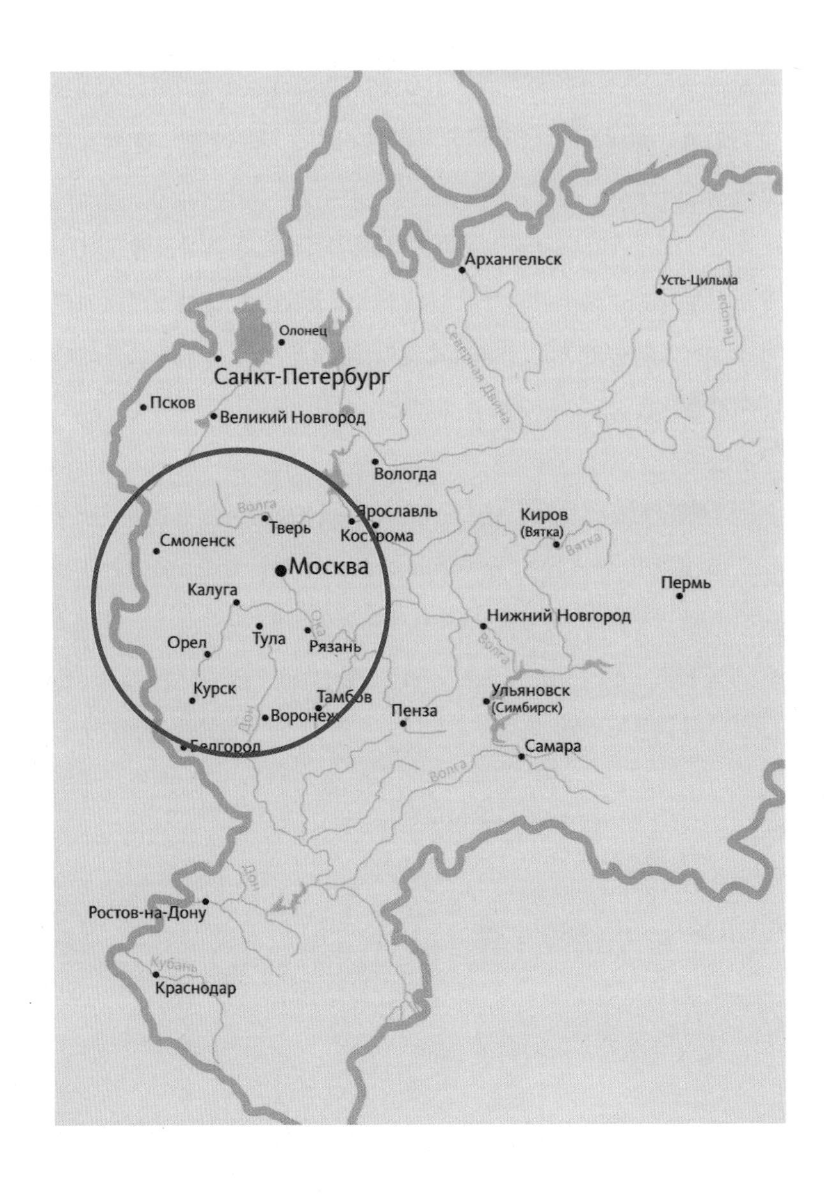


『사냥꾼의 수기』는 모스크바에서 남서쪽에 위치한 오룔(Орёл)과 칼루가(Калуга) 지방을 배경으로 하고 있다. 푸른색 원 안이 주요 배경이 되는 곳이며, 시간상으로는 1850년대다. 첫 단편 「호리와 칼리느이치」의 도입부에 작품 배경에 대한 설명이 나와 있다.

일리야 레핀이 그린 투르게네프의 초상화[9]

## 첫 번째 에피소드,
## 호리와 칼리느이치(Хорь и Калиныч)

### 민속의 요소들

『사냥꾼의 수기』에 나오는 여러 지명들과 지리 환경에 대한 묘사는 리얼리티에 기초해 있다. 허구에 기반을 둔 순수한 창작임을 염두에 두어야겠지만, 이 작품에는 지방색이 고스란히 드러나는 내용이나 정확한 현지명이 언급되는 경우가 빈번하다. 첫 번째 단편「호리와 칼리느이치」의 시작 부분도 오룔(Орёл)과 칼루가(Калуга) 지방에 대해 대비되는 묘사가 한참 이어진 뒤, 본격적인 스토리가 전개된다.

단편에 처음 등장하는 인물은 소지주 폴루트이킨이다. 화자는 그의 집 안으로 들어가 내부를 자세히 묘사한다. 그의 집은 러시아 농민의 전통 통나무집으로 알려진 이즈바(изба)로서, 작품 전체에 걸쳐 나타나는 이런 식의 묘사는 의식주 환경을 중심으로 당대 농민들의 실제 물질적 조건을 가늠해볼 수 있는 중요한 소재들이다. 러시아성을 연구하는 데도 본질적인 자료로 활용된다.

> 우리는 집 안으로 들어갔다. 깨끗한 통나무를 이어서 만든 벽에는 그 흔한 수즈달 지방산 **목판화(루복)** 하나도 걸려 있지 않았다. 은제 **성상갑** 속에 든 묵직한 느낌의 **성상** 앞에는 **등잔불**이 깜빡이고 있고, 보리수 **탁자**는 최근에 다시 대패질을 했는지 유난히 산뜻해보였다.
>
> Мы вошли в избу. Ни одна суздальская картина не залепляла чистых

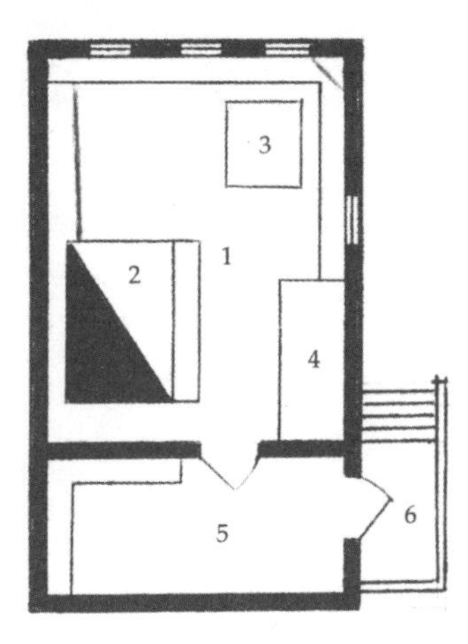


*Изба*. План
1. Изба, 2. Печь, 3. Стол в красном углу,
4. Коник, 5. Сени, 6. Крыльцо.

(상) 성상화를 밝히는 등잔불. 스몰렌스크의 한 시골 박물관에서 필자 직접 촬영(2009.7.24)
(하) 이즈바들의 내부 구조는 거의 흡사하다. 출입구를 통해 실내로 들어가면 창고 및 세간 살림의 보관 장소에 해당하는 5번의 세니가 가장 먼저 나타나고, 여기에 다시 한 번 거주 공간으로 들어가는 문이 등장한다. 2번의 페치카는 실내를 따뜻하게 유지시키고 음식을 만드는 화덕으로 사용된다. 여기서 대각선의 위치에 성상화를 올려 보관하고 기도를 하는 크라스니 우골이 자리해 있다. 기도를 할 때에는 "자비를 베푸소서, 주님(Господи, помилуй!)" 이란 말을 읊조리는 것으로 알려져 있다. 이 기도처 바로 앞에는 보통 식탁이 놓여 있고, 여기서 가족들은 식사를 하고, 손님을 맞이한다.

페치카에서 대각선 자리에 위치한 크라스니 우골 사진. 먼지가 쌓이지 않도록 흰 천을 씌우거나 등불을 켜 놓는 경우도 많다. 보통 두 벽이 만나는 지점 윗부분에 선반을 만들어 성상화를 올려놓고 이 자리에서 기도를 드린다. 일종의 가정 기도처인 크라스니 우골 앞에는 사진처럼 탁자가 놓여 있는 것이 보통이다. 이 자리가 상석인 셈이다. 손님이 오는 경우 이 탁자에서 담소를 나눈다.

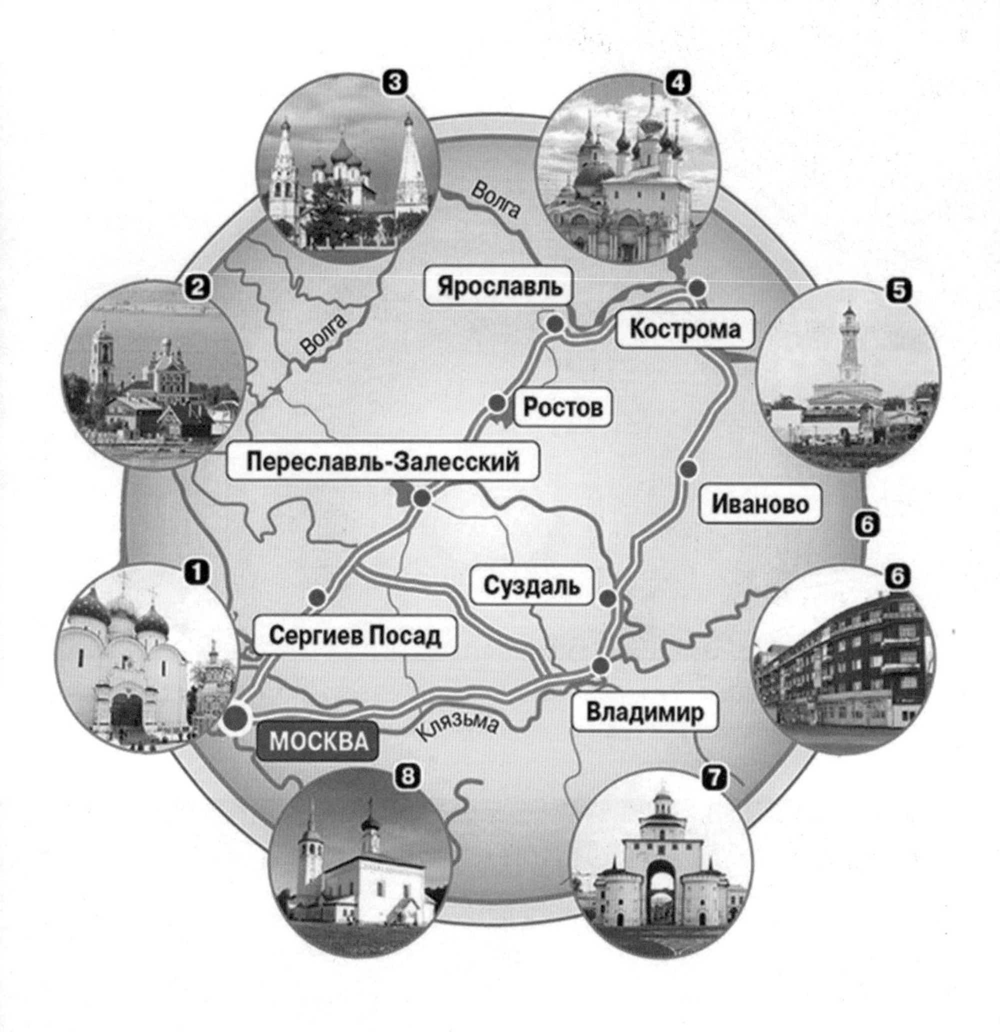


인용문에 등장하는 수즈달이란 곳은 모스크바에서 동쪽으로 약 130킬로미터 떨어진 곳에 위치한 고대 도시로, 민속 문화의 보고이기도 하다. 러시아 민속촌이 매우 훌륭하게 조성돼 있으며, 그림에서 보듯이 '황금 고리(золотое кольцо)'의 한 축을 이루는 주요 관광 명소이기도 하다.

황금 고리는 모스크바 인근의 주요 역사 도시를 일컫는 말로, 수즈달과 함께 블라디미르, 이바노보, 야로슬라블리, 로스토프, 세르기예프 포사드, 페레야슬라블리 등 일곱 도시가 포함된다. 이 도시들을 하나의 선으로 이으면 둥그런 반지 모양을 한다고 해 황금 고리라는 명칭으로 불린다.

(상) 모스크바에서 서쪽으로 약 560킬로미터 떨어진 스몰렌스크 지역 한 시골 마을에서 찍은 이즈바 사진(2009.7.25)
(하) 이즈바 내부 도면에서처럼 출입문을 열고 들어가면 세니라는 공간이 나타난다. 보통 이곳에서 손님을 맞이하거나 차를 마시면서 이야기를 나눈다.

루복은 우리말로 목판 풍속화가 가장 어울린다. 표트르 대제 이전부터 서유럽을 경유해 전래된 것으로, 러시아에서는 자작나무 껍질을 끌로 파고 색깔을 입혀 찍어내는 과정을 거친다. 주로 세태 풍자, 연애와 로맨스, 종교와 성경적 주제에 관련한 내용을 담았다.

표트르 대제의 서구화 개혁에 따라 시행된 단발령(1705년 1월 16일)에 대해 궁정 대신들과 민중들이 반발한 내용을 풍자적으로 표현한 이 루복엔 「이발사는 분리파교도의 수염을 깎기 원하네」(Цирюлиник хочет раскольнику бороду стричь)란 제목이 붙어 있다. 여기서 이발사는 표트르 대제를, 분리파교도는 니콘의 종교 개혁 이전의 러시아 정통 정교 문화를 고수하는 자를 의미한다. 이 루복은 서구의 외래 문물의 도입을 거부하는 민심과 세태를 잘 보여주고 있다.

「누가 고양이를 매장했는가」(Кто кота погребают)란 제목의 루복으로, 표트르 대제의 서구화 정책을 풍자적으로 보여주는 가장 널리 알려진 풍속화이다. 고양이와 생쥐의 관계가 역전돼 표현된 이 루복 역시 강제적인 서구화 정책에 반대하는 민중적 정서를 대변하고 있다.

「짐승과 새들이 어떻게 사냥꾼을 매장했는가」(Как звери с птицами охотника погребают)란 제목의 이 루복은 1873년에 제작된 것으로, 표트르 시대의 풍자적 루복을 패러디해 재현하고 있다. 역시 이 그림에서도 사냥꾼은 동물과 조류를 잡는 천적인데, 그 관계가 역전돼 제시되고 있다.

루복이 다루는 또 다른 큰 주제는 전쟁이다. 1812년 프랑스 나폴레옹 군대를 상대로 싸워 이긴 '조국 전쟁'은 민중, 특히 농민들 사이에서 엄청난 애국심을 불러일으켰으며, 그와 함께 농민에 대한 관심도 유발했다. 전쟁의 상황을 그로테스크하고 풍자적으로 보여주는 전쟁 루복이 큰 인기를 누렸으며, 시골 구석구석까지 널리 알려져 큰 사랑을 받았다.[10]

1874년 제작된 루복으로 「시골의 가난한 남정네, 아낙들에게 들려주는 교훈」이란 제목이 달려 있다. 이처럼 루복에는 간단하게 두세 가지 색만 입히고, 그림 하단이나 여백에 텍스트를 넣어 내용을 전달하는 유형도 있다. 이런 루복은 대략 19세기 중반 이후에 유통되기 시작했다.11

1858년 제작된 루복으로 마슬레니차 명절의 풍경을 담고 있다. 페치카에서 블린(блины)을 구워 먹는 장면과 여러 사람들이 함께 모여 먹는 트라페자(трапеза) 풍습이 잘 재현돼 있다.12

(상) 사진은 성경을 깨끗하고 오래 보전하기 위해 만든 금제 함으로, 오클라트(оклад)라고 한다. (하) 성상화 역시 유리 혹은 금제함 속에 넣어 보관했다. 키오트(киот)라 한다. 국립역사박물관(Государственный исторический музей) 소장(필자 직접 촬영 2016.7.9)

бревенчатых стен; в углу, перед тяжелым образом в серебряном окладе, теплилась лампадка; липовый стол недавно был выскоблен и вымыт.

이 짧은 인용문 안에도 러시아 민속 문화의 주요 요소들이 다수 들어 있다. 러시아인들의 실내 기도처인 크라스니 우골, 성상화와 성경 등을 손상되지 않도록 보관하는 틀 혹은 갑(匣)인 오클라트, 그리고 신학적 원리가 배경인 성상화와 달리 당시 세태가 고스란히 담긴 목판 풍속화 루복 등이 바로 그것들이다.[13]

## 화자

"경험이 부족하고, 우리가 얘기할 오룔과 같은 시골에서 살아본 적 없는 나(я, человек неопытный и в деревне не "живалый" как у нас в Орле говорится)"라는 화자의 자기소개로부터 우리는 이 인물이 적어도 도시에 살던 지주거나 귀족 계급에 속하는 상류층일 것이라고 상상할 수 있다. 이런 예상은 스물세 번째 단편 「살아 있는 유해」(Живые мощи)에서 화자의 신분과 사생활이 노출됨으로써 확인된다. 이에 따르면, 화자는 표트르 페트로비치이며, 지주인 어머님 댁에 있다가 모스크바로 공부하러 유학을 떠난 자였다. 그러다가 어머니가 있는 고향 집으로 돌아오게 됐고, 마을 여기저기를 돌아다니며 직접 들은 여러 이야기를 오체르크 형식으로 적기 시작한다. 이렇게 모인 단편 모음집이 바로 『사냥꾼의 수기』다.

이 첫 번째 단편에서도 화자는 해외에서 공부한 경험도 있지만, 경험이 적고, 지금은 낙향한 젊은 지주임을 밝힌다. 그를 작가 투르게네프로 여길 수도 있겠으나, 이 작품이 문학적 창작임을 고려할 때, 화자와 작가를 곧바로 등치시켜서 텍스트를 작가의 자전적 스토리로 한정하는 것은 무리다.

이런 화자의 눈에 비친 호리와 칼리느이치는 앞으로 전개될 장대한 드라마의 '상징적인 문지기'이자, 19세기 러시아의 농촌 사회를 대표하는 전형적인 '농민 형상들'이다. 좀 더 논의를 진전시키면, 합리적 이성주의자이자인 소크라테스를 상기시키는 호리는 서구파(западничество)를, 사회와 문명보다는 자연에 더 가깝게 묘사되는 칼리느이치는 슬라브파(славянофильство)를 표상한다. 이는 당대 러시아에서 대립하는 사상의 두 갈래를 의미하는 것으로도 볼 수 있다. 화자가 취한 이러한 대비적 시각은 비단 첫 번째 단편에서뿐만 아니라 나머지 단편들을 통해서도 자주 확인된다. 즉, 이는 작품 전체를 관통하는 마스터플롯(master plot)의 역할을 맡는다.

## 호리와 칼리느이치를 바라보는 두 시선

필자가 보건대 『사냥꾼의 수기』의 첫 번째 단편에서 주목해야 할 사항은 다음과 같은 것들이다. 첫째, 두 농부 모두 지주 폴루트이킨의 영지를 소작하는 빈자들이다. 둘째, 두 농부는 당시 러시아 농민의 세계를 특징화한다. 셋째, 화자는 둘 가운데 칼리느이치에게 보다 애정 어린 시선과 관심을 보인다. 넷째, 이러한 관심은 칼리느이치가 보유한 러시아 농민의 긍정적 이미지와 무관치 않다. 다섯째, 칼리느이치가 보여주는 자연 친화적인 성격과 농민들의 풍부한 민속적 요소들은 서구주의나 비러시아적인 특성을 환기시키는 캐릭터인 호리[14]와 대비된다. 여섯째, 이러한 대비의 구도는 화자가 의도했든 그렇지 않았든 한정된 텍스트의 지형을 넘어

다른 문화 영역까지 연결되는 일종의 알레고리 역할을 한다. 이 가운데 필자가 주목하는 것은 두 농부를 바라보는 화자의 대조적인 시선과 태도이다.

먼저 화자의 호기심을 자극한 이는 똑똑하다 못해 영악하게까지 보이는 호리다. 그는 몸값을 지불하고 자유인으로 신분을 바꿀 수 있는 능력이 있음에도 불구하고, 의도적으로 소작농 신세를 유지한다. 원문에서는 "지혜로운 농부(мужик умный)"로 언급되지만, 이내 화자는 그가 어떻게 '족제비'란 별명으로 불리게 됐는지 밝힘으로써, 그의 캐릭터에 담긴 함의를 독자에게 공개한다. 하지만 화자의 관심은 곧 호리에서 칼리느이치로 옮겨간다. 이 단편의 종결 부분에서 화자와 동행하며 그의 마음을 유인하는 이는 결국 칼리느이치이다.

단편의 제목처럼 작가는 두 캐릭터를 양 축으로 세우고, 그에 대한 화자의 상반된 평가를 경주시키며 독자를 서사로 이끈다. 화자는 묘사나 수식의 어휘를 구분해 사용하면서 두 주인공에 대한 긍정과 부정의 가치 판단을 주저하지 않는다. 이러한 스타일은 투르게네프 산문에서 두드러지는 서사상의 특징이기도 하다.

예컨대 화자의 편애적 태도를 의심할 만큼 칼리느이치에게 덧붙여진 긍정의 수사들—"무척 선량해 보이는 인상(Его добродушное смуглое лицо)", "유순한 얼굴(Я долго любовался его лицом, кротким и ясным, как вечернее небо)", "온순한 성품(Калиныч был человек самого весёлого, самого кроткого нрава)" 등[15]—은 반복적이다. 특히 "(…)조금도 아첨하는 빛 없이 나를 도와주었다가도, 주인을 대할 때는 마치 어린애를 보살피듯이 돌봐주었다(он ... услуживал мне без раболепства, но за барином наблюдал, как за ребенком)"는 언급에서는 충직하고 세심한 그의 성품에 대해 전폭적으로 호의적인

화자의 태도가 돋보인다. 이러한 태도는 칼리느이치가 수공에 작업을 하는 장면이나 호리를 환대하며 산딸기를 들고 등장하는 장면에서 극대화된다. 예컨대 다음과 같은 문장들에서다.

> 나는 저녁 하늘처럼 맑고 유순한 그의 얼굴을 한참 동안 넋을 잃고 바라보았다.
>
> Я долго любовался его лицом, кротким и ясным, как вечернее небо.

> 이윽고 칼리느이치가 집에 들어왔다. 그는 자기 친구인 호리를 위해 일부러 따온 산딸기를 손에 들고 있었다. 노인은 정답게 그를 맞았다. 나는 놀란 눈으로 칼리느이치를 바라보았다. 사실 말이지, **나는 농사꾼에게 이런 '세심함'이 있으리라고는 생각지도 못했다.** (강조는 필자)
>
> и Калиныч вошел в избу с пучком полевой земляники в руках, которую нарвал он для своего друга, Хоря. Старик радушно его приветствовал. Я с изумлением поглядел на Калиныча: признаюсь, я не ожидал таких "нежностей" от мужика.

농민들에 대한 이와 같은 묘사와 표현은 투르게네프 이후 여러 작가들에게서 보편적으로 나타나는, 그들의 선량함과 충직함에 대한 클리셰(cliche)가 되어 간다. 톨스토이의 중편 『이반 일리치의 죽음』에서 주인공 이반의 임종 때까지 곁에서 본분을 다하는 농민 게라심의 형상이야말로 대표적인 사례다.

호리는 칼리느이치와 대조된다. 수완가이자 이해 타산적인 그는 러시아의 선한 농민상과 거리가 멀다. 그가 연공(年貢) 백 루블을 지주에게 바치면서까지 일부러 농노의 신분을 유지하고 있는 까닭은 상인들 틈에서

랴잔 지역에서 가내 수공업 중인 한 가족의 모습(1913년경 촬영)

랴잔 지역에서 방적 작업 중인 농민들의 일상(20세기 초)16

소비에트 시기 농촌 문학 작가 바실리 벨로프의 포토 에세이집에 실린 러시아 농부의 얼굴. 필자가 수집한 농민의 얼굴 사진 가운데 가장 순박하고 러시아적인 형상을 하고 있다.[17]

벨라루스 민스크에서 촬영된 전통 농민 의상을 입은 농부(1905)[18]

장사를 통해 이득을 취하려는 계산 때문이다.[19] 예컨대 그는 수확기 농민들에게 외상으로 낫을 판다. 외상이라 선심을 쓰는 듯싶지만, 사실 현금 거래의 두 배로 이윤을 남기는 방식이다. 더욱이 때는 수확기인지라 농민들에게 여유가 있다는 점을 노리고 그가 선택한 방식이었다. 약삭빠른 그는 이렇게 짭짤한 재미를 본다. 이런 그에게 능히 자유민이 될 수 있다는 조건은 의미가 없는 것이다. 이런 이유에서 다음과 같이 화자가 호리에게서 느낀 점은 충분히 이해될 만하다.

> 그는 무엇이든지 내 말에 동의하는 듯했으나, 그때마다 나는 어쩐지 꺼림칙한 생각이 들었다… 어쨌든 이상한 방향으로 말이 흘러가곤 했다.

화자는 호리를 고대 그리스의 철학자 '소크라테스'에 비유한다. "그의 얼굴을 보자 소크라테스가 떠올랐다(Склад его лица напоминал Сократа)"는 언급은, 일반적으로 러시아 농민들에게서 발견하기 어려운 이성과 논리, 그리고 비러시아적인 서구의 합리성을 그가 함축하고 있다는 의미다.

사실 투르게네프는 1857년 로마에서 쓴 한 편지에, "푸시킨이 말한 바와 같이, 러시아인은 게으르고 호기심도 없다. (…) 굼뜨며, 독립적으로 사고하는 습성에 길들여지지 않았다. (…) 논리적으로 행동하지도 못한다"[20]라며, 러시아인의 품성에 대해 평가하기도 했었다. 이를 근거로 보면, 철두철미한 호리의 형상이야말로 투르게네프가 구현해온 러시아 농민의 전형과는 상당한 차이가 있다.

두 인물에 대한 대비는 다음과 같은 서술을 통해 노골화된다. 지금까지 유지돼온 이원적 구도는 이 지점에서 절정을 이룬다. 아울러 투르게네프가 구상한 러시아성과 비러시아성의 간극이 분명하게 노출되고 있다.

알렉산드르 모로조프가 그린 그림으로, 「풀베기 후의 휴식」(Отдых на сенокосе)이란 제목이 붙어 있다. 현재 트레티야코프 미술관에 전시돼 있다.[21]

나는 만족스럽게 그들의 말을 들으면서 그들을 관찰했다. 두 친구는 서로 조금도 닮은 데가 없었다. 호리는 적극적이고 실제적인 데다가 행정적인 두뇌를 갖춘 **합리주의자**였고, 칼리느이치는 그 반대로 **이상주의적인 낭만파**로, 무슨 일에나 감동하기 쉬운 공상가의 부류에 속하는 인간이었다. 호리는 현실이라는 것을 이해하고 있었다. 다시 말해 그는 집을 짓고, 돈도 저축하고, 주인이나 다른 세력가와도 사이좋게 살아갈 수 있는 **뛰어난 수완가**였던 것이다... 호리는 폴루트이킨씨를 뱃속까지 꿰뚫어보고 있었지만, 칼리느이치는 자기 주인을 무조건 숭배하고 있었다... 칼리느이치는 호리까지도 인정하는 여러 가지 천성적인 장점이 있었다. 예를 들면 칼리느이치는 출혈이라든가, 경풍이라든가, 광증 같은 것을 주문(呪文)을 외워서 고치는가 하면, 벌레를 쫓기도 하고, 꿀벌을 다루는 데 있어서도 능숙한 솜씨를 가지고 있었다... **칼리느이치는 보다 자연에 가까웠고, 호리는 인간 사회에 더 가까웠다고 할 수 있다. 칼리느이치는 무엇이든 따지는 것을 좋아하지 않고, 만사에 맹목적으로 신임하는 성질이었으나, 호리는 가장 높은 곳에 서서 삶을 비꼬아 보았다.** (강조는 필자)

Оба приятеля нисколько не походили друг на друга. Хорь был человек положительный, практическии, административная голова, рационалист; Калиныч, напротив, принадлежал к числу идеалистов, романтиков, людей восторженных и мечтательных. Хорь понимал действительность...Хорь насквозь видел г-на Полутыкина; Калиныч благоговел перед своим господином...Но Калиныч был одарен преимуществами, которые признавал сам Хорь, например: он заговаривал кровь, испуг, бешенство, выгонял червей; пчелы ему дались, рука у него была легкая.....Калиныч ближе к природе; Хорь же - к людям, к обществу; Калиныч не любил рассуждать и всему верил слепо; Хорь возвышался даже до иронической точки зрения на жизнь.

## 자연과 인위, 그리고 모순의 공존

합리성과 자연 친화, 이성적 사고와 맹목적 공상, 도시적 행정 감각과 자연과의 합일이라는 구분에서 나타나듯이, 두 인물은 다르다. 화자의 말을 좀 더 들어보자.

칼리느이치는 산이며 폭포며 훌륭한 건물이며, 대도시 같은 **자연 이야기**에 좀 더 흥미를 느끼고 있었으나, 호리는 **행정**이라든가 **국가에 대한**

**문제**에 흥미를 보였다. 그는 무슨 일이든지 순서를 세워 물어보았다.

(강조는 필자)

но Калиныча более трогали описания природы, гор, водопадов, необыкновенных зданий, больших городов; Хоря занимали вопросы административные и государственные.

자연으로 표상되는 이상적 낭만주의자 칼리느이치의 세계관과 합리적이고 사회적인 인간을 대표하는 호리의 세계관은 당시 러시아를 형성하던 두 개의 축이자, 러시아를 이해하기 위해 먼저 넘어야 할 선결 과제이기도 하다. 어찌 보면 앞의 인용문은 1830년대 중반부터 시작된 러시아의 철학 논쟁, 즉 서구파와 슬라브파 간의 이념적 거리를 문학적으로 재현한 것에 다름 아니다.

이른바 슬라브파와 친연성이 높은 칼리느이치라는 형상을 만들어내기 위해 작가는 러시아의 자연과 전통, 그리고 민속의 요소들을 그에게 가깝게 배정한다. 작품 후반부에서 전통 악기 발랄라이카를 치면서 민요를 부르는 이도 칼리느이치이며, 주변 환경의 변화만을 보고도 앞으로의 날씨를 예견해 화자를 놀랍게 만드는 이도 칼리느이치다. 하지만 서구파와 친연성이 높은 호리를 위해서는, 앞서 얘기됐듯이, 계산, 이해, 숫자 등 이른바 합리성을 위한 수단들을 배치했다.

그런데 흥미로운 것은 겉으로 사리에 밝고 똑똑해 보이는 호리가 놀랍게도 '문맹'[22]이라는 설정이다. 따라서 투르게네프가 진심으로 의도했던 바는 서로 다른 요소들의 분명한 이원적 대비가 아니라, 모순의 요소들도 함께 병치되는 역설(paradox)의 상황을 보여주고 싶었던 게 아니었나 싶다. 즉, 대조의 방식을 따라 인물이 묘사되고, 스토리가 구성되며, 심지어

19세기 말, 가내 수공업 중인 러시아 농민. 팔꿈치를 가죽으로 덧댄 긴 외투를 입고, 가죽 신발을 신었다. 수염은 영락없는 농민상이다.[23]

역사적인 메시지조차 '모순의 구분'을 지키는 듯싶지만, 사실 러시아성으로 대변되는 러시아 농민의 본질적인 속성은 '모순의 통일'에 기초하고 있음을 증명해 보이고 있는 것이다.

## 러시아적 기질

언급했듯이 『사냥꾼의 수기』 집필 당시의 사회·문화적 맥락을 이해한다면, 호리가 서구주의 사상을, 칼리느이치가 슬라브파 사상을 각각 대변한다고 간주할 수 있을 것이다. 서구 문물에 익숙하고 합리주의적인 생활을 견지하며 살아가고 있는 호리가 문맹이고, 반대로 전통과 민속에 익숙하

(좌) 20세기 초, 페테르부르크 지역의 한 농촌 가정과, (우) 오룔 지방의 한 농촌 세대[24]

며 러시아적인 무지몽매를 표상하는 칼리느이치가 글을 안다는 역설은 투르게네프가 의도적으로 설정해놓은 은밀한 문학적 코드다.

> 그[호리]의 지식은 어디까지나 자기 식이었지만, 그래도 제법 범위가 넓었다. 그러나 그는 글을 읽을 줄 몰랐다. 반면에 칼리느이치는 읽을 줄 알았다.
>
> Его познанья были довольно, по-своему, обширны, но читать он не умел; Калиныч — умел

어찌 보면, 이는 일평생 서구파와 슬라브파 사이에서 혼란을 겪은 투르게네프의 심태가 반영된 것일 뿐만 아니라, 심정적으로는 그가 슬라브파의 자장 안에 놓여 있다고 해석될 수 있는 대목이기도 하다.[25] 최종적으로 화자의 시선이 당도한 곳이 칼리느이치거니와, 농민의 세계와 일절 무관했던 화자를 끝내 감동시키고 있는 인물이 바로 칼리느이치이기 때문이다.

두 번째 단편으로 넘어가는 마차의 이동 장면에서 화자를 안내한 자 역시 칼리느이치다. 자연 환경을 잘 이해하고 있는 그의 모습에 화자는 신뢰감을 갖는다. 그 믿음의 바탕엔 지주 계급의 화자가 결여하고 있는 부분을 채우고, 도시인의 시선으로는 그저 전원적일 뿐이나 사실 농촌의 암울한 현실을 극복하고, 자연 친화적인 순수까지 내장한 칼리느이치만의 인격적 품성이 버티고 있다. 장소를 옮기기 위해 올라탄 마차에서 칼리느이치와 화자는 다음과 같이 인상적인 장면을 연출한다.

> 나[화자]는 밝은 하늘을 바라보며, "내일은 참 날씨가 좋겠군"하고 말했다. "아닙니다. 비가 오겠는 걸요"라고 칼리느이치가 대꾸했다. "저기 집오리들이 물장구를 치고 있고, 게다가 풀 냄새가 지독하게 나는 것 보니"... 마차는 덤불 속으로 들어갔다. 칼리느이치는 마부대에서 뒤흔들리면서 나직한 소리로 노래를 부르기 시작했다. 그러면서 물끄러미 저녁놀만을 바라보는 것이었다.
>
> Мы поехали; заря только что разгоралась. "Славная погода завтра будет", — заметил я, глядя на светлое небо. "Нет, дождь пойдет, — возразил мне Калиныч, — утки вон плещутся, да и трава больно сильно пахнет.

이 마지막 장면이 있기 전 화자는 호리와 대화를 나누며, 한 가지 '확신'

에 이르게 된다. 바로 러시아인의 기질적 특이성에 대한 것이다. 다음과 같이 개인적인 고백 형태로 서술된 그만의 장광설은 또 하나의 러시아성의 맥락에서 시사하는 바가 많다. 서구의 합리주의를 수용한 표트르 대제의 방식은 더없이 비합리적이었음을 예로 들며, 그 개혁의 방식이 '상상조차 할 수 없는', 바로 러시아적 기질의 발현이었음을 확신하고 있기 때문이다.

> 그러나 우리들의 이야기 속에서 나는 하나의 확신을 얻었다. 독자 여러분은 도저히 상상조차 할 수 없는 확신인 것이다. 그것은 다른 것이 아니라, 표트르 대제는 어디까지나 **러시아인**이며, 게다가 또 그 개혁하는 방식이 **러시아적**이라는 것이다. **러시아인은 자기의 힘과 강인성을 믿고 있기 때문에, 자기 자신을 파괴하는 것조차 주저하지 않는다. 러시아인은 자신의 과거에 구애됨이 없이 대담하게 앞을 내다본다. 무엇이든지 좋은 것이면 마음에 들고, 도리에 맞으면 성큼성큼 받아들인다. 그것이 어디서 나왔는가의 문제는 조금도 관심거리가 되지 않는다.** 러시아인의 건전한 생각은 곧잘 독일인들의 무미건조한 오성을 조롱하곤 하지만, 호리의 말에 의하면, 독일인들은 흥미 있는 국민으로서 그들에게 가르침을 받을 용의까지 가지고 있다.[26] (강조는 필자)
>
> но из наших разговоров я вынес одно убежденье, которого, вероятно, никак не ожидают читатели, — убежденье, что Петр Великий был по преимуществу русский человек, русский именно в своих преобразованиях. Русский человек так уверен в своей силе и крепости, что он не прочь и поломать себя: он мало занимается своим прошедшим и смело глядит вперед. Что хорошо — то ему и нравится, что разумно — того ему и

подавай, а откуда оно идет, — ему все равно. Его здравый смысл охотно подтрунит над сухопарым немецким рассудком; но немцы, по словам Хоря, любопытный народец, и поучиться у них он готов.

엘리자베타 봄의 삽화가 들어간 『사냥꾼의 수기』. 《Книжная коллекция》 시리즈로 출판된 이 책의 삽화는 목탄으로 그려진 검은 실루엣이 압권이다. (Москва: Фортуна ЭЛ, 2009), с. 5.

## 두 번째 에피소드,
## 예르몰라이와 물방앗간 여주인(Ермолай и мельничиха)

두 번째 단편에서 화자는 예르몰라이라는 마흔다섯 살가량의 예속 농민을 만난다. 그는 이후 또 다른 단편 곳곳에서 재등장하며 화자의 입에 오르내리는데, 화자와 사냥을 함께하는 동행인이자, 이 작품에 출연하는 실질적인 제2의 주인공이다.[27] 가깝게는 다섯 번째 단편인 「나의 이웃 라딜로프」(Мой сосед Радилов)에 다시 나온다. 화자는 예르몰라이의 성격을 이렇게 묘사한다.

> 예르몰라이는 성질이 태평하고 온순하면서도 자기 아내에게는 거칠고 사납게 대하는 버릇이 있어서, 집에 오면 언제나 무섭고 엄한 태도를 보이는 것이었다… 나는 그가 **음침한 잔인성**을 무의식중에 발휘하는 것을 여러 번 목격했다. 이를테면 그가 상처 입은 새를 물어뜯는 표정이란 정말 마음에 들지 않았다. (강조는 필자)
>
> Ермолай, этот беззаботный и добродушный человек, обходился с ней жёстко и грубо, принимал у себя дома грозный и суровый вид, - и бедная его жена не знала, чем угодить ему...Мне самому не раз случалось подмечать в нем невольные проявления какой-то угрюмой свирепости: мне не правилось выражение его лица, когда он прикусывал подстреленную птицу.

이렇게 그는 마을 사람들 사이에서 "괴짜라는 낙인이 찍힌" 농부였다.

화자는 이 괴짜 농부 에르몰라이와 함께 사냥 길에 나선 참이었다.

## 비인간적인 예속

한편 화자는 과거 페테르부르크에 있을 때 즈베르코프라는 지주를 만난 적이 있었다. 그때 그는 화자에게 "당신과 같은 젊은이들은 조국에 대해 모릅니다. 러시아라는 걸 모른단 말입니다. 그렇습니다... 당신들은 노상 독일어 서적만을 읽고 계시니까요"라며 서구 문물과 이상에 젖어 현실 감각이 없는 젊은이들에 대한 불평을 늘어놓았었다.

그러고 나서 마치 러시아의 실태라도 되는 양, 자기 아내의 하녀에 얽힌 일화를 소개했었다. 내용인즉슨, 아내의 몸종으로 총애를 받던 한 하녀가 어느 날 갑자기 찾아오더니 결혼을 허락해달라고 간청을 했다. 하지만 경험상 남편 있는 하녀들을 탐탁지 않게 여기던, 나아가 사실상 사람을 노예처럼 인식하던 즈베르코프는 하녀의 그 같은 배은망덕에 불같이 화를 내며, 그녀를 내쫓아버렸다는 것이었다.

그런데 마침 사냥을 마치고 오늘밤 머물 곳이라고 찾은 물방앗간의 여주인이 바로 그 과거의 하녀였다. 이름은 아리나. 기구한 삶의 곡절을 품고, 이제는 물방앗간 주인의 아내가 된 그녀에게 화자는 동정어린 시선을 보낼 수밖에 없었다. 즈베르코프의 화법으로 전달된 것 외에, 그녀의 사연은 작품 말미에 몇 가지 추가적인 스토리가 덧붙는다.

알다시피 결혼해 자유의 몸이 되게 해달라는 아리나의 간청은 가혹하게 거절당했었다. 하지만 한참 후에 아리나는 훗날 그의 남편이 되는 물방앗간 주인 사벨리이 알렉세예비치의 도움으로 겨우 즈베르코프의 구속에서 벗어날 수 있었다. 그녀가 글을 읽을 줄 안다는 것을 안 그가 장사하는 데 편리하리란 생각에 돈으로 그녀를 빼낸 것이었다. 이 잔인하고도 슬픈 과거가 에르몰라이의 입을 통해 전해진다.

한 마디로 이 단편은 지주가 농노의 삶을 얼마나 비인간적으로 구속하고 있는지 보여주는 사실적인 사례다. 개인의 사랑이 더 높은 신분의 감독자의 허락을 통해 구해지는 것이란 설정은 인간의 존엄성이 무시되는 부당한 환경을 폭로하고 있다. 지주의 이름이 '동물'에 해당하는 러시아어 '즈베리(зверь)'에서 왔다는 것도 작자의 의도와 태도를 선명하게 보여준다. 이러한 캐릭토님(charactonym)[28]의 기법은 투르게네프의 산문에서 자주 보인다.

엘리자베타 봄이 그린 삽화로, 두 번째 단편의 제목이 하단에 쓰여 있다. 앞의 책, c. 13.

# 세 번째 에피소드,
# 말리나의 샘물(Малиновая вода)

## 지주의 저택

세 번째 단편의 제목은 화자가 이스타 강(река Иста) 어귀의 모래밭을 산책할 때 만난 샘물의 이름에서 따온 것이다. 자연 경관 묘사가 이채로운 이 텍스트는 샘물 주변에서 만난 스쵸푸시카라는 백발노인의 사연이 스토리의 중심이다.

이 인물에 대한 본격적인 언급에 앞서 화자는 슈미히노(Шумихино)라는 마을에 자리 잡은 석조 교회와 그 맞은편에 있는 지주의 저택(гoподские хоромы)에 대해 소개한다. 여기서 독자는 지주의 거처 내부와 그 명칭들을 자연스럽게 접하게 된다. 이는 당대 러시아의 귀족의 생활상을 구체적으로 확인해볼 수 있는 일종의 물질문화 목록에 해당한다.

> ...교회 맞은편에 굉장히 큰 지수의 저택이 자신의 웅장한 모습을 자랑하며 서 있었다. 저택 주위에는 여러 가지 부속 건물(пристройки), 머슴방(служба), 작업장(мастерский), 마구간(конюшнь), 곡물 창고(грунтовы)와 마차고(каретны), 목욕탕(баня), 간이 부엌(временная кухня), 손님과 지배인들을 위한 사랑채(флигель для гостей), 꽃을 가꾸는 온실(цветочное орнажерей), 서민들을 위한 그네(качель для народа), 그밖에도 다소라도 필요하다고 느껴지는 수많은 건물들이 즐비하게 늘어서 있었다.
>
> Напротив этой церкви некогда красовались обширные господские хоромы,

모스크바 남쪽 스파스코예-루토니노보에 위치한 이반 투르게네프 영지 박물관(Музей-усадьба И. С. Тургенева Спасское-Лутовиново). 돌아가신 어머니로부터 천 명의 농노를 유산으로 물려받은 투르게네프는 실제로 사진과 같은 대저택에서 살았다.[29]

окружекими, разными пристройками, службами, мастерскими, конюшнями, грунтовыми и каретными сараями, банями И временными кухнями, флигелями  для гостей и для управляющих, цветочными оранжереями, качелями для народа и другими, более или менее полезными, зданиями.

이런 지주의 대저택은 제시된 사진들을 통해 보다 구체적인 윤곽을 완성해볼 수 있다. 19세기 어느 시골 마을에 자리 잡은 한 대저택(усадьба)을 보여주고 있는 다음 사진들은 사실 작품 속 저택보다 몇 배는 더 큰 규모이다. 마치 『예브게니 오네긴』의 주인공 오네긴이 실제로 거처했던 공간을 환기시키는 듯하다. 하지만 대부분의 농촌 지주 계급은 사실 이 정도 규모의 저택을 소유하고 있지는 못했다.

제정 러시아 시기 궁중 관리인 드보랴닌이나 상류 귀족들이 소유하던 대저택을 우사디바(усадьба)라고 부른다. 풍경이 좋은 넓은 대지 위에 보통 2층 구조로 지어진 거주 목적의 독채와 주랑, 곡물 창고, 외양간, 그리고 공원과 농지 등이 자리했다.

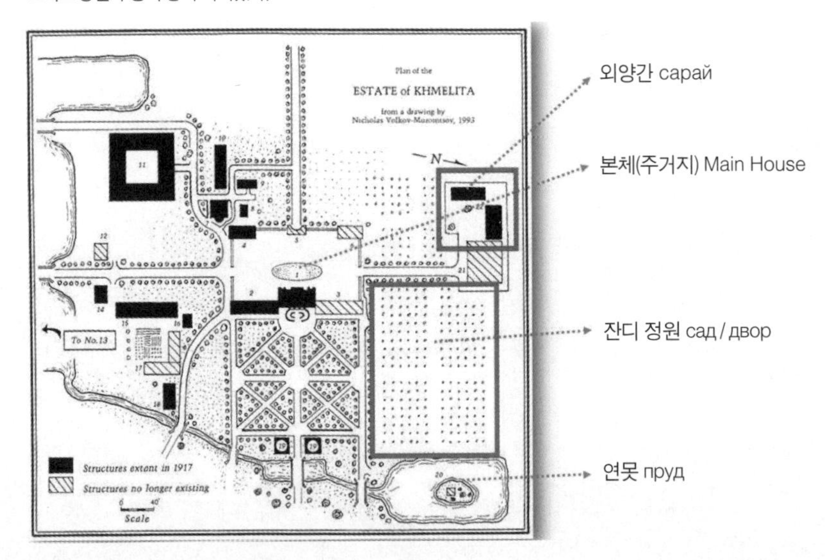

모스크에서 약 1시간 20분 거리에 위치한 영지 '아브람체보(Абрамцево)'는 '러시아의 예술 마을'로 잘 알려져 있다. 1870년 철도왕 마몬토프가 예술가들을 후원하기 위해 만든 집단 창작 공동체로서, 레핀, 수리코프, 부르벨 등 유수의 예술가들이 이곳을 거쳐 갔다. 필자의 직접 촬영(2017.7.25)

## 버림받은 농노의 삶

곧이어 "사람대접을 받지 못하는" 농노 스쵸푸시카의 사연이 이어진다. 화자는 그가 어떻게 이 마을에 와서 농노(поданный)가 됐는지, 그리고 비밀에 싸인 그의 가족은 어떠한지 궁금증을 가져보지만, "이 마을에서 모든 머슴의 족보를 4대까지 꿰뚫고 있다는 트로피므이치 노인까지도 그가 전쟁터에서 데리고 온 어느 터키[30] 여자의 친척뻘이 된다는 것"밖에 알지 못한다. "러시아 옛 풍속에 따라 농군에게 자선을 베푸는 축제일"에도 그에게 관심 갖는 사람이 아무도 없을 정도다. 그는 하루하루 닭장과 헛간과 목욕탕 탈의실을 전전하며 멸시와 천대 속에서 살다 지금은 어느 정원사에게 빌붙어 있다.

화자는 샘물가에서 만난 또 한 명의 노인인 블라스에 대한 이야기도 함께 전한다. 블라스에게는 아들 필립이 있었는데, 이 아들은 가난한 아비가 지주에게 바치는 연공(оброк)을 대신 갚기 위해 모스크바로 가서 마부 일을 하게 됐다고 들려준다. 하지만 일 년 전부터 시름시름 앓기 시작한 아들이 결국 죽게 되고, 밀린 연공이 걱정돼 혹시나 아들이 남겨 놓았을 돈이라도 있을까봐 블라스는 도시에 있는 지주 집으로 찾아간다.

하지만 독자의 예상과 다르지 않게 아들에게는 아무것도 남겨진 것이 없었고, 오히려 일을 못한 아들은 빚만 더 진 상태였다. 아들이 모시던 지주에게 생계 부탁을 하려 나선 차였지만, 도리어 남은 빚만 알게 되고, 다시 눈물을 머금고 고향으로 돌아왔다는 내용이다. 이어 농부들이 대체로 한 집에 95루블씩 하는 연공을 제때에 갚지 못해 가난하고 불쌍한 신세에 있음을 화자는 전해 듣는다. 경제적 조건을 완전히 구속당한 그들에게 희망이라곤 조금도 기대할 수 없는, 처절한 나날이 악순환되고 있음을 보여주는 단편이다.

## 애잔한 전원

강렬한 사회 고발의 함의를 품고 있으면서도, 텍스트는 내내 아름다운 풍광 묘사와 담담한 농부들의 대화를 싣고 서정적으로 진행된다. 작품 속에서 아름다운 자연과 농민의 험난한 삶의 무게는 너무나 큰 대비를 이루는 듯 보인다. 슬프도록 아름답고, 슬프도록 담담한 역설의 효과를 노리는 것일까?

총체적으로 볼 때, 투르게네프의 서사는 중립적이다. 예컨대 네크라소프나 도스토옙스키처럼 직설적인 화법에 치중하지 않는다. 대신 그는 조심스러우면서도 속이 깊다. 시골 전원을 아름답게 그리면서도 그 안에 슬픔이 동시에 묻어나게 한다. 그래서 현실 속에 미추(美醜)가 함께 상존하고 있음을 가만히 역설한다.

따라서 그의 전원 묘사는 단순한 기술에 머무르지 않고, 농민의 쓰라린 현실을 중립적으로 소화하려는 서사적 시도의 일환이다. 『사냥꾼의 수기』에 수록된 전편이 모두 그러하다. 이러한 의도 탓에 스토리는 단순하며 플롯은 아예 상실돼 보인다. 때문에 플롯이 없다고 혹평을 받기도 한다. 하지만 이는 『사냥꾼의 수기』를 개별 단편이 아니라 하나의 전체적인 사이클로 봐야 하는 이유이기도 하다. 하나의 총체적인 구조로 파악할 때, 전혀 다른 완성물로서 '문화 텍스트'가 눈에 들어오기 때문이다.

## 네 번째 에피소드,
## 시골 의사(Уездный лекарь)

함께 수록된 여러 단편들처럼 네 번째 단편 「시골 의사」도 화자가 전해들은 이야기를 전달하는 방식이다. 감기에 걸려 어느 마을 여관에 묵게 된 화자는 의사를 부른다. 흔한 처방을 받고나서 잡담 나누듯 그와 대화를 이어가다 화자는 "무척 신기한" 사연 하나를 듣는다. 사연의 주인공은 예의 그 의사와 몰락한 귀족 가문의 처녀다.

한 지주 미망인이 혼수상태로 죽어가는 자신의 딸인 알렉산드라를 구해달라며 이 의사에게 간청한 일로부터 사연은 시작된다. 날은 한밤중에, 거리는 멀고, 가는 길도 나빴지만, 그는 마음을 다잡고 마침내 환자가 기다리고 있는 집에 당도한다. 스러지고 가난한 귀족 집안이었지만, 옛 품위를 고스란히 간직하고 있었다.

열병에 걸린 알렉산드라의 상태는 위중했고, 안타깝게도 그의 처방은 듣질 않았다. 그녀는 마치 자신의 마지막을 예감이라도 하는 듯 그에게 매달렸고, 그는 며칠을 더 머무르게 된다. 그런데 그만 이 와중에 시골 의사는 이 아름다운 처녀에게 빠져들고 만다.

의사에게 먼저 일기 시작한 사랑의 감정은 알렉산드라에게도 생겨났다. 태어나 제대로 된 사랑 한 번 해보지 못했을 스물 남짓의 그녀는 반지까지 그에게 전해주면서 사랑을 고백하기에 이른다. 의사도 몸이 완전히 치유되면 미망인의 허락을 받고 결혼을 하자고도 해본다. 하지만 "아주 사소한 것처럼 생각되는 것이 마음을 괴롭히게 되는" 해프닝이 벌어진다.

죽음을 목전에 두고서도 서로의 사랑을 확인하던 그 순간, 알렉산드라는 의사의 '이름'을 묻는다. 그런데 그의 이름은 "불행하게도" 트리폰. 당대 하층 농민들이나 사용하던 이름이었다. 일순 신분의 격차는 노골화된다. 알렉산드라에게 트리폰이라니… 의사는 상대의 이름을 알아차리고는 머리를 흔들며 프랑스어로 중얼거리다가 갑자기 깔깔 웃어대는 그녀의 반응에 크게 상심한다. 위중한 상태로 그녀는 삼일을 더 살다 숨을 거둔다. 마지막 날 미망인도 둘 사이의 관계를 알게 되지만, 그는 그대로 집을 뛰쳐나오고 만다.

대화의 막바지에 트리폰은 화자에게 넋두리처럼, "우리 같은 저속한 족속은 고상한 감정에 빠질 자격이 없다"고 한탄한다. 인간의 감정에도 차별은 존재하는가, 이것이 투르게네프의 질문은 아니었을까? 트리폰은 화자에게 "조금만 걸고" 카드놀이나 하자고 제안하고, 1코페이카씩 걸고 진행되던 카드놀이는 트리폰이 2루블 5코페이카를 따는 것으로 마무리된다. 사실 시간이 지나 의사도 이미 혼인을 한 상태다. 흥미로운 것은 부유한 상인의 딸 아쿨리나를 아내로 맞으면서 그가 챙긴 지참금은 7천 루블이나 됐다는 것이다.

이 짧은 에피소드 안에서 투르게네프는 사랑이라는 감정이 왜곡되는 모습을 인상적으로 포착해냈다. 다른 단편들과 달리 화자의 이야기 상대가 농민이 아닌 의사라는 점, 그리고 상인 계급의 신부가 등장한다는 점도 독특하다. 결혼 지참금 프리다노예(приданое)가 이른바 전통 혼례인 스바디바(свадьба) 과정에 꼭 들어가는 혼례(свадебные ритуалы) 요소라는 점 또한 이 텍스를 통해 얻을 수 있는 정보이기도 하다.

## 다섯 번째 에피소드,
## 나의 이웃 라딜로프(Мой сосед Радилов)

### 퇴영적 인간의 일탈

"사라져가는" 귀족의 보금자리(지주 저택)에 대한 묘사가 인상적인 이 단편의 도입부에서 화자는 그 폐허 가운데서도 "살아남는" 러시아 보리수나무(리파 липа)를 칭송한다. 러시아 농민의 성향을 드러내는 흥미로운 언급이 함께 있기에 다음과 같이 옮겨본다.

> 이렇게 낡은 보리수처럼 아름다운 나무는 없다… 인정도 용서도 없는 러시아 농민의 도끼조차 이 나무 앞에서는 머리를 숙이게 마련이다.
>
> Прекрасное дерево – такая старая липа... Ее щадит даже безжалостный топор русского мужика.

하지만 이 단편에서 화자가 주목하는 곳은 농민이 아니라 귀족, 그것도 한물간 지주다. 이야기는 화자가 사냥을 하다가 시골 지주의 낡은 저택에 잘못 들어가 집주인 라딜로프와 만나면서 시작된다. 그는 또 다른 단편에도 등장하는 인물인 예르몰라이와 함께 사냥 중이었다(이렇게 한 단편에 등장했던 인물이 다른 단편에도 등장함으로써 『사냥꾼의 수기』는 각 단편들의 관계가 맺어지는 '상호텍스트성(intratextuality)'의 사례를 보여준다). 화를 낼 법도 하지만 라딜로프는 일요일이니 좋은 음식을 대접하고 싶다는 말로 상대를 이끈다. 그는 약 10년 동안 지방의 보병 연대에서 근무했고, 러시아·터키 전쟁에도 참전했었다.

이 집에는 올랴라는 아름다운 처녀가 함께 살고 있었다. 그녀는 3년 전 출산 도중 사망한 라딜로프의 아내의 동생이었다(라딜로프에게는 처제가 되는 셈이다). 그리고 전적은 화려했으나 재산을 모두 말아먹고 지금은 정신 나간 것 같은 행색으로 라딜로프에게 빌붙어 있는, 몰락한 귀족인 페자도 이 단편에선 인상적이다.

화자는 라딜로프를 유심히 관찰한다. 그는 한편—"영지 관리, 곡물 수확, 마른풀 갈이, 전재, 마을 소문, 다가오는 선거" 등(필수적이며 외형적인 생계의 일)—에 임해서는 열정적인 사람이었지만, 또 다른 한편의 일들—"먹는 일, 마시는 일, 사냥, 쿠르스크의 종달새, 거꾸로 떨어지며 나는 비둘기, 러시아 문학, 성질 사나운 말, 헝가리 무용, 카드놀이나 당구, 무도회나 도시 여행, 제지 공장이며 사탕무 공장, 요란스럽게 색칠을 한 정자, 차를 마시는 일, 화려하게 길들인 마부와 말, 겨드랑이 바로 밑에 허리띠를 맨 마부" 등(평범하지만 자연스러운 일상의 일과 사물)—에 대해서는 일말의 흥미도 보이지 않는 이였다. 화자는 이렇게 경직된 정서에서 벗어나지 못하는 그에 대해 "현재든 앞으로든 행복한 모습을 상상해볼 수 없는" 인물이라고 평가한다.

하지만 이런 그가 화자와 "아주 평범한 이야기—가장 사소한 사건이 가장 중요한 사건보다 깊은 인상을 줄 때가 있다는—"를 주고받게 된다. "평범하고 사소한" 사건이라고 언급됐지만, 사실 아내의 죽음과 연관된 일화였다.

라딜로프의 아내는 아이를 낳다 죽어버린다. 그는 아내를 잃은 비애에 사로잡힌 채 산송장이나 다름없는 꼴이었지만, 냉정함을 유지하며 어렵사리 장례식을 치러내고 있었다. 그런데 안치된 아내의 시신 위로 햇살이

눈부시게 내리비췄고, 때마침 그녀의 한쪽 눈이 감겨 있지 않았던 탓에, 그는 그 눈알 위로 파리가 기어 다니는 걸 목격하게 된다. 그 끔찍한 장면 앞에서 순간 그는 그 자리에 쓰러져 슬픔을 거두지 못한다. 인내하던 그의 설움을 북받치게 만든 건 그의 시선에 잡힌 한갓 미물은 아니었을까?

이보다 더 충격적인 사실은 단편 후반부에 나온다. 화자는 당시 아내의 죽음을 회상하던 라딜로프를 올가가 "동정심과 함께 질투심에 불타" 바라보고 있었다고 말한다. 질투의 대상은 당연히 3년 전 죽은 언니였겠다. 단편은 낡은 저택에서 불안한 동거를 이어가던 이 커플이 끝내 노모를 버리고 자취를 감춰버렸다는 사연을 전하며 끝을 맺는다.

## 서사의 한 기법

앞서 상호텍스트성을 거론하며 언급했듯이, 『사냥꾼의 수기』에서 자주 사용되는 서사의 한 기법이 이 단편의 끝부분에서 눈에 들어온다. 그것은 마치 여러 이야기들의 연결 고리처럼, 다음 이어질 단편의 주인공이 선행하는 이야기의 끝부분에 소개되는 방식이다. 다음 인용을 보자.

> 현관 옆에서 경쾌한 마차 소리가 들려왔다. 이윽고 후리후리한 키에 어깨가 벌어진 건강해 보이는 노인 한 사람이 방으로 들어왔다. 향리 옵샤니코프였다… 그런데 이 옵샤니코프라는 사람은 독특한 멋을 지닌 색다른 인물이기 때문에, 독자의 양해를 얻어서 **이 사람의 이야기는 다음 장으로 미루기로 하고, 여기서는 다만 다음의 사실만을 덧붙이기로 하겠다.** (강조는 필자)
>
> У подъезда раздался стук беговых дрожек, и через несколько мгновений

вошел в комнату старик высокого росту, плечистый и плотный, однодворец Овсяников... Но Овсяников такое замечательное и оригинальное лицо, что мы, с позволения читателя, поговорим о нем в другом отрывке.

이어지는 단편에서도 이러한 서사 방식의 활용은 다음과 같이 화자의 목소리가 불쑥 삽입되는 것으로써 재확인된다.

독자 여러분도 아시다시피 나는 이 노인을 라딜로프네 집에서 알게 됐고, 이틀 후 나는 다시 그의 집을 방문하게 됐다.

Я с ним познакомился, как уже известно читателю, у Радилова и дня через два поехал к нему. Я застал его дома.

## 여섯 번째 에피소드
## 향리 옵샤니코프(Однодворец Овсяников)

### 다른 유형의 사람들

이미 예고됐던 인물인 옵샤니코프는 일흔세 살에, 키가 크며, 러시아 우화 작가인 크릴로프의 풍채와 인상을 가진, 예의 있고, 특히 흰 손이 아름다운 노인으로 묘사된다. 그에 대한 묘사 가운데 다음의 내용은 기억해둘 만하다.

> 옵샤니코프는 그 점잖은 몸가짐이라든가, 사고방식이라든가, 육중한 태도라든가, 완고한 고집이라든가, 이 모든 것들이 **표트르 대제 이전 시대의 러시아 귀족**을 연상케 하는 것이었다... 그래서 **궁정복**을 입었으면 잘 어울릴 것 같은 생각이 들었다. 그는 구시대의 마지막 사람 가운데 한 명이었다. 이웃 사람들은 모두 그를 마음속으로부터 존경하고 있어서, 옵샤니코프를 안다는 것만으로도 명예롭게 생각하고 있었다. (강조는 필자)
>
> Овсяников своею важностью и неподвижностью, смышленостью и ленью, своим прямодушием и упорством напоминал мне русских бояр допетровских времен... Ферязь бы к нему пристала. Это был один из последних людей старого века. Все соседи его чрезвычайно уважали и почитали за честь знаться с ним.

"모든 점에서 일반적인 원칙에서 벗어나 있는(Овсяников был исключе-

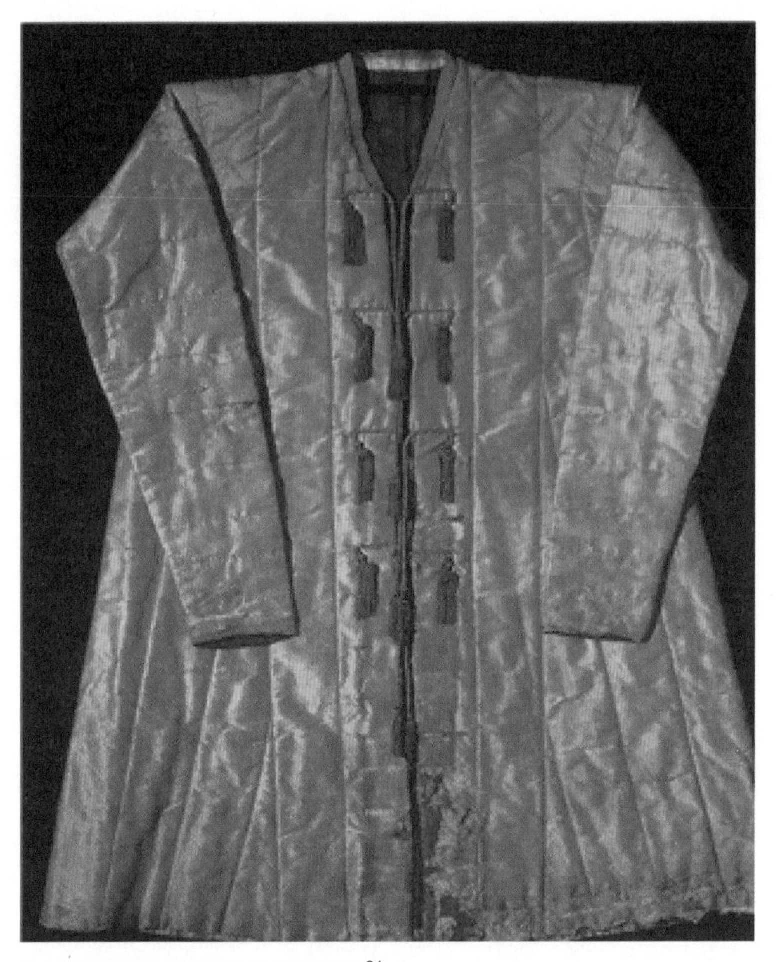

위 인용문에서 언급된 궁정복은 페랴지를 말한다.[31]

нием из общего правила)" 옵샤니코프는 지역 주민들에게서 하느님 같은 존경을 받고 있었고, 탐욕스럽고 부자 행세를 하는 여느 지주와도 확연히 달랐다. 그의 검소한 일상과 생활 규칙은 하인들을 대하는 태도에서도 드러난다.

몇 안 되는 머슴에게는 **러시아식 복장**을 입히고, 그들을 일꾼이라고 부르고 있었다. (강조는 필자)

прислугу держал небольшую, одевал людей своих по-русски и называл работниками.

이어 화자는 옵샤니코프가 "옛날의 풍속을 지키고 살았다(Овсяников придерживался старинных обычаев)"는 점, "종교 분야의 책만 읽었다(читал одни духовные книги)"는 점, "턱수염을 기르지는 않고, 머리도 독일식으로 기르고 있었다(Бороду, однако же, он брил и волосы носил по-немецки)"는 점 등을 열거하면서, 그가 표트르 대제의 서구화 정책과 유럽식의 개혁이 있기 전의 러시아인을 표상하는 인물임을 말해준다.

한마디로 옵샤니코프는 '구시대 인물의 전형'으로, 마을 사람들의 송사와 시비 문제를 해결하는 판관자로 존경을 받고 있었다. 하지만 그는 부유한 지주도 아니었고, 귀족은 더더욱 아니었다. 선대로부터 땅은 물려받았지만, 당시 농지 관리와 농노의 처우 차원에서 드러나는 불합리와 부패에 강한 불만을 가지고 있었다.

그는 "부유하고 젊은 지주들이 지나치게 잘난 체하며, 농민들을 마치 인형 부리듯 실컷 부려먹고 못쓰게 만든 후 내버린다(Только вот что горе: молодые господа больно мудрят. С мужиком, как с куклой, поступают: повертят, повертят, поломают да и бросят)"고 꼬집으면서, 모범적이고 선량한 방식으로 땅을 경영하는 지주들이 없는 것에 대해 개탄한다. 또한 "낡은 것은 죽어 없어졌는데 아직 새로운 것은 탄생하지 않았다(Старое вымерло, а молодое не нарождается!)"는 속담을 인용하며, 토지와 농노 개혁의 필요성까지 역설한다.

"젊은 지주들은 옛 질서를 싫어하지만, 나는 그것을 존중한다(Молодые господа прежних порядков не любят: я их хвалю)"고 스스럼없이 이야기하는 그는 분명 외형상 과거의 인물임이 틀림없다. 하지만 텍스트 안에서 그만큼 구태를 비판하며 개혁을 강조하는 이도 없다. 옛 전형에서 나왔지만, 전향적 시각을 가진 다른 유형의 인물로 보인다. 화자는 어떤 응수나 대꾸도 하지 않은 채, 옵샤니코프의 이야기를 묵묵히 듣고만 있다. 그의 주장에 무언의 긍정을 보내는 듯하다.

대화가 진행되는 가운데 옵샤니코프는 바실리 니콜라예비치 류보즈보노프라는 젊은 지주 이야기를 들려준다. 그는 이른바 계몽되고 각성한 인물로, 익숙한 지주 이미지와 달리 영지 내의 농노와 농민들에게 전혀 인색하게 굴지도 않고, 억압적이지도 않았다. 오히려 중간 관리자에게 "공평하게 일해 달라고" 부탁을 할 정도였다. 착취와 강압에 오래도록 길들여져 있던 농민들에게는 그의 출현 자체가 충격이었다. 당대에는 찾아보기 어려운 형상이었기 때문에, 옵샤니코프 스스로도 이해할 수 없다고 말하거니와, 이 단편 안에서는 끝내 구체적인 평가가 이어지지 않는다. 하지만 시대상의 변화를 노출하는 데 효과적인 인물 설정으로 보인다.

옵샤니코프는 말썽꾸러기 청년이자 자신의 조카인 미차도 소개한다. 그는 형편이 어렵고 억울한 일을 당한 사람들을 돕는다면서도 이들에게 적잖게 사기를 치고 다녔기 때문에, 마을 사람들로부터 원성을 사고 있었다. 옵샤니코프는 이런 미차에게 중요한 '삶의 덕목'을 들려준다.

인간은 정직하게 살면서, 남을 도와줄 의무가 있는 거야. 때에 따라선 자기 몸을 희생해야 할 때도 있는 거란다.

по справедливости должен человек жить и ближнему помогать обязал есть. Бывает, что и себя жалеть не должен.

이 대목은 옵샤니코프가 처음 묘사될 때 그가 읽고 있었던 『순교자전』의 맥락을 상기시킨다. 『순교자전』은 성자들의 일대기를 기록한 『성자전』의 일종으로, 그리스도의 삶을 몸소 실천하며 살았던 성인들의 전기다. 그는 망나니 조카에게 교훈적인 덕담을 건냄으로써 이런 책을 읽고 있던 자신의 성향을 실제로 드러내게 되는 셈이다.

대화 가운데 오를로프 현의 지주로 소개된 이바니치 레종이란 프랑스인도 소개된다. 조국 전쟁 당시 나폴레옹 군대에서 북을 치는 고수로 종군했던 그는 스몰렌스크를 경유해 퇴각하다 지역 농민들에게 생포됐었다. 그러다 어느 지주의 환대로 극적으로 목숨을 부지하게 된다. 사연인즉, 그 지주는 자녀에게 피아노를 가르칠 사람을 찾고 있었고, 우연히 그 패잔병과 만나게 된 것이었다. 사실 그는 피아노를 칠 줄 몰랐지만 운이 좋았다고 할 수밖에 없는 상황이 연출된다.

시간이 흘러 그는 어느 지주의 양녀와 혼인도 하게 되고, 지주의 자리까지 올라 지금은 귀족의 칭호까지 얻었다. 이 인물을 통해 독자는 조국전쟁에 대해 자연스럽게 알게 될 뿐만 아니라, 당시 농민들에게서 생포된 프랑스 군인이 어떤 대우를 받았는지, 적군의 고수가 어떻게 러시아 땅에 정착하게 됐는지 그 과정을 알게 된다.

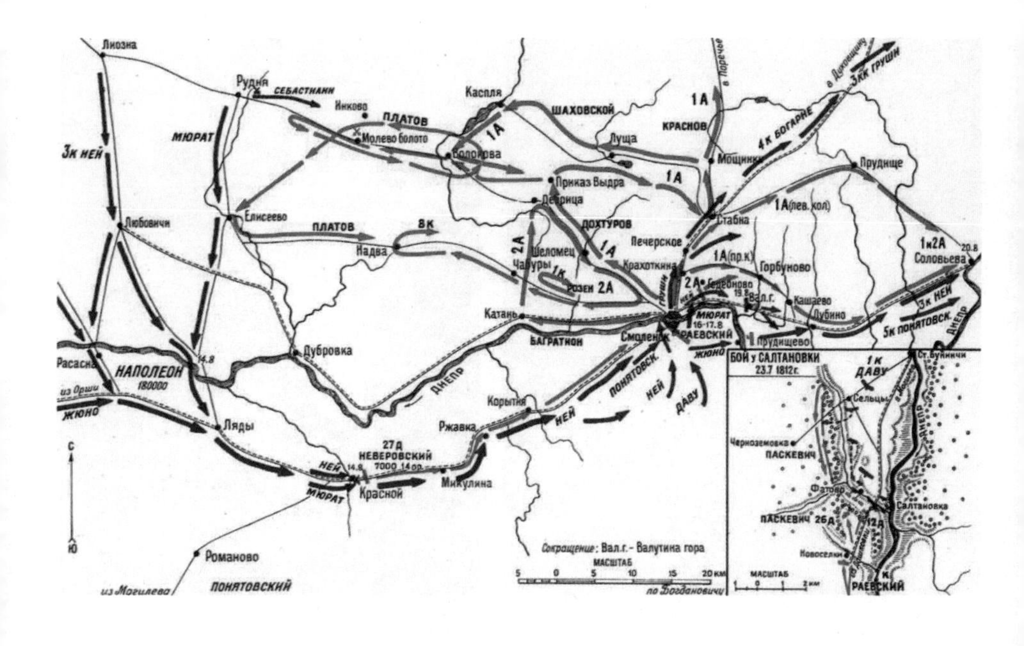


파란색(나폴레옹 군대)과 빨간색(러시아 군대) 화살표가 충돌하는 지점이 스몰렌스크다. 전략적 요충지였던 이 지역은 나폴레옹 전쟁(조국 전쟁)과 제2차 세계대전(조국대전쟁) 당시 주요 격전지로서, 프랑스군과 독일군이 러시아를 침투해 들어올 때 거쳐 왔던 경유지였다.[32]

상단 우측 사진은 스몰렌스크 중심부에 있는 조국전쟁 기념비(Памятник защитникам Смоленска в войне 1812 г.)다. 프랑스군이 석조 기념비의 상단에 자리 잡은 쌍두 독수리(러시아 차르의 상징)를 차지하기 위해 기어오르는 형상을 보여준다(필자의 직접 촬영, 2009. 7. 24).

붉은 광장으로 들어가는 진입로 좌측에 자리한 조국 전쟁 박물관. 2012년은 1812년에 발발한 조국 전쟁의 200주년이 되는 해였다. 당시 실제로 사용됐던 포신과 창과 방패, 총, 황제의 전쟁 포고문 등이 전시돼 있다(필자의 직접 촬영, 2013.11.23).

조국 전쟁 박물관 내부와 전시 상황을 그린 전쟁 루복. 대체로 프랑스인과 프랑스 군인 포로가 화폭의 좌측에 위치해 있고, 반대로 러시아 군인과 러시아 농민들은 우측에 자리하고 있다. 성스러운 공간(우)과 불경하고 부정적인 공간(좌)의 분할은 이렇게 루복은 물론이고, 각종 종교화, 정교회 사원 건축 등 어디서나 적용되는 중요한 예술 원칙이다.[33]

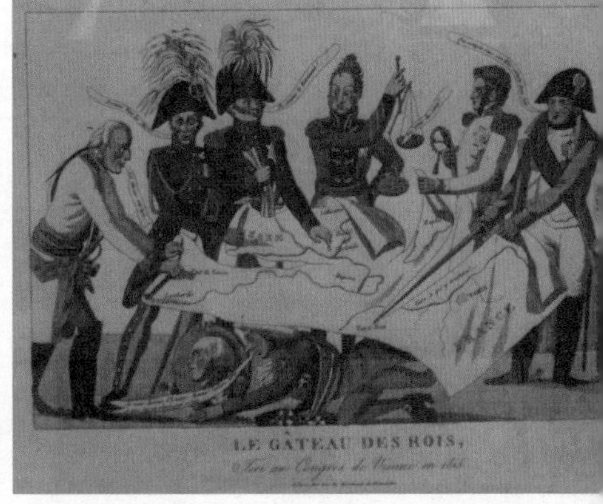

비교적 긴 이번 단편도 바로 앞의 단편과 같은 방식으로 이야기를 종결한다. 이야기 와중에 독자가 받았을 인상을 짐작해 화자가 자신의 목소리를 직접 삽입하는 방식이다. 한 장의 서사를 끝내면서 동시에 다음 장의 서사를 잇는, 화자 특유의 방식이다.

> 그러나 독자 여러분도 향리 옵샤니코프의 집에 앉아 있는 것이 지루해졌으리라 생각되므로, 일단 여기서 침묵을 택하기로 하겠다.
>
> Но, быть может, читателю уже наскучило сидеть со мною у однодворца Овсяникова, и потому я красноречиво умолкаю.

## 일곱 번째 에피소드
## 리고프(Льгов)

### 해방된 농노

초원 마을인 리고프에는 오리 떼가 모여드는 큰 못이 있어서 사냥꾼들이 많이 찾았다. 화자는 못 주변에서 만난 젊은 사냥꾼 블라디미르에 대해 먼저 이야기를 꺼낸다. 이 젊은 청년은 "지주댁에서 해방된 농노 출신(Он был вольноотпущенный дворовый человек)"으로, 당대를 반영하는 '시대적 인물'이기도 하다. 그는 "다소 책을 읽을 것 같기도 하고(знал грамоте, почитывал)", "대부분의 러시아인이 그렇듯, 무일푼에 일정한 직업도 없이 지내면서 닥치는 대로 먹고 그럭저럭 살아가는 형편이었다(живя теперь, как многие живут на Руси, без гроша наличного, без постоянного занятия, питался только что не манной небесной)."

무엇보다 먼저 눈에 들어오는 건 블라디미르가 "해방된 농노"라는 사실이다. 하지만 『사냥꾼의 수기』가 「농노 해방령」(1861)이 공표되기 약 8~10년 전을 배경으로 한다는 점과 이 작품이 단편으로 『동시대인』(Современник)에 발표된 시점(1847년 제5호, 165~176쪽)을 고려할 때, 블라지미르는 공식적인 「농노 해방령」에 앞서 부분적으로 이뤄졌던 농노 해방의 상황이 투영된 인물이라고 하겠다. 『사냥꾼의 수기』가 리얼리티에 기초한 오체르크임을 감안할 때, 그는 단지 가공된 것에 그치는 인물이 아닌, 시대상의 반영으로서 사료적 가치를 확보한다.

반면 60세가량의 어부인 수초크라는 인물도 등장한다. 그는 지주들끼리 소유를 이전하는 바람에 여러 주인을 전전하게 된 까닭과 동시에 갖가지 일을 돌아가며 맡게 된 사연을 이야기한다. 어부, 마부, 커피 당번, 요리사에서부터 저택 내에서 있었던 연극의 배우까지, 마치 촌극과도 같은 그의 인생 유전은 시골 마을에서 전제 군주와도 같던 지주의 명령에 일순 위계질서가 뒤바뀌는 당시의 상황을 잘 보여주고 있다.

## 그리고 서정적인 풍경

화자와 블라디미르, 수초크, 그리고 작품 이곳저곳에 등장하는 제2의 주인공 예르몰라이, 이렇게 총 네 명이 낡은 배를 타고 새 사냥을 나간다. 그런데 어느 순간 배에 물이 들어차기 시작한다. 타고 있던 사람이 일어나자 한쪽으로 배가 기울어, 끝내 배는 침몰한다. 모두 물속으로 빠지지만, 이후 강가에서 젖은 옷을 말리며 저녁 식사를 준비하는 장면이 이어지며 작품은 서정적으로 마감된다.

모닥불과 마부들의 담배, 동아줄에 묶인 말이 힝힝대는 소리, 저물어가는 햇빛, 그리고 멀리서 들려오는 노랫소리, 이 모든 것들이 어우러져 러시아 시골 풍경의 한 서정을 빚어낸다.

> 그로부터 두 시간 후, 가능한 방법을 다해 옷을 말린 우리는 커다란 건초 헛간에 앉아서 저녁 먹을 준비를 하고 있었다… 수초크는 구역질이 날 정도로 맹렬히 담배를 들이 빨고 있었다. 그는 침을 뱉기도 하고, 기침을 하기도 했으며, 무척 만족스러운 듯 보였다. 블라디미르는 우울한 표정으로 다소곳이 머리를 숙인 채 별로 말이 없었다. 예르몰라이는 총을 닦고 있었다. 개들은 귀리로 끓인 죽을 기다리며 성가시게 꼬리를

흔들고 있었고, 말은 처마 밑에서 발을 구르며 힝힝거리고 있다… 저물어가는 태양은 마지막 광선을 넓은 적자색 무늬로 분산시키고 있었다. 여기저기 흩어진 금빛 구름 조각들은 마치 깨끗이 씻어서 빗어 넘긴 양모처럼, 점점 엷고 가늘게 하늘로 퍼져가고 있었다… 마을 쪽에서는 흥겨운 노랫소리가 들려오고 있었다.

Часа два спустя мы уже все сидели, по мере возможности обсушенные, в большом сенном сарае и собирались ужинать...Сучок нюхал с остервенением, до тошноты: плевал, кашлял и, по-видимому, чувствовал большое удовольствие. Владимир принимал томный вид, наклонял головку набок и говорил мало. Ермолай вытирал наши ружья. Собаки с преувеличенной быстротой вертели хвостами в ожидании овсянки; лошади топали и ржали под навесом...Солнце садилось; широкими багровыми полосами разбегались его последние лучи; золотые тучки расстилались по небу все мельче и мельче, словно вымытая, расчесанная волна... На селе раздавались песни.

이러한 풍경 묘사는 19세기 이후 러시아 회화의 한 전통을 문학 텍스트로 옮겨온다. 투르게네프의 작품 곳곳에 삽입된 러시아의 숲, 들판, 강 등 자연에 대한 묘사는 실로 빼어나다. 실제로 화가들이 투르게네프의 산문에서 영감을 받아 어떤 그림을 그렸는가는 별도의 연구 주제가 될 정도다. 그만큼 19세기 중·후반의 러시아 풍경화 화폭은 『사냥꾼의 수기』의 회화적 재현과도 같아 보인다.

19세기 초 러시아 농민의 일상을 보여주는 사진으로, 흰색 루바하와 짚신 라프티를 신고 있는 모습이 흥미롭다.[34]

들일을 마치고 새참을 즐기고 있는 가족

(상) 러시아 농민의 가옥, (하) 수확을 하러 나가는 마을 사람들. 그 뒤로 이즈바가 보인다.[35]

## 여덟 번째 에피소드,
## 베진 초원(Бежин луг)

### 소년들의 이야기

7월 여름의 초원과 석양 묘사가 빼어난 이 이야기는 날이 저물어가는 시·공간 배경으로 시작된다. 화자는 단편 곳곳에서 "여름밤과 맑고 상쾌한 기분의 밤공기"을 비롯해 러시아의 자연을 탁월하게 묘사하고 있다. 사냥을 끝내고 귀갓길에 숲에서 길을 잃은 화자는 완전히 어두워진 숲에서 귀가 대신 노숙을 결정한다. 베진 초원이라는 유명한 초지에 도착한 화자는 저 멀리 피어 있는 모닥불을 향해 걸음을 옮긴다. 그곳에는 말을 지키고 있는 이웃 마을의 농사꾼 아이들이 있었다. 화자는 말을 풀어 놓고 그 무리로 다가간다. 모닥불을 사이에 두고 폐쟈, 파블루샤, 일류샤, 코스챠, 바냐 등 다섯 소년이 등장하고, 화자가 이들의 대화에 끼어들어 그 내용을 소개하는 방식으로 이야기는 꾸며진다.

대화는 먼저 진짜 귀신을 본 적 있는지 묻는 폐쟈의 소년다운 질문으로 시작됐다가, 코스챠가 아버지에게 들었다는 동네 목수와 루살카(русалка) 요정의 이야기로 옮겨간다. 물의 요정 루살카는 투명하리만치 하얀 자태로 나뭇가지 위에 앉아 큰 소리로 길 잃은 사람을 조롱하며 웃곤 하는 존재로, 호기심 많은 소년들이 귀신으로 떠올리기에 충분한 형상이다.

코스챠는 숲속에서 루살카를 만난 목수가 루살카의 가냘픈 목소리와 대마처럼 뻣뻣하고 새파란 머리카락에 정신을 잃었다가, 성호를 긋자 루살카가 이내 시무룩해지며 귀신다운 행동을 멈추게 됐다고 말한다. 그러고 나서 목수가 성호를 긋지만 않았어도 길 잃은 그와 재미있게 살 수 있었을 텐데 모든 일이 수포가 돼버렸다며 아쉬워했다는 루살카의 얘기도 함께 전한다. 이후 이러한 이교(異教, язычество)적 배경의 화제로 소년들의 대화는 계속된다.

작은 연못에 스스로 몸을 던져 자살한 처녀 귀신을 일컫기도 하는, 물의 요정 루살카는 이교 신앙을 대표하는 형상이다. 빼어난 미모로 신화와 전설 속에서 아름다운 처녀의 이미지를 간직하고 있으면서, 길 잃은 젊은 청년을 물가로 유인해 빠져 죽게 만들기도 한다. 일반적으로 반신반어(半身半漁)의 모습으로 알려진 루살카의 이미지는 농민 가옥의 창틀이나 방적기의 손잡이, 빨래 방망이 손잡이 등에 조각되곤 한다.[36]

이렇게 이 단편 곳곳에는 마치 앞에서 다룬 푸시킨의 유모가 들려주었을 법한 전설과 민담 등의 민속적인 소재들이 가득하다. 예컨대 우리 식의 도깨비(нечистое) 이야기도 그 한 자리를 차지한다. '결단초(разрыв-травы)'라는 자물쇠를 여는 능력을 가졌다는 전설의 풀 이야기나 '만성절(родительская суббота)'에 죽은 귀신을 볼 수 있다는 등의 이야기가 그것이다. 한 소년은 이렇게 얘기한다.

> 죽은 사람은 아무 때라도 볼 수 있는 거야… 그러나 만성절에는 그해에 죽을 차례인 사람이라면 살아 있는 사람도 볼 수 있단다. 밤에 교회 현관에 앉아서 물끄러미 한길 쪽을 바라보기만 하면 되는 거야. 그해에 죽을 사람이라면 반드시 교회 옆 한길을 지나가게 마련이거든. 저 울리나야 노파도 작년에 교회 현관에 갔었다는 거야.

а в родительскую субботу ты можешь и живого увидать, за кем, то есть, в

보통 창틀 상단에 새겨지는 루살카 문양. 전통 가옥 이즈바의 창틀과 선반에서 자주 볼 수 있다. 민중예술 및 장식예술 박물관(Всероссийский музей декоративно-прикладного и народного искусства) 소장(필자의 직접 촬영, 2015. 7. 24)

풍만한 가슴을 강조한 두 문양은 여인의 아름다움보다 기괴하고 흉측한 면모가 더 두드러졌다. 얼굴이 홀쭉하거나 심지어 턱수염이 달린 형상도 있다.[37]

마콥스키가 그린 「노치노예」(Ночное)란 제목의 그림. 「베진 초원」에 등장하는 소년들을 상기시킨다. 석양에 물든 풀밭에 각자 자리를 차지한 채, 한 소년의 이야기에 몰입해 있는 모습이 이 단편의 한 장면을 떠올리게 한다.

том году очередь помирать. Стоит только ночью сесть на паперть на церковную да все на дорогу глядеть. Те и пойдут мимо тебя по дороге, кому, то есть, умирать в том году. Вот у нас в прошлом году баба Ульяна на паперть ходила.

도깨비를 의미하는 '네치스토에(нечистое)'는 '불순한(깨끗하지 못한) 힘'을 의미하는 러시아어 '네치스타야 실라(нечистая сила)'에서 유래한다. 말 그대로 이것의 영향을 받는 대상에게 해악을 끼치거나, 불임, 흉작, 자살, 재해 등을 일으킨다. 신의 선한 작용과 정반대인 이 악마의 힘은 사람들에게 공포의 대상 그 자체였다. 사냥과 채집을 하거나 농사를 지어야만 하는 대부분의 하층 농민들은 어쩌면 추상적인 신의 섭리보다 실제적인 자연의 불가항력에 더 민감했을 것이다. 네치스타야 실라는 거주 공간인 내부와 집을 경계로 한 외부(마당, 들판, 숲, 강 등)의 두 영역에 모두 존재한다고 믿어졌다.[38] 이 단편에 나오는 소년들도 모두 이런 이야기들을 듣고 자랐을 것이다. 이렇게 귀신이 출몰하는 전설이나 민담 등은 이 단편의 흥미 요소이면서, 동시에 러시아 민중의 생활과 문화를 이해하도록 돕는 역할도 맡는다.

소년들의 대화는 각자 알고 있는 더 많은 얘깃거리들로 이어진다. 농민들 사이에서 세상 종말의 징후로 받아들여졌던 일식(하늘의 전조, предвиденье-то небесное)에 대한 이야기(단편에서 실제로 태양이 사라지고 하늘이 어두워지자 소년들은 갖가지 반응을 보여준다), 하얀 늑대가 땅 위를 돌아다니며 사람을 잡아먹는다는 이야기, 그리고 독수리나 매 같은 맹조(хищная птица)와 무서운 트리쉬카(Тришка) 이야기가 이어진다. 트리쉬카는 매우 이상한 괴물(удивительный человек)로, 사람들을 골탕 먹이며 교활한 짓을 모의하는 괴물(лукавый человек)이기 때문에 사람들이 잡을 수 없다. 마을 사람들의 얘기에 따르면, "하늘의 전조가 시작되자마자 나타나는(как только предвиденье небесное зачнется, так Тришка и придет)" 존재다.

## 이야기의 시간

예의 투르게네프 식의 서사법에 따라 이 단편도 결말을 향해 가고 있음을 알린다. "3시간 이상 됐다"는 화자의 언급으로, 흥미진진하게 진행되던 소년들의 서사는 정리의 시간으로 진입한다. 독자 역시 이 언급으로 자연스럽게 흘러가던 이야기의 시간을 감지한다. 화자는 시간의 흐름과 주변 환경과의 훌륭한 조화를 이렇게 표현한다.

> 주위의 만물은 동틀 무렵에 흔히 볼 수 있는 정적에 싸인 채, 죽은 듯이 고요했다. 삼라만상은 새벽녘의 깊은 꿈속에 고요히 잠들고 있었다... 애들의 이야기도 모닥불과 함께 꺼져 갔다. 개들마저 졸기 시작했다. 희미하게 반짝이며 흘러내리는 햇빛을 통해 바라보니, 말도 머리를 숙인 채 누워 있었다... 스르르 눈이 감기더니, 나도 어느새 잠들고 말았다.
>
> Уже более трех часов протекло с тех пор, как я присоседился к мальчикам...Но уже, еще недавно высоко стоявшие на небе; все совершенно затихло кругом, как обыкновенно затихает все только к утру: все спало крепким, неподвижным, передрассветным сном...Разговор мальчиков угасал вместе с огнями... Собаки даже дремали; лошади, сколько я мог различить, при чуть брезжущем, слабо льющемся свете звезд, тоже лежали, понурив головы... Сладкое забытье напало на меня; оно перешло в дремоту.

시간의 경과와 공간의 변화에 대한 언급은 투르게네프의 서사에서 큰 의미를 차지한다. 다 식어가는 모닥불 주변에서 잠자리에 들었던 화자는 이튿날 아침의 풍경을 이렇게 묘사한다.

> 상쾌한 바람이 내 얼굴을 스친다. 눈을 떠 보니, 날이 새고 있었다. 아침놀은 없었으나, 동쪽 하늘이 희끄무레 밝아오고 있었다.
>
> Свежая струя пробежала по моему липу. Я открыл глаза: утро зачиналось. Еще нигде не румянилась заря, но уже забелелось на востоке.

모닥불이 사그라지면서 이야기에 대한 관심도 시들해졌는지 소년들은 저마다 불 주변에 누워 잠을 청했으리라. 나이 든 사냥꾼 화자도 동심으로 돌아가 이들과 함께 이야기에 몰입했을 것이다. 사그라지는 불씨와 하나둘씩 잠에 빠져들었을 소년들의 모습이 한 폭의 그림처럼 아름답다.

스테파노프가 그린 「학이 날다」(Журавли летят, 1891). 「베진 초원」의 스토리에 잘 어울리는 그림으로, 날아오르는 학을 바라보는 소년과 소녀의 뒷모습에서 한가로우면서도 뭔가 슬퍼 보이는 목가적 분위기가 느껴진다. 트레티야코프 미술관 소장.

## 아홉 번째 에피소드,
## 크라시바야 메차의 카시얀(Касьян с Красивой Мечи)

### 경이로운 자연인

이 단편도 여름을 배경으로 한다. 마차를 타고 이동 중인 화자와 마부는 도중에 장례 행렬과 마주친다. 화자는 솜씨 좋은 목수가 열병으로 신음하다 제때에 치료를 받지 못해 죽은 사연을 들려주고, 이야기는 목적지였던 한 마을에 화자 일행이 도착하면서 시작된다. 일행은 오는 길에 부러진 마차의 굴대를 수리하기 위해 나무를 구하던 중, 이 단편의 주인공인 카시얀을 만나게 된다.

카시얀은 사냥을 한다고 자신을 소개하는 화자에게 의미심장한 말로 응수한다.

> 하느님이 만드신 새를 죽이고, 죄 없는 짐승의 피를 흘리게 하는 걸 죄라고 생각하진 않소?
>
> И не грех вам Божьих пташек убивать, кровь проливать неповинную?

굴대를 구하는 화자에게 삼림 훼손에 대한 거부감을 드러내고, 새를 사냥하는 화자에게 '천벌'을 운운하며, 카시얀은 자신만의 신념을 강력하게 드러낸다. 더구나 이러한 대답 못지않게 화자를 놀라게 한 것은 노인과 너무도 어울리지 않는 음색이었다.

그 음색이 또한 나를 놀라게 했다. 그의 목소리는 조금도 늙은이다운 데가 없었을 뿐만 아니라, 놀랄 만큼 아름답고, 젊고, 거의 여자의 목소리라고 생각될 정도로 상냥했다.

Звук его голоса также изумил меня. В нем не только не слышалось ничего дряхлого, – он был удивительно сладок, молод и почти женски нежен.

마부 예르페이 역시 카시얀의 면모를 제대로 이해하지 못하는 듯하다. 마부는 화자에게 '벼룩'이라는 그의 별명을 언급하며, 범인에겐 그저 기이한 인물일 뿐인 카시얀을 '유로지비(юродивец)'라고까지 말한다. 하지만 화자의 눈에는 그가 다르게 보인다. "그는 숲속에서 새와 이야기를 나누고(Касьян их передразнивал, перекликался с ними)", 짹짹거리는 새들의 "대화를 받아넘기는(Касьян подхватил его песенку)" 인물이다. 새를 사냥하기 위해 숲을 찾은 화자에게 이 "강제 이주된 농민"의 정체는 너무 궁금할 수밖에 없었다.

화자에게 그는 경이로운 '자연인'이다. 도시를 잠시 떠나온 문명인인 화자와 숲속의 자연인인 카시얀 사이에는 메꾸어질 수 없는 정신의 간극이 놓여 있다. 19세기 감상주의와 계몽주의의 사고방식이 자연을 이상적인 탐구 대상으로 대상화시켰다면, 19세기 중반의 투르게네프에게서 자연은 도시와 내적인 분화를 겪는다.[39] 그 결과 자연과 숲은 목가적 전원이란 무균지대에서 낯선 이방인이 침입한 '은유의 공간'으로 변형된다.

아마 숲에 나타난 이방인 화자는 자연에 침입한 '이질적인 총잡이' 그 이상이었을 것이다. 그리고 자연인 카시얀과 타자인 사냥꾼의 정서상의 간격은 표면적인 서사 이상으로 넓고 깊었을 것이다.[40] 두 사람 사이의 극복될 수 없는 거리감은 다음 표현으로 정리된다.

수리코프가 그린 「보야르의 아내 모로조바」(Боярыня Морозова, 1887). 우측 하단에 유로지비 형상이 숨어 있다. 몸에 쇠사슬을 걸치고, 양말과 신발도 신지 않은 채, 거의 누더기 차림이다. 정신병자 혹은 광인의 모습이지만, 이들에게는 신령한 예지력과 미래를 내다볼 수 있는 기이한 능력이 있다고 믿겨졌고, 실제로도 그러한 능력을 지니고 있었다. 성(聖)바보(Holy Fool)라고도 불리는 이들의 자취는 러시아 역사 곳곳에서 발견된다. 수리코프의 그림은 유로지비가 니콘의 종교개혁 이후 새로운 예법을 따르지 않고, 러시아의 구교 전통을 지키는 분리파교도의 일원임을 보여주고 있다. 여기에서 말하는 보야르는 귀족 계급을 일컫는 말로, 15세기 이반 3세의 치세에 선택받은 공직자 그룹을 의미했다. 이들은 전적으로 혈족에 의존해 있었으며, 보트치나(вотчина)라는 세습 영지를 소유하고 있었다. 15세기 말부터 17세기에 이르는 기간 사이에 보야르라고 하는 용어는 사회 최고층의 공직과 연관돼 있었다. 통계로 볼 때, 14-15세기 동안 보야르는 모스크바 내에서 불과 4-5개 가문에 지나지 않았지만, 1550년대에는 50개 미만까지 늘어났던 것으로 기록돼 있다.[41]

그는 나와 한마디도 나누지 않았다…

Со мной он все не заговаривал.

구약을 삶의 지침으로 실천하고 있는 카시얀의 행동은 어딘가 모르게 영적인 권위에 싸여 있다. 외부 관찰자인 화자로서는 쉽게 이해하거나 공감하기 어려운 부분이다. "검은색 농민 외투와 허약해 보이는 몸(кое-как закутанному в темный армяк, по его маленькому лицу)", "거의 말이 없는 침묵" 등, 그를 묘사하는 기호학적 지시체들도 이런 분위기에 한몫을 한다. 또한 그의 형상에는 숲을 관장하는 자연신인 레쉬(леший)의 모습마저 도사리고 있다. 이렇게 그는 병립할 수 없는 두 세계관—구약을 바탕에 둔 기독교적 세계관과 자연신이 존재하는 이교적 세계관—을 동시에 함의한다.

## 갈등

화자와 카시얀의 대화 장소가 벌목장인 것 역시 주목할 만하다. 벌목 현장은 문명 권력의 침투와 자연 정복이 정당화되는 남성적 전횡의 공간이기 때문이다. 반면 숲은 영적 지킴이 카시안이 수호하는 비문명의 공간으로 어머니 품과 같은 여성성의 공간이다. 따라서 두 주인공 사이의 침묵은 함께 조화를 이루기 어려운 문명과 자연의 대립을 의미한다. 여기서 어렵지 않게 '어머니=축축한 대지'라는 신화적 상징의 명제를 유추해볼 수 있다. 목소리로 대변되는, 카시얀에게서 발견되는 여성적 요소도 같은 맥락에서 설득력을 확보한다. 이는 자연인의 이미지를 표상하는 카시얀과 일체적 상징 관계를 이루면서, 러시아의 토속적 이교 신앙과도 무관치 않음을 보여준다.[42]

화자로 대변되는 도시적·남성적 폭력과 카시얀으로 대변되는 자연적·여성적 기운이 충돌하는 벌목장에서 긴장감은 고조되고, 사태는 갈등 상황으로 이어진다.

화자는 무심결에 꾀꼬리를 총으로 쏜다. 이때 카시얀이 보여준 첫 번째 반응은 예의 남성들이 일반적으로 보이는 자세와 거리가 있다. 그는 "총소리를 듣자 황급히 한 손으로 눈을 가렸다(Услышав выстрел, Касьян быстро закрыл глаза рукой и не шевельнулся)." 그리고 "이것은 죄다, 이건 정말 죄야!(Грех!··· Ах, вот это грех!)"라고 외치는 그의 두 번째 반응은 문명 권력의 전횡에 대한 안타까운 비명일 뿐만 아니라, 하느님의 창조 섭리가 인간의 단순한 호기심에 짓밟히는 사태에 대한 비애와 같다. "사냥에 대한 군주들의 광적인 집착은 숲과 전답의 평화로운 공존을 무너뜨렸다"[43]는 언급처럼, 카시얀이 받은 충격은 상상조차 할 수 없었을 것이다.

숲은 나무들이 모여 이룬 터이다. 여기에 "인간에게 나무는 평온과 지혜의 전형"[44]이라는 누군가의 언급은 숲의 지킴이 카시얀의 형상을 되짚어보게 만든다. 예컨대 카시얀에게 숲은 지혜와 성경의 진리를 간직하고 있는 은둔의 공간이나 성자가 살고 있는 수도원의 공간과 크게 다를 바가 없다. 따라서 그의 역할은 숲속의 사원지기와 마찬가지다. 숲은 카시얀에게 경제 활동이 이뤄지는 물질적인 공간이면서, 동시에 낯선 타자와 사탄의 무리를 쫓아내는 성스러운 공간으로 인식되고 있다.[45]

새 사냥이 카시얀에게 어떤 충격을 주었을지 상상조차 하지 못한 화자는 더위를 피해 들어간 숲속에서 아름다운 하늘과 주변 경관에 매료된 채, "숲속에 누워서 하늘을 바라보는 기분이란 정말 즐겁군!(Удивительно приятное занятие лежать на спине в лесу и глядеть вверх!)"이라며 자아도취적 태도를 취한다. 이는 단순한 발포 하나를 죄에 비유했던 카시얀의 태도와 대조를 이룬다.

한참 동안 침묵을 지키던 카시얀은 이번에는 먼저 화자에게 말을 걸며, "왜 새 같은 것을 죽이냐"고 "뚫어질 듯이 바라보며(промолвил вдруг Касьян своим звучным голосом)" 항의한다. 그리고 "네(화자)가 장난삼아 죽였을 거(Ну, для чего ты пташку убил?)"라고 확신하며, 이전에 보여준 여성적 이미지를 뒤엎어버린다.

여기서 카시안이 독자를 놀라게 하는 것은 그가 보여주는 새에 대한 피상적인 이해가 아니다. 그의 철저한 신념, 무엇보다 성경적 원리에 기초한 믿음이 독자의 반응을 불러일으킨다. 그의 행동은 단순히 살생을 혐오하기 때문에 이행된 것이 아니다. 성경에서 하느님의 말씀이 인류에게 가르친 바대로, "인간에게 주어진 음식은 따로 있다"는 자신의 신념을 지키기 위한 것이다.

## 그의 신념

카시얀이 기독교인이라거나, 그의 신념이 성경에 기초해 있다는 그 어떠한 직접적인 언급도 텍스트에는 없다. 당연히 성경 내용에 대한 인용도 없다. 하지만 카시얀의 태도와 행동은 분명 구약의 「레위기」와 「신명기」에 명시된, 음식에 관련한 율법을 상기시킨다.

성경 전체를 통틀어 「레위기」는 그 어떤 장보다 '부정한 동물'에 대해 자세하게 설명하고 있다. 이는 여호와가 모세와 그의 형 아론에게 말한 내용으로, 이스라엘 자손들에게 친히 먹을 것과 금해야 할 짐승들—길짐승, 날짐승, 물짐승—을 명시하고 있다. 「신명기」에도 「레위기」와 유사한 금기의 짐승들이 열거돼 있다. 이렇게 구약이 두 개의 장을 통해 금기의 목록을 자세히 기록하고 있는 까닭은 무엇일까? 이는 하느님 앞에서 인간들이 거룩해지기를 권고하는 당부의 언사로서, 열거된 금기의 목록은 모두 부정한 범주에 들어가는 것들이다. 부정한 음식을 먹음으로써 죄를 짓는 것을 원치 않는다는, 하느님의 사랑과 경고 메시지이기도 하다.

여전히 카시얀의 신념을 이해하지 못하는 화자는 우매한 질문을 던진다. "하지만, 영감도 거위나 닭 같은 것은 먹을 테죠?(Да ведь ты сам небось гусей или куриц, например, ешь?)" 그러나 카시얀은 이렇게 대답한다.

> 그런 건 하느님께서 인간에게 정해주신 새이지만, 뜸부기는 숲에서 자유로이 날아다니는 새란 말이요... 그런 걸 죽이는 건 죄올시다.... 그들이 살 때까지 내버려두어야 하는 거예요. 인간에게 주어진 음식은 따로 있습니다. 마실 것과 먹을 것이 따로 있단 말입니다...
>
> Та птица Богом определенная для человека, а коростель – птица вольная, лесная. И не он один: много ее, всякой лесной твари, и полевой, и речной твари, и болотной, и луговой, и верховой, и низовой – и грех ее убивать, и пускай она живет на земле до своего предела... А человеку пища положена другая: пища ему другая и другое питье: хлеб – Божья благодать, да воды небесные, да тварь ручная от древних отцов.

날짐승에 이어 물고기까지 그의 답변엔 거침이 없다. 물고기를 잡는 일도 그에겐 예외 없이 죄로 간주된다.

> 피란 거룩한 것으로, 세상 밖에 보인다는 것은 죄올시다. 그것처럼 큰 죄는 없어요. 그야말로 큰 죄지요!

Кровь, – продолжал он, помолчав, – святое дело кровь! Кровь солнышка божия не видит, кровь от свету прячется... великий грех показать свету кровь, великий грех и страх... Ох, великий!

화자는 카시얀의 언변에서 다시금 놀란다. "거침없이 쏟아져 나온" 그의 말엔 "고요한 감홍과 정중한 위엄의 어조가 들어 있었기(Я с удивлением поглядел на Касьяна. Слова его лились свободно; он не искал их, он говорил с тихим одушевлением и кроткою важностию, изредка закрывая глаза)" 때문이다. 화자는 카시얀에게 평범한 시골 농부 이상의 무엇인가가 있음을 직감한다.

그가 쓰는 화법은 흔히 보는 농사꾼은 물론이고, 아무리 말재주가 좋다는 사람이라도 쓰지 못한다. 그의 말은 사려 깊으면서도 장중하고 신기한 데가 있었다... 나는 지금까지 그런 말을 들어본 적이 없었다.
Его речь звучала не мужичьей речью: так не говорят простолюдины, и краснобаи так не говорят. Этот язык, обдуманно торжественный и странный... Я не слыхал ничего подобного. Я не слыхал ничего подобного.

화자는 카시얀에게 "무엇으로 소일하고 있냐?"고 묻는다. 카시얀은 이에 즉답을 들려주지는 않았으나, 거침없고 단호하게 "하느님의 뜻대로 살고 있다(Живу, как Господь велит)"고 답한다. 바로 이 답변에서 신앙과 믿음으로 충직하게 살아가는 전형적인 농민의 태도를 읽어낼 수 있다. 그의 이러한 굳은 신념은, 하느님의 인도가 아직 닿지 않아 가족이 없으나 "정직하게 사는 것이 가장 중요하다(а справедлив должен быть человек — вот что! Богу угоден, то есть)"는 말에서 더욱 분명하게 재확인된다.

카시얀에 대한 호기심이 점점 더 깊어가던 화자는 이곳에 당도하기 전에 목격했던 마르틴이란 목수의 장례 행렬을 떠올린다. 그 목수는 열병으로 죽었는데, 마부는 카시얀에게 이 병을 치유할 수 있는 능력이 있음을 귀띔했었다. 이 말이 생각난 화자는 카시얀에게 그 사정을 알고 있었는지 묻는다.

하지만 카시얀은 그 얘기를 너무 늦게 들었다고 대답하면서, 누구에게나 정해진 운명이 있고, 병이라고 다 고칠 수 없으며, "이 모든 것은 하느님의 뜻에 달려 있다(Это все от Бога)"고 말한다. 그러면서 "신앙을 가지고 사는 자는 살아나게 마련이다(А кто верует – спасется)"라고 덧붙이곤, 죽은 목수는 그렇지 못한 사람으로 간주한다.

### 낙원과 은둔자 유로지비

단편의 제목처럼, 카시얀의 고향 마을은 말 그대로 '아름다운 강(красная меча, 크라스나야 메차)'으로서, 낙원의 메타포이다. 돈 강의 한 지류로서, 오늘날 툴라 지방(Тульская область)을 실제로 흐르는 이 강은 오염되지 않은 아름다운 강이자 삶의 보금자리로, 카시얀의 심성에 자리한 영적인 이상향이다.

하지만 카시얀이 현재 살고 있는 마을은 "아름다운 초지"와는 대조적으로 "답답하고 건조한" 곳으로 묘사되고 있다. 카시얀은 새로 옮겨온 이곳에서 "마치 고아가 된 듯한 기분을 느낀다"고 고백한다. 마치 이곳은 「농노 해방령」 이전의 암울한 러시아 농촌 사회의 알레고리와 같다. 반면 카시얀의 고향은 성경적 낙원의 알레고리로서, 그곳 크라스나야 메차는 현재 그가 사는 마을로부터 100베르스타가 떨어진, 아주 먼 곳으로 묘사된다. 100베르스타의 거리는 물리적 거리라기보다는 러시아 민담에서 종종 먼 거리를 의미하는 일종의 클리셰다. 새 지주가 들어와 강제로 이주할 수밖에 없었던 저간의 이유를 설명하면서 카시얀은 이전의 보금자리에 대한 향수를 내비친다.

그러면서 진정한 구도의 자세와 간절한 신앙심을 동시에 보이는데, 그는 다시 한 번 화자에게 "인간에겐 정직이란 것이 없다. 이것이 문제"라며 간결하게 대화를 정리한다. 이 말은 특히나 매우 작은 목소리여서 화자가 거의 알아듣지 못한 것으로 묘사된다. 카시얀이 풍기는 이러한 신비감, 그리고 그의 단호한 음성과 확신에 찬 태도를 엿본 화자는 그가 러시아의 신비한 은둔자 유로지비를 연상시킨다고 말한다.

> 그의 얼굴은 말할 수 없이 이상한 표정을 띠고 있어서 나는 스스로 '유로지비'라는 말을 생각했을 정도였다.
>
> Эти последние слова Касьян произнес скороговоркой, почти невнятно; потом он еще что-то сказал, чего я даже расслышать не мог, а лицо его такое странное приняло выражение, что мне невольно вспомнилось название "юродивца."

또한 "생각에 잠긴 듯하면서도 날카로운 이상한 눈빛(странный взгляд, лукавый и доверчивый, задумчивый и проницательный)"과 같은 묘사도 그의 유로지비적 특징을 환기시킨다. 여기에 카시얀의 과거 행적을 살필 수 있는 또 하나의 단서가 추가된다. 고향인 크라스나야 메차에서 이주한 지 4년째인 카시얀은 고향을 그리워한다고 화자에게 고백하면서 "하긴 나도 꽤 돌아다닌 편이죠!(Ведь я мало ли куда ходил!)"라고 말한다.

정말 한 번 더 가보고 싶습니다. 이런 생각을 하는 건... 죄 많은 나만이 아닙니다. 그 밖에도 **많은 신자가 짚신을 신고 구걸을 다니면서 진리를 찾고 있으니까요...** (강조는 필자)

Ну, вот пошел бы я туда... и вот... и уж и... И не один я, грешный... много других хрестьян в лаптях ходят, по миру бродят, правды ищут... да!..

"짚신을 신고 진리를 찾으러" 여기저기를 다녔다는 행적은 러시아 구교도들(старообрдцы)의 고행자적인 삶 바로 그 자체이다. 투르게네프의 전기에 의존해 설명하자면, 이 부분은 그가 고향에서 들었던 분리파교도들(раскольники)의 삶과 재판에 관한 것을 상당 부분 반영하고 있다.[46] 카시얀의 과거 행적도 이들의 것과 그리 다르지 않다. 당연히 그가 연출해내는 영적인 분위기와 정신적인 고결함 역시 러시아의 정통 신앙과 성경적 율법에 기초해 있다.

벌목장에서 돌아오며 화자와 마부는 카시얀을 화제로 대화를 나눈다. 카시얀은 그를 꼭 빼닮은 소녀 안누쉬카를 끔찍이도 아끼며 데리고 산다. 하지만 그는 그녀의 친척뻘일 뿐, 생부는 아니다. 더구나 "카시얀과 이전 고향의 이웃 마을 친구(Мы им по Сычовке соседи)"였던 마부는 그와 같은 계층임에도 카시얀의 종교적 심성과 신념을 끝내 이해하지 못한다(동향의 친구임에도 마부는 끝까지 카시얀을 "괴짜", "이해 못할 자"라고 부른다). 도리어 지주 계급인 화자가 그에게 더 관심을 보인다. 화자는 왜 이런 관계를 두 인물 사이에 설정해놓은 것일까?

## 설정의 간극

일반적인 통념을 빗나가는 설정 가운데 하나가 같은 계층의 마부와 달리 카시얀은 읽고 쓸 줄 안다는 사실이다. 특정한 직업 없이 시골 마을 깊은 숲에서 살고 있지만, 그는 "하느님의 덕분에" 문맹이 아닐 수 있었음을 강조한다(이는 마치 『사냥꾼의 수기』 첫 번째 단편 「호리와 칼리느이치」의 상황을 연상시킨다). 카시얀은 화자와 마부 모두 이해하기 힘든 기인이다. 자연을 벗 삼아 비교육과 반문명을 표상하는 것처럼 보이나 그는 글을 읽고 쓸 줄 안다. 자연인에 흔히 따라붙는 기표들이 그의 형상 속에서는 어긋나 있다.

화자와 카시얀 사이에 좁혀질 수 없는 간극은 새 사냥이 거의 끝나갈 무렵 두 사람의 대화에서 절정을 이룬다. 사냥을 마치고 돌아가려는 화자에게 카시얀은 "새를 못 잡게 해드려 죄송하다"고 말한다. 덧붙여 "새를 쫓는 법을 알고 있다"고 말하면서 화자가 새를 잡을 수 없었던 실제적인 이유가 바로 자신에게 있었음을 밝힌다. 그러나 카시얀의 이런 고백에 화자는 별다른 반응을 보이지 않는다. 하지만 직접적으로 응답하진 않았으나 화자는 다음과 같이 카시얀의 반응과 합치되지 않는, 자신만의 방식을 애써 삽입해 넣는다.

> 나는 카시얀에게 들새를 쫓을 수는 없다고 말하고 싶었으나 아무 소용도 없으리라는 것을 알고 있었기 때문에 아무런 대꾸도 하지 않았다.
>
> Я бы напрасно стал убеждать Касьяна в невозможности "заговорить" дичь и потому ничего не отвечал ему.

그들의 대화는 야만과 문명, 그리고 종교적 심성과 그에 둔감하고 무관심한 교양인의 심성 사이의 간극을 보여주는 익숙한 설정이다. 하지만 아이러니하게도 무교양의 자연인 농민이 지적인 도시인 화자보다 더 높은 정신 수준에 위치해 있음을 보여준다.

바로 이 장면에서 투르게네프와 동시대의 작가로 '생태 문학'의 거장 헨리 소로우의 『월든』(Walden, 1854)의 한 문장을 떠올리지 않을 수 없다. 이 책은 자연 예찬을 넘어선 이른바 문명 비판론이다. 여기서 우리는 투르게네프의 사냥꾼 화자가 결코 극복할 수 없었고 깨달을 수 없었던, 그러나 소로우 자신이 뚜렷하게 인식하고 있던 한 명제를 인용하고자 한다. 여기에 비추어보면, 투르게네프의 화자는 삶의 씨앗을 잉태하지 못하는 '영적인 불구자'뿐만 아니라 회복의 가능성이 없는 '가엾은 문명인'이다.

> 젊은이가 숲과 친해지고 또 자신의 독창적인 부분과 친숙해져가는 경로는 대략 그러한 것이다. 그는 처음에는 사냥꾼이나 낚시꾼으로서 숲에 간다. **그러나 그가 자신의 몸 안에 보다 훌륭한 삶의 씨앗을 지닌 사람이라면, 시인으로서든 박물학자로서든 자신의 진정한 목표를 찾게 돼 총과 낚싯대를 버리게 된다.** (강조는 필자)[47]

투르게네프의 화자는 절대로 총을 버리지 못하는 자이다. 스물다섯 편의 단편 모두에서 그는 총과 함께 숲속을 활보한다. 우리가 카시얀의 형상 속에서 "가장 감미롭고 다정한 교제, 가장 순수하고 힘을 북돋아주는 교제는 자연물 가운데서 찾을 수 있다"[48]는 사실을 이해했다면, 사냥꾼 화자의 형상 가운데서는 이런 자연인과 조화되거나 합일될 수 없는 철저한 이방인의 그림자를 읽게 된다.

통념상 거칠고 야만스럽게 묘사되던 농민의 형상이 이 텍스트에서는 뒤집힌다. 그리하여 작가는 얼핏 계몽의 주체였던 도시민 화자를 대신해

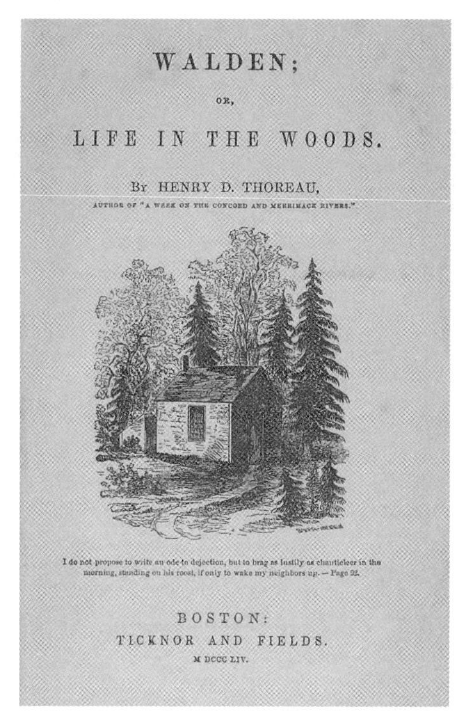
WALDEN;

OR,

LIFE IN THE WOODS.

BY HENRY D. THOREAU,

AUTHOR OF "A WEEK ON THE CONCORD AND MERRIMACK RIVERS."

I do not propose to write an ode to dejection, but to brag as lustily as chanticleer in the morning, standing on his roost, if only to wake my neighbors up. — Page 92.

BOSTON:

TICKNOR AND FIELDS.

M DCCC LIV.

헨리 소로우의 『월든, 혹은 숲 속에서의 삶』 책표지49

평범한 농민 주인공에게 정신적인 승리를 선사하고, 도시 교양인에겐 농민을 '반성의 거울'로 바라볼 기회를 제공한다. 하지만 이 방식은 전혀 노골적이지 않다. 알다시피 아이러니라는 우회적인 방식을 통해 플롯의 이면을 깨닫게 하는 것이다. 투르게네프의 서사가 다시 보이는 이유다.

## 이상적인 러시아인의 전형

때문에 외형 묘사만으로는 파악하기 어려운 인간 내면의 아름다움과 그로부터 풍기는 여성적인 이미지, 그리고 부드럽고 숭고하기까지 한 면모는 이른바 러시아 문학의 전통과 맥을 함께하고 있다고 볼 수 있다. 이에 대한 분명한 사례가 카시얀의 말투에서 나타난다. 함께 데리고 사는 어린 소녀 안누쉬카를 대할 때, 그의 말투는 참으로 인상적이다.

> 카시얀은 소녀를 배웅하고 나서 눈을 감고 빙긋이 미소를 지었다. 그 여유 있는 미소며, 안누쉬카에게 말한 몇 마디 안 되는 이야기며, 그리고 소녀에게 말할 때 그 음성 속에는 도저히 말로는 형용할 수 없을 커다란 애정과 부드러움이 깃들어 있었다.
>
> Касьян поглядел за нею вслед, потом потупился и усмехнулся. В этой долгой усмешке, в немногих словах, сказанных им Аннушке, в самом звуке его голоса, когда он говорил с ней, была неизъяснимая, страстная любовь и нежность.

이 장면은 도스토엡스키의 「농부 마레이」의 주인공 마레이와 한 소년이 들판에서 조우하는 장면을 연상시킨다. 이를 통해 두 주인공 마레이와 카시얀이 공유하고 있는 '농민의 천성'을 간취해볼 수 있다. 이는 무엇보다도 농민의 형상에 투영된 이상적인 러시아인의 성정을 표상한다. 물론 이 형상 안에는 다른 어떤 요소보다 "도덕적인 순수함(moral purity)"[50]이 자리하고 있다.

다른 단편들과 마찬가지로, 이 여덟 번째 단편도 이야기는 동일한 기법과 방식으로 끝을 맺는다. 이야기의 주 무대에서 화자가 집으로 돌아옴으로써 막이 내려지는 방식이 그것이다.

엘리자베타 뵘이 그린 앞의 책, c. 57.

# 열 번째 에피소드,
# 관리인(Бурмистр)

이 단편에는 두 명의 주인공이 등장한다. 영지의 젊은 지주 아르카지 파블리치 페노치킨과 그의 저택에서 농지 관리를 대신해주는, 일종의 농부들의 두목격인 소프론이다. 각기 다른 두 편의 일화지만 서로 연결돼 있으면서 1850년대 러시아의 농촌의 암울한 시대상을 매우 사실적으로 묘사해 나간다.

## 지주 페노치킨

서구파이자 첫 번째로 독자 앞에 등장하는 주인공은 화자의 집에서 그리 멀지 않은 곳에 사는 젊은 지주 페노치킨이다. 근위대 출신의 퇴역 장교로서, 그는 당시 러시아 사회를 구성하는 한 인물 전형에 속한다. "저택은 프랑스 건축가의 설계로 세워졌으며, 하인들은 영국식 복장을 차려입고 있었다"는 화자의 말처럼, 그는 집안을 러시아식이 아닌 유럽식으로 꾸몄다. 자신의 지적 능력이나 분위기에 어울리지도 않거니와, 실제로 독서를 좋아하지도 않으면서 "프랑스 서적이나 그림, 신문 등을 주문하고 있었다." 화자와의 대화에서 그는 수시로 프랑스어를 섞어 쓰는 허세를 부리기도 한다. 뿐인가. 명예를 존중해 나쁜 친구들과는 숫제 사귀기조차 않을 뿐더러, 하인을 훈계하고 벌을 주는 순간에도 조용조용한 말투를 쓰곤 한단다. 삶의 유일한 낙은 카드놀이인지라, 카드 치는 것은 거의 선수

급이었다. 자연히 농지 경영에는 아무런 관심도 없었다. 그럼에도 불구하고 페노치킨은 "현 내에서 가장 교양 있을 뿐만 아니라, 최고의 신랑감으로 간주되고 있었다."

하지만 화자는 "이 사람의 집을 방문하는 것이 마음에 내키지 않았다(а все-таки неохотно к нему едешь)"며 작품 초반부터 불편한 심기를 반복적으로 드러낸다. 특정 인물에 대한 화자의 노골적인 반응과 명시적인 태도는 첫 단편 「호리와 칼리느이치」에서 이미 선보였다. 스토리상으로 서구파를 환기시키는 호리가 페노치킨의 전신에 해당한다. 화자는 여기서도 칼리느이치처럼 순종적인 슬라브파 형상의 인물을 더 좋아한다. 즉, 첫 단편의 서사 구도가 여기서 다시 한 번 재현되고 있는 것이다.

지주의 집에서 받는 환대 역시 불편하기 짝이 없는 것이었다. 화자는 차라리 편한 복장과 너그러운 인상의 촌스런 하인이 자신을 맞이한다면 얼마나 좋을까 하는 심경을 여과 없이 드러낸다.

> **그의 집에 가면 무엇인지 모를 이상한 불안감에 사로잡힌다. 정중한 대접도 고맙게 생각되지 않는다.** 언제나 저녁때 사냥에서 돌아오면, 머리를 지진 머슴이 꽃무늬 단추를 단 파란 제복을 입고 눈앞에 나타나서, 비굴할 정도로 아첨하며 장화를 벗겨준다. 그럴 때마다 나는 이 파리하게 여윈 머슴 대신에 시골뜨기에서 머슴이 된 지 얼마 되지 않았지만, 바로 요전에 받은 남경산 무명 저고리에 열 곳이나 실밥을 터뜨린, 놀랄 만큼 큰 광대뼈에 주먹코를 한 억센 젊은이가 나와주었다면 얼마나 좋을까 하는 생각이 들곤 했다. 그리고 그런 젊은이라면 장화와 함께 내 무릎이 빠져나가도 좋을 것이란 생각이 드는 것이었다… **나는 아르카지 파블리치를 그다지 좋아하지 않았다.** (강조는 필자)

Странное какое-то беспокойство овладевает вами в его доме; даже комфорт вас не радует, и всякий раз, вечером, когда появится перед вами завитый камердинер в голубой ливрее с гербовыми пуговицами и начнет подобострастно стягивать с вас сапоги, вы чувствуете, что если бы вместо его бледной и сухопарой фигуры внезапно предстали перед вами изумительно широкие скулы и невероятно тупой нос молодого дюжего парня, только что взятого барином от сохи, но уже успевшего в десяти местах распороть по швам недавно пожалованный нанковый кафтан,- вы бы обрадовались несказанно и охотно бы подверглись опасности лишиться вместе с сапогом и собственной вашей ноги вплоть до самого вертлюга ...

페노치킨은 화자에게 자신은 소작제를 실시하고 있으며, 오래전부터 부역제를 시행하려 했다고 말하면서, 자신의 영지 관리법에 대한 장광설을 늘어놓는다. 이어 그는 긴 시간 몸단장을 한 뒤 나타나고, 두 사람은 다시 하인 일꾼인 소프론이 있는 곳으로 자리를 옮긴다. 이때 화자는 페노치킨이 얼마나 외모 단장에 신경 쓰는지 기술한다. 푸시킨의 오네긴에 비견될 정도다.

아르카지 파블리치는 자기 말처럼 멋 부리기를 좋아해서 속옷, 부속품, 의복, 향수, 쿠션, 그리고 가지각색의 화장품들을 꾸려가지고 떠났다. 검소하고 의지가 굳은 독일인이라면 일 년을 쓰고도 남을 물건이었다.

Аркадий Павлыч любил, как он выражался, при случае побаловать себя и забрал с собою такую бездну белья, припасов, платья, духов, подушек и разных несессеров, что иному бережливому и владеющему собою немцу

통나무집 이즈바를 배경으로 한 시골 마을과 방적기 앞에서 실을 뽑고 있는 농부 할머니[51]

хватило бы всей этой благодати на год.

관리인인 소프론의 집안을 묘사한 장면은 러시아 농가의 내부 구조를 사실적이고 구체적으로 담아내고 있다. 마치 '러시아 민중 생활의 백과사전'으로 불리는 『예브게니 오네긴』처럼, 투르게네프의 『사냥꾼의 수기』도 러시아 농민 생활의 환경과 일상을 백과사전처럼 그려나간다.

관리인의 마누라가 허리를 굽혀 마중 나와서 주인의 손에 키스하려고 다가왔다. 아르카지 파블리치는 마음껏 키스를 시키고, 현관 층계를 올라갔다. 어두컴컴한 현관 구석에 관리인의 며느리가 서 있었는데, 그녀 역시 허리를 굽혀 인사를 했으나 주인 손에 키스하는 것만은 사양했다. 소위 여름 방이라고 불리는 현관 오른쪽 방에서는 이미 두 사람의 시골 아낙네가 방을 치우기에 바빴다. 그들은 빈 병이며, 몽둥이처럼 굳어버린 털외투며, 기름 단지며, 누더기 조각과 함께 부스럼투성이의 갓난애가 들어 있는 요람이며, 그 밖의 여러 가지 더러운 물건들을 방에서 끌어내고, 목욕비로 먼지를 쓸어내고 있었다. 아르카지 파블리치는 그 두 여인을 몰아내고 성상 밑 의자에 앉았다.

Бурмистрова жена встретила нас с низкими поклонами и подошла к барской ручке. Аркадий Павлыч дал ей нацеловаться вволю и взошел на крыльцо. В сенях, в темном углу, стояла старостиха и тоже поклонилась, но к руке подойти не дерзнула. В так называемой холодной избе — из сеней направо — уже возились две другие бабы; они выносили оттуда всякую дрянь, пустые жбаны, одеревенелые тулупы, масленые горшки, люльку с кучей тряпок и пестрым ребенком, подметали банными вениками сор.

Аркадий Павлыч выслал их вон и поместился на лавке под образами.

여기서 서사상의 새로운 특징이 하나 발견된다. 그것은 화자가 자신의 이야기를 듣는 2인칭 독자를 텍스트 안에서 상정하고 있다는 점이다. 독자는 '나는'으로 시작하는 문장 대신, "당신은 그의 집에서 뭔가 이상한 심경을 느끼게 됩니다"는 식의 문장을 만난다. 그리고 화자의 이러한 '청유'를 통해 독자는 마치 화자와 동시에 체험하는 듯한 느낌을 받는다. 독자를 텍스트 안으로 불러들이는 화자의 이러한 호소는 효과적이다.

수즈달(Суздаль)에 위치한 러시아 민속촌 내에 조성된 전통 가옥 이즈바의 외부(필자의 직접 촬영, 2015. 7. 27). 처마 위 꼭대기에 말머리 모양의 문양이 있고, 창문에도 러시아 전통 문양인 꽃과 루살카 그림이 새겨져 있다. 모스크바 외곽에서 쉽게 볼 수 있다.

(상) 복층으로 돼 있는 이즈바 외관, (하) 이즈바 건축의 가장 중요한 요소 가운데 하나인 러시아식 도끼. 일반적으로 이즈바는 못을 사용하지 않고 순전히 통나무를 연결시키는 이음매 방식으로 만들어진다.[52] 『이콘과 도끼』(The Icon and Axe)의 저자 제임스 빌링턴은 도끼를 "대러시아 시대의 기본 도구로서, 숲을 인간의 의도에 복종시키는 필수불가결한 수단"으로, 이콘을 "고난으로 고통 받는 약자인 민중에게 궁극적인 안정감과 보다 고결하고 숭고한 목적 의식을 부여하는 성물"로 정의하고 있다.[53]

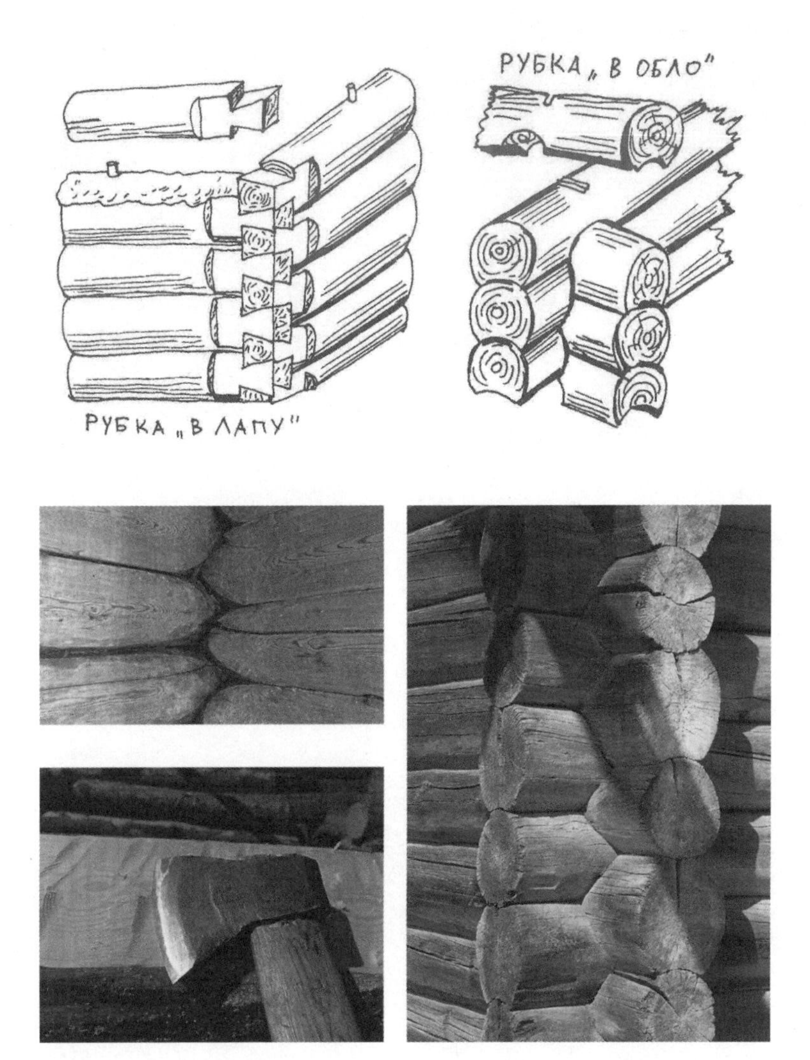


이음매 방식의 이즈바 제작 사진. 중세까지만 해도 정교회 건축에 못은 거의 사용되지 않았다.54

수즈달에 위치한 러시아 민속촌 내에 조성된 전통 가옥 이즈바의 내부(필자의 직접 촬영, 2015. 7. 27). (상) 10시 방향 구석이 바로 가정 내 기도처인 '크라스니 우골(красный угол)'이다. 성상화가 모셔져 있고, 오른쪽 벽면에는 목판 풍속화 루복이 몇 점 걸려 있다. (하) 전통 평민 여성 의상 사라판과 루바하를 입고 있는 여인이 이즈바 실내를 보고 있는 사진이다. 바닥의 커다란 나무함은 순둑(сундук)이라고 하며, 여인네가 시집올 때 보통 여기에 혼수품을 담아 오곤 했다. 이후에는 물건 보관용으로 사용됐다.

혼수품 함으로 사용됐던 순둑으로 18세기 초의 것이다. 현재 붉은 광장 옆, 역사박물관에 소장돼 있는 것으로, 크기는 38.0 x 36.5센티미터이다.[55]

수즈달 민속촌 이즈바 내부의 벽면. 걸려 있는 여섯 장의 루복이 인상적이다.

### 마름 소프론

화자는 부득이하게 페노치킨과 하루를 함께 보내며 사냥을 나갔던 일화를 소개한다. 이때 이 단편의 두 번째 주인공을 만나게 된다. 그는 지주 페노치킨의 영지를 관리하면서 부역제(барщина)를 감당하는 일꾼이자, 그의 영지 관리를 대신해주는 소프론이다. 그는 매우 영리하며 정치적 수완까지 겸비해, 주인에게 손해가 될 법한 일은 아예 알아서 처리해버리기도 한다. 그는 지주 밑에서 일하는 농부도 상당한 재산을 축적할 수 있다는 사실을 증명하는 존재로서, 그의 '수염'이 이에 대한 상징물로 나온다. 이를테면 화자는 러시아인에게 수염이 의미하는 바[56]를 이렇게 설명한다. "러시아가 생긴 이래 살찌고 돈을 번 사람치고 털보가 아닌 사람은 없다. 한평생 초라한 쐐기 수염을 길러온 사람이라도, 갑자기 돈을 벌게 되면 마치 후광 같은 수염이 얼굴 전체를 뒤덮고 만다. 도대체 어디서 그런 수염이 나오는지 알 수 없는 일이다."

화자는 굳이 원치는 않았지만 아르카지의 간청에 그의 영지를 함께 둘러본다. 관리인 소프론의 능력 덕분인지, 탈곡장, 곡식 창고, 건조장, 헛간, 풍차, 가축우리, 채소밭, 대마밭 등 모든 것이 잘 정돈돼 있었다. 하지만 화자의 시선은 침울한 표정의 농부들을 향한다.

> 모든 것이 잘 정리돼 있었지만, 다만 농민들의 침울한 얼굴 표정은 얼마간의 의구심을 불러일으켰다.
>
> всё было действительно в отличном порядке, один унылые лица мужиков приводили меня в некоторое недоумение.

농부들의 우울한 표정은 그들이 처한 현실을 그대로 드러내고 있는 것이었다. 관리인 소프론은 그들을 쥐어짜고 핍박한다. 『사냥꾼의 수기』에 등장하는 여러 소작농 가운데 소프론처럼 약삭빠르고 고약한 유형은 찾아볼 수 없다(따라서 이 단편은 농민 이미지가 이상적이거나 긍정적이지만은 않음을 보여주는 사례가 된다).

화자는 자신을 학대하는 소프론 때문에 지주에게 살려달라고 애원하는 소작농을 목격하게 된다. 사건은 이랬다. 소프론은 공납이 밀린 가난한 한 농부의 두 아들을 강제로 군대로 보내버렸는가 하면, 농부의 암소를 마음대로 팔아 치우고, 그의 아내까지 아무렇지도 않게 폭행하는 만행을 저질렀다. 그러고도 그는 당당하다. 하지만 이를 지켜보는 또 다른 농부는 소프론을 비난하면서도 체납한 농부가 소프론으로부터 더 심한 학대를 받을 것이 뻔하며, 그로 인해 죽게 될 것이라고 말하기까지 한다. 농노제라는 구조적인 원인이 만들어낸 비인격적 환경은 이렇게 처절했다.

흥미롭게도 이 단편은 다른 단편들과 달리 구체적인 지명과 일시—"슐레지엔, 잘츠부르크에서, 1847년 7월"—가 표기되면서 끝을 맺고 있다. 『사냥꾼의 수기』에 수록된 총 25편의 단편 중 유일하다. 이로써 오체르크의 리얼리티는 배가되는 듯하다. 이에 힘입어 화자는 단순한 묘사자를 넘어 사회 고발자로서의 역할도 확보한다.

## 열한 번째 에피소드,
## 사무소(Контора)

사냥하다가 늦은 오후가 돼버리고, 날씨까지 나빠져 여관으로 돌아갈 수 없는 상황이 되자 화자는 인근 영지를 찾게 된다. 영지 사무실에서 옷을 말리며 화자는 관리인 청년과 영지에서 회계 업무를 보는 담당자와 이야기를 나눈다. 저택의 소유주는 누구이며, 어떤 식으로 운영되는지, 감독은 있는지 등의 소소한 화젯거리들이 오간다.

이 와중에 거상(巨商)의 집에 살면서 일을 돕고 있는 자의 눈에 비친, 지주와 상인의 차이가 소개되기도 한다. 상인은 계산이 빠르고, 많은 이익을 내게 되면서 일을 돕는 사람의 기숙을 허용하지만 월급은 지급하지 않는다. 하지만 지주의 영지에서 일하는 것보다 상인의 집이 훨씬 마음 편하다는 게 그의 평가다.

『사냥꾼의 수기』에 수록된 단편들 가운데 상대적으로 특기할 만한 내용이 없는 꼭지로 보인다. 이야기의 계절 배경은 가을이며, 예의 다른 단편들처럼 화자의 유사한 언급으로 이야기가 종결된다. "나는 그날 집으로 돌아왔다. 일주일 후 소문을 들으니…"로 시작되는 마지막 문단을 볼 때, 작가가 일정한 시간이 지난 시점에 자신이 보고 들은 사건을 정리하는 식으로 단편을 마무리 짓는 패턴을 다시 한 번 확인할 수 있다.

## 열두 번째 에피소드,
## 늑대(Бирюк)

### 비애

이야기는 화자가 혼자 사냥 중에 갑작스럽게 폭우를 만나 당황해하다가 숲의 산지기(бирюк)를 만나는 것으로부터 시작한다. 산지기 포마 쿠지미치는 화자를 자신의 오두막 이즈바로 안내해 비를 피하게 한다. 도입부의 서정적인 자연 묘사가 압권인 이 단편은 농가나 주변 환경까지도 세밀하게 보여줌으로써 독자의 시선을 끈다.

이즈바로 들어간 화자가 집안 내부를 둘러본 느낌은 "가슴이 뭉클해졌다(сердце во мне заныло)"는 그의 표현에 잘 드러난다. 더구나 화자는 산지기의 아내가 갓난아이와 딸을 두고 행상인(прохожий мещанин)과 눈이 맞아 집을 나갔다는 사연마저 듣고 난 후, "이즈바는 이전보다 더 비참하게 느껴졌다(Изба показалась мне ещё печальнее прежнего)"고 적는다.

화자의 심태가 투영된 집안 묘사는 주목할 만하다. 침상과 등잔불, 관솔불, 방 한복판 장대에 매건 요람 등, 당시 농민 가옥 내부가 눈에 잡힐 듯 사실적으로 그려져 있다.

> 산지기의 집은 천장이 낮고 연기에 그을린 텅 빈 단칸방으로, 천장 밑 침상뿐만 아니라 칸막이도 없었다. 다 떨어진 털외투가 벽에 걸려 있다. 의자 위에 단발총이 놓여 있고, 방구석에는 누더기가 산처럼 쌓이고, 난로 옆에는 큰 단지가 두 개 놓여 있다. 탁자 위에 관솔불이 타고

수즈달에 위치한 러시아 민속촌 내의 이즈바 내부 사진(필자의 직접 촬영, 2015. 7. 24). 위쪽 사진처럼 거주 공간 안으로 들어가기 전에 세간이나 음식물 창고 용도로 활용되는 세니(сени)가 있다. 오른쪽 사진은 갓난아이를 재울 때 사용하던 요람과 풍속화 루복이 붙어 있는 벽의 모습이다.

있는데, 처량하게 확 타오르기도 하고 꺼질 듯이 가물거리기도 한다. 방 한복판엔 기다란 장대에 잡아맨 갓난애 요람이 걸려 있었다. 소녀는 등잔불을 끄고, 조그만 의자에 앉아서 오른손으로 요람을 흔들고, 왼손으론 관솔불을 고치기 시작했다. 나는 주위를 둘러보았다. 가슴이 뭉클해졌다. 밤에 농사꾼의 집에 들어오면 언제나 기분이 우울해지는 것이다. 요람 속의 어린애는 답답한 듯 가쁘게 숨을 몰아쉬고 있었다.

Изба лесника состояла из одной комнаты, закоптелой, низкой и пустой, без полатей и перегородок. Изорванный тулуп висел на стене. На лавке лежало одноствольное ружье, в углу валялась груда тряпок; два больших горшка стояли возле печки. Лучина горела на столе, печально вспыхивая и погасая. На самой середине избы висела люлька, привязанная к концу длинного шеста. Девочка погасила фонарь, присела на крошечную скамейку и начала правой рукой качать люльку, левой поправлять лучину. Я посмотрел кругом - сердце во мне заныло: не весело войти ночью в мужицкую избу. Ребенок в люльке дышал тяжело и скоро.

## 캐릭터 너머

산지기는 이름이 포마 쿠지미치이며, 별명이 '비류크', 즉 늑대다. 이러한 별명을 얻게 된 까닭은 그가 영지 관리인 역할을 하면서 나무 도둑이나 산림을 훼손하는 강도들을 붙잡아 혼내는 일을 맡고 있기 때문이다.

화자는 그의 별명을 듣자마자 그에 대해 들었던 소문을 기억해낸다. 마부 예르몰라이도 마을 사람들이 포마를 무서워하는 이유를 들려준다. 지금까지 비류크보다 더 훌륭하게 임무를 완수해낸 사람이 없다는 것이었다.

그는 무엇으로도 매수할 수 없고, 술이건 돈이건, 어떤 미끼에도 걸려 들지 않는 충직하고 정직한 일꾼이었다.

И ничем его взять нельзя: ни вином, ни деньгами; ни на какую приманку не идет.

이 같은 칭찬에 포마는 아무 일 아니라는 듯, "자기 임무를 충실하게 수행할 따름"이라고 답변할 뿐이다. 이렇게 강직하고 정직한 그의 품성을 표면화시키는 장면이 앞서 배치되기도 했었다.[57] 비를 피하고, 젖은 옷을 말리기 위해 화자를 집 안으로 안내한 포마가 옷을 갈아입는 장면이 바로 그것이다.

좀처럼 보기 드문 훌륭한 사내였다. 키가 크고 어깨가 넓으며, 훌륭한 체격을 하고 있었다. 비에 젖은 루바쉬카 밑에는 다부진 근육이 솟아 있었다. 곱슬곱슬한 검은 턱수염은 남자답게 준엄한 얼굴을 반쯤 뒤덮고, 마주 붙은 굵다란 눈썹 밑에서는 그리 크지 않은 갈색 눈이 대담하게 빛나고 있었다. 그는 두 손을 가볍게 허리에 대고 내 앞에서 걸음을 멈추었다.

Редко мне случалось видеть такого молодца. Он был высокого роста, плечист и сложен на славу. Из-под мокрой замашной рубашки выпукло выставлялись его могучие мышцы. Черная курчавая борода закрывала до половины его суровое и мужественное лицо; из-под сросшихся широких бровей смело глядели небольшие карие глаза. Он слегка уперся руками в бока и остановился передо мною.

이런 식의 농민 묘사는 다른 작품들에서도 일반적으로 보이는 일종의 클리셰로, 농민 이미지의 창조에 큰 영향을 주었다. 힘든 노동을 감당해내는 건강한 육체야말로 러시아 농부의 이상적인 전형을 만드는 기본 요소였다. 이는 상대적으로 정신적인 것에 치중하거나 육체의 허약함을 그대로 드러내는 지주의 이미지와 극단적인 대조를 이룬다.

이런 포마가 나무를 도둑질하려는 농부 한 명을 붙잡는다. 농부는 생계가 무척 고단하고, 지주의 농지 경영을 대신하는 관리인의 등쌀에 결국 도둑질을 할 수밖에 없었음을 고백한다. 하지만 완고한 포마에게 이런 넋두리는 변명에 지나지 않았다.

『사냥꾼의 수기』의 열 번째 단편인 「관리인」에서도 나오듯이, 마름이나 마찬가지였던 관리인들은 소작으로 생계를 유지하는 하류층 농부들에게는 무시무시하고 간악한 감독관이었다. 나무 도둑질을 하다 포마에게 붙잡힌 농부의 범행 동기 역시 이런 관리인의 소행과 관련돼 있었다. 이 농부는 "살려줘, 배고파서 한 짓이야… 관리인 때문에 우린 쫄딱 망했어. 그러니 정말이지 살려줘… 우리 관리인은 살인귀야"라며 포마의 동정을 사려고 한다.

"오룔 현에서는 성미가 까다로운 홀아비를 늑대라고 한다"는 화자의 말처럼, 융통성 없는 포마는 가엾은 도둑놈을 풀어주라는 화자의 말에 순순히 따르지 않는다. 하지만 이야기의 끝부분에서 마침내 포마는 이 농부를 풀어준다. 동병상련이었을까? 아내는 도망쳐버렸고, 어린 딸년과 갓난아이와 힘들게 사는 그의 처지도 그 붙잡힌 농부와 크게 다르지 않았을 것이다. 아내의 도주 역시 가혹한 현실로부터의 도피, 그 이상도 이하도 아니었을지 모른다. 투르게네프가 보여주려 했던 건 이렇게 몇몇 주인공의 특징적인 캐릭터에 머물지 않는다. 그것은 가족은 해체되고, 가난하고

이반 시슈킨은 러시아 숲의 이미지를 잘 구현해낸 풍경화의 대가로 알려져 있다. (좌, 상) 「소나무 숲」(Сосновый лес, 1885), (좌, 하) 「뱌트카 현의 울창한 송림」(Сосновый бор. Мачтовый лес в вятской губернии, 1872), (우) 「참나무 숲」(Дубовая роща, 1887). 세 작품 모두 『사냥꾼의 수기』의 숲속 공간과 잘 호응한다.

선량한 민중만이 고통 받는 현실에 대한 비판 그 이상은 아니었을까?

## 서사의 환경

이 단편에서 눈여겨볼 필요가 있는 또 다른 지점은 자연과 서사와의 유기적인 관계이다. 폭우라는 환경은 화자는 물론이고, 이야기를 이끌어가는 포마의 내면, 그리고 이즈바 내부의 분위기와 무관치 않다.

비를 피하고자 이즈바로 들어왔다가 화자는 숲에서 나무를 베어 훔쳐가는 도둑 농부의 이야기를 듣게 된다. 그가 붙잡히는 장면에서는 하늘이 점차 다시 개면서 비가 거의 멈춘 상황이었다. 그런데 사람들이 그를 집으로 끌고 들어온 후, 그가 도둑질을 하게 된 어쩔 수 없는 사정이 소개될 때, 맑게 갤 것 같았던 하늘에선 다시 빗방울이 떨어지기 시작한다. 그리고 이내 폭우로 돌변해버린다.

애처로운 도둑 농부의 하소연이 가혹할 정도의 세찬 빗소리를 만나면서 독자들도 그에게 연민을 느끼게 될지 모른다. 완고했던 포마도 빗소리에 마음이 동했는지, 화자의 간곡한 부탁에 그 농부를 풀어주기로 마음먹는다. 하지만 "아무래도 비가 그칠 것 같지 않다"는 포마의 말이 이어지고, 화자도 이즈바를 떠날 채비를 한다.

비는 가련한 농부들이 처한 가혹한 현실에 대한 메타포다. 비가 그칠 것 같지 않다는 포마의 언급은 이 현실이 조금도 나아질 기미가 보이지 않는다는 작가의 예감은 아닐까? 이렇게 투르게네프는 자연 상태와 등장인물의 정서적 반응을 탁월하게 조화시키는 재주가 있다. 이 단편도 다른 단편들처럼, "그로부터 30분 후 우리는 산림 밖에서 작별을 고했다(Через полчаса он простился со мной на опушке леса)"는 화자의 언급으로 종결된다.

# 열세 번째 에피소드,
# 두 지주(Два помещика)

## 옛 지주, 그리고 오래된 러시아

『사냥꾼의 수기』에 수록된 단편들 가운데 길이가 가장 짧은 이 텍스트에는 퇴역 장군이자 노년기에 접어든 뱌체슬라프 일라리오노비치 흐발린스키와 마르다리이 아폴로느이치 스테구노프란 두 지주가 등장한다.

흐발린스키는 '굉장한 도색가(ужасный охотник до прекрасного пола)'란 별명을 가진 아첨꾼에 사람까지 차별하는 인물로 묘사된다. 전략적으로 아첨을 하다가도 자신의 신분에 조금이라도 미치지 못하는 사람이라면 여지없이 무시하는 태도를 보인다. 독서에도 관심이 없는 세속적인 무교양의 지주로, 결혼도 못한 채 가정부와 크지 않은 집에서 외롭게 살고 있다. 그는 장엄한 공공 의식, 시험, 교회, 기념제, 집회, 전람회 등의 모임에 잘 차려입고 나가는 것을 중요하게 생각하지만, 논쟁은 물론 이론이란 것을 좋아하지 않았고, 긴 대화조차 꺼렸다. 특히 젊은이들과의 대화는 일부러 피했다.

두 번째 인물인 스테구노프는 자신의 저택에 딸린 농노가 500명이나 될 정도로 부족함이 없이 살면서도, 사람이 전혀 살 수 없는 곳으로 소작인 가족을 쫓아내는 등 파렴치하고 인정 없는 인물로 묘사된다. 자기 땅에 침입한 닭을 후려잡도록 하인들을 다그치는 장면에서는 그의 비인간적인 성품이 적나라하게 노출된다. 이에 화자는 "그러나 우리 러시아에는 아직도 이런 지주들이 수도 없이 존재한다. 도대체 무엇 때문에, 또 무슨 목적에서 나는 이런 말을 하는 것일까?(Но таких помещиков у нас на Руси еще довольно много; спрашивается: с какой стати я заговорил о нем и зачем?)"라며 자조 섞인 푸념을 늘어놓는다.

경지 정리 과정에서 어쩔 수 없이 '이주당한 농민(дворы выселены)'에게 살 집도 지어주지 않고, 주변에 나무나 연못 하나 없는 열악한 환경을 알면서도 내버려둔 점, 그리고 농사마저 지을 수 없게 대마밭까지 사들여버린 점을 들어 화자는 스테구노프에게 왜 이런 짓을 했는지, 이 정도면 죄악이 아닌지 따져 묻는다. 그러나 "나는 단순한 사람이오. 내 생각엔 지주라면 지주답게, 농민이라면 농민답게 하면 된단 말이오. 그러면 만사 해결이지(Я человек простой – по-старому поступаю. По-моему: коли барин – так барин, а коли мужик – так мужик... Вот что)"라는 스테구노프의 대답은 허탈할 지경이다.

뿐만 아니다. 화자는 아무런 죄도 없이 지주로부터 비인간적인 처우를 당하고 있는 하인 바샤와 이야기를 나눈다. 이때 바샤는 악행을 일삼는 지주를 험담하기보다는 도리어 애써 지주의 허물을 감싸고돈다. 잔뜩 위축된 바샤의 모습은 자못 독자의 가슴까지 저리게 만든다. 그리고 마땅한 대꾸나 항변도 없이 "바로 이것이 옛날의 러시아란 거구나!(Вот она, старая-то Русь!)"란 화자의 회한이 뒤를 따른다. 그래서 이 단편에서는 자행되는 부조리와 불평등과 부정함에 대한 적극적인 비판을 찾아볼 수 없다. 화자 역시 사회악에 대해 직접적인 자기 견해를 내비치지 않는다. 하지만 오래된 관성이 지배하는 옛 러시아는 이 텍스트에 그대로 담겨 있다.

## 현실과 현장감

어처구니없게도 사실 이 단편은 "두 사람이 모두 선량하고 독실한 지주

예레미나가 책임 감수한 전6권의 『투르게네프 선집』(Собрание сочинений в шести томах, 1968) 내 삽화.[58] 무엇을 잘못했는지 용서를 비는 듯, 혹은 구걸을 하는 듯, 무릎을 꿇고 앉은 두 농부의 포즈가 애처롭다.

로서, 군내에서도 한결같이 존경의 대상이 되고 있었다"는 도입부의 문장으로 시작했다. 하지만 앞서 살폈다시피 두 지주로 인해 농민의 현실은 더 비참해졌다. 독자의 선량한 기대 역시 완전히 전복된다. 이렇게 객관적인 관찰로써 작동하는, 오체르크의 아이러니한 현장감이 투르게네프가 의도한 바는 아니었을까?

농노제 사회의 비인간적인 표상으로서 두 지주는 대부분의 특징을 공유하고 있지만, 한 측면에서는 차이를 보인다. 흐발린스키가 외로운 독신주의자임에 반해, 스테구노프는 자기만족적인 독신 생활을 영위하고 있다는 점이다. 화자는 그를 일컬어, "제법 고답적인 방법으로 영지를 경영"하고 있을 뿐만 아니라, 집안의 가재도구나 집의 외관 장식 등에서 "모든 것이 그의 습관대로 고색창연하게 만들어져 있다"고 설명한다.[59] 게다가 이를 보충하듯이, 그의 집에서 일하는 모든 남녀 하인들까지 풍습을 잘 따른 의복을 입고 있다. 따라서 하인들의 의복 상태를 직접 간섭하며 전통 방식대로 입을 것을 고집하는 스테구노프의 일상 규범은 백과사전식의 일상적 문화 코드로 구성된 『사냥꾼의 수기』의 서사 특성이 잘 드러난 사례가 된다.

> ...그의 집에는 머슴들도 많았는데, 그들 역시 **옛날식 옷차림**을 하고 있다. 깃이 높은 기다란 감색 카프탄에 흐릿한 빛깔의 **폭넓은 바지 판탈롱**을 입고, 짧고 **노란 조끼**를 걸치고 있다. 그들은 손님에게 '나리님'이라고 말한다. 거의 털외투 밑까지 턱수염을 기르고 있는 농민 출신의 지배인이 이 집의 살림을 맡아보고 있고, 갈색 머릿수건을 쓴 주름투성이의 인색한 노파가 집안일을 돌보고 있다. (강조는 필자)
>
> Словом, все как водится. Людей у Мардария Аполлоныча множество, и все одеты по-старинному: в длинные синие кафтаны с высокими воротниками, панталоны мутного колорита и коротенькие желтоватые жилетцы. Гостям они говорят: "батюшка". Хозяйством у него заведывает бурмистр из мужиков, с бородой во весь тулуп; домом – старуха, повязанная коричневым платком, сморщенная и скупая).

(상) 랴잔 지방의 한 대가족 세대를 찍은 사진(1910). 수염을 기른 가장과 머릿수건을 두른 아낙, 루바하를 입고 긴 장화를 신은, 카르투스란 챙이 짧은 모자를 쓴 농촌 사람들의 모습이다. (하) 러시아 북부 아르한겔스크 지방의 전형적인 러시아 할머니(1968). 머릿수건인 플라토크를 한 채로 사모바르 앞에서 차를 마시고 있다.[60]

플라토크를 쓴 이 할머니의 표정 역시 러시아 시골에서 흔히 볼 수 있는 전형적인 할머니 모습이다.61

## 열네 번째 에피소드, 레베댜니(Лебедянь)

여름이 배경인 이 단편은 한가한 사람을 여기저기로 돌아다니게 만드는, 사냥이 가져다주는 유익함에 대한 장광설로 시작한다. 화자는 그렇게 떠돌다가 5년 전 마(馬)시장이 서는 레베댜니라는 마을에서 겪은 이야기를 늘어놓는다.

사실 이 단편에선 도드라지는 갈등선이나 특별한 모티프가 발견되지 않는다. 빅토르 홀로파코프라는 퇴역 중위가 주인공으로 등장하는데, 화자가 직접 설명하듯이, 이야기는 보통 아침에 어떤 사냥터로 떠났나가 당

소콜로프가 그린 「레베댜니 마을의 마시장」(Конская ярмарка в Лебедяни). 투르게네프가 쓴 단편의 배경과 일치한다.62

일 저녁에 사냥을 마치고 귀가했다는 단순한 구조를 보인다. 때에 따라서 화자는 비를 맞거나 뜻하지 않게 숲에서 길을 잃어 잠시 다른 지주의 집이나 하숙집 등에서 잠을 자게 된다. 이 낯선 곳에서 들은 이야기가 꼬리에 꼬리를 물고 이어진다. 언뜻 복잡해 보이는 서술이지만, 늘 그렇듯 여느 단편들처럼, 서사는 시간의 순서를 따르고, 수평적인 공간 이동의 원칙도 잘 지키고 있다.

## 열다섯 번째 에피소드, 타티야나 보리소브나와 그 조카

(Татьяна Борисовна и её племянник)

### 여지주

투르게네프 식 인물 묘사의 특징이 어김없이 발휘된 이 단편에서 눈여겨볼 지점은 등장인물에 대한 화자의 태도다. 지금까지 거의 모든 지주들은 부정적 이미지에 농민들로부터 원성을 사는 유형이 대부분이었고, 대부분 남성들이었다. 그러나 이 단편의 주인공인 여지주 타티야나 보리소브나는 거의 숭배 수준으로 높게 평가되고 있다. 그녀의 외모나 행동은 물론, 품성과 자세, 그리고 복장까지 칭찬 일색이다. 예컨대 "자유롭고 건전한 사고방식", "소지주 대부분에게서 발견되는 못된 버릇이 없는 점", "고운 마음씨", "타인의 슬픔과 기쁨을 진심으로 함께하는 태도" 등의 가치 평가적인 표현이 그녀를 설명한다.

러시아 문학에서 (하인이나 남자 농민을 제외하고) 지주에 대한 긍정적인 묘사나 평가가 드문 상황에서 투르게네프가 그려낸 그녀는 상당히 예외적인 사례다.[63] 이런 점에서 그녀의 형상은 고골이 『죽은 혼』에서 다채롭게 빚어낸, 탐욕스럽고 위선적이며 속물적인 그 어느 지주의 유형에도 속하지 않는 이상적인 지주의 모습이라 하겠다. 흥미롭게도 그녀는 "다른 여지주와도 별로 교제가 없다… 대체로 여자라는 것을 좋아하지 않는다."

## 그녀의 조카

그러나 평온하던 집안에 파열음이 들려온다. 타티야나에게 죽은 오빠의 아들이자 조카인 안드류샤가 등장한 것이다. 타티야나는 이 조카에게 애정을 품고 있지 않았다. 서사는 이제 그림을 잘 그려 전문적으로 배우고 싶어 하는 안드류샤를 중심으로 전개되기 시작한다.

어느 날 순수한 열정의 사나이, 6등관 표트르 미하일르이치 베네볼렌스키가 타티야나의 저택을 방문한다. "예술을 이해하지 못하는" 베네볼렌스키였지만, 그는 여지주의 조카 안드류샤에게 그림 공부를 시키고 전문 화가의 길을 걷게 하고 싶었다. 타티야나는 얼른 안드류샤를 베네볼렌스키와 함께 페테르부르크로 떠나보냈다.

하지만 사태는 꼬여간다. 안드류샤가 페테르부르크로 간지 몇 달이 지나지 않아 돈을 송금하라는 편지가 저택으로 배달된다. 그의 후견인이었던 베네볼렌스키가 사망해 돈이 필요해진 까닭이었다. 타티야나는 처음 세 번 성실하게 돈을 송금한다. 하지만 돈을 요구하는 편지는 계속됐고, 이를 거부하자 결국 안드류샤는 다시 낙향하게 된다. 그러나 그는 그새 너무나 많이 변해버렸다. 화자는 그 예쁘던 소년이 이렇게 변모하게 됐는지 이유를 들려준다.

## 세대의 문제

이 단편을 읽다보면, 안드류샤의 형상에 투르게네프의 또 다른 작품 『아버지와 아들』(Отцы и дети, 1862)에 나오는 바자로프의 형상이 자꾸 겹친다. 바자로프는 세상의 모든 관습과 기준과 규율을 부정했던 급진적인 허무주의자였다. 그는 주변 인물들과 사사건건 대립했다. 낙향한 안드류샤

역시 어린 시절의 소년다운 모습은 온데간데없어졌다. 그리고 "어이없을 정도로 버릇이 없어졌다."

> 그러나 그 외모만이 변한 것은 아니었다. 어릴 적에는 그렇게 꼼꼼하고도 수줍고, 조심스럽고도 깔끔하던 것이, 지금은 무뚝뚝하리만큼 담대해졌고, 어이없을 정도로 버릇이 없어졌다. 걸을 때는 몸을 좌우로 흔들고, 소파에 털썩 주저앉아서 탁자에 팔꿈치를 괴는가 하면 벌떡 드러눕기도 하고, 입을 딱 벌리고 하품을 하는가 하면 자기 고모나 하인들을 대하는 태도도 불손하기 짝이 없었다.
>
> Не одна наружность в нем изменилась. Щепетильную застенчивость, осторожность и опрятность прежних лет заменило небрежное молодечество, неряшество нестерпимое; он на ходу качался вправо и влево, бросался в кресла, обрушался на стол, разваливался, зевал во все горло; с теткой, с людьми обращался дерзко.

변해버린 자신의 정체성에 대해 안드류샤는 이렇게 항변한다. "나는 화가다. 자유로운 보헤미안이다. 우리 보헤미안은 보통 이렇단 말이다!(я, дескать, художник, вольный казак! Знай наших!)" 그러나 사실 그에겐 치기밖에 없다.

> 그러나 실제로 판명된 바에 따르면, 그의 재능이라는 것은 기껏해야 초상화 따위나 비슷하게 흉내 낼 정도밖엔 안 되는 것이었다. 게다가 기막힌 무식장이어서 읽은 것이라고는 아무것도 없다. 하기는 화가가 책은 읽어 무엇 하랴.

На деле же оказалось, что способностей его чуть-чуть хватало на сносные портретики. Невежда он был круглый, ни чего не читал, да и на что художнику читать?

『아버지와 아들』은 허무주의자 바자로프의 죽음으로 종결되면서 아버지 세대인 귀족주의자와 자유주의자들의 승리를 반증했었다.[64] 결말엔 아버지가 아들의 묘소를 찾으면서 사랑에 기초한 화해의 분위가 연출되기도 했었다. 하지만 이 단편의 마지막 장면은 발악하듯 슬픈 노래나 부르고 있는 안드류샤와, 그에게 소리를 지르며, "이제, 화가라면 지긋지긋하다!"는 불평을 쏟아내는 타티야나뿐이다.

이는 사회적 혼란과 세대 갈등이 최고조로 달하던 1850년대의 흔하디 흔한 풍경으로, 젊은 세대의 버릇없고, 비러시아적이며, 뿌리 없는 정체성이 시골까지 몰고 온 문제적인 파장을 잘 보여준다. 이는 『아버지와 아들』에서 사랑으로 극복되기 전 단계의 사상과 예술 문제가 노출된 것으로 해석할 수도 있겠다. 다음에 이어지는 화자의 마지막 언급은 이러한 추측에 정당성을 부여해준다.

그는 시골에 머물며 점점 더 뚱뚱해졌다. 고모는—사실 누가 이렇게 될지 생각이나 했겠는가—그가 제멋대로 구는 그대로 놔둬버렸다. 이런데도 근방의 처녀들은 그에게 빠져 있다... 그 많았던 옛 친구들은 더 이상 타티야나 보리소브나네를 드나들지 않았다.

Он в деревне стал поперек себя толще. Тетка – кто бы мог это подумать – в нем души не чает, а окрестные девицы в него влюбляются...Много прежних знакомых перестало ездить к Татьяне Борисовне.

## 열여섯 번째 에피소드,
## 죽음(Смерть)

7월 여름을 배경으로 하는 이 단편은 차플리기노(Чаплыгино)라는 떡갈나무 숲을 묘사하면서 다양한 새와 꽃이 등장해 마치 자연 도감을 들여다보는 느낌마저 준다. 화자는 이 숲에서 사냥하다가 벌목 현장에서 불의의 사고로 죽은 농부 막심을 목격한다. 커다란 나무가 그를 덮쳐버린 것이었다.

화자는 러시아 문학에서 보기 드문 농부의 죽음에 대한 '거룩한' 묘사를 시도한다. "러시아 사람은 태어나서 죽을 때까지 숲과 더불어 살았다"고 한 역사학자가 쓰고 있듯이, 러시아인에게 숲은 전통적으로 제2의 집이자 영혼의 안식처였다.[65]

> 불행한 막심의 죽음은 나를 깊은 상념 속에 빠지게 했다. 러시아 농부들이 죽음에 임하는 태도에 경탄하지 않을 수가 없다. 죽음에 직면한 그들의 심경을, 무관심하다든가, 우둔하다든가 하는 말로 표현할 수는 없다. 그들은 마치 무슨 의식이라도 거행하듯 냉정하고도 담담한 심정으로 죽어가는 것이다.
>
> Смерть бедного Максима заставила меня призадуматься. Удивительно умирает русский мужик! Состоянье его перед кончиной нельзя назвать ни равнодушием, ни тупостью; он умирает, словно обряд совершает: холодно и просто.

막심 사후에도 "대체로 러시아인들은 경이롭게 죽는다(Вообще удивительно умирают русские люди)"고 생각하는 화자의 입을 통해 다음 문장은 총 세 번에 걸쳐 반복된다.

> 정말 러시아인들이 죽음에 임하는 태도는 경탄하지 않을 수가 없다.
> Да, удивительно умирают русские люди!

이렇게 죽음을 경이롭게 바라보는 시각은, 파이지스의 지적처럼 "신화로 받아들여진 농민의 스토이시즘(stoicism of the peasants)"을 상기시킨다.[66] 톨스토이의 「세 죽음」(1856), 레스코프의 「매혹된 나그네」(1873), 살티코프-셰드린의 「포셰하니에서의 지난날들」(1887) 등의 작품들도 농민의 죽음이 작가에게 영향을 끼친, 정신적인 존엄함을 보여주는 사례다.

카사트킨이 그린 「고아가 됐다」(Осиротели, 1891). 숲도 아닌 허허벌판에 구교도식 전통 십자가를 땅에 박은 초라한 무덤이 묘사돼 있다. 그 옆에서 무릎을 꿇고 고개를 떨군 큰 아이와 건너편의 작은 아이는 분명 이 무덤 주인의 아이들일 것이다. 죽음 자체가 그림의 소재이듯, 분위기는 침울하다.[67]

러시아 농가에서 숲은 그리 멀리에 떨어져 있지 않다. 스몰렌스크에서 필자가 직접 찍은 사진(2009. 7. 23)으로, 숲은 농가에서 500미터에서 1킬로미터 내에 있다. 나무가 빽빽하게 들어차 있어 대낮에도 상당히 어두운 편이다.

농가 인근 숲속에서 일반적으로 볼 수 있는 공동묘지. 구교도식으로 만들어진 나무 십자가 묘가 있는가 하면, 두 번째 사진처럼 얕은 봉분(могильный холм)의 가족 무덤도 있다. 정교회의 장례법에 따라, 보통 무덤에는 신령한 주님의 십자가(Святой Животворящий Крест)가 사자(死者)의 다리 위치에 세워진다. 무덤 앞에 평석(平石, могильная плита)이 있다면, 이 위에 십자가를 놓기도 한다. 묘석(墓石, надгробие) 위에 세워두는 경우도 있다.68

## 열일곱 번째 에피소드,
## 명창(Певцы)

### 배경

이 단편은 7월 어느 무더운 날, 화자가 콜로토프카라는 작은 마을을 산책하다가 발견한 선술집 희락원(喜樂院, приютное место)을 배경으로 하고 있다. 화자는 노래 경연이란 핵심사건 전에 한 사람 한 사람 등장인물들의 외양과 성격에 대한 묘사를 이어가면서 흥미로운 캐릭터들을 소개한다. 화자는 이렇게 말한다.

> 그러나 나는 노래 경연 묘사로 들어가기 전에, 우리 이야기의 등장인물에 대해 각각 몇 마디 설명을 해두는 것도 소용없지는 않을 거라 생각한다.
>
> Но прежде, чем я приступлю к описанию самого состязания, считаю не лишним сказать несколько слов о каждом из действующих лиц моего рассказа.

그 전에 눈길이 머무는 배경에 대한 묘사가 있다. 바로 콜로토프카에 대한 것인데, 이 작은 마을은 "벌거숭이가 된 언덕의 사면에 위치해", "일 년 내내 사람이 보고 즐길만한 경치가 하나도 없으며", 쐐기풀 잡초만 무성한 벌판 위에 있다. 한마디로 음침하고, 참혹하며, 볼 만한 것 하나 없이 버려진 공간이라 해도 과장이 아니다. 더구나 "이 마을의 풍경은 사람의 마음을 한층 더 우울하게" 했다.

선술집 장면이 담긴 18세기 루복[69]

## 캐릭터들과 스토리

화자의 시선은 이 우울한 마을에 어울리지 않는 이름(희락원)의 술집에 찾아든 인물들을 쫓는다. 가장 먼저 한 절뚝발이 농부가 찾아든다. 그는 "조그맣고 노란 입술"에 "억지로 참는 듯한 일그러진 미소와 날카롭고 기다란 코"를 가졌다.

이어 나중에 노래를 겨룰 명창 가운데 한 명이 소개된다. '터키 놈'이라는 별명을 가진 야쉬카다. 그는 포로였던 터키 여자의 소생이었다. 스물두서넛쯤 돼 보이는 이 농부는 강렬한 감수성을 지닌 정열적인 인간으로 묘사된다.[70] 화자는 그를 "그야말로 완전한 의미의 예술가적 기질을 가진 사내(был по душе - художник во всех смыслах этого слова)"라고 적는다. 사실 그의 직업은 어느 상인이 경영하는 제지 공장의 노동자였다.

타타르인처럼 흉포한 인상과 "사나운 신사(Диткий-Барин)"란 별명을 가진 40대 전후의 농부 페레블레소프도 소개된다. 이어 야쉬카와 노래를 겨룰 명창 가운데 한 명인 도급장이(рядчик)가 등장한다. 그에 대해 화자는 "빈틈없이 약삭빠른 도시 출신의 소시민인 것 같았다(он показался мне изворотливым и бойким городским мещанином)"고 적지만, 이후 특징적인 묘사는 이어지지 않는다.

화자는 사나운 신사 페레블레소프에 대해서는 상대적으로 더 많은 비중을 두어 묘사한다. 그는 술을 거의 하지 않고, 여자를 가까이 하지도 않는다. 그에게 받은 특별한 인상을 화자는 이렇게 정리한다.

> 특히 나를 놀라게 한 것은, 그의 내부에 그 어떤 선천적인 흉포함과 역시 선천적으로 고결한 정신이 동거하고 있다는 사실이다. 이것은 다른 누구에게서도 찾아볼 수 없는 것이었다.
>
> Особенно поражала меня в нем смесь какой-то врожденной, природной свирепости и такого же врожденного, благородства,– смесь, которой я не встречал ни в ком другом.

노래 경연의 선창자는 도급장이였다. 그는 "굉장히 높은 팔세토(falsetto)로 노래를 부르기 시작했다. 그가 부른 것은 경쾌한 무도곡이었다." 이 도급장이는 노래를 오래 불렀지만, 특별히 청중의 공감을 얻어내지는 못했다. 무엇보다 주변이 호응해 함께 따라 부르는 합창으로 이어지지 않았다.

반면 야쉬카의 노래는 이미 첫 소절부터 선술집에 모인 모든 사람의 관심과 "기이한 감명"을 이끌어낸다. 화자는 "이 흐느끼듯 가늘게 떠는 음성은 우리 모두에게 기이한 감명을 주었다"(Странно подействовал этот трепещущий, звенящий звук на всех нас)면서, 그의 창법과 곡조에서 "애달픈 노래의 가락(заунывная песня)"이 느껴졌다고 적는다.

이는 알렉산드르 라디셰프의 『페테르부르크에서 모스크바로의 여행』에 기록된 러시아의 민요 가락과 정확히 일치하는 대목이기도 하다. 라디셰프는 「소피야」라는 제목의 두 번째 기행문에서 러시아 민요의 핵심을 이렇게 정리하고 있다.

> 말은 빨리 달렸다. 마부는 여느 때처럼 구성진 노래를 한 곡 불러대기 시작했다. **러시아의 민요 가락은 아는 사람이라면 누구나 그 속에 정신적인 슬픔을 암시하는 부분이 들어 있음을 인정해야 한다.** 거의 모든 곡조는 애잔하고 구성지게 마련이다. 민중의 이와 같은 음악적 취향에 맞추어 정치적 지배를 수립하는 법을 배워보라. 이러한 노래 속에서 **우리 민중의 진정한 영혼**을 발견할 수 있을 것이다. 한 사람의 러시아인을 보라. 그러면 그가 애상적이라는 사실을 알게 될 것이다. 만약 그가 애수를 떨쳐버리고자 한다거나, 흔히 얘기하듯 '좋은' 시간을 보내고자 한다면, 그는 당연히 선술집에 들를 것이다. 기분이 좋아지면, 그는 충동에 휩쓸리고 공격적이 되며, 싸움을 자주 한다. 무엇인가 자기 마음에 들지 않으면, 그는 그 즉시 말다툼을 벌이거나 싸움을 시작할 것이다. 머리를 떨군 채 선술집에 들어가, 얻어터져 피 떡이 된 얼굴로 되돌아나오는 한 뱃사공의 이야기는 러시아 역사 속에서 수수께끼처럼 남아 있는 많은 부분들을 설명하는 데 도움이 될지도 모른다. (강조는 필자)[71]
>
> Лошади меня мчат; извозчик мой затянул песню, по обыкновению заунывную. Кто знает голоса русских народных песен, тот признается, что есть в них

нечто, скорбь душевную означающее. Все почти голоса таковых песен суть тону мягкого. На сем музыкальном расположении народного уха умей учреждать бразды правления. В них найдешь образование души нашего народа. Посмотри на русского человека; найдешь его задумчива. Если захочет разогнать скуку или, как то он сам называет, если захочет повеселиться, то идет в кабак. В веселии своем порывист, отважен, сварлив. Если что-либо случится не по нем, то скоро начинает спор или битву. Бурлак, идущий в кабак повеся голову и возвращающийся обагренный кровию от оплеух, многое может решить доселе гадательное в истории, российской.

라디셰프가 언급한 러시아 민요 가락의 전반적인 분위기와 독특한 매력은 투르게네프의 단편에서, 바로 야쉬카의 노래를 묘사하는 대목에서 그대로 재현된다.

우리는 모두 달콤한 감회에 젖어들었으나 한편으로는 가슴이 죄어드는 것 같았다. 솔직히 말해서 나는 이러한 음성을 들은 적이 없었다. 그것은 어딘지 모르게 금이 간 것 같은, 무엇이 찢어지는 것 같은 운향을 가지고 있어서, 처음에는 병적인 느낌조차 불러일으키는 것이었다. 그러나 그 속에는 거짓이 없는 깊은 정열이 있었고, 젊음과 힘과 감미로움과 청중을 매혹하는 그윽한 애수가 깃들어 있었다. 러시아인의 진실한 불타오르는 영혼이 그 속에서 은은히 울리고 호흡하고 있어서 듣는 사람의 마음을 사로잡고 러시아인의 마음의 금선을 마구 흔들어놓는 것이었다. 가락은 힘을 더하며 주위에 퍼져나간다. 야쉬카는 분명히 법열에 휩싸여 들어가는 것 같았다.

пел он, и всем нам сладко становилось и жутко. Я, признаюсь, редко слыхивал подобный голос: он был слегка разбит и звенел, как надтреснутый; он даже сначала отзывался чем-то болезненным; но в нем была и неподдельная глубокая страсть, и молодость, и сила, и сладость, и какая-то увлекательно-беспечная, грустная скорбь. Русская, правдивая, горячая душа звучала и дышала в нем и так и хватала вас за сердце, хватала прямо за его русские струны.

노래 경연은 야쉬카의 승리로 끝난다. "듣는 사람의 영혼을 꿰뚫는 정열의 떨림이 들어 있는 노랫가락"으로 묘사된 그의 노래는 화자에게 강한 인상을 심어준다. 이때 받은 인상을 고이 간직하고 싶어 술집에서 떠나고 싶을 정도였다. 이 호감은 그의 내면 심리를 반영하듯 하늘에 총총히 떠 있는 별과 아름다운 자연 묘사로 이어진다.

화자는 "넋을 잃게 하는(неотразимый)" 아쉬카의 노래를 뒤로 하고, 건초창고에 가서 잠을 청한다. 하지만 아쉬운 듯 곧 잠에서 깨고, 노래 경연이 벌어졌던 술집으로 되돌아가본다. 그런데 그의 눈앞에 펼쳐진 건 "불쾌하기 짝이 없는" 광경이었다. 아쉬카는 물론이고, 그곳을 찾아든 손님들이 마구 뒤엉켜 질펀하게 즐기고 있었기 때문이다. 감동이 일순 사라졌다.

화자는 이해할 수 없었다. 이 엉망진창인 모습과 방금 전 러시아적인 진실함과 정열로 영혼을 감동시켰던 또 다른 모습을 나란히 놓을 수 없었다. 서로 섞일 수 없는 것임에도, 러시아의 선율에 깃든 감성과 세속적인 기운에 내장된 방탕함이 아쉬카에게서 모순의 합일로 구현되고 있었다. 이는 앞서 사나운 신사 페레블레소프의 형상에서 발견됐던 이원성—선천적인 흉포함과 선천적으로 고결한 정신의 공존—과도 일맥상통하는 것이다.

## 선술집 풍경

이 단편에는 백과사전적인 기록의 관점에서 눈여겨볼 부분이 있다. 바로 시골 선술집 내부에 대한 묘사이다. 다른 어떤 작품에서도 찾기 힘든 묘사가 장황한데, 화자도 이 사실 자체가 자랑스러운지, "독자들 가운데 시골의 선술집을 들여다볼 기회를 가진 사람이 그리 많지는 않을 것이다"라며 이야기를 시작한다.

> 시골 선술집의 구조란 간단하기 짝이 없다. 대개가 어두컴컴한 문간방과 그 안의 홀로 돼 있다. 그리고 홀은 칸막이 판자로 나뉘어져 있는데, 그 안쪽으로는 주인 이외에 아무도 발을 들여놓을 수 없다. 칸막이 판자에는 창문처럼 큼직하게 도려낸 공간이 있고, 그 밑에 널찍한 떡갈나무 탁자가 놓여 있다. 이것은 판매대로, 여기서 술을 팔게 돼 있다. 칸막이에 뚫린 공간 맞은편에 선반이 있고, 그 선반 위에는 아직 봉인을 뜯지 않은 각양각색의 술병들이 진열돼 있다. 객석으로 돼 있는 칸막이 한쪽에는 몇 개의 벤치와 두서너 개의 빈 술통이 놓여 있고, 한쪽 구석에는 조그만 탁자가 놓여 있다. 시골의 선술집이란 십중팔구 어두컴컴해서, 통나무 벽에 걸어 놓은 울긋불긋한 싸구려 루복조차 거의 분간할 수 없을 지경이다.
>
> Устройство их чрезвычайно просто. Они состоят обыкновенно из темных сеней и белой избы, разделенной надвое перегородкой, за которую никто из посетителей не имеет права заходить. В этой перегородке, над широким дубовым столом, проделано большое продольное отверстие. На этом столе, или стойке продается вино. Запечатанные штофы разной величины рядком стоят на полках, прямо против отверстия. В передней части избы, предоставленной

посетителям, находятся лавки, две-три пустые бочки, угловой стол. Деревенские кабаки большей частью довольно темны, и почти никогда не увидите вы на их бревенчатых стенах каких-нибудь ярко раскрашенных лубочных картин, без которых редкая изба обходится

무엇보다 이 단편의 경연 장면은 훗날 톨스토이의 장편 『전쟁과 평화』에서 귀족 아가씨 나타샤가 난생 처음 접하는 농민 춤가락에 맞춰 춤을 추자 농민 아낙이 이를 지켜보며 말없이 울기 시작하던 인상적인 장면과 감동을 먼저 만들어냈다.[72]

러시아 민요를 한 번도 들어본 적이 없는 나타샤는 오빠 니콜라이와 숲에서 사냥을 마치고, 퇴역 장교인 삼촌 집에서 저녁 식사를 즐긴다. 어딘선가 발랄라이카 선율이 들려오고, 삼촌은 즉흥적으로 이 선율에 기타로 응수하며, 조카인 나타샤에게 춤을 춰보라고 권유한다. 나타샤가 춤추는 장면을 멀리서 지켜보던 아니샤는 저도 모르게 눈에 눈물을 고인다. 다음은 『전쟁과 평화』의 그 대목이다.

나타샤는 숄을 벗어 던지고 앞으로 달려 나와 삼촌을 마주 보고는 허리에 손을 올린 채 어깻짓을 하며 짐짓 점잔을 뺐다... (중략)... 젊은 여백작은 이주민 가정교사에게 교육을 받았다. 그런 그녀가 언제 어디서 어떻게 러시아적 분위기에 동화돼 전통적인 러시아의 정신을 받아들여 오래전에 사라졌다고 생각했던 숄을 걸치는 풍습을 배웠을까? 하지만 그 정신과 움직임은 '삼촌'이 그녀에게서 기대했던 흉내 낼 수도 가르칠 수도 없는 **러시아적인** 것들이었다... (중략)... **나타샤는 아주 정확하고 완벽하게 해내고 있었다.** 아니샤 표도로브나는 나타샤에게 춤출 때 필요한 손수건을 건냈다. 그러고 나서 귀하게 자라 자신과는 너무 다르지만… 모든 러시아인이 **천성적으로** 간직하고 있는 것을 이해할 수 있는 이 날씬하고 우아한 여백작을 주시하며 웃고 있었다. **하지만 아니샤의 눈에는 눈물이 고였다.** (강조는 필자)[73]

마치 이 장면을 예견이라도 하듯, 단편 「명창」의 선술집 경연 분위기는 사뭇 감동적이었다. 야쉬카의 노래를 듣는 주변의 반응, 특히 술집 주인 여편네가 창문에 기대어 소리 없이 울고, 화자 역시 눈물을 보이기 시작하는 장면은 앞으로 톨스토이에게서 재환기될 모습 그대로다.

나는 눈물이 가슴 속으로부터 끓어올라 눈으로 솟아오르는 것을 느꼈다… 주인 여편네가 창문에 가슴을 붙이고 울고 있었다… 니콜라이 이바느이치 (술집 주인)는 고개를 떨어뜨리고…

У меня, я чувствовал, закипали на сердце и поднимались к глазам слезы; глухие, сдержанные рыданья внезапно поразили меня...жена целовальника плакала, припав грудью к окну...Яков бросил на нее быстрый взгляд и залился еще звонче..

화자는 조용히 선술집을 나온다. "그만의 감동을 손상하고 싶지 않았기(я боялся испортить свое впечатление)" 때문이었다. 아름다운 밤하늘을 바라보며 건초더미에 눕는다. 이내 서정적인 묘사가 이어지고, 그는 오래도록 잠들지 못한다.

나는 오랫동안 잠들 수 없었다. 넋을 잃게 하는 야쉬카의 노랫소리가 언제까지나 귓전에서 울리고 있었기 때문이다… 그러나 나는 죽은 듯

이 잠들어버렸다

Долго я не мог задремать; долго звучал у меня в ушах неотразимый голос Якова... Наконец жара и усталость взяли, однако же, свое, и я заснул мертвым сном.

## 속물성

그러다 화자는 다시 술집 풍경이 궁금해 자리를 옮겨 창문으로 그 안을 넘겨다본다. 그런데 놀랍게도 그의 눈앞에 펼쳐진 광경은 그의 예상과는 딴판이었다.

내 눈에 들어온 것은, 흥겹고 활기가 넘치기는 했지만, **불쾌하기 짝이 없는 광경**이었다. 야쉬카를 비롯해서 방 안에 있는 모든 사람이 다 취해 있었다. 야쉬카는 앞가슴을 드러내고 걸상에 앉아서, 목쉰 소리로 '저속한 무도곡(길거리 노래)'을 부르며 느릿느릿 손가락을 움직여 기타 줄을 튕기고 있었다. 땀에 젖은 머리카락이 무섭도록 창백한 얼굴 위에 덥수룩이 늘어져 있다. 방 한가운데에는 완전히 '나사가 빠져버린' 멍청이가 저고리까지 벗어 던지고, 잿빛 아르먀크를 입은 농부 앞에서 깡충깡충 춤을 추었다. (강조는 필자)

Я подошел к окошку и приложился лицом к стеклу. Я увидел невеселую, хотя пеструю и живую картину: все было пьяно – все, начиная с Якова. С обнаженной грудью сидел он на лавке и, напевая осиплым голосом какую-то плясовую, уличную песню, лениво перебирал и щипал струны гитары. Мокрые волосы клочьями висели над его страшно побледневшим лицом. Посередине кабака Обалдуй, совершенно “развинченный” и без кафтана, выплясывал вперепрыжку перед мужиком в сероватом армяке;

화자는 방금 전 체험한 감동을 뒤엎는, 그들의 속물성(포쉴로스티 )[74]과 적나라한 야수성과 맞닥뜨린다. 그런데 아쉬카의 노래가 전해준 감동이 진실이었고, 지금 눈앞에 펼쳐진 광경 또한 사실이라면, 이는 민중에 내재한 모순된 정서와 문화의 두 근원을 의미하는 건 아닐까?

상류층마저 우호적인 태도로 닮고 배우고자 하며, 또한 반성의 기회로 삼을 만한 농민 문화와, 또 다른 한편으로 그와 전혀 다른 저속하며 교양 없는 태생적 야수성의 문화가 민중에게 동시에 내재하고 있는 것이다. 화자는 이를 정확하게 간취해냈다. 그의 눈에 희락원(喜樂院)었던 선술집은 이제 추락원(醜落院)으로 바뀌었다. 하지만 그는 이를 회피하지 않았고, 그렇다고 미사여구로 이를 치장하지도 않는다.

## 열여덟 번째 에피소드,
## 표트르 페트로비치 카라타예프(Пётр Петрович Каратаев)

어느 가을날 모스크바에서 툴라로 가는 길에 마차를 잘못 보내 탈 것이 없어지자 화자는 역참에서 머물게 된다. 그곳에서 어느 삼십대 청년을 만나게 되고, 그로부터 받은 인상과 기록을 토대로 이야기가 전개된다. 그는 표트르 카라타예프로, 조그만 영지를 가지고 있는 귀족이었다. 그는 화자와는 반대 방향인 모스크바로 가기 위해 말을 기다리고 있었다.

총 25편의 단편 모음집인 『사냥꾼의 수기』는 구조상 특기할 만한 것이 있다. 총 25편 가운데 정점에 해당하는 열세 번째의 「두 지주」를 경계로 후반부가 지금까지와는 조금 다른 형식과 내용으로 전개된다는 점이다. 예컨대 화자와 같은 지주 계급의 주인공들이 자주 등장하고, 매번 서사의 배경이 돼주던 숲속 사냥 장면이 사라진다. 이번 이야기부터는 서사 자체에서도 큰 변화가 나타나기 시작하는데, 벌써 화자와 주인공의 행선지도 엇갈리는 설정이다.

카라타예프는 흉작으로 엉망이 돼버린 영지 경영을 포기하고, 대도시 모스크바로 일자리를 구하러 가는 길이었다.

> …그는 또한 마시장에 다니는 건달 지주 같은 옷차림을 하고 있었다. 알록달록한 기름투성이 아르할루크에, 색이 바랜 보랏빛 넥타이를 매고, 구리 단추가 달린 조끼를 입었으며, 가랑이가 넓은 회색 바지를 입고 있다. 그 바지 아래 더러운 장화 끝이 삐죽 나와 보인다. 그의 몸에

서는 담배와 술 냄새가 물씬 풍겼다. 저고리 소매에는 은반지와 터키제 반지가 끼어 있다. 이러한 모습의 사내라면, 러시아에서 수십 명이 아니라 수백 명이라도 만날 수 있는데, 솔직히 말해서 이런 사람들하고 사귄다는 것은 그다지 달가운 일이 아니다. 나는 바로 이러한 선입견을 가지고 새로운 통행인을 바라보았는데도, 어쨌든 그의 선량하면서도 정렬적인 얼굴 표정은 나의 관심을 끌지 않을 수 없었다.

Одет он был забубенным помещиком, посетителем конных ярмарок, в пестрый, довольно засаленный архалук, полинявший шелковый галстук лилового цвета, жилет с медными пуговками и серые панталоны с огромными раструбами, из-под которых едва выглядывали кончики нечищеных сапог. От него сильно несло табаком и водкой; на красных и толстых его пальцах, почти закрытых рукавами архалука, виднелись серебряные и тульские кольца. Такие фигуры встречаются на Руси не дюжинами, а сотнями; знакомство с ними, надобно правду сказать, не доставляет никакого удовольствия; но, несмотря на предубеждение, с которым я глядел на приезжего, я не мог не заметить беспечно доброго и страстного выраженья его лица.

카라타예프는 회한에 젖어 화자에게 자신의 이야기를 털어놓는다. 그는 다른 지주 소유의 농노 마트료나를 사랑했다. 거액을 치르고 그녀를 사서 데리고 오려 했지만, 여지주는 그의 제안을 거부했다. 어쩔 수 없이 그는 마트료나와 몰래 도망쳐 자신의 집에서 함께 살게 된다. 그러나 두 사람은 여지주의 고발로 쫓기는 신세가 됐고, 마트료나는 급기야 여지주의 집으로 돌아가겠다고 선포를 하고, 카라타예프에게 작별을 고한다. 그의 이야기가 끝나갈 무렵 밖에서 말이 준비됐다는 전갈이 오고, 이야기는 중단된다.

그로부터 1년 후, 화자는 모스크바에 우연히 갔다가 한 다방에서 카라타예프와 재회한다. 당시 다방의 모습이 다음과 같이 그려지고, 과거에 중단됐던 이야기가 다시 이어진다.

> 그로부터 1년 후 나는 가끔 모스크바로 가게 됐는데, 어떻게 돼 한 번은 식사 전에 사냥꾼 거리 맞은편에 있는 다방에 들리게 됐다. 그곳은 모스크바 식으로 꾸민 진기한 다방이었다. 당구장에는 파도처럼 물결치는 자욱한 담배 연기 속에서 빨갛게 상기된 얼굴이며, 콧수염이며, 높이 치켜 올린 머리칼이며, 시대에 뒤떨어진 헝가리 식 저고리며, 새로 유행하는 슬라브 식 저고리들이 아른거리고 있었다. 소박한 프록코트에 얼굴이 여윈 노인들은 러시아 신문을 읽고 있었다.
>
> Спустя год после моей встречи с Каратаевым случилось мне заехать в Москву. Раз как-то, перед обедом, зашел я в кофейную, находящуюся за Охотным рядом, – оригинальную, московскую кофейную. В бильярдной, сквозь волны дыма, мелькали раскрасневшиеся лица, усы, хохлы, старомодные венгерки и новейшие святославки. Худые старички в скромных сюртуках читали русские газеты.

이 단편도 그렇지만, 열세 번째 단편 이후로 전에 없던 서사의 단절이 두드러진다. 이 단편이 상정하는, "1년이 지난" 시간의 공백은 '상상의' 공간으로 남겨지게 됨으로써 텍스트는 묘한 긴장감과 여운을 창조해낸다. 화자와 독자는 마트료나의 이야기가 복원되길 기대했겠지만, 주인공이 시골 영지를 처분했다는 등, 지금은 모스크바에서 계속 구직 중이라는

19세기 말, 모스크바 남부를 흐르는 모스크바 강 유역의 상공업 지대 키타이고로드(Китай город)의 시장 풍경. 투르게네프의 작품에서 보이는 마시장 분위기와는 사뭇 다르지만, 남성용 모자 카르투스(картуз)를 쌓아놓고 파는 진풍경이 눈에 들어온다. 카르투스에 대해서는 이 책 4장에서 자세히 소개된다.[75]

둥의 얘기만 접하게 될 뿐이다.

더 이상 목가풍 이야기를 꺼내지 않는 카라타예프는 화자와 이야기 도중에 갑자기 주머니에서 15코페이카 은화 두 개와 10코페이카 동화 한 개를 꺼내고는, "쓰레기예요, 황금이란 쓰레기와 다름없어요!"라고 외치며 내동댕이친다. 이에 화자는 도시에서 카라타예프가 겪은 고충을 피상적으로나마 이해한다.

카라타예프는 불쑥 모찰로프(햄릿 역을 담당했던 당대 유명한 연극배우)를 보았느냐고 화자에게 묻는다. 화자가 보지 못했다고 답하자 카라타예프는 자신이 기억하는 햄릿의 대사들을 읊는다. 그러고는 고통스런 회한을 이어가며, 마트료나의 부친이 사망해 장례를 치렀다는 이야기를 들려준다.

언급했듯이 싹 바뀐 배경의 단편들이 눈에 띄는 후반부부터 새로운 인물형이 등장한다. 이 단편의 주인공 카라타예프 역시 그 가운데 한 명으로, 그가 읊어댄 햄릿의 대사처럼, 고뇌에 빠진 인간의 전형으로 형상화되고 있다. 이는 스무 번째 단편 「쉬그로프 군의 햄릿」의 전조이기도 하다.

## 열아홉 번째 에피소드, 밀회(Свидание)

이 단편 역시 9월 어느 날 숲속에 대한 투르게네프 식의 묘사로 시작한다. 화자는 자연 속에서 사냥꾼만이 그 참맛을 느낄 수 있는 단잠에 빠져들었다가 일어났는데, 문득 스무 걸음쯤 앞에 앉아 있는 아리따운 아가씨가 눈에 들어온다.

이 처녀는 아쿨리나라는 전형적인 시골 여인 이름을 가진 하녀로, 작은 들꽃 다발을 들고 누군가를 기다리고 있었다. 이윽고 "몹시 거만한" 한 남자가 나타난다. 그는 빅토르 알렉산드리치로 부유한 지주 댁의 바람둥이 머슴이었다. 둘의 대화를 가만히 들어보니, 빅토르는 내일이면 주인을 따라 도시 페테르부르크로 떠날 몸이라, 이 둘은 서로 함께하는 마지막 작별의 시간을 보내고 있는 참이었다. 사랑하는 연인을 위해 예쁜 꽃으로 만든 꽃다발을 선물로 건네지만 빅토르는 눈길도 주지 않고 땅에 내려놓는다. 풀밭에 누워 있는 그의 거만한 태도는 마치 "술탄" 같다고 묘사된다.

이 매정한 빅토르는 그저 따뜻한 위로의 말 한 마디를 애원하는 아쿨리나에게 아무런 반응도 보이지 않고 자리를 뜨려 한다. 아쿨리나는 눈물을 터뜨리며 앞으로 펼쳐질 가련한 제 인생—사랑하지도 않는 사람과 원치 않는 결혼이나 하게 될 운명[76]—까지 토로해보지만, 빅토르는 시큰둥한 듯 자리를 떠버린다. 아쿨리나는 복받치는 설움에 서럽게 울기 시작한다. 한참 시간이 흐르고, 사라져버린 옛 연인의 뒤를 좇으려 아쿨리나는 일어섰지만, 다리가 휘청거려 풀썩 무릎을 꿇고 넘어진다.

멀리서 숨어 이 광경을 지켜보다가 화자는 아쿨리나에게 다가간다. 그러나 쓰러져 앉아 있다가 다가오는 화자를 발견한 아쿨리나는 깜짝 놀라 자리에서 일어나 쏜살같이 나무숲으로 숨어버린다. 빅토르에게 전해주려던 꽃다발은 풀밭에 남겨둔 채로.

화자는 이 꽃다발을 손에 쥐고 집으로 돌아온다. 이어 세찬 바람이 불기 시작하고, 화자는 "시들어가는 자연의 슬픔어린 미소 속에 우울한 겨울의 공포가 스며들고 있는 듯한 느낌이었다"고 술회한다. 그리고 '완연한 가을'이란 짧은 표현으로 화자는 자신의 심경을 함축적으로 정리한다. 화자는 이렇게 이야기를 끝맺는다.

> 그녀의 들국화 다발은 이미 오래전에 시들어버렸으나, 나는 아직도 그 꽃을 고이 보존하고 있다…
>
> Я вернулся домой; но образ бедной Акулины долго не выходил из моей головы, и васильки ее, давно увядшие, до сих пор хранятся у меня...

아련한 사랑 이야기 「밀회」는 이렇게 막을 내린다. 애잔한 사랑의 비감과 가을과 겨울이 바뀌는 쓸쓸한 계절감이 밀도 높게 어우러진 이 단편은 『사냥꾼의 수기』 가운데서도 아름다운 완성도를 자랑하는 글이다.

엘리자베타 봄이 그린 앞의 책, c. 133.

## 스무 번째 에피소드, 쉬그로프 군의 햄릿(Гамлет Щигровского уезда)

1840년대 모스크바의 지식인 서클을 풍자하고 있는 이 이야기는 쓸모없는 '잉여 인간'의 전통을 잇는 인물 형상을 창조해낸다. 푸시킨의 오네긴과 레르몬토프의 페초린, 그리고 곤차로프의 오블로모프를 잇는, 바로 투르게네프의 햄릿이다.

『사냥꾼의 수기』 이후, 투르게네프는 1860년에 출간한 에세이 「돈키호테와 햄릿」에서 배타적인 두 유형의 인물 형상을 명료하게 정리해냈다. 자기중심적이고 쉽게 희망을 잃어버리는 햄릿 유형과 이타적이며 인류를 진전시킬 수 있다는 희망과 긍정적인 사고방식을 지닌 돈키호테 유형이다. 이 단편은 이 가운데 우유부단한 햄릿 유형의 캐릭터를 잘 형상화하고 있는 작품이다. 그의 문학관뿐만 아니라, 1840년대 러시아 지식인 사회의 지형도와 그 명암까지 보여주는 당대 사상사의 축소판이기도 하다.

### 투르게네프의 잉여 인간

이 단편의 중심은 화자가 부유한 지주이자 수렵 애호가인 알렉산드르 미하일로비치의 저녁 만찬에 초대돼 갔다가 하룻밤을 묵으면서 만나게 되는 한 흥미로운 사나이에 대한 이야기가 차지한다.

화자가 방에 들어서자 황급히 담요 속으로 몸을 숨기던 그 사나이는 마치 훗날 체호프가 쓰게 될 『상자 속에 든 사나이』(Человек в футляре, 1898)의 주인공 벨리코프를 연상시킨다. 그는 담요를 머리까지 덮어 올려, 눈만 빼꼼이 내민다. 이런 행동만으로도 독자는 이 남자가 무척 소심하고, 뭔가 말 못할 사연이 있음을 감지한다.

그는 베를린에서 헤겔을 연구하던 유학파다. 하지만 독일에서의 생활은 그에게 "고독한 수도승의 생활" 그 자체였다. 그는 지도 교수의 딸에게 연정을 품기도 했지만, 고국으로 돌아와 폐병을 앓고 있는 여자와 결혼했다고 말한다. 자신의 성격을 "수줍은 에고이스트"라고 규정하면서, 사실 이 고장에서 자신은 "괴짜(оригинал)"로 통한다고 설명한다.

그는 자신이 다른 사람들과 조금도 다를 바가 없음을 강조하지만, "자신의 체취를 가져라"라는 말을 늘어놓으면서 독특한 자기 개성을 가지는 것이 얼마나 중요한 일인지 강변하기도 한다. 스스로 소심하게 지내게 된 까닭도 자신이 이러한 '창조력'과 독창성과는 너무도 거리가 멀었기 때문이라는 것이다. 그러고 나서 자책하듯 자기 과거를 반성하는 이야기를 늘어놓기 시작한다. 그간 해온 결정과 행동들, 이른바 공부, 연애, 결혼 등이 모두 자기 의사에 따른 것이 아니라, 뭔가 설명하기 힘든, "의무나 숙제 같은 느낌"이었다고 털어놓는다.

그 고백은 자기 푸념에 가까운 회의로 이어진다. 헤겔을 연구했다던 그는 외국 철학이 어떻게 러시아의 생활에 적용될 수 있는지 강한 의구심을 표출한다. 자신과 같은 외국 학문의 경험자들뿐만 아니라, 당시 서구파의 후예들에 대해서도 강한 불만을 가지고 있는 듯하다.

## 서구파와 슬라브파

앞서 첫 단편인 「호리와 칼리느이치」의 두 주인공이 서구파와 슬라브파

양대 진영을 상징하는 인물들이라고 정리한 바 있다. 이 단편에 대한 분석을 통해, 투르게네프 스스로는 실제로 서구파에 훨씬 가까웠지만 심정적으로나 예술적 창작의 차원에서 슬라브파에 온정주의적 태도를 보이고 있었음을 감지했다. 그렇다면 (작품 말미에서 우유부단한 햄릿으로 지명될) 이 소심한 사나이를 통해서는 어떤 사상적 추이를 보여주려 했을까?

결론부터 얘기하자면, 푸시킨의 『예브게니 오네긴』에 등장하는 독일 유학파 시인 렌스키가 허망하게 결투로 사망한 사건과 이 단편의 주인공의 최후는 거의 동등하다. 요컨대 비러시아적 토양에서 배양된 이들이 귀국 후 제대로 적응하지 못하고 부유(浮遊)하고 있는 것이다. 잉여 인간 오네긴의 손에 어이없이 목숨을 잃은 렌스키는 투르게네프가 만들어낸 이 소심하고 우유부단한 햄릿을 일찌감치 예견한 모델이 아닐 수 없다. 이는 어느 한쪽 노선을 정하지 못하고 미적미적 눈치를 보았던 투르게네프의 궤적과도 겹친다.

상반되는 두 철학 진영에서 갈등하며 '회색분자'라는 치욕스런 비난(특히 『아버지와 아들』 발표 직후, 서구파와 슬라브파 양 진영으로부터 동시에 비난을 받는다)까지 들은 바 있는 투르게네프는 사실 유학 시절부터 독일 철학 서적들을 탐독하며 '리버럴리스트'라는 꼬리표를 붙인 채 슬라브파에 분명한 반대 의사를 표명하고 있었다. 유학 시절 베를린에서 쓴 그의 일기는 너무나도 노골적이다.

> 나는 내 자신을 깨끗하게 하고, 새롭게 태어나게 할 수 있다고 믿었던 '독일의 바다' 속으로 머리를 집어넣었다. 그리고 마침내 파도의 수면 위로 나 자신의 몸을 들어 올렸을 때 나는 깨달았다. 나는 '서구주의자'임을, 그것도 영원히 서구주의자로 남을 것임을.[77]

그런데 이토록 서구 편향적이었던 작가가 『사냥꾼의 수기』를 통해 전향적으로 보여주고 있는 슬라브파에 대한 호의는 어떻게 받아들여야 할까? 이는 혹시 타자(서구)에 대한 러시아적 자질의 우월성으로 해석할 수 있는 부분은 아닐까? 등장인물의 반성적인 과거 회상과 되돌아온 러시아에서 여지없이 정신적 참패를 당하는 이 반복적인 패턴은 러시아적 환경의 승리를 보여주는 알레고리가 아닐까?

투르게네프가 창조한 햄릿은 이러한 이념 갈등의 문학적 반영이자 예술적인 재현이다. 작가는 이 비러시아적인 주인공의 형상을 한없이 작고 우울하게 만들어버린다.

## 자칭 햄릿

담요 속으로 기어들어가던 이 작디작은 사나이가 털어놓는 가족사와 체험담 역시 잉여적이다. 그는 아버지에 대한 기억이 거의 없다. 형제자매도 없다. 장애를 가진 동생이 하나 있었지만, 어릴 적에 병으로 죽어버렸다. 다만 그는 어머니의 남다른 교육열 때문에 모스크바의 대학에 진학할 수 있었다. 하지만 앞서 언급했다시피 그는 독창성이 없었고, "닭털 이불 속에서 자란 것처럼 기를 펴지 못하는 약골이었으며, 공상적 경향이니 뭐니 하는 구실로 점차 유약한 인간이 되어갔다."

그는 "무서운 것 중에서 제일 무서운 것은 이성을 잃는 사람의 마음!"이란 실러의 시구를 인용하면서, 정작 무서운 것은 "모스크바 서클"이라고 강변한다. 그러면서 서클 활동은 무익한 요설 습관만 가르치는 것이며, 결국 인간에게서 청순한 처녀성을 박탈할 뿐이라고 혹평한다. 이 사나이에게 당대 유행했던 서클 활동은 "어엿한 인간을 모조리 멸망의 구렁텅이로 이끄는 마술의 올가미"일 뿐이다.

5년간의 외국 생활을 청산하고 귀국했던 이 사나이는 스스로도 여러 번 되뇌었듯 "독창적이지 못한" 탓에 모스크바의 도시 생활 역시 버텨내지 못했고, 자존심만 훼손당한 채 낙향한다. 이후 시골 지주의 대저택에서 운명적으로 만난 소피야라는 처자와 결혼했지만, 아내는 아이를 낳다가 죽어버린다. 그 후 심심풀이로 문학에 손을 대기 시작해 작품을 써서 출판사에 보내봤지만, 문학적 재능이 부족하다는 이유로 번번이 거절만 당한다.

그에게 시골에서의 생활은 전반적으로 실패였다. 그는 자신이 무의미하게 전락해가고 있음을 고백한다. 이제는 손상 받은 자존심을 뒤로 한 채, 그저 지주들의 집이나 돌아다니며, 스스로 모욕 받는 일상을 보내며 소일하고 있다. 이렇게 그의 경험과 유학 생활은 고국에서 제대로 된 열매를 맺지 못한다.

그의 긴 이야기는 옆방에서 자고 있던 한 손님이 지른 고함 때문에 중단된다. 화자는 이 흥미로운 사나이에게 이름만이라도 알려달라고 청해보지만, 그는 "운명의 저주를 받은 자"라고 자신을 규정하면서, "나처럼 독창력이 없는 인간은 특별한 이름을 가질 자격도 없다"고 자책한다. 그래도 자신의 이름을 알고 싶다면 그저 "쉬그로프 군의 햄릿"이라고 불러달라며, 자신과 같은 햄릿은 이 시골에 수두룩하다고 덧붙인다.

흥미롭게도 손상당한 자존심과 자기 체념으로 굳어진 그의 소극성과 자괴감은 마치 연극과도 같은, 특별한 행위의 반복으로 드러나곤 한다. 대화 도중 반복적으로 "이불 속에 머리를 집어넣는 행위"가 그것이다. 이는 햄릿의 우유부단함과 그가 현실에서 제대로 대접받고 있지 못하며, 또한 그곳에 제대로 뿌리 내리지 못하고 있음을 비유적으로 나타내는 장치이기도 하다.[78]

## 스물한 번째 에피소드, 체르토프하노프와 네도퓨스킨

(Чертопханов и Недопюскин)

이야기의 시간은 어느 무더운 여름날로 설정돼 있고, 다른 단편에서 동행했던 하인 예르몰라이가 오랜만에 다시 등장한다. 화자와 예르몰라이가 숲속에서 사냥하고 있을 때, 새로운 인물이 "무슨 권리로 이곳에서 사냥하는가?"라면서 등장한다. 화자는 "여태껏 한 번도 본 적이 없는 사람"이라며 이 인물에 대한 인상착의를 묘사하는데, 특히 그의 캐릭터를 부각시키는 의상이 인상적이다. "끝이 뾰족한 페르시아식 모자"와 아시아에서 기원한 "아르할루크" 복장은 당대 복식의 일면을 보여주는 귀중한 자료이기도 하다.[79] 그의 외모는 전형적인 러시아인이지만, 그가 착용한 복장은 모두 이국적인 배경에서 유래한 것이다.

> 나는 그의 얼굴을 한 번도 본 적이 없다. 친애하는 독자 여러분, 연한 아마 빛 머리칼에 시뻘건 들창코, 불그죽죽한 콧수염이 치렁치렁 늘어진 작달막한 사내를 머릿속에 그려보라. 위쪽에 빨간 나사를 댄 **끝이 뾰족한 페르시아식 모자**를 눈썹에까지 눌러 쓰고 있다. 입고 있는 것은 허술한 **누런 아르할루크**였는데, 가슴에는 검은 우단으로 만든 탄환집이 붙어 있고, 실로 누빈 곳마다 퇴색한 은모르가 달려 있다. 어깨에는 뿔로 만든 호각을 메고, 허리에는 보란 듯이 단도를 차고 있다... 이 낯선 사내의 얼굴과 시선, 목소리와 하나하나의 동작에서는 어처구니없을 정

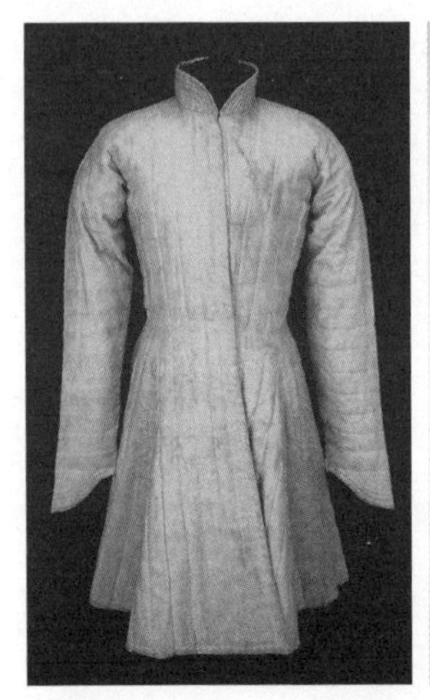

19세기 튀르크어에서 기원한 아르할루크는 어깨솔기(плечевые швы)와 단추가 달리지 않은 형태의 카프탄이었다. 아할루크(ахалук)라고도 불리는 이 옷은 처음 전래될 당시 집에서 입는 평상복이었고, 주로 관등이 아주 낮은 하층민들이 착용했다.[80]

도의 담력과 터무니없는 교만이 발산되고 있었다. (강조는 필자)

Я посмотрел ему в лицо: отроду не видал я ничего подобного. Вообразите себе, любезные читатели, маленького человека, белокурого, с красным вздернутым носиком и длиннейшими рыжими усами. Остроконечная персидская шапка с малиновым суконным верхом закрывала ему лоб по самые брови. Одет он был в желтый, истасканный архалук с черными плисовыми патронами на груди и полинялыми серебряными галунами по всем швам; через плечо висел у него рог, за поясом торчал кинжал.

자기 영지에서 타인이 사냥하는 것을 못마땅하게 여겼던 이 사내는 화자와 통성명을 하게 된다. 그의 이름은 판텔레이 체르토프하노프. 화자와 같은 신분인 귀족(дворяни, 드보랴닌) 계급이었다. 묘사를 통해 독자는 그의 야수성과 잔인함을 직감한다. 실제로 토끼 사냥을 하면서 그가 보여준 대담무쌍한 행동은 화자를 깜짝 놀라게 했다.

이런 그와 동거한다는 40세가량의 친구 티혼 이바니치 네도퓨스킨이란 자도 등장한다. 그런데 이 자는 체르토프하노프와 절대 어울릴 수 없는 성격의 인물이었다. 화자에게 이 두 동거인에 대한 궁금증이 생겨난 건 자연스러웠다. 화자는 사람들에게 수소문해 이 두 귀족에 대한 이야기를 모아 들려주기 시작한다.

체르토프하노프는 유흥에 인색함이 없이 흥청망청 살아온 초원 지대의 대지주 가문 출신이었다. "위험한 미치광이"이자 "교만한 자"가 바로 그의 캐릭터를 압축적으로 설명해주는 핵심어다. 네도퓨스킨의 부친은 농민 출신이었지만, 40년이나 관청에서 일한 덕택에 귀족 신분을 획득할 수 있었다. 온갖 불운이 따랐던 탓에 그의 집안은 형편이 그리 좋지 않았다. 그 여파는 당연히 "가난한 하급 관리"의 아들 티혼 이바니치 네도퓨스킨에게 미친다.

> 한마디로 말해서, 운명은 이 가련한 티혼에게 밑바닥 생활의 쓰디쓴 독주를 마지막 한 방울까지 죄다 마시게 한 것이다. 그는 한평생 성질이 고약한 유한 귀족의 심심풀이를 위해 얼마나 괴로운 역할을 맡았는지 모른다.
>
> Словом, судьба заставила бедного Тихона выпить по капле и до капли весь горький и ядовитый напиток подчиненного существования.

이후 두 사람이 함께 살게 된 사연이 소개되고, 화자는 체르토프하노

바실리 페로프가 그린 「휴식 중의 사냥꾼들」(Охотники на привале, 1871). 트레티야코프 미술관에 소장돼 있다. 좌측에 놓인 긴 사냥총과 널브러진 토끼 한 마리와 새, 뭔가 이야기에 집중해 있는 세 사냥꾼의 모습은 포획의 만족감을 즐기는 분위기다. 투르게네프의 화자 역시 이런 모습으로 사냥 중이었을 것이다.[81]

표도르 바실리예프가 그린 「농촌」(Деревня, 1869). 다 쓰러져가는 이즈바와 외양간 사라이(сарай)가 시골의 암울한 풍경을 잘 보여준다. 질퍽한 길 좌우로는 오리와 닭, 소가 보이고, 그 옆에는 어깨에 물건을 이고 가는 아낙의 모습이 쓸쓸하게 보인다.

프의 집을 방문한다. 귀족이 사는 집인가 싶게 다 쓰러져가는 그의 집이 묘사되고, 함께 사는 "아내나 마찬가지인" 집시 여인 마샤도 소개된다. "길들여지지 않은 야생의 소녀"와 같은 그녀는 "자유분방하고 당차" 보였다.

체르토프하노프, 네도퓨스킨, 그녀의 아내, 그리고 화자 사이에 잠시 긴장이 유지되며 분위기가 겉돌았지만, 마샤가 기타를 연주하며 노래를 부르기 시작하자 분위기는 일순 활기차게 변한다. 서로 어울려 만드는 흥겨운 분위기가 강한 여운을 남기며 이야기는 끝을 맺는다. 열세 번째의 단편 「두 지주」 이후로 조금씩 변화되고 있는 투르게네프의 서사 톤을 확인해볼 수 있는 종결이다.

수호돌스키가 그린 「정오의 시골」(Полдень в деревне, 1864). 「농노 해방령」 이후의 시기가 배경이지만, 이런 전원의 풍경은 200년 전에도 전혀 다르지 않았을 것이다. 느리게 변화는 것들 가운데 러시아 전원은 단연 으뜸이다.82

## 스물두 번째 에피소드, 체르토프하노프의 최후 (Конец Чертопханова)

### 몇 가지 사실

이 단편은 『사냥꾼의 수기』에 수록된 총 25편의 단편 가운데 유일하게 앞 장의 이야기를 이어받아 전개된다. 즉, 2년의 시간이 지난 시점에서 앞 장의 주인공이었던 몰락한 귀족 체르토프하노프를 다시 비춘다.

스물한 번째 단편이었던 「체르토프하노프와 네도퓨스킨」은 대부분의 다른 단편들과 마찬가지로 『동시대인』(Современник, 1849, 제2호)에 게재됐지만, 지금 소개하려는 스물두 번째 단편 「체르토하노프의 최후」만 유독 『유럽통보』(Вестник Европы, 1872)를 통해 발표됐다. 즉, 인물과 배경이 동일한 일종의 연작임에도 발표의 지면이 달랐을 뿐만 아니라 발표의 시차도 제법 크다.

또한 이 단편의 특징 가운데 의미 있는 것은, 러시아 문학에서 체호프와 부닌에게서 완성됐다는 '몰락한 귀족(разрушающийся дворянское гнездо)'의 전형을 거의 최초로 도입하고 있다는 사실이다.[83] 투르게네프 이전까지는 귀족 대 농민의 대립 혹은 잉여 인간 대 진솔하고 가난한 관리 등의 대립이 작품의 주요 모티프로 많이 등장했다. 이와 연관돼 도시민과 농민, 도시 소시민과 지방의 귀족, 그리고 가난한 농민 등이 인물 형상의 주를 이뤘다. 체르토프하노프처럼 몰락해 그 영향력을 상실한 지주 계급이 작품의 주인공으로 다뤄지는 사례는 투르게네프 작품이 거의 시초일 듯하다.

## 열여섯 개의 시퀀스

「체르토프하노프의 최후」는 총 16부의 작은 이야기 꼭지들이 합쳐져 구성된다. 이 가운데 처음 두 개의 꼭지는 체르토프하노프에게 닥친 불운과 재난에 할애된다.

제1부에서 화자는 주인공의 집시 아내 마샤가 퇴역 기병 대위 야프와 눈이 맞아 달아난 이야기를 전한다. 그는 아내의 뒤를 쫓아 잡아 집에 돌아가자고 그녀를 설득하지만, 마샤는 뜻을 굽히지 않으면서 자유분방한 기질을 여지없이 드러낸다. "우리는 원래가 이런 기질이고, 또 이것이 우리들의 관습이에요. 마음이 답답해지고 생활이 따분해지면 사랑하는 사람이고 뭐고 다 버리고 먼 나라로 훌훌 떠나가는 거죠. 이건 아무도 막을 수 없어요." 결국 이별을 막을 수는 없었다.

화가 난 주인공은 야프란 놈의 집에 찾아가 그의 서재에 걸린 초상화에 주먹으로 구멍을 낸다. 그러나 야프와 아내 마샤 그 누구의 새 소식도 덧붙이지 못한 채, 1부는 끝이 난다.

제2부에서는 체르토프하노프와 절친했던 티혼이 죽는다. 그의 재산은 친구에게 유산으로 남겨지게 되지만, 무덤 곁에 세워질 석상을 제작하는 데 충당됐다. 플로라의 여신상이었고, 이는 예카테리나 여제 시대에 만든 모스크바 근교의 황폐한 정원을 오랫동안 장식하고 있던 것이었다. "로코코 식의 아름다운 작품으로, 포동포동한 예쁜 손, 곱슬곱슬한 머리, 대담하게 드러낸 가슴 위에 얹은 장미 꽃송이, 가슴에서 허리로 흐르는 아름다운 곡선... 그리하여 이 신화 속의 여신은 한쪽 다리를 우아하게 쳐든 채 지금도 티혼의 무덤 위에 서 있다."

제3부에서는 한 선술집에서 벌어진 주먹다짐에 대한 이야기로, 사람들에게 이유 없이 두들겨 맞고 있는 유대인을 체르토프하노프가 구해준다.

제4부에서는 구사일생으로 목숨을 구한 유대인 농부는 돈 강 유역에서 구입한 말을 한 마리 몰고 체르토프하노프의 집으로 찾아온다. 농부는 감사의 표현으로 200루블이란 싼 가격에 외상으로 말을 체르토프하노프에게 넘긴다. 그 역시 말 감별 능력이 뛰어난 애마가이기도 해서, 가격 흥정 결과에 매우 만족해한다. 유대인이 돌아간 뒤, 그는 말 이름을 '말리크 아젤리'로 짓는다.

제5부는 애마 말리크 아젤리에 대한 체르토프하노프의 관심과 자랑을 담았다. 뛰어난 능력을 지니기도 했거니와 친구 치혼이 떠난 뒤 생겨난 상실감을 충분히 위로해주고도 남았기에 이 말은 체르토프하노프로부터 극진한 사랑을 받는다.

제6부는 주인공 체르토프하노프가 약속한 말 대금을 치르기로 한 하루 전날, 생각지도 않게 먼 친척으로부터 2천 루블의 재산 상속을 받는 일로 이야기가 시작된다. 그런데 그 기쁜 날 밤 체르토프하노프는 불길한 꿈을 꾼다. 집을 나가버린 아내와 그녀와 눈이 맞은 퇴역 기병 야프와 만나는 것이었다. 이내 잠에서 깬 그는 말리크가 외양간에서 우는 소리를 듣고 곧바로 그곳으로 달려 나가며 이야기는 끝을 맺는다.

제7부에서는 불길한 꿈이 실제로 현실에서 재현된다. 외양간에서 말이 감쪽같이 사라져버린 것이다. 체르토프하노프는 망연자실해한다. 아무런 단서도 찾아내지 못한 그는 말을 찾으려 허둥댄다.

제8부에서는 간밤에 사라진 말 도둑으로 유대인이 지목돼 잡혀오지만, 도둑은 자기가 아니라 원래 말의 주인이었던 카자크인이라고 말한다. 체르토프하노프는 유대인을 대동하고 그 카자크인을 찾아가서 말을 되찾아오겠다며 마시장으로 떠난다. 그는 유산으로 받은 2천 루블을 다 쓰는 한이 있더라도 말을 찾아내겠다고 말한다.

제9부는 이미 1년의 시간이 지난 뒤다. 체르토프하노프는 잃어버렸던 말을 되찾아 돌아온다. 주인공은 우여곡절 끝에 말을 되찾은 이야기를 하인 페트루쉬카에게 들려주지만, 왠지 그 말에 대한 확신이 부족하다며 말끝을 흐린다. 이야기는 이렇게 또 다른 미궁 속으로 빠져들어간다.

제10부에서 체르트포하노프는 이 말이 되찾기 원했던 말리크가 아닐 수도 있다는 의심이 점점 더 커져간다. 예전에 사냥터에서 만났던 귀족 일파를 만나 사냥 추격전을 벌였는데, 이때 말리크가 과거와는 비교가 되지 않는 약한 모습을 보여준다. 체르트포하노프의 심증은 굳어진다.

제11부에서는 반전이 일어난다. 의심은 여전했지만, 그래도 이 말을 말리크라고 자위하고 있던 체르토프하노프에게 교구 사제가 던진 말이 발단이 됐다. 사제는 말의 잿빛 갈기는 1년 이내에 은빛으로 색이 변한다며, 시간상 이 말은 가짜임이 분명하다는 것이다. 마침내 체르토프하노프는 자신이 마시장에서 간교한 카자크인에게서 속았다는 점을 깨닫게 된다.

제12부에서 체르토프하노프는 되찾은 말이 가짜임을 확신하고 밀려드는 모욕감에 안절부절못한다. 그는 분을 참지 못하고, 하인에게 보드카를 사오라고 분부한다.

제13부에서 주인공은 술에 취해 가짜 말을 죽여 버릴 결심을 한다. 한밤중에 총을 들고 외양간으로 가서 가짜 말을 억지로 끌고 나온다. 그리고 제14부에서는 가짜 말에 속았다는 모욕감과 분노에 그 자신도 말과 함께 생을 마감할 결심을 한다.

그러나 제15부 초입에서 체르토프하노프는 살상의 결심을 뒤엎고 만다. "죄를 짓기 전에 찾아온다는 '감정의 마비' 상태에 빠진" 그는 말의 고삐를 풀어주고 그 어깨를 내리쳐서 쫓아버린다. 얼른 다른 방향으로 도망갔던 말은, 하지만 얼마 지나지 않아 그에게도 되돌아온다. 더욱 화가 치밀어 오른 주인공은 그대로 말을 쏘아버린다. 말은 즉사하고, 이제 그에게는 "오직 수치심과 자기혐오의 감정"만 남았다. 그리고 자살에 대한 의식은 더욱 또렷해졌다.

제16부는 엄청나게 많은 양의 보드카를 마시고 '스스로 죽음에 이르기 위해' 송장처럼 침대에 누워 있는 체르토프하노프를 묘사한다. 그는 참회니 성찬이니 묻는 하인에게 호통 치며 "(죽을) 준비는 나 혼자 하면 된다"며, 그대로 누워 있다. 하인 페트루쉬카는 주인이 곧 죽을 것 같은 두려움에 관청 주임을 불러 그를 살펴보게 한다. 그날 밤 의식 상태를 확인하는 관청 주임의 물음에 자기 죽음을 방해하는 자가 누구냐며 소리치던 체르토프하노프는 마침내 숨을 거둔다.

마치 영화 장면을 잇듯 서사 구분을 해둔 이 단편의 구성은 색다르다. 농민 일상의 한 측면인 말에 얽힌 사연들, 카자크 마시장의 풍경, 유대인들의 생활 모습 등 다양하고 새로운 소재들이 또한 독서의 흥미를 배가시킨다.

## 스물세 번째 에피소드, 살아 있는 유해(Живые мощи)

### 에피그라프와 플롯의 문제

다른 단편들과 달리 이 단편(스물다섯 번째 단편 「산림과 초원」과 함께)에는 시인 튜체프의 에피그라프가 달려 있다. “모진 고난을 참아낸 고향 땅이여/러시아 백성의 땅이여, 영원히!”라는 그의 시구는 앞으로 지금까지와는 다른, 화자 자신의 이야기가 전개되지 않을까 하는 묘한 기대감을 갖게 한다.

내용 면에 앞선 스물두 편의 단편들은 ‘화자의 경험’이 농축된 것이었다. 하지만 새로 이어지는 이야기는 화자의 ‘감상적 회고’ 또는 지금껏 드러나지 않았던 ‘솔직한 감정’의 노출을 기반으로 삼고 있다. 더구나 첫 번째 단편에 등장했던 화자의 동행인 예르몰라이가 다시 등장하고, 이제까지 알려진 바 없던 화자의 이름(표트르 페트로비치)이 드러나는 것도 눈에 띈다. 독자는 이제 서사가 결말을 향하고 있음을 직감한다.

플롯(구성)의 문제도 염두에 둘 필요가 있다. 앞선 개별 단편들은 창작과 발표(잡지 연재)의 시기가 모두 달랐다. 하지만 스물세 번째 단편 「살아 있는 유해」와 스물네 번째 단편 「소리가 난다!」는 연재물이 한 권의 책으로 묶여 나올 때 별도로 추가돼, 세상에 처음 나온 단편들이다. 단행본으로 연재물이 묶여 나올 때, 작가는 각 단편들의 배치와 구성의 미학을 고려하지 않을 수 없다. 심지어 이 사냥꾼 장편이 무료한 서사에 긴장감이 떨어지는 플롯이라는 ―심지어 플롯이 전혀 없는 것 같다는― 평자들의 혹평을 듣고 있었기에, 투르게네프는 이미 탈고된 단편들을 재배열하면서 참신한 플롯이나 새로운 효과에 대해 인식하고 있었을 것이다.

단편들의 재배치에서 탄생하는 미학적 효과는 '연속된 시간성'이다. 단편들이 재배열되면서, 즉 플롯이 형성되면서, 사건의 시간층이 만들어진다. 피터 브룩스의 플롯 개념에 의지해본다면, 『사냥꾼의 수기』의 플롯은 "고정된 구조의 문제라기보다는 시간의 연속을 통해 발전하는 메시지에 작용하는 구조화 작업, 즉 특정 양식의 인간 이해를 위한 도구적 논리"이다.[84] 독자의 참여를 전제로, '배열'의 시간성이 강조된 이러한 플롯은 "시간으로부터 인간을 포착해내는, 의미 배열의 중심 동력"이다.[85]

튜체프의 에피그라프는 지금까지 전개해온 다른 지방 다른 지주들의 이야기와는 다른 메시지를 호소한다. 그것은 시골과 전원이라는 기존의 공간을 초월해, 앞으로는 심정적인 거리감이 소멸된 고향, 즉 '조국 러시아, 백성의 땅'을 찬양할 것이라는 강한 예감이다.

## 구원의 땅과 살아 있는 송장

처음 등장하는 사냥터는 고향이긴 하지만 다른 지주의 땅이며, 비가 내리는 묘한 분위기가 설정돼 있다. 비는 사냥에 좋은 환경이 아니기 때문에, 일종의 은유로도 기능하는 듯하다. 에르몰라이는 사냥을 접고, 내일 날이 개이면 다른 곳에서 사냥을 계속하자고 말한다. 그가 제안한 사냥터는 화자의 '어머니' 소유로 돼 있는 농장이다. 이는 드디어 고향 땅 러시아 어머니의 품속으로 최종 귀환한다는 구성상의 알레고리라고도 볼 수 있겠다.

그곳에 도착한 이튿날부터 사냥은 시작된다. 그런데 화자는 숲속에서 살아 있지만 거의 송장이나 매한가지인 여인을 발견하고 깜짝 놀란다. 화자는 그녀를 "바싹 마른 얼굴이 온통 청동색을 띠고 있으며, 흡사 옛날에 그린 성상 같아 보였다"면서, "그 얼굴은 보기 싫다기보다는 오히려 아름답기까지 했지만, 괴상하기 짝이 없는 것"이라고 묘사한다. 그녀는 화자의 어머니 하인으로, 윤무를 출 때 합창과 선창을 맡았던 루케리야였다.

다음 인용에서는 중요한 단서 하나가 발견된다. 화자의 사냥 편력과 마지막으로 돌아온 고향 땅과의 관계가 그것이다. 화자의 어머니 집이 있던 곳의 지명이 다름 아닌 스파스코예, 즉 '구원'이기 때문이다

> 저는 루케리야입니다. 기억하시나요? 당신의 어머니 집 그러니까 스파스코예에 있던 집에서 윤무(хороводы) 춤을 췄던 것을요. 전 이미 너무 많이 그 노래를 불렀던 걸요!
>
> Я Лукерья... Помните, что хороводы у матушки у вашей в Спасском водила... помните, я еще запевалой была?

이어 루케리야의 불행한 사연이 소개된다. 화자가 모스크바로 공부하러 가 있던 시절, 그녀는 바실리 폴랴코프와 약혼한다. 그러던 어느 날 밤 약혼자의 목소리가 들리는 듯해 밖으로 나갔다가 발을 헛디뎌 그녀는 몸을 심하게 다친다. 건강은 점점 악화됐고, 온갖 방법을 다 써보았지만, 차도는 없었다. 사태는 집안 식구들마저 그녀를 내쫓아 숲속의 곡간에 방치해두는 지경에까지 이르렀다. 그 세월이 무려 7년이었다. 그녀의 피부는 점점 검어지고, 하반신은 완전히 마비 상태로 변해갔다. 그런데 이런 그녀의 입에서 놀라운 대답이 나온다.

그러니까 하느님을 원망할 건 하나도 없다고 생각해요! 나보다 더 못한 사람들도 얼마든지 있지 않나요? 그리고 이런 점도 있지요. 몸이 성한 사람은 언제나 죄를 짓기 쉽지만, 저 같은 것은 죄가 오히려 피해 달아날 지경이니까요.

Лишь бы ветерком оттуда потянуло. Нет, что Бога гневить? — многим хуже моего бывает. Хоть бы то взять: иной здоровый человек очень легко согрешить может; а от меня сам грех отошел.

화자는 그녀의 이야기에 충격과 감동을 동시에 받는다. 그토록 암울한 환경에서 이런 고백을 하다니, 그녀는 살아 있는 성자(聖子)의 모습 그대로였다.

그녀는 사냥꾼의 행태에 대해 불만을 터뜨리기도 한다. 날아드는 새를 왜 죽이는지 이해할 수 없다는 반응이었다. 그녀는 "사냥하는 양반들은 정말 심사가 사나워요!"라고 화자를 다그친다. 화자는 뭔가 양심에 찔리는 듯, 자기 내면의 심사를 들키지 않으려는 듯, "나는 제비 같은 것엔 손을 대지 않았어"라고 황급히 변명한다. 충격과 감동을 동시에 느꼈던 그의 속마음은 어느새 반성의 차원으로 접어들고 있었다.

다른 단편 어디에서도 볼 수 없었던, 여자 농노이자 비문맹의 여주인공 루케리야, 그녀의 캐릭터는 경건하고 종교적이기까지 하다. 여러 (사냥) 공간을 편력하다 마침내 돌아온 고향에서 화자가 이러한 여주인공과 만난다는 건 어떤 의미일까? 그간의 편력과 종착을 기나긴 '정신적 순례'의 모티프로 바라볼 수는 없을까? 이어지는 루케리야의 꿈 이야기에서 이런 심증은 굳어진다.

일라리온 프랴니쉬니코프가 그린 순례 행렬

(상) 「순례자 행렬」(Крестный ход, 1893), (하) 「북러시아의 구원의 날」(Спасов день на севере, 1887)

## 꿈

루케리야는 화자에게 자신이 꾼 세 가지 꿈 이야기를 털어놓는다. 첫 번째 꿈은 예수와의 조우에 관한 것이다. 이 꿈은 생명의 시작을 상징하는 봄이 배경이라, 병환 중인 루케리야가 자유를 체험하는 신비한 분위기를 만들어낸다. 꿈에서 그녀는 예수와 강한 빛을 목격한다. 예수는 자신을 따라오라며 커다란 날개를 펴고 하늘로 날아오른다. 그 옆의 개가 예수를 뒤따르지 못하게 루케리야의 발을 물었지만, 끝내 그녀는 예수를 따라 하늘로 올라간다. 루케리야는 직감한다. 이 개가 바로 자신의 몸에 붙어 있던 병마요, 이것이 떨궈져나가며 자신은 예수를 따라 천국으로 들어가고 있음을.

두 번째 꿈에는 돌아가신 부모님이 나타나 루케리야에게 머리를 조아리며 절을 하는 장면이 나온다. 착하디착한 딸 덕분에 저승에 있던 부모는 죄가 사해지자 감사의 말을 전하기 위해 딸의 꿈속을 찾아온 것이다.

세 번째 꿈은 루케리야가 순례자 행렬을 만난 이야기다. 슬픈 얼굴로 그녀 옆을 지나가던 순례자가 "우리는 곧 너의 죽음이다. 너를 지금 데리고 갈 수는 없다. 잘 있거라"란 말을 남기고 떠나간다. 기억은 잘 나지 않지만 6월 29일 성 베드로의 축일(Петров День)이 지나면 자신은 죽게 될 것이라고 루케리야는 믿는다.

루케이야의 오랜 꿈 이야기를 다 듣고 난 화자는 그녀와 헤어지면서 소원을 들어준다. 그녀는 토지 가격을 더 싸게 해서 농민의 부담을 덜어달라고 청한다. 집으로 돌아온 화자는 자신의 집 하인으로부터 그녀가 이 마을에서 "살아 있는 유해"라고 불린다는 얘기를 듣는다.

그처럼 불우한 처지에 있으면서도 남에게 폐를 끼치는 일이 조금도 없을뿐더러 불평이나 호소 같은 것을 입 밖에 낸 적이 한 번도 없습니다. 자기 입으로 무엇을 어떻게 해 달라고 요구하는 일이 절대로 없고, 오히려 하찮은 일에도 언제나 감사하고 있지요.

Сама ничего не требует, а напротив — за все благодарна; тихоня, как есть тихоня, так сказать надо. Богом убитая, — так заключил десятский, — стало быть, за грехи; но мы в это не входим.

몇 주일이 지나 화자는 그녀가 죽었다는 소식을 듣는다. 그녀의 예감대로 6월 29일이었다. 사람들의 증언에 따르면, 죽는 날 루케리야는 귀에서 종소리가 난다는 얘기를 했다. 당일은 주일이 아니어서 종소리를 들을 수 없었다. 아마도 이는 천국에서 들려오는, 하늘로 죽은 자를 데리고 가는 것을 알리는 종소리였을 것이다.

일리야 레핀이 그린 「쿠르스크 현의 십자가 행렬」(Крестный ход в Курской губернии, 1880-1883).
순례자 행렬이 모티프로 사용된 대표적인 작품이다.

## 스물네 번째 에피소드,
## 소리가 난다!(Стучит!)

### 스토리

이 단편은 마치 고골 류와 같은 코믹함과 두 번의 반전 요소 탓에 스토리 상에서 다른 단편들과 차별된다.

사냥을 준비하던 중, 에르몰라이가 산탄이 분실된 사실을 화자에게 알린다. 갑자기 낭패에 빠져버린 화자 일행은 하인 필로페이를 불러 다리 저는 말을 교체한 뒤, 산탄을 구하기 위해 툴라로 길을 떠난다.

툴라로 가는 길에 화자 일행은 강도를 만난다. 부리나케 도망쳤지만 이내 쫓아 따라오는 통에 죽음까지 각오하고 있었는데, 알고 보니 이들은 친구의 결혼식을 마치고 술을 진탕 마신 상태이며, 화자에게 술값을 구하기 위해 따라온 것이었다. 마침 아침 햇살 덕에 이들의 선한 얼굴도 드러났고, 일순 공포 분위기는 반전된다. 이들의 행동은 악의 없이, 단지 술과 객기 때문에 벌어진 것이었다. 상황과 모든 것이 코믹했다. 결혼식 피로연과 술판, 신랑 들러리들의 치기 어린 노상 행동 등, 떠들썩한 장면들은 「소리가 난다!」의 작품성을 고취시키는 중요한 매개들이다.

이렇게 위기가 반전으로 뒤집어지고, 툴라에 당도한 일행은 필요한 물건을 사서 고향 집으로 돌아온다. 그런데 예르몰라이로부터 또다시 놀라운 소식을 듣게 된다. 화자 일행이 강도와 맞닥뜨렸던 바로 그 장소에서 한 상인이 약탈당한 뒤 피살됐다는 것이다. 일행은 기억을 더듬어, 마주쳤던 강도들이 "친구 결혼식이 끝나고 저녁 잠자리까지 잘 보고 왔다"고

한 말이 혹여 그 죽은 상인을 가리키는 것은 아니었는지 추측해본다. 이렇게 궁금증을 유발하는 모호한 말로 두 번째의 반전이 일어나면서 이야기는 끝이 난다.

「소리가 난다!」는 스토리상으로는 선행 단편들에서는 찾아볼 수 없는 완성도를 확보한 단편으로, 반전의 긴장감이 유지되는 글이다. 제목마저 기존의 명사 위주의 단편들과 달리 청각 요소가 가미된 동사가 사용돼 시작부터 호기심을 불러일으킨다.

## 초원과 숲

툴라로 가는 길에서 일행은 물살이 센 여울목을 지나 아름다운 초원, 그야말로 러시아적인 초원을 목격한다. "지나고 있는데 경치가 너무 아름다워서 잠을 못 이룰 지경"이라며 화자는 그 감동의 순간을 묘사한다. "우리 러시아의 옛 전설에 나오는 영웅호걸들이 백조와 잿빛 물오리들을 잡으러 다니던 그러한 장소를 연상케 한다"는 말도 덧붙인다.

이 단편에서는 초원 못지않게 숲 예찬론도 생생하다. 러시아인에게 성상화와 도끼가 거칠고 척박한 환경 속에서 자연의 즉물적인 공간성을 극복하고 초월하는 매개이자 상징이라면, 숲과 초원은 러시아인 그 자체를 키워낸 자연의 보금자리이다. 여기서 평등한 수평의 초원과 수직의 위계라는 숲은 서로 어울려 러시아의 본질적인 공간성을 창조해낸다.

숲과 초원, 이 한 쌍이 빚어내는 조화가 『사냥꾼의 수기』 후미(스물다섯 번째 장은 제목마저 「산림과 초원」이다)에서 달성되고 있다는 점도 곰곰이 생각해볼 문제가 아닌가 싶다. 이제 숲과 초원은 작품 전체를 포괄하는 상징적인 공간으로 확장되고 있기 때문이다.

이삭 레비탄이 그린 「블라디미르카」(Владимирка, 1892). 저 멀리 펼쳐진 평원의 광대함과 뭔지 모를 외로움이 동시에 묻어난다.

## 스물다섯 번째 에피소드, 산림과 초원(Лес и степь)

### 에피그라프와 계절이라는 시간

『사냥꾼의 수기』의 마지막 단편에는 (스물세 번째 단편인 「살아 있는 유해」처럼) 에피그라프가 달려 있다. 특히 러시아의 시골 마을에 대한 향수를 자극하는 그윽한 발췌문이다. 예컨대 "그리운 지난 날 잊을 길 없어 / 언제나 끌리노라…(И понемногу начало назад/ Его тянуть: в деревню....)", "그곳은 좋았더라…(Там хорошо...)"와 같은 대목은 『사냥꾼의 수기』의 대미를 장식하는 데 더없는 정서를 보여준다.

에피그라프 직후, 화자는 종결의 변을 이렇게 시작한다.

> 독자들도 이제는 나의 수기에 싫증을 느낄 때가 됐으리라… 그래서 나는 독자들의 싫증을 덜어주는 뜻에서 지금까지 발표한 단편으로 이 수기를 마치기로 약속하는 바이지만,… 마지막으로 작별에 즈음해서 사냥에 대해 몇 마디만 더 말해두지 않을 수 없다… 적어도 자연과 자유를 사랑하고 있는 이상, 역시 우리 사냥꾼을 부러워하지 않을 수 없으리라…

화자는 사계절의 순환에 따라 사냥꾼의 일이 어떻게 시작되고 종결되는지 소개해나간다. 계절별로 느껴지는 사냥의 맛과 자연 경관 묘사의 탁월한 조화는 수준 높은 문학적 성취를 보여준다. 특히 러시아적인 자연을 흠뻑 느낄 수 있는, 무엇보다 러시아의 숲에 바쳐진 이 마지막 송가는 『사냥꾼의 수기』를 마감하는 미학적 종결의 장이기도 하다.

이 마지막 단편의 중심에는 자연과 자유의 메시지가 담겨 있다. 자연을 편력하는 사냥꾼의 마음엔 그 어느 것으로부터도 방해받지 않을 자유로운 영혼이 담긴다. 그것이야말로 자연과 공감하여 하나가 된 참된 자유다.

> 숲의 가장자리를 따라 개 뒤를 쫓고 있노라면, 그리운 모습, 그리운 얼굴, 죽은 사람, 산 사람의 모습들이 머릿속에 떠오른다. 까마득한 옛날에 잠들었던 인상들이 불현듯 되살아난다... 심장은 갑자기 세차게 들썩이기 시작하며 맹렬히 앞으로 내닫는가 하면, 추억 속에 빠져들어 돌아올 줄을 모른다. 지난 모든 생애가 주마등처럼 눈앞을 스치며 지나간다. 모든 과거, 모든 감정, 힘, 모든 영혼을 자기의 것으로 만들어버린다. 주위에는 무엇 하나 방해하는 것이 없다. 해도 없고, 바람도 없고, 소리도 없다...
>
> Идешь вдоль опушки, глядишь за собакой, а между тем любимые образы, любимые лица, мертвые и живые, приходят на память, давным-давно заснувшие впечатления неожиданно просыпаются; воображенье реет и носится, как птица, и все так ясно движется и стоит перед глазами. Сердце то вдруг задрожит и забьется, страстно бросится вперед, то безвозвратно потонет в воспоминаниях. Вся жизнь развертывается легко и быстро как свиток; всем своим прошедшим, всеми чувствами, силами, всею своею душою владеет человек. И ничего кругом ему не мешает — ни солнца нет, ни ветра, ни шуму...

## 공간, 시골(숲과 초원)과 도시

『사냥꾼의 수기』가 사용하는 공간은 전원 배경의 시골, 즉 초원과 숲의 범위를 넘지 않는다. 예외가 되는 곳이라면, 「쉬그로프 군의 햄릿」에서 러시아의 햄릿이 다녀왔다던 독일 정도로 이는 아예 국외의 공간이다. 이제 숲으로 대변되는 시골이란 공간(과 이와 대비를 이루는 도시 공간)을 기호학과 의미 차원에서 살펴보도록 하자.

숲은 마을 공동체의 변방에 위치해 있어도 결국 그곳을 통과해 마을로 되돌아올 수밖에 없는, 귀향을 전제로 한 '완충의 세계'이다. 악마의 공간, 길 잃음의 암흑 공간이다가도, 자연의 깊은 품임을 환기시키는 '대지의 가장 깊은 자궁'이기도 하다.[86] 러시아 민담과 신화, 전설 등에서 숲의 공간학적 대척점은 '집(дом)'이다. 집이 '이쪽(свой)'의 안전지대인 데 반해, '저쪽(чужой)'의 불안정하고 낯선 공간이 바로 숲이다.[87] '숲/집'의 이항대립적 기호는 우리가 살펴볼 숲/마을 공동체 구도의 또 다른 형태라고 하겠다.

그리하여 숲(лес)은 그 단어를 거꾸로 해서 읽을 때, 셀로(село), 즉 마을이란 실존적 존재와 다시 만난다. 한 단어 안에 들어 있는 이 같은 비밀은 숲이 함축하고 있는 '저세상(тот свет)', 곧 죽음과 삶, 저승과 이승의 경계 역할을 숲이 맡고 있음을 의미한다.[88] 환언하자면, 숲은 저세상의 시작이면서 동시에 인간 세상으로의 귀환과 인간 공동체 그 자체를 의미하기도 한다.

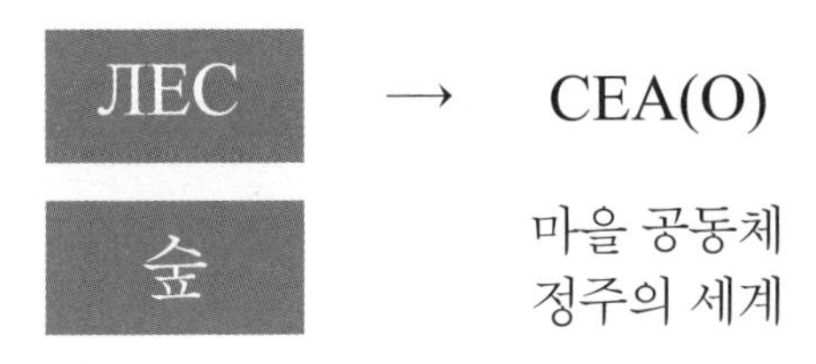

결국 숲은 자연과 인간 공동체 모두를 벗어날 수 없다. 예컨대 전통적으로 러시아의 숲 한쪽 끝에 세워진 목조 교회는 '자연' 속에서 인간의 '정신'적 성장을 이룩하는 환경을 제공해왔다. 이렇게 숲은 '정신적인 터전'이 된다.[89]

반면 도시(город)는 러시아어로 길(дорога)에서 온 것으로, 비정주, 방황, 정신 착란, 잉여 인간의 고뇌를 함축한다. 부정적인 여정의 끝이 여전히 사방으로 터진 길이나 또 다른 여정으로 이어지고 마는 사례를 우리는 여러 번 목격했다.

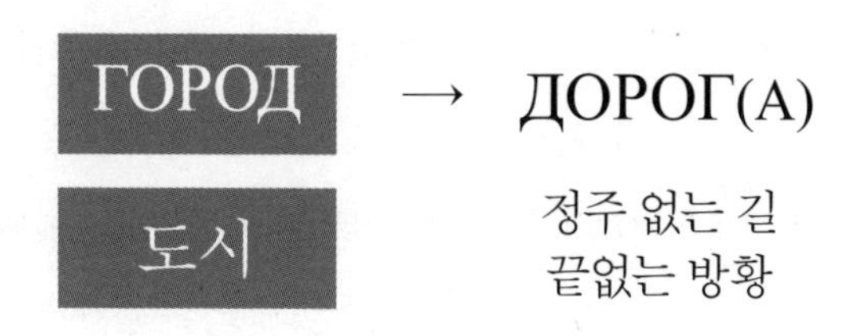


오네긴의 종착이 그랬다. 타티야나에게 돌아와 뒤늦게 후회하지만, 이는 여전히 의문이 가시지 않은 노상의 구애이자, 끝없는 방랑을 숨기고 있었다. 그리하여 정착은 도시 공간에서 달성될 수 없고, 오네긴은 영원한 도시 유목인으로 남는다. 그의 정체성에 얼마나 진지한 변화가 발생했을지 아무도 장담할 수 없다. 그러나 투르게네프의 화자는 도시를 벗어나 일단 시골 영지로 완벽한 공간 전이를 이뤘다는 점에서 오네긴과 다르다. 가끔씩 부가됐던 도시 이야기도 스토리상에서 부차적인 등장인물의 일시적인 거처로만 설정된다.

요컨대 도시는 제한적이며 퇴로나 종착점이 없는 '외로운 탁 트임', 곧 '영혼의 고독'을 간직한 곳이다. 또한 "개방된 공간에 대립되는 것으로서,

비인간적인 공간, 즉 카오스와 죽음을 상징"할 뿐만 아니라, "경계를 설정하는 수단"이 되기도 한다.[90] 하지만 숲은 본질적으로 귀로의 안식, 삶의 중심, 마을 공동체로의 '필연적 귀향', '퇴로'를 전제한다. 숲속 방황이나 길 잃음도 일시적인 것이라 영원한 불안을 의미하지는 않는다. 오히려 깨달음을 전제로 한 '상징적 여행과 순례'에 가깝다.

따라서 「삼림과 초원」은 러시아식 자유와 평온을 환기하는 알레고리이다. 아무런 제약 없이 인간 마을의 심장부로 떠난 도시 사냥꾼 화자의 여정은 자신을 찾아가는 내면 여행이라 해도 좋을 것이다.[91]

마지막 단편을 여는 창이자 기나긴 전원 오디세이를 마감하는 커튼이기도 했던 에피그라프 "그곳은 좋았더라!(Там хорошо)"는 이제 이 단편 최후의 문장 "독자 여러분의 영원한 행복을 빌며, 이만 붓을 놓는다"와 조응한다. "작별하기 쉬운 계절"인 봄에 화자는 이렇게 좋은 곳에서 독자들의 행복을 기원하며 길었던 수기의 대단원을 마친다.

## 러시아성과 러시아인

『예브게니 오네긴』과 『사냥꾼의 수기』를 비교해볼 때, 전자에서 그 단초가 보이던 러시아성의 문제는 후자에서 한층 더 넓고 깊이 있게 소화돼 있다. 특히 마지막 장인 「삼림과 초원」은 그것이 절정에 이른 상황을 잘 보여준다. 러시아성의 측면에선, 푸시킨의 도회적 캐릭터들보다 러시아의 자연을 경험함으로써 정신적인 성찰을 이뤄내는 투르게네프의 캐릭터들이 보다 진일보한 형상이라고 할 수 있겠다.

"모든 러시아가 곧 우리의 정원입니다. 우리의 땅은 위대하고 아름답습니다. 여기에는 허다한 기적이 많습니다(Вся Россия – наш сад. Земля велика и прекрасна, есть на ней много чудесных мест)." 이 문장은 체호프의 『벚꽃 동산』(Вишнёвий Сад, 1903)에서 트로피모비치가 남긴 명대사다. 새로운 시대, 새로운 세력에게 벚꽃 동산이 매각되고, 곧이어 그곳의 나무들이 잘려나가면서 주인공 트로피모비치는 회한에 잠긴다. 벚꽃 동산은 구세대들에게 그들 삶의 모든 것을 상징하는 것이었다. 아마 러시아 그 자체였으리라. 정원(сад)을 염두에 두었지만, 우리는 이를 숲(лес)으로 바꾸어 불러도 좋을 것이다.

반면 숲과 정반대인 공간, 길은 끊임없이 이동하며 고뇌하는 도회적 등장인물들이 사용하는 운명적으로 닫힌 공간이다. 실존적 우울함이 배어 있는 이곳에서의 여정은 치유와 행복은커녕 정신적으로 건강하지 못하다.

따라서 문학 텍스트에서 러시아성은 길로 대변되는 도시보다 숲으로 대변되는 농촌을 통해 효과적으로 발현된다. 러시아인의 정서에 오랫동안 자리해온 영원한 고향으로서의 숲은 자궁으로의 회귀 본능을 충족시키는 무의식의 심연에 비유되거니와, 러시아 초원의 '확장적 유전자'와도 만나 자유와 용맹, 혹은 의인화된 여인의 몸으로 묘사되기도 한다.[92]

러시아 문학은 이러한 '러시아적인' 공간성에 깊이 뿌리박고 있다. 때문에 상대적으로 타국으로의 이주라는 '경계 이탈(공간 일탈)'의 모티프 자체가 적다.[93] 일례를 찾아보더라도 작품 결말부에서 상황을 급히 정리하기 위해 사용하는 정도로, 예컨대 『아버지와 아들』의 대단원이 그러하다. 하지만 예의 『사냥꾼의 수기』처럼, 대부분의 작품 속 주인공들은 밖에서 이곳 러시아로 되돌아온다. 주인공인 사냥꾼 화자뿐만 아니라, 「쉬그로프 군의 햄릿」에서처럼 각 단편의 주인공들도 타지 생활을 경험하고 러시아로 귀환한 이들이다. 앞서 다뤘던 푸시킨의 『예브게니 오네긴』에 나오는 독일 유학파 출신의 시인 렌스키의 경우도 마찬가지다.

스몰렌스크의 작은 시골 마을(필자 직접 촬영, 2009년 러시아 민속 기행 중). 러시아의 시골은 백 년 전 과거와 비교해보아도 변화된 것이 거의 없을 정도다. 인간미와 순박한 정서도 여전하다.

『사냥꾼의 수기』에 나오는 농민과 지주들은 도시에서 온 타자들을 크게 의식하지 않는다. 관찰자로만 설정되긴 했지만, 사냥꾼 화자조차 그들(의 삶)에게 어떤 영향을 미치는 장면이 없다. 마지막 세 편의 단편에서 두드러지는 것처럼, 도리어 그가 그들로부터 정신적인 자극과 영향을 받는다. 숲과 촌락, 땅과 공동체에 기초한 삶을 살아가는 농민들은 도시민 타자들에게 쉽게 휘둘리지 않는 것이다.

문맹에 가깝고, 고급한 문화의 담지자들은 아닐지언정, 그들은 자연이라는 영원한 고향을 곁에 두고 살아간다. 언제든 돌아갈 곳과 돌아갈 마음이 준비돼 있는 이들에게 타자란 존재하지 않는다.

# 2

## 러시아성 구현의 문제[94]

우리가 그들에게서 빼앗지 않은 게 있다면, 공기뿐이다.

То, чего отнять не можем, - воздух.[95]

### 텍스트의 구조와 작품의 테마

『사냥꾼의 수기』를 이루는 첫 번째 단편은 「호리와 칼리느이치」다. 모두 스물다섯 개의 단편들 가운데 왜 이 단편이 제일 처음에 놓이게 됐을까? 투르게네프는 어떤 구성의 의도를 가지고, 혹은 어떤 '배열의 미학'을 노리며 이 단편을 작품의 서장에 놓았을까?[96]

각 단편마다 집필 시기는 다르다. 실제로 1847년에서 1851년에 걸쳐 집필과 탈고(『동시대인』에 연재)의 과정을 거쳤다. 단행본으로 묶여서는 세 번(1852, 1869, 1874년) 출간됐었으며, 최종 완성본에는 새로운 단편 세 개가 추가돼 오늘에 이른다. 이 과정에서 각 단편들의 배치는 자주 뒤바뀌었다. 각 단편들의 배치상의 변화를 통해 투르게네프가 나름의 문학적·미학적 효과를 의도했음을 간취해볼 수 있는 대목이다.

오늘날 우리에게 알려진 『사냥꾼의 수기』 전편의 작품 배치는 다음과 같다. 출처는 모두 네 곳으로 저널이 두 곳, 단행본이 두 곳이다. 출처를 따로 언급하지 않은 것은 『동시대인』(Современник) 지를 말하는 것이며, 쪽수도 기재해 두었다.[97]

| | | | |
|---|---|---|---|
| 1 | 호리와 칼리느이치<br>(1847, no. 1 : 55-64) | 14 | 레바다니<br>(1848, no. 2 : 173-185) |
| 2 | 예르몰라이와 물방앗간 여주인<br>(1847, no. 5 : 130-141) | 15 | 타티야나 보리소브나와 그 조카<br>(1848, no. 2 : 186-197) |
| 3 | 말리나의 샘<br>(1848, no. 2 : 148-157) | 16 | 죽음<br>(1848, no. 2 : 197-298) |
| 4 | 시골의사<br>(1848, no. 2 : 157-165) | 17 | 명창<br>(1850, no. 11 : 97-114) |
| 5 | 나의 이웃 라딜로프<br>(1847, no. 5 : 141-148) | 18 | 표트르 패트로비치 카라타예프<br>(1847, no. 2 : 197-212) |
| 6 | 향리 오브샤니트니코프<br>(1847, no. 5 : 148-165) | 19 | 밀회<br>(1850, no. 11 : 114-122) |
| 7 | 리고프<br>(1847, no. 5 : 165-176) | 20 | 쉬그로프 군의 햄릿<br>(1849, no. 2 : 275-292) |
| 8 | 베진 초원<br>(1851, no. 2 : 319-338) | 21 | 체르토프하노프와 네도퓨스킨<br>(1849, no. 2 : 292-309) |
| 9 | 크라시바야 메차의 카시얀<br>(1851, no. 3 : 121-140) | 22 | 체르토프하노프의 최후<br>(*Вестник Европы*, 1872, no. 11 : 5-46) |
| 10 | 크라시바야 메차의 카시얀<br>(1851, no. 3 : 121-140) | 23 | 살아 있는 유해<br>*(Складчина Литературный сборник, составленный из трудов русских литераторов в пользу пострадавших от голода в Самарской губернии* (1874), cc. 65-79. |
| 11 | 사무소<br>(1847, no. 10 : 210-226) | | |
| 12 | 늑대<br>(1848, no. 2 : 166-173) | 24 | 소리가 난다!<br>*Сочинения И. С. Тургенева (1844-1874), издание братьев Салаевых,* часть 1 (1874), cc. 509-531. |
| 13 | 두 지주<br>(1852년 초판본에 단독 게재, 21-40) | 25 | 산림과 초원<br>(1849, no. 2 : 309-314) |

그러나 탈고 시점에 따라 단편들을 재배열해보면, 완성본과 단 한 편도 동일한 순차에 있는 단편이 없다. 작가가 의도하지 않았다고 하더라도, 재구성된 연작이 불러일으키는 미학적 효과는 그 자체로도 충분한 연구의 대상이 된다.

| *Современник* |
|---|
| 1847년 1호, 호리와 칼리느이치 |
| 1847년 2호, 표트르 페트로비치 카라타예프 |
| 1847년 5호, 예르몰라이와 물방앗간 여주인 |
| 1847년 5호, 나의 이웃 라딜로프 |
| 1847년 5호, 향리 오브샤트니코프 |
| 1847년 5호, 리고프 |
| 1847년 10호, 관리인 |
| 1847년 10호, 사무소 |
| 1848년 2호, 말리나의 샘물 |
| 1848년 2호, 시골 의사 |
| 1848년 2호, 늑대 |
| 1848년 2호, 죽음 |
| 1849년 2호, 체르토프하노프와 네도퓨스킨 |
| 1849년 2호, 산림과 초원 |
| 1850년 11호, 명창 |
| 1850년 11호, 밀회 |
| 1851년 2호, 베진 초원 |
| 1851년 3호, 크라시바야 메차의 카시얀 |
| 1852년 초판본, 두 지주 |
| ***Вестник Европы*** |
| 1872년, 체르토프하노프의 최후 |
| **단행본 출판** |
| 1874년, 살아 있는 유해 |
| 1874년, 소리가 난다! |

『사냥꾼의 수기』의 단편들은 대체로 스토리 중심의 단순한 구성이 특징이다. 자연 묘사가 전편에 고르게 분포돼 있는가 하면, 등장인물의 캐릭터 또한 다양하지만 개개인의 그것이 그리 입체적인 편은 아니다. 하지만 이 연작의 장점이라면, "인간의 여러 유형과 캐릭터의 스펙트럼을 포

괄하고, '개인'으로서 농민이 묘사돼 있다"[98]는 점이다. 환언하자면, 투르게네프는 이 작품에서 "정신적인 의미에서도 여느 시민과 똑같은, 완전한 인간 존재로서 러시아 농민의 이미지를 만들어냈다."[99]

또한 (뒤에서 다시 정리하겠지만) 투르게네프는 마지막 세 번째 출판 시점에 세 편의 단편을 추가하고 배열을 조정함으로써, 스물다섯 편 전편을 관통하는 '순환적 주제'를 의도하기도 했다.[100] 때문에 『사냥꾼의 수기』 전편의 플롯 부재를 언급하는 건 개별 단편에만 집중한 지엽적인 판단일 가능성이 크다. 따라서 이 작품은 단편적인 농촌 풍경기에 머무르지 않는다. 한 사냥꾼의 생생한 전원 오디세이이자, 그 체험을 통해 한 이방인의 영혼에 새로운 반향이 불러일으켜지는 정신의 순례기이다.

더구나 한 비평가의 언급처럼, 이 작품은 "고골의 『죽은 혼』의 후속편"으로 간주되곤 한다.[101] 즉, 관찰자의 눈에 포착된 것은 단지 인물들의 형상과 자연에 대한 인상뿐만이 아니다. 무엇보다 당대 러시아 농촌의 비인간적인 환경과 현실, 그리고 지주들의 폭력성과 노동 착취의 현장이었다. 자연 묘사가 서정적으로 전개되다가도 어느 순간 농민들의 인생사가 비극적으로 겹쳐진다. 그 결과 작품은 담담한 사회적 항거의 효과를 성취해냈다. 당연히 작가는 차르의 진노를 샀다.

같은 맥락에서 비평가 파벨 사쿨린이 「두 문화의 경계에서 선 투르게네프」(На грани двух культур. Тургенев)라는 에세이에서 남긴 『사냥꾼의 수기』에 대한 총평을 이해할 수 있다.

> 『사냥꾼의 수기』는 인간 개성의 훼손당한 아름다움에 대한, 농노제에 처해 있는 인간적 가치의 박해에 대한, 농촌에 사는 '**잉여 인간들**(лишние люди)'의 고난에 대한 비애이다.[103] (강조는 필자)

레베데프가 그린 「경매업자에게 팔아넘긴 농노」(Продажа крепостных с аукциона)[102]

여기서 '잉여 인간'에 주목해볼 필요가 있다. 이 용어는 러시아 문학에서 주로 상류층 출신의 도시 귀족의 한 유형으로 인식되곤 한다. 그들은 무위도식하거나 권태에 빠져 있고, 방탕하고 음란하기도 하며, 비인간적이어서 사회적 약자에 해악이 되는 인물들이다. 푸시킨의 오네긴, 곤차로프의 오블로모프, 레르몬토프의 페초린, 그리고 투르게네프의 다른 소설에 등장하는 몇몇 부류가 이에 속한다.

그런데 사쿨린이 선택한 이 단어는 시골에서 사는, '낮은 계급'의 '힘없는' 사회적 약자를 지칭하고 있다. 그는 이들이 사회(의 주류)로부터 외면당하고 버림받았다는 의미에서 잉여의 맥락을 가져온다. 즉, 상류층 부르주아에 대한 멸시와 조소를 뒤집어, 핍박받는 대다수 일반 민중들에게 강렬한 애정과 애착을 보여주는 단어다. 투르게네프가 러시아 민중들을 대했던 태도가 이렇지 않았을까?

## 등장인물의 유형들

하지만 『사냥꾼의 수기』는 이러한 사회적 맥락을 통해서뿐만 아니라, 텍스트 자체의 내적 연구(intrinsic study)[104]를 통해서도, 여러 의미 있는 미학적 특징들이 발굴되기도 한다. 특히 등장인물 등 묘사 대상을 단위로 각 단편들을 분류하고 분석해볼 필요가 있다.

첫 번째, 특별한 인물이 등장하기보다 단순한 자연 묘사가 주를 이루는 단편은 모두 다섯 편(7 · 8 · 14 · 24 · 25번째)이다. 두 번째, 지주나 그에 준하는 이들(향리 등)이 주인공으로 스토리를 이끄는 단편은 모두 아홉 편(4 · 5 · 6 · 13 · 15 · 18 · 20 · 21 · 22번째)이다. 세 번째, 지주에게 예속돼 사는 농노나 하인, 그리고 농사꾼들이 주인공으로 등장해 스토리를 이끄는 단편들은 모두 열 편이다. 「호리와 칼리느이치」와 「살아 있는 유해」를 포함해 『사냥꾼의 수기』를 관통하는 핵심적인 인물들이 여기서 조명을 받는다. 마지막으로 별도로 다뤄져야 할 열 번째 단편인 「관리인」은 지주와 농노의 중간 계급으로 등장하는 관리인 소프론이 스토리를 이끈다.

특히 텍스트 속 지주의 유형은 그를 바라보는 화자의 태도에 따라 부정적인 형상과 그렇지 않은 형상으로 갈린다. 「향리 옵샤니코프」와 「타티야나 보리소브나와 그 조카」에서 두 주인공은 하느님처럼 존경을 받거나 따스한 마음으로 농노들에게서조차 각별한 사랑을 받는 인물로 묘사된다. 두 유형 모두 여타의 지주들에 비해 비교적 나이가 많다(70세와 50세). 옵샤니코프는 표트르 대제 이전, 이른바 '구시대 러시아 귀족'을 대변하는 전형으로 제시되고, 타티야나 보리소브나는 "자유롭고 건전한 사고방식", "소지주 대부분에서 볼 수 있는 못된 버릇이 없다는 점", "고운 마음씨", "타인의 슬픔과 기쁨을 진심으로 함께해주는 태도"를 갖췄다. 하지만 비참한 농노제 하의 현실을 오체르크 기법으로 들여다보고 있는 화자의 눈에 대부분의 지주는 악덕하거나 폭군에 가까운 반농민적 정서의 화신으로 그려진다.

눈여겨볼 대목은 이들에게 예속돼 고단한 삶을 영위하고 있는 농노와 농민들이 지주보다 정신적으로 우월하다는 점이다. 즉, 여러 단편에서 이들은 자신들의 지배자에게 도리어 감동을 선사하는, '정신적 반성의 거울' 역할을 하고 있다. 이런 긍정적인 농민의 형상을 떠올리며, 일찍이 벨린스키는 호리에 대해 "매우 나쁜 상황에서도 자신을 위해 중요한 자리를 만들어낼 수 있는 러시아 농민의 유형"이라고 언급했으며,[105] 칼리느이치에 대해 "더 신선하고 더 완전한 러시아 농민의 유형"으로, "소박한 민중 속에 있는 시적 본성"이라 평가하기도 했다.[106]

## 영혼의 순례기 혹은 전원 오디세이

스물다섯 편의 단편들 가운데 정중앙인 열세 번째 단편 「두 지주」는 특징적인 위치를 점한다. 이 단편을 전후로 이전의 열두 편과 이후의 열두 편이 주제상의 차이를 보이고 있기 때문이다.

특히 「두 지주」 이후로 종교적 모티프는 한층 강화돼 있다. 예컨대 죽음에 대해 담담하고 경건한 태도를 보여준 열여섯 번째 단편 「죽음」에서 농민 주인공은 무릇 '실질적인 설교자'의 모습으로 등장한다. 그리고 무엇보다 성자(聖子)에 육박하는 형상으로 구현된, 농민 여주인공 루케리야의 사연을 담은 스물세 번째 단편 「살아 있는 유해」에서는 그 종교적 성향이 절정에 이른다.[107] 이 단편을 접하고서는 정신적인 각성에 이른 화자가 자신의 이야기를 전개시킬 것 같은 기대감도 밀려온다.

투르게네프는 이렇게 화자의 반성을 통해 농민의 팍팍한 삶을 숭고함

이바노프가 그린 「길에서 만난 이주자의 죽음」(В дороге. Смерть переселенца). 흰 수건으로 얼굴이 덮인 이주민 망자는 한 집안의 가장이었다. 통곡하고 있는 아내와 딸아이의 모습이 처절한 슬픔을 자아낸다.[108]

의 차원으로 전환시킨다. 1874년 『사냥꾼의 수기』 최종판에 세 편의 단편이 추가돼 단편들이 재배열되면서 플롯상의 효과가 이를 증폭시켰고, 내용상으로는 종교적 동기가 확연한 「살아 있는 유해」의 영향이 컸다. 그리하여 이 작품은 단순한 사냥 일기가 아니라, 한 교양인의 영혼의 순례기로 읽히기에 충분하다.

단편 재배열에 따른 플롯상의 효과에 대해 몇 가지만 부언하자. 개별 모티프를 중심으로 각 단편들의 서사를 다음과 같이 도식화해보면, 열세 번째 단편 「두 지주」를 중심으로 대비되는 모티프와 등장인물들이 순서상 좌우로 대칭되고 있음을 알 수 있다.

특히 표에서 음영 처리된 좌우 각각의 네 단편은 보다 더 분명한 대비의 구도로 읽힌다. 예컨대 백발노인이 주인공으로 나오는 「말리나의 샘물」과 여자 농노가 영성의 한 차원을 재현하는 「살아 있는 유해」는 등장 인물의 캐릭터는 물론, 여러 상황의 설정이 서로 대조적이다.

한편 이 작품을 "전원 오디세이(rural odyssey)"라 정의내리면서, 한 지주가 "도보 사냥(hunt on foot)"을 통해 대자연과 미지의 농민 세계로 진입

| ⑬ 두 지주 | |
|---|---|
| ⑫ 늑대 | ⑭ 레바댜니 |
| ⑪ 사무소 | ⑮ 타티야나 보리소브나와 그 조카 |
| ⑩ 관리인 | ⑯ 죽음 |
| ⑨ 크라시바야 메차의 카시얀 | ⑰ 명창 |
| ⑧ 베진 초원 | ⑱ 표트르 패트로비치 카라타예프 |
| ⑦ 리고프 | ⑲ 밀회 |
| ⑥ 향리 옵샤니코프 | ⑳ 시치그로프군의 햄릿 |
| ⑤ 나의 이웃 라딜로프 | ㉑ 체르토프하노프와 네도퓨스킨 |
| ④ 시골의사 | ㉒ 체르토프하노프의 최후 |
| ③ 말리나의 샘물 | ㉓ 살아 있는 유해 |
| ② 예르몰라이와 물방앗간 여주인 | ㉔ 소리가 난다! |
| ① 호리와 칼리느이치 | ㉕ 산림과 초원 |

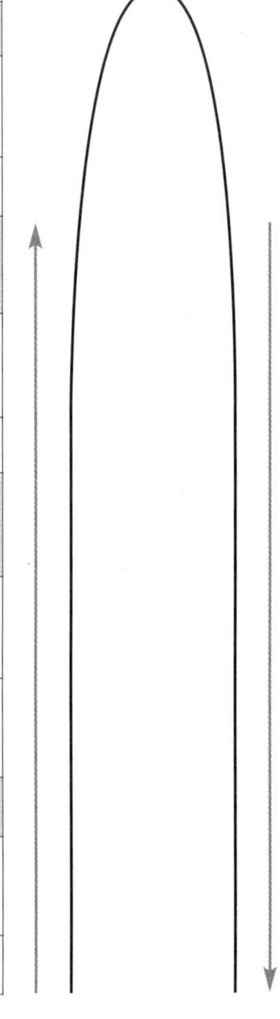

한 사건으로 규정한 올란도 파이지스의 견해 역시 흥미롭다.[109] 그에겐 여러 마리의 사냥개를 동원하는 영국식 사냥과 달리, 딱 한 마리의 사냥개와 딱 한 명의 수행인(예르몰라이)만 동반된 이 도보 사냥이야말로 '소박하고 평등한 러시아 식'을 보여주는 탁월한 사례다.[110]

## 러시아성

『사냥꾼의 수기』는 19세기 중반 러시아 문학의 한 페이지를 장식하는 고전의 반열에 올라 있다. 농노 해방을 앞당긴 정치 사회적 함의가 내장돼 있으면서도, 플롯상의 변화를 통해 문학적 효과를 달성해낸 독특한 텍스트이기도 하다. 필자는 지금까지 후자에 좀 더 많은 비중을 두고, 이 작품을 살폈다.

웨인 부스는 『소설의 수사학』에서 "강력한 문학 가운데 하나는 독자들이 응당 그렇게 되리라고 생각하는 것을 훌륭하게 전복시키는 것"이라고 언급한 바 있다.[111] 바로 이 맥락에서 투르게네프는 독자들에게 플롯 부재의 연재물로 인식되던 단편 모음에 특별한 "형식적 통합성(formal integrity)"[112]을 부여함으로써 새로운 스토리의 구조물을 창조해냈다.

필자는 이 구조물의 새로운 스토리를 한 영혼의 순례기로 파악했다. 사냥꾼 화자는 당대 러시아 농민의 현실을 가장 가까운 거리에서 관찰하면서 그들에게 애정을 보내고, 무엇보다 러시아적인 토양에 대해 존경을 표하며, 비러시아적인 요소에 대해 그만의 방식으로 비판했다. 필자가 보건대, 이는 푸시킨과 고골이 각각 『예브게니 오네긴』과 『죽은 혼』에서 보여주고자 했던 것처럼, 투르게네프만의 방식으로 충실하게 러시아성의 주제로 수렴되고 있다.

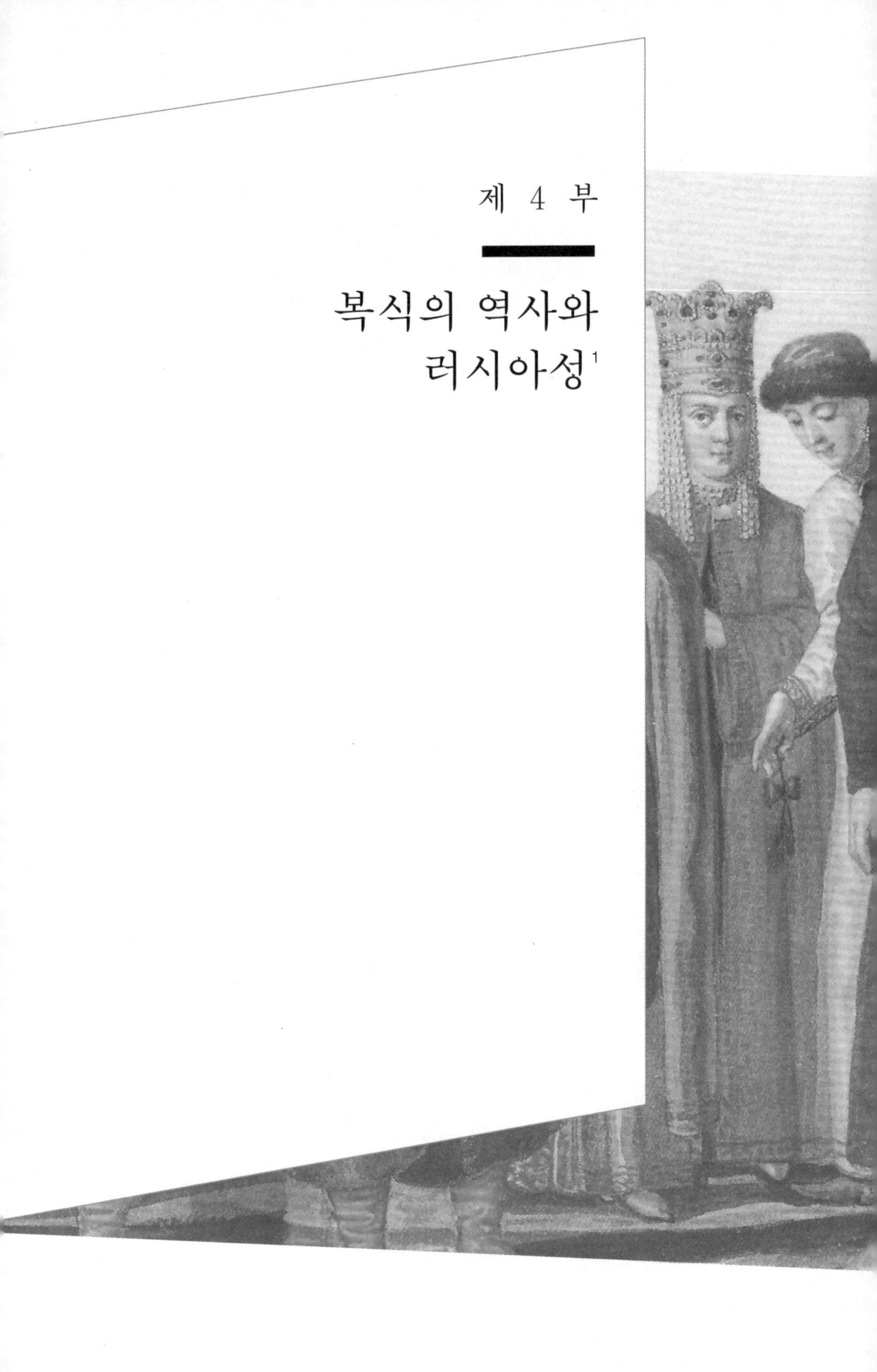

제 4 부

# 복식의 역사와 러시아성[1]

# 1

# 들어가며

우리는 이상, 비난의 대상, 본보기로서의 유럽을 필요로 한다.
유럽이 그렇지 않다면, 우리는 그런 유럽을 창조할 필요가 있다.[2]

정치적 민족주의는 언제나 뚜렷한 문화 정체성의 이념에 기초한다.[3]

르상티망(ressentiment)이란 타자에게 투사된 원한, 분노, 질투 등의 감정을 일컫는다. 이는 구체적인 실체에서 비롯된다기보다 감정 주체가 비실재를 상정해 그에 투사시키면서 생겨난다. 존재하지 않는 원한 대상을 상상해냄으로써 감정 주체는 스스로 위안을 얻기도 한다. 실제로는 당하지 않았으면서, 예컨대 거짓으로 인종 차별을 당했다는 소문을 유포하고 '만들어진 치욕'을 생산해 가상의 적에게 분노를 투사하는 것과 같은 형태다.

요컨대 제4부는 러시아 복식사와 의복 문화의 패턴을 분석하면서 르상티망의 흔적이 어떻게 존재하고 있는지를 밝히는 작업이다. 이는 이국적인 요소들이 러시아에서 보여준 상충과 습합의 과정, 그리고 세계사의 맥락에서 러시아와 타국 간 문명 교류의 자취를 찾는 일과도 맞닿아 있다.

## 서구와 동양에 대한 러시아의 르상티망

18세기 말의 러시아 문화를 점검하면서, 피에르 하트는 서구에 대한 르상티망을 상기해볼 만한 근거를 제시한다. 당시까지 러시아에게 서구란 '직접 경험한' 실체라기보다 내부에서 만들어진 관례에 따라 '투사된 감정'이 누적된 것이었다.

> 서구에 대한 반응은 서구 문화를 직접 경험하기보다 주로 러시아의 관행을 관찰한 것에 기초해 이루어졌다. 그렇지만 여행의 기회가 증가함에 따라 유럽을 반드시 호의적으로만 바라보지는 않는, 솔직한 비교의 시각이 생겨났다.[4]

러시아 민족주의의 형성과 발전에 대해 연구한 리아 그린펠드는 18세기 말 러시아 귀족 사회에서 일종의 반(反)서구적 감정으로 형성된 르상티망에 대해 다음과 같이 언급하고 있다.

> 서구로부터 떨어져 나갈 수도 없고, 자신들의 의식에서 서구의 이미지를 없애버리거나 지워버릴 수도 없으며, 서구에 반대될 만한 것을 가진 것도 없었기 때문에, 그들은 서구를 반(反)모델로 정의하고, 이와 반대로 러시아의 이상적인 이미지를 만들어냈다.[5]

19세기 러시아 사회주의 철학자 게르첸도 이와 비슷한 입장을 취하고 있었다. 그는 러시아와 유럽의 분명한 차이를 인정하고, 러시아가 지녀야 할 "자부심(самолюбие)"에 대해 논하면서[6] 러시아만의 특성을 찾아내자고 제안한다. 러시아가 유럽의 일부가 아닌 이상, 유럽이 러시아를 부정적으로 바라보는 태도에 굴욕을 느끼기보다 차라리 '다름'을 인정하고, 거기서 자부심을 느끼자는 것이 그 골자다.

러시아가 서구를 바라보는 인식이 이러했다면, 동양에 대한 태도는 어땠을까?

익히 알려졌다시피 에드워드 사이드의 오리엔탈리즘—"서구의 지식, 서구의 의식, 이후에는 서구 제국으로 표현된 총체적인 힘에 동양을 짜 맞춘 개념 작용의 체계"[7]—은 러시아가 동양 세계 등 주변인들에 자행한 제국주의적 행태에도 그대로 적용된다. 앞으로 복식사의 전개를 통해 자세히 살피겠지만, 동양의 문화는 자연스럽게 러시아로 꾸준하게 흘러들어 수용되거나 변형돼 갔다. 그러나 인식의 차원에서는 이른바 아시아성(Asianess)을 애써 지우려는 행위도 끊임없이 반복됐다.

이런 배타적인 행위와 태도는 '아시아'란 단어의 기원에서부터 발견된다. 러시아를 포함한 동유럽은 물론이고, 중부 유럽에서조차 이 단어는 매우 부정적인 뉘앙스를 가지고 있었다. 예컨대 독일과 오스트리아, 헝가리 등지에서 아시아라는 단어는 열등함과 같은 의미로 통용되고 있었다.[8] 이러한 인종주의 맥락[9]에 사로잡힌 러시아인들의 인식 속에서 아시아는 당연히 폄훼 혹은 르상티망의 대상일 수밖에 없었다.

## 의복의 변화를 통해 본 외래문화의 수용사 그리고 러시아적인 것

러시아 복식사 연구는 표트르 보가티레프가 1937년에 쓴 저작에서 출발했다. 비록 러시아의 사례가 아니라 슬로바키아의 전통 의상을 기호학적으로 분석한 연구였지만, 여타의 지역 연구에도 통용될 수 있는 분석적 시각을 선보이고 있다.

> 농민의 전통 의상은 '소통의 코드(communicative code)'로서 성, 나이, 지역 주민, 충성의 고백, 결혼 유무의 상태, 사회 신분, 심지어 의복 착용자의 도덕적 행위, 일상생활과 명절, 의례와 같은 특별한 날의 성격 등을 포함하기도 한다.[10]

1950~60년대에는 소비에트를 구성하는 여러 민족들에 대한 연구가 진척됐고, 1980~90년대에는 그에 대한 이론적 심화기를 거쳐, 특히 기호학 및 문화사와의 연관 속에서 괄목할 만한 연구 성과들이 나타나기 시작했다. 이때부터 민중 의상(народная одежда)은 "역사 민족지적 원천(как историко-этнографический источник)"으로서 연구됐으며, 문화 민족지의 역사 문제를 조명하고 안내하는 중요한 학문으로 자리 잡았다.[11] 최근에는 다양한 민중 의상의 역사를 일상사적 전통과 민족지적 전개의 차별적 특징으로 분석해낸 연구물도 나왔다.[12] 이렇게 하나의 문화권을 이해하는 중요한 통로인 복식사는 해당 민족과 민중의 정체성을 밝히는 데 핵심적인 준거가 된다.

하지만 국내에서 러시아 복식사 연구는 서양 복식사 연구의 지엽적인 한 갈래 정도로 인식돼 왔다. 소개 범위도 차르나 상류층 귀족 계급에 한정돼 있어서 민중의 의복에 대해서는 기초적인 정보조차 제공된 것이 없다. 더구나 주제조차 20세기 초 아방가르드 패션과 구성주의에 집중돼 있다.[13] 필자가 민족지적 문화 정체성의 핵심 코드로서 러시아 농민 의상을 선택하고, 그것의 러시아적·비러시아적 기원에 천착하게 된 까닭이 여기에 있다.

이 글은 러시아 복식사에 대한 단순한 통시적 개괄에 머무르지 않는다. 어떤 역사 문화적 환경에서 복식에 변화—예컨대 어떤 역사적 환경에서 비러시아적인 의복 형태가 내적으로 토착화됐는지, 어떤 경우에 상류층 귀족의 의복이 착용 불허되거나 차르의 정책에 의해 경계의 대상이 됐는지 등—가 생겼는지 고찰하면서, '복식의 조형성'[14] 차원에서 복식 디자인의 구성 요소들과 소재와 같은 물질적 요소도 함께 살필 것이다.

# 2

## 수용과 배제의 복식사
## –고대 루시에서 표트르 대제 이전까지

필자가 주목하고 있는 부분은 러시아에서 특정 의복의 착용과 금지에 대한 것, 그리고 민중의 정체성 변화에 의복이 어떤 영향을 주었는가의 문제다. 먼저 러시아 복식사에서 현저하게 드러나는 특징 두 가지는 다음과 같다. 첫째, 의복이 외국 문물로서 수용됐다가 착용이 금지되는, 이른바 수용과 배제가 반복되는 패러다임 속에 있다는 점이다. 둘째, 코스토마로프의 연구에서처럼 상류층이든 하류층이든 어떤 계층에서건 기본 의상은 거의 비슷하며, 단지 그 차이는 치장과 장식의 정도 차에 있을 뿐이란 점이다.[15]

### 시기별 특색

복식사의 서장이 될 만한 최초의 기록은 스뱌토슬라프 공작 가계의 치장과 복장이 묘사된 11세기 연대기로 거슬러 올라간다.[16] 비슷한 시기 기록상으로 러시아 최고(最古)의 평민복인 지푼(зипуны 남자용)과 치마 파뇨바(понёвы 여자용)가 있었다.[17] 지푼은 또 다른 상의인 카프탄(кафтан)과 페랴지(ферязь)에 비해 소매와 몸통이 모두 좁은 것이 특징이며, 허리춤에 매는

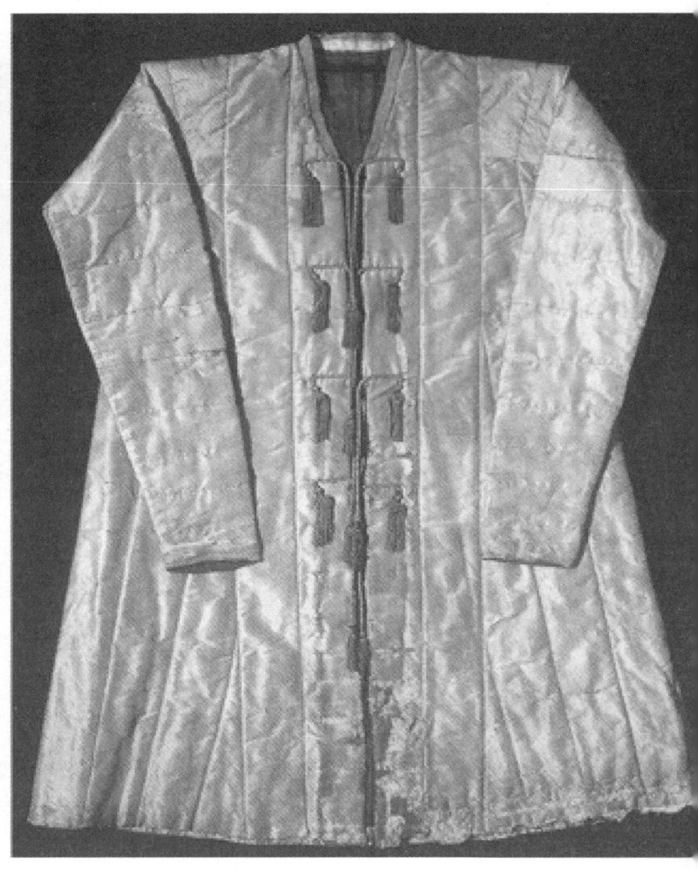

(좌) 18세기 표트르 대제가 입던 실내용 지푼, (우) 16세기 이반 뇌제가 입었던 페라지[18]

지푼과 파뇨바[19]

혁대 포야스(пояс)를 차지 않은 상태로도 입을 수 있게 돼 있는 간편한 형태의 의복이다.

이 외에도 가장 오래된 의복으로, 남녀가 공히 착용했던 상의 루바하(рубаха)와 바지 형태의 하의 포르트(порты)가 있었다. 루바하와 포르트는 러시아식 의복을 구성하는 가장 중요한 두 요소였다. 루바하(소로치차 сорочтца라고도 불린다)는 13~14세기에 걸쳐 동유럽 슬라브 민족 사이에서 폭넓게 이용됐다.[20] “매우 거칠고 조야하다(самый грубый)”는 의미의 고대어에서 그 이름이 유래했으며, 긴 소매가 달린 튜닉 형태의 의상이다. 소매의 길이는 신분과 연령의 고저를 나타내는 표식이기도 했다. 길이가 길수록 신분이 높고, 사회적으로 명망가였으며, 평민의 그것은 길이가 짧았다.[21] 또한 싸구려 포로 제작된 옷(холщовые рубахи)은 하층민이, 고가의 비단(щелковые рубахи) 재질의 옷은 상류층이 입었다.[22] 미혼 여성들이 여름에 루바하를 입기도 했지만, 기혼 여성들은 언제나 사라판(сарафан)을 입었다.[23]

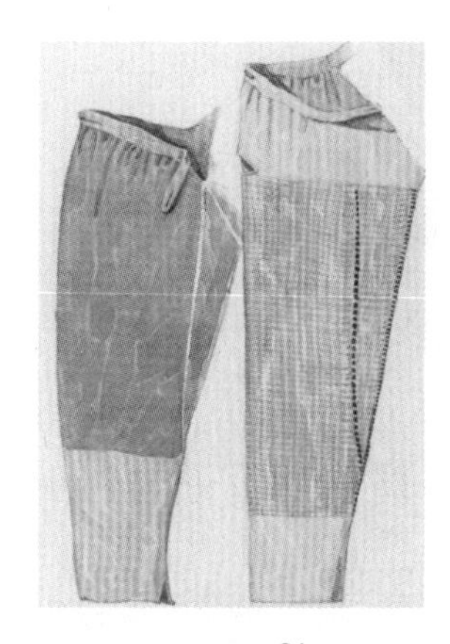

(좌) 긴 소매가 특징인 루바하, (우) 통이 넓은 바지 포르티[24]

19세기 초, 올로네츠 지역에서 농촌 아낙들이 입었던 전통 의상[25]

(좌) 19세기 말, 스몰렌스크 지역에서 농촌 아낙들이 입었던 사라판[26]

(우) 19세기 초, 니즈니 노브고로드 지역 사람들이 입었던 명절 전통 의상[27]

두 종류 모두 농민들의 평상복이었는데, 흥미로운 지점은 몽고 타타르의 침입 이후 이 복식에 변화가 발생했다는 점이다. 루바하의 원형은 가슴 정면에 (목)깃의 절단면(разрез ворота), 즉 앞트임이 위치했었는데, 몽고 타타르 압제기 이후 이것이 착용자 방향에서 왼쪽으로 이동해 절단면이 비스듬하게 트인 형태를 취하기 시작했고, 전체 길이도 무릎까지로 짧아졌다.[28]

프랑스 출신의 선교사 루브룩이 남긴 몽골 여행기(1253년 9월~1257년)에 이러한 내용이 담겨 있다. 그는 몽골 의복의 특징을 설명하면서 "여자들의 옷은 남자들의 옷과 큰 차이가 없는데 다만 조금 더 길다는 점이 다릅

(좌) 코소보로트카(косоворотка)를 보여주는 루바하. 19세기 말~20세기 초, 탐보프 지역에서 착용됨.[29]
(우) 20세기 초, 랴잔 지역에서 착용되던 남성복 상의 루바하[30]

니다… 앞부분은 매우 넓고 앞트임이 더 길며, [옷의] 오른쪽으로 묶습니다. 타타르는 이 점에서 튀르크와 다른데, 튀르크인들은 그들의 겉옷을 왼쪽에 묶지만 타타르인들은 항상 오른쪽에 묶습니다"라고 언급한다.[31]

13세기 러시아 남자들은 에판차(епанча)라는 독일식 의복을 입고 다녔다고 기록돼 있다. 보통 소매가 없고, 폭이 넓은 평범한 망토(накидка)와 같은 에판차는 고대 러시아 문학의 백미로 알려진 『이고리 원정기』(Слове о полку Игореве)에도 유사한 이름 "야판차"로 나오기도 한다("ортьмами и япончицами, и кожухы начаша мосты мостить").[32]

여자들은 펠트 천 재질의 각이 크고 높이도 높은 고깔모자 형태의 콜파크(колпак)를 쓰고 다녔다. 모자 이름은 터키어에서 유래했다.[33] 기혼 여성들은 앞쪽에 지퍼가 달리지 않은 길고 넓은 폭의 옷과 코코쉬니크(кокошник)라는 머리 장식을 착용하고 있었다. 당시 여자들의 복장은 여타의 유럽 지역과 거의 유사했다고 기록돼 있다.[34]

코코쉬니크-1. 18세기 말, 모스크바 지역에서 착용되던 여자들의 머리 장식[35]

(상) 코코쉬니크-2. 18세기 말, 트베리 지역에서 착용되던 여자들의 머리 장식[36]

(하) 코코쉬니크-3. 18세기 말 무롬 지역에서 착용됐던 여자들의 머리 장식[37]

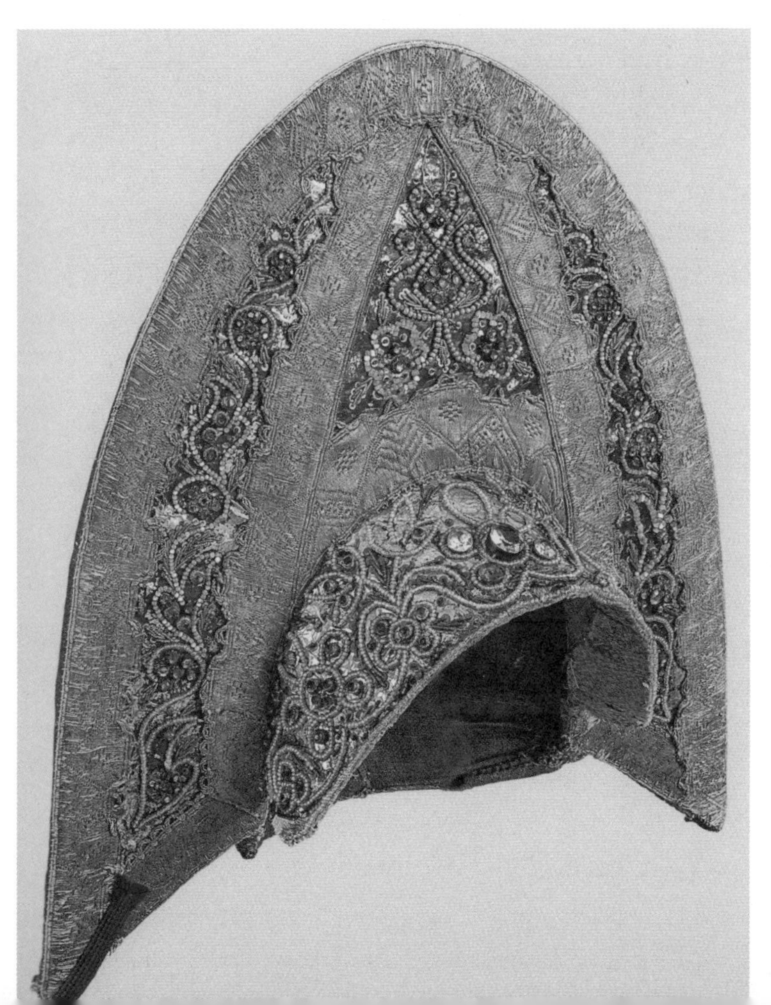

14세기 말엽, 대표적인 여성 의상으로 알려진 사라판(сарафан)이라는 실내복이 러시아로 들어온다. 기원은 '사라파(sarapa)' 혹은 '사라파이(sarapai)'라 불리는 이란의 의상으로, 1376년 『니콘 연대기』(Никоновская летопись)에 이 용어가 처음 등장한다. 본래 남성들이 착용했다가[38] 17세기경 여성복으로 용도가 변경됐다는 기록도 있다.[39] 한 가지 흥미로운 사실은 이 사라판이라는 용어가 다른 슬라브 계열의 언어권에서는 전혀 나타나지 않고, 오로지 러시아어에서만 확인된다는 점이다.[40]

(좌) 19세기 초, 니줴고로드 지역에서 착용되던 사라판[41]
(우) 19세기 말~20세기 초, 올로네츠 지역에서 착용되던 사라판[42]

15세기부터는 아시아 국가들로부터 들어온 목화 재질의 직물(хлопчатобумажные ткани), 특히 붉은 옥양목(красный кумач)과 푸른 면화(синий киндяк), 무늬 직물(узорчатая выбойка) 등[43]을 활용한 의복이 널리 유통됐다. 특히 몽고 타타르의 강점기 동안 러시아 의복에 끼친 영향은 상당했다.[44] 주로 상의에서 발견되는 동방 의복 문화의 흔적은 카프탄, 겨울용 털외투 슈바(шуба), 사라판 등에서 찾아볼 수 있다.

15~16세기경에는 상류층 남자들이 머리에 타피야(тафья)를 쓰고 다녔

17세기 초, 황제 알렉세이 미하일로비치가 입었던 슈바[45]

16세기 말, 드미트리의 황후가 쓰던 타피야[46]

다. 이 타피야는 실내에서나 손님으로 갈 때, 혹은 교회에서는 착용하지 않았다. 외출 시 여인들이 머리를 플라토크(платок)라는 흰 수건으로 가리는 풍습 역시 타타르의 문화가 남긴 흔적이다.[47]

보리스 고두노프가 섭정하던 동란 시기(смутное время)에는 폴란드 풍 의상이 두드러졌다. 이후 폴란드 스타일은 독일식으로 바뀌었는데, 특히 차르 알렉세이 미하일로비치는 독일식 카프탄을 즐겨 입었던 것으로 전해진다.[48]

## 서구인의 시선과 동양의 영향

15~17세기 말까지 오스트리아, 독일, 네덜란드, 영국, 이탈리아인들이 러시아로 들어와 체류하면서 남긴 기록에는 흥미로운 내용들이 많다. 16세기 말, 가일 플레처가 쓴 러시아 인상기에는 "러시아 보야르나 신사들은 같은 스타일의 옷을 입고 다닌다"는 기록이 있다. 이는 당시 상류층은 일종의 유행 패션을 공유하고 있었으며, 평민들과는 전혀 다른 옷차림을 하고 있었다는 사실을 의미한다. 그는 러시아의 농민들은 남녀 구분 없이

폭이 넓은 가운과 유사한 오드노랴트카(однорядка)를 입고 다녔다고 적고 있다.[49]

모스크바 대사를 역임했던 독일인 올레아리우스는 러시아 체류 당시 체험을 바탕으로 『올레아리우스의 17세기 러시아 여행』(1647)을 썼다. "러시아인들이 독일 사람들과 전반적으로 유사하다"고 판단하는 그는 여행기에 당대 러시아인의 의복을 서구인의 것과 자주 비교해놓았다. "남성복의 경우 대체로 그리스인의 옷과 유사하고", "신발은 폴란드인의 것과 같이 짧고 앞코가 나와 있다"는 등의 기록이 그것이다.[50] 그리고 카프탄(кафтан), 페랴지 등의 단어가 빈번하게 보인다.

또한 그는 당시 모스크바 거주 외국인들이 자국 의상을 자연스럽게 입고 다녔다고 적고 있다. 러시아에 체재하는 동안 러시아 의복 착용을 강제 받진 않았으며, 오히려 러시아인들과의 구별을 위해 본국의 의상을 입어야 했던 것으로 전해진다.[51]

이와 관련해선 흥미로운 에피소드가 하나 소개된다. 1652~1653년경, 모스크바 총대주교가 도시 순례를 하며 몰려든 사람들에게 성호를 그으며 축복을 내려주고 있었다. 그런데 러시아인 무리에 함께 있던 독일인들이 총대주교에게 머리를 조아리며 성호를 긋지 않았다. 이들의 무례한 행동에 모멸감을 느낀 총대주교는 이들이 독일인이란 것을 알게 된 후 "자격 없는 외국인들이 축복을 받는 것은 부당한 일이다"라면서 러시아인들과 구별하기 위해 그들에게 본국의 복장을 하고 다니도록 법제화를 시도했다.[52] 황궁을 출입해야 하는 외국 고관들은 총대주교의 지시를 따를 수밖에 없었다. 이 조치로 외국풍 패션이 뚜렷이 감지되기 시작했으며, 시간이 지나면서 러시아의 복식에도 확실한 영향을 미쳤다.

러시아 복식은 인근의 아시아 국가에서 들어온 것들이 의외로 많다. 러시아 일상사 연구의 선구자인 테레셴코에 따르면, 테를리크(терлик), 페랴지(ферязь), 카프탄(кафтан), 콜파크(колпак) 등은 부분적으로 아시아와 리투아니아에 그 기원으로 두고 있다.[53] 테를리크는 이반 뇌제가 입었던 복장으로, 17세기에 관직에 있는 자들에게만 착용이 허락됐다.[54] 소매가 짧고 폭이 좁은 카프탄의 일종으로, 몽고 타타르의 압제가 종식되던 15세기 말엽에 전래되어 16세기에는 널리 퍼졌다.[55]

17세기 후반, 모스크바 크렘린에서 착용하던 테를리크[56]

(상) 테를리크, 페라지 (하) 카프탄, 콜파크[57]

## 카프탄과 페랴지

15세기의 여러 필사본에 처음 그 용어가 등장하는 카프탄은 다양한 용도로 착용된 독특한 의복 가운데 하나다. 예컨대 궁정 관리와 부유한 상인 계층이 서유럽 풍으로 패션을 바꿀 무렵, 카프탄은 몸에 꼭 맞는 프랑스식 쥐스토코르(justaucorps)에 필적하는 옷으로 착용되곤 했다. 그러다가 19세기 유럽식 의상에 적용되면서 카프탄이라는 용어는 더 이상 사용되지 않게 된다. 19세기를 거쳐 20세기 초까지 카프탄은 농민들이 각종 명절에 입었던 대표적인 상의로 발전했고, 일부 지역에서는 마부나 집배원들이 입기도 했다.[58]

몽고 타타르에서 기원한 카프탄은 발뒤축이나 종아리까지 덮을 정도로 매우 긴 옷이었다. 보통 끈으로 허리를 동여매는 방식이었다. 러시아식은 옷을 여밀 때 오른쪽에서 매듭을 짓는 방식으로 타타르식과 구분됐다.[59] 종류가 많고 재질도 다양했는데, 차르와 상류층 귀족들도 지푼을 입은 후, 그 위에 카프탄을 입었던 것으로 보인다. 다시 말해 카프탄은 신분의 고저에 상관없이 전 계층에서 널리 입었던 러시아의 대표적인 의복이라 하겠다.[60] 물론 지푼도 마찬가지였다.[61]

대관식이나 혼례식에서 차르가 입었던 카프탄의 일종으로, 소매가 넓고 목 부분에 깃이 달린 스타노보이 카프탄(становой кафтан)도 있었다. 이로 미루어보면, 카프탄은 황제의 옷을 의미하기도 했다. 차르가 착용했던 용포(царское платно)의 변화상을 따라가 보면, 1678년 차르 표도르 알렉세예비치의 대관식이 거행된 이후부터 이 옷은 특별히 포르피리(порфиры)라는 이름으로도 불렸다.[62] 카프탄은 이렇게 상류층에서 폭넓게 착용되면서 그 의미와 가치가 높아졌다. 의복의 착용 주체에 따라 본래의 기원

스타노보이 카프탄[63]

(상) 다양한 색깔과 무늬가 특징인 허리띠 포야스 (하) 카잔 지방에서 사용된 19세기 말의 포야스[64]

과 상관없는 의미와 상징이 덧붙여져 '권력 의복'화 하는 과정을 증명하는 사례인 셈이다.

이름의 기원이 페르시아어(faraga)인 페랴지는 대략 16세기 말엽 모스크바 공국에 전래됐다. 남녀 모두 상용했으며, 긴 소매가 특징이다. 그러다가 17세기에 들어서면서 갑자기 그 유행이 사라졌다는 기록이 있다.[65] 카프탄과 유사해 구분하기 힘들지만, 긴 소매와 넓은 폭의 어깨 부위가 있는 것이 특징이다.[66] 흔히 남성 평상복인 지푼 위에 덧입는 옷으로 알려져 있다. 기록에 따르면, 중세 러시아 남성에게는 세 가지 기본 의상이 있었다. 가장 선호되던 것이 지푼, 허리끈 포야스(пояс)에 수저를 달아 놓은 폭이 좁은 카프탄, 그리고 넓은 폭의 망토를 닮은 페랴지였다.[67]

페랴지는 정중앙에 금장식이나 단추로 여밀 수 있게 돼 있다.[68] 외관이 화려하고 소매가 특히 길어 명절처럼 특별한 날에 입었던 옷(праздничная одежда)이다. 대부분의 옷들이 아마포(льняная ткань 혹은 пеньковая) 재질이던 것에 반해, 페랴지는 페르시아산 비단으로 만들어졌다.[69]

## 국가와 복식

단일 국가의 면모가 갖춰지던 16-17세기 러시아에서는 "민족의 문화 단일성(культурное единство народа)"이 모습을 드러내기 시작했다. 또한 일국성과 지역성(региональные особенности)은 동시에 강화됐다. 이러한 특징은 복식에도 그대로 반영됐으며,[70] 표트르 대제 이전 시기 복식사에서 국가 형성과 의복 패턴의 연관성은 의미 있는 화두이다.

이 시기 러시아 북부에서 주로 착용되던 사라판은 그 착용의 범위가 크게 확대됐다. 반면 러시아 남부에서 주로 착용되던 파뇨바는 사라판에 밀려 지방으로 그 착용 범위가 축소됐다. 파뇨바는 주로 농민들이 착용했으며, 다른 계층으로는 전파되지 않았다.[71]

이러한 변화는 17세기 초 러시아에 엄청난 사회적 파장을 몰고 온 니콘의 종교 개혁과도 무관치 않다. 이 개혁의 여파로 구교도 순례자들은 은둔처를 찾아 러시아 전역으로 숨어들었으며, 이 과정에서 자연스럽게 러시아 북부의 생활 문화도 함께 곳곳으로 전파됐다(오늘날 러시아의 전통 복식은 당시 러시아 북부의 여성복에서 기원한다는 해석도 있다).[73] 이들의 사고와 생활 방식은 배타적인 러시아 추종의 경향을 보여주고 있었기 때문에, 의복 착용에서도 은연중에 민족주의적인 성향이 드러났다. 이렇게 국가의 중앙집권화 과정에서 추동된 "의복의 단일화(единство косюма)"는 러시아 민족의상의 형성에 큰 영향을 미쳤다.[74]

일리야 레핀이 그린 「파르골로바 인근 스타로질로프카 다차의 블라디미르 스타소프」(В. В. Стасов на даче Старожиловка близ Парголова) 스타소프는 당대 저명한 학자였다. 허리춤에 찬 포야스가 화려하다.[72]

로마노프 왕조가 들어서고 국가의 모습이 갖춰지던 17세기 말부터 러시아의 복식은 크게 두 가지 형태-민간인(мирные граждане)과 군인(воины) 스타일-로 정리돼 유지되고 있었다. 하지만 표트르 대제가 단행한 의복 개혁으로 모든 것이 달라졌다. 특히 그가 도입한 서구 스타일은 모든 러

17세기 말의 복식[76]

시아적인 것을 내몰아버렸다. 전통 의상은 그 의미와 형식미를 상실했고, 옛 루시의 전통은 궁정 내 소수의 관료들에 의해 연명하거나 결국엔 경멸의 수준으로 떨어지고 말았다.

17세기 말 한때(1699), 농경 종사자와 성직자들을 제외하고 모든 러시아인이 헝가리 의복을 입어야 한다는 칙령이 내려진 적이 있었다(물론 이후 특별한 날에만 입도록 칙령은 개정됐다). 이때부터 헝가리풍이라는 이국 스타일이 공식적으로 수용돼 러시아 복식에 영향을 미치기 시작했지만,[75] 표트르 대제의 서구 수용은 그야말로 차원이 다른 파급력을 가져왔다. 이른바 '만들어진 전통'이 새로운 규범들을 인위적으로 창조해내기 시작했다.

# 3

## 만들어진 가상 감정과 노골화된 정체성 논쟁 –표트르 대제의 의복 개혁에서부터 19세기까지

### 변화의 지점들

18세기 초, 러시아는 제국으로서의 면모를 갖춰가고 있었지만, 타국 문화를 객관적으로 인식하는 태도를 확보하고 있지는 못했다. 서유럽과의 동일시를 국가적 이상으로 삼은 표트르 대제의 정책으로 오히려 러시아는 빠르게 유럽화(타자화)되고 있었다.

그러다 대제 이후 독일 출신의 예카테리나 2세는 러시아의 세계화 노선을 유지하면서 동시에 러시아의 토착화에도 많은 관심을 쏟았다. 시인 뱌젬스키가 "러시아인 표트르 1세가 우리를 독일인으로 만들려고 애썼다면/ 독일 여자 예카테리나 2세는 우리를 러시아 풍으로 몰아넣었다(русский, т.е. Пётр I, силился сделать из нас немцев; немка, т.е. Екатерина II, хотела переделать нас в русских)"라고 말할 정도였다. 여제는 "민족 고유의 상징에 처음으로 관심을 둔 황제"로,[77] 특히 대표적인 러시아 전통 의상인 사라판에 애정을 보였다. 여성 전통 의상을 보존하는 노력의 일환으로, 그녀

가 레트니크(летник)와 사라판을 궁중 여성들에게 입도록 권유했다는 기록도 전해진다.[78]

조국 전쟁(1812)도 러시아 복식의 변화와 관련이 있다. 전쟁 전 러시아와 유럽에서 사라판이 유행하던 때가 있었다. 가슴골이 깊이 파인 붉고 푸른 사라판 원피스 위에 루바하를 걸쳐 입던 트렌드의 시기였다.[79] 그러다 조국 전쟁 직후 러시아의 젊은 귀족 부인들 사이에 애국주의 열풍이 불어 닥친다. 공작부인 골류치나의 회상처럼 "종전 후 모스크바의 귀족 모임에 사라판을 입고, 머리 장식 코코쉬니크를 단 여인들이 자주 등장했다."[80]

니콜라이 1세의 칙령(указ, 1834)으로 지정된 의복 코드는 1917년 혁명까지 변경 없이 지속됐다. 이에 따르면, 남성을 포함해 황궁을 출입하거나 내부에서 근무하는 여관(女官, фрейлина)과 귀부인까지도 반드시 지정 의복을 착용해야 했다. 예컨대 비로드 재질의 코르셋(бархатный лиф), 공단으로 만든 치마(атласная юбка), 비로드로 만든 긴 치마, 망면사포가 달린 머리 장식 코코쉬니크(кокошника с тюлевой вуалью) 등이었다.[81]

시간이 흐르면서 많은 장식이 달린 사라판과 표트르 대제 시기에 금지된 "치맛자락이 긴 귀족풍의 의상(долгополая борякская одежда)"은 '진정한 러시아(истинная Русь)'를 드러내는 시적 원천이 되기도 했다.[82] 특히 '대개혁의 시기'가 지나고, 문화유산들을 되돌아보며 민족의 역사를 회고하던 19세기 중·후반에 두드러졌다.

전문적인 복식사 연구에 따르면, 러시아 민중성이 강화돼 가던 14~17세기에 걸쳐 의복을 중심으로 물질문화상의 많은 변화들이 일어났다. 이 기간 농민층에서 가장 폭넓게 착용되면서 보편화된 의복 형태가 바로 사라판, 그리고 머리 장식 코코쉬니크와 키카(кика)였다.[83]

(좌) 17세기에 사용된 키카, (우) 19세기 후반 탐보프 지역에서 사용된 키카[84]

## 표트르 대제의 복식 개혁

1700년 1월 4일, 표트르 대제는 「러시아 구식 의복의 폐지에 관한 칙령」(царский указ об упразднении старомодного русского платья)을 공표한다. 이 칙령에 따라 도시민들은 옛 스타일을 버리고 현대식 의복을 착용하기 시작했다. 상의와 속내의를 기본으로 착용했는데, 당시 가장 일반적인 상의였던 카프탄은 헝가리풍으로 입어야 했고, 속옷은 겉옷보다 짧아야 했다.[85]

같은 해 8월 20일에는 남성복 규정에 독일식 의복이 추가되고, 동시에 규정 위반 시 형벌 조항이 강화됐다. 도시 진입 관문에는 의복 감찰단이 경계를 서며, 통행인들의 복장을 확인했다. 위반자에게는 벌금이 부과되고, 옷이 찢기는 벌칙이 주어지기도 했다. 규정은 대체로 상의의 길이를 줄이는 것으로, 당시 사람들은 땅에 닿을 정도로 치렁치렁한 상의를 입고 다니고 있었다. 적발 시 벌금이 2그리브나였고, 이를 납부하지 못한 사람에게는 조세가 추가됐다. 무엇보다 무릎을 꿇린 상태에서 땅에 닿는 부분만큼 옷을 잘라버리는 벌칙이 치욕적이었다.[86]

정부는 의복 착용에 관한 칙령을 자주 공표했다. 위반 규정은 점점 강화되어 장화나 타타르식의 긴 외투, 그리고 체르스키산 털외투도 금지 품목에 들어갔다.

무엇보다 표트르 대제가 관등제(Табель о рангах, 1722)를 시행하면서 확대된 의복 착용 규정은 러시아 복식사에 일대 혁신을 가져왔다. 특히 제복은 그 자체로 관료 사회와 군대에서 관등과 계급을 구분하는 행정적 기능을 수행했다.[87] 규정에 따라 관등에 맞춰 단추, 견장, 계급장 등 디테일까지 달라졌다.[88] 칙령의 표본은 처음엔 헝가리 제복 스타일이었다가 이후 독일식으로 바뀌었다. 상인 계층 역시 같은 규정에 의거해 독일식의 복장을 착용해야 했다.[89]

군대 제복 개혁은 행정 처벌과 함께 신속하게 진행됐다. 전 군인이 독일식 장검인 사벨을 차고 다녀야 했고, 수염도 짧게 깎아야 했다. 특히 황제를 근접 호위하던 프레오브라젠스키와 세메노프 친위대에게는 녹색 카프탄 스타일의 그레이트 코트, 펠트 모자, 붉은색 튜닉, 무릎길이의 바지와 스타킹이 강제됐다. 콧수염을 반드시 길러야 했으며, 머리칼은 어깨 밑으로 내려와서는 안 됐다.

하지만 세계 최강의 군대를 목표로 서구의 제복을 흉내 냈던 러시아군의 제복은 그 원단 물량을 감당하기가 쉽지 않았다. 한 군대 안에서도 각각 다른 색깔의 군복은 다반사였고, 스타일 역시 통일을 이루는 데 많은 시간이 들었다.[90]

표트르 대제의 급진적인 개혁과 이로 인한 사회 풍조의 급변은 '러시아적 규범의 타락과 상실'로 받아들여지기도 했다. 예컨대 고전주의 시인

세메노프 친위대와 파촘킨 부대의 병사들

20세기 초, 북러시아 아르한겔스크 농촌 여성들이 명절 의상(праздничная одежда)을 입고 있는 모습
루바하, 사라판, 머리 장식을 하고 있다.[92]

칸테미르는 「필라레트와 예브게니」(Филарет и Евгений)란 시에서 "멋들어진 카프탄을 입기 위해 시골에서 자신의 옷을 내다 파는 사람들을 심심치 않게 보았다"라며,[91] 상류층의 허영과 화려한 치장에 대한 그릇된 열정을 신랄하게 꼬집었다.

## 러시아 농민의 복식

하지만 농민층과 종교인들은 표트르 대제의 의복 개혁 대상을 비켜갔다. 물론 시간이 흐르면서 모스크바에서 장사하거나 수공업에 종사하는 농민들에 한해 독일식이 강제됐지만,[93] 페테르부르크나 모스크바와 같은 대도시를 출입하지 않는다면 복장 단속은 큰 의미가 없었다.

결국 칙령 등 여러 외연적 조처들에도 불구하고, 농민층의 복식에는 큰 변화가 없었다. 그들은 사라판과 머리 장식 등 전통적으로 입어오던 의복 형태를 그대로 유지할 수 있었다. 표트르 대제의 유럽화·세속화 정책은 사실 상류층에 집중된 것이었기에 하층민의 물질문화에 미친 영향은 미미했다.[94] 세메노바가 잘 정리하고 있듯이, 18세기 초까지도 러시아 농민층의 의복은 옛 스타일을 잘 보존하고 있었으며, 급격한 변화나 강제적인 착용 압박은 없었다. "금욕주의라는 정교회적 이상"을 모델로 따르지도 않았고, 표트르 대제의 강제적인 의복 규정으로부터도 상대적으로 자유로웠다.[95]

물론 표트르 대제가 서구식 개혁에만 몰두한 것은 아니다. 그 역시 러시아 전통 복식 보존에 고심한 흔적이 엿보인다. 그는 「러시아 의복 판매를 금지하는 새 칙령」(1713)을 공표한다. 서유럽식의 의복 착용을 강제하면서 동시에 러시아적인 전통과 민족적 특징이 잘 표현된 의상(농민 의상이라고 명시하지는 않았다)에 대한 판매를 법으로 금지한 것이다. 하지만 이러한 법령에 상관없이 농민의 복식은 그들 사이에서 나름의 정체성을 이어나갔다.

농민에게 아름다움이란 외관상 잘 꾸민 복장으로서의 그것이 아니라 자연 그대로의 건강한 아름다움이었다. 붉은빛의 뺨, 건강한 육신이 그들에게 전통적인 미의 기준이자 표상이었다. 검은 눈썹과 하얀 얼굴, 밝은 얼굴빛 역시 이 기준에 포함됐다.[96] 이러한 러시아의 전통적인 미 개념들은 농민의 복식에 탁월하게 녹아들었다.

조국 전쟁 직후 상류층에 '애국주의' 분위기가 조성되면서 사라판과 머리 장식 등 농민 의상이 유행한 적이 있었다.[97] 그들은 같은 국민으로서 농민과의 정서적 교감을 위해 이들의 전통 의상을 수용했다. 물론 기존하는 서유럽 취향의 의복 코드가 사라진 것은 아니었지만, 러시아적인 의복 문화가 한층 풍성해진 것은 사실이다.

그러나 복식 비교사적 관점에서 표트르 대제의 의복 개혁은 당시 서유럽 국가의 경향과 정반대였다. 당시 서유럽은 "궁정에서의 의복 경쟁이 점차 군주의 통제에서 벗어나"[98] '자유로운 유행'이 붐을 이루고 있었다면, 러시아에서는 '만들어진 유행'이 여전히 위로부터 강제되고 있었다.

## 첫 번째, 할라트와 카프탄
## 애국주의와 민중의 정체성을 입다

### 민중의 의복

할라트는 단추나 끈 등의 여밈을 위한 부속 없이 허리춤에 고정용 나무 작대기를 꽂아 입는 남성 전통 의상이다.[99] 동양에서 기원한 것(아시아식 실내복 아르할루크(архалук)라고도 불린다)으로 알려져 있으며, 19세기 이전까지는 농민들만 입었다. 그러다가 조국 전쟁(1812)과 데카브리스트 봉기(1825)를 통해, 애국심과 민중 의식이 함께 고취되면서 농민과 민중의 상징이었던 할라트는 계층을 초월해 확산되기에 이른다.

조국 전쟁 시기 애국심은 일부 계층에 국한된 전유물이 아니었다. 농민(농노)도 예외가 아니었다. 표도르 글린카가 쓴 『어떤 러시아 장교의 서한』(1815)에는 글쓴이처럼 젊은 장교와 대비되는 평범한 농노가 얼마나 뛰어난 영특함과 강렬한 애국심을 지녔는지 생생하게 기록돼 있다. 자연스럽게 상류층의 시선은 민중을 향한다.

> 매일 나는 어떤 귀족에게도 뒤지지 않은, 훌륭하고 합리적인 농민 병사들을 만나곤 한다. 이 소박한 사람들은 우리 사회의 불합리한 관습으로 부패하지 않았다. 그들은 고유의 도덕 사상을 갖고 있었다.[100]

데카브리스트 봉기를 일으켰던 청년 장교들도 러시아 민중(농민)을 흠모하며 그들을 자기반성의 거울로 삼기도 했다. 일부 장교들은 "민중적 정체성"을 갖기 위해, "병사들과 더 가까워지려는 노력의 일환으로 의복과 행동 방식을 러시아화했다"고 언급한다.[101]

> 나는 민중의 전쟁에서 민중의 언어로 말하는 것만으론 충분하지 않으며, 행동 방식과 의복도 민중의 수준으로 내려가야 한다는 것을 깨달았다. **나는 농민들의 카프탄을 입기 시작했고, 수염을 길렀으며, 성 안나 훈장 대신 성 니콜라이 그림을 달았다.**[102] (강조는 필자)

민중 의상 할라트는 이런 경로를 통해 계급의 벽을 뚫고 퍼져나갔다. 예컨대 푸시킨의 초상화에서도 농민복이었다가 귀족 사회의 한 의복 코드로 자리 잡은 할라트를 찾아볼 수 있다.

현존하는 푸시킨 초상화는 키프렌스키가 그린 것과 트로피닌이 그린 것 두 가지(모두 1827년 작)다. 왼쪽(키프렌스키 작)은 당시 귀족 남성의 전유물

푸시킨의 두 초상

이던 검은색 연미복인 프록코트(фрак)를 입은 푸시킨을 그린 것이다.[103] 프록코트는 프랑스로부터 유입됐는데, 『모스크바 전신』(Московский Телеграф)과 같은 저널을 통해 당시 대도시는 물론 지방까지 프랑스 패션의 최신 트렌드나 음식 정보가 널리 소개되고 있었다.[104]

반면 오른쪽(트로피닌 작)의 푸시킨은 할라트를 입고 있다. 붉은 무늬의 어깨띠로 고급스럽게 치장된 왼쪽 그림과 달리, 단순하며 소박하다. 뒷목 부위의 흰 옷깃도 엄격하게 정돈된 왼쪽 그림과 달리 자연스럽고 편안하게 보인다. 이처럼 푸시킨의 패션은 로트만을 비롯해 여러 연구자들이 당대 문화상을 대변하는 "전기(傳記) 텍스트이자 역사적 유산"이라고 언급할 정도로 주목을 받았다.[105]

곤차로프의 소설 『오블로모프』(1859)의 주인공 오블로모프도 할라트를 입고 있다. 그는 침대 위나 뒹굴며 소일하는 잉여 인물이다. 이 헐렁거리는 옷차림을 두고 리차드 피스는 "주인공의 삶에 대한 태도뿐만 아니라 정신세계, 그리고 환경까지 상징한다"고 언급한다.[106] 무료한 시간이나 죽이고 있는 지주의 평상복 할라트는 텍스트 상에서 이렇게 잉여 인간과 동질화된다.

하지만 할라트는 이처럼 나태와 무위도식의 기표에만 머무르지 않는다. 도리어 '평안과 자유' 차원으로 승화된다. 이제 차례로 푸시킨, 뱌젬스키, 그리고 이지코프가 형상화한 할라트의 자유로운 이미지들을 살펴볼 것이다.

## 푸시킨의 할라트

등장인물의 복장은 해당 캐릭터는 물론, 스토리와 플롯에도 적극적인 영향을 미치는 모티프다. 『예브게니 오네긴』 제2장 33~34연에서 화자는 타티야나의 어머니에게 초점을 맞춘다. 그녀는 처녀 시절부터 신혼 초까지 프랑스풍 문화와 영국 작가 리차드슨에 경도돼 있었다. 하지만 점차 모든 이국풍을 버리고 러시아적인 정서에 젖어들면서 딸 타티야나와 친밀한 교감을 나누기 시작한다. 이때 푸시킨이 그녀에게 부여한 것이 바로 러시아적인 의복의 코드다.

> 급기야 솜을 넣은 헐렁한 실내복(바트)에 두건까지 쓰기 시작했다
>
> И обновила наконец
>
> На вате шлафор и чепец.

이어 34연에서는 그의 남편, 즉 타티야나의 아버지 역시 아내를 따라 같은 복장을 하기 시작하는데, 여기에서 같은 복장이 곧 할라트다. 이때 화자는 두 부부의 사랑과 신뢰를 그 기초에 두고 있다.

> 그러나 남편은 진정으로 아내를 사랑해
>
> 그녀의 변덕에 참견하지 않았고
>
> 매사에 태평하게 그녀를 신뢰했고
>
> 자기도 실내복 바람으로 먹고 마셨다
>
> Но муж любил ее сердечно,
>
> В ее затеи не входил,
>
> Во всем ей веровал беспечно,
>
> А сам в халате ел и пил;

푸시킨 시대 귀족들이 입었던 실내복 쉴라포르(шлафор). 하단의 사진은 훨씬 더 편안하고 수수해 보인다. 가정용 드레스에 가까운 이 쉴라포르를 타티야나의 어머니가 입고 있었다.107

체페츠는 러시아 여성들이 흔히 가정에서 썼던 머리 장식의 일종이다. 왼쪽 그림은 키프렌스키가, 오른쪽 그림은 테레베네프가 그렸다.108

남자 주인공 오네긴에 대한 묘사에서도 실내복 할라트에 대한 언급이 나온다. 렌스키와의 결투가 있던 날 아침, 침대에서 일어나는 장면에서 오네긴은 할라트를 입고 있다.

그는 서둘러 벨을 울린다
기요라는 이름의 프랑스인 하인이
뛰어 들어와 가운과 슬리퍼와
내복을 건네준다

Он поскорей звонит. Вбегает
К нему слуга француз Гильо,
Халат и туфли предлагает
И подает ему белье.

여기에서 맨 마지막 줄의 내복이 바로 할라트다.[109]

한편 『벨킨 이야기』의 두 번째 단편인 「눈보라」에서 여주인공 마리야의 야반도주 계획을 언급하고 있는 대목에서 잠에서 깬 그녀의 어머니가 입고 있던 솜옷도 타치야나의 어머니가 입던 것과 같은 바트(ват)였다.

> 노부부는 잠에서 깨어나 거실로 나갔다. 가브릴라 가브릴로비치는 실내모의 융으로 만든 재킷을 걸치고 있었고, 프라스코비야 페트로브나는 솜을 넣은 실내복(바트)을 입고 있었다.
>
> Старики проснулись и вышли в гостиную. Гаврила Гаврилович в колпаке и байковой куртке, Прасковья Петровна в шлафорке на вате.

## 뱌젬스키의 할라트

표트르 뱌젬스키 공작이 남긴 「할라트와의 이별」(Прощание с халатом, 1821)이란 시가 있다. 공직을 맡아 곧 폴란드로 파견될 자신의 처지에 애상을 느끼며 쓴 시로, 당시 아르자마스 문학 서클에서 크게 유행했다.[110]

"안녕, 할라트"라는 첫 시구는 그간 정들었던 조국의 편안함과 자유로움을 할라트에 투영시켜 그와의 이별을 아쉬워하는 정서적 긴장 상태를 보여준다. 할라트는 마치 친구처럼 의인화돼 있다.

> 안녕 할라트, 흥겨운 여흥의 친구여
> 내밀한 영혼의 증인이여!
> 너로 인해 난 이 단조로운 세상을 알았노라
> 그러나 불빛과 소음의 그 조용한 세상을

Прости, халат! товарищ неги праздной

Досугов друг, свидетель тайных дум!

С тобою знал я мир однообразный

Но тихий мир, где света блеск и шум.[111]

중반을 넘어서면 할라트는 시인이 누렸던 사회로부터의 자유, 창작 생활에서 느꼈던 자유, 그리고 온갖 의무로부터의 자유와 동질화되면서 그 상징적 의미가 고양된다. 궁극적으로 할라트는 표트르 대제가 이룩해놓은 '공식적인 제복'과 대조를 이루는, 자유의 혼이 담긴 뮤즈의 표피가 된다.

시적 화자는 격앙된 채 할라트를 더욱 인간과 동일시한다. "세속사회에 어울리지 않는" 할라트, 그러나 "자신의 냉담과 무관심을 묵묵히 좋아해준" 할라트였다. 이제 잔잔한 여운으로 남아 있는 회상과 애상은 자유의 화신 뮤즈로 생명을 얻어 등장한다.

뮤즈가 있는 책상으로 나는 부드럽게 다가갔네

뮤즈 너는 마치 편지나 구수한 옛이야기라도 대하듯 날 기다렸지

어제 속삭였던 생각으로

집에서 있던 내 옷이 뮤즈의 마음에 들었나봐

허나 뮤즈가 맞이한 방식은 세속의 관습에 낯설었고

나의 냉담한 태도를 좋아해주었지

나의 시는 자유롭고 단순하게 날아올랐고

나는 변덕스런 농담을 지껄이며 몇 자 적어보았지

하지만 내가 한 짓거리는 나의 웃음을 날려버리지는 못했지

Шел прямо я к столу, где Муза с лаской

Ждала меня с посланьем или сказкой

И вымыслом, нашептанным вчера.

Домашний мой наряд ей был по нраву:

Прием ее, чужд светскому уставу,

Благоволил небрежности моей.

Стих вылетал свободней и простей;

Писал шутя, и в шутке легкокрылой

Работы след улыбки не пугал.

## 이지코프의 할라트

1823년에는 이지코프가 「할라트에게」(К халату)라는 시를 발표한다. 당시 자유 애호를 주제로 작품 활동을 하던 이지코프는 데카브리스트 봉기 이후 혁명의 와중에 자신의 정치적 견해를 표출하기 위해 할라트라는 상징을 사용해 시를 쓴다. 그는 자유의 영혼인 할라트를 억압의 상징인 "딱 맞는 제복"과 대비시킨다.

하급자 아페이를 사면하라

제복은 아름답고 딱 맞는구나

영혼이 그렇듯, 몸이 아프구나

Пускай служителям Арея

Мила и тесная ливрея

Я волен телом, как душой

시인은 할라트에 자신의 감정을 그대로 투사한다. 자유의 혼이었던 할라트는 시인과 다양한 감정을 공유함으로써 시인과 일체가 된다.

**할라트, 너를 내가 얼마나 사랑하는지!**
환희와 나태의 옷이여
은밀한 쾌락의 동지여
시적인 황홀경의 동지여[112]

Как я люблю тебя халат!
Одежда праздности и лени
Товарищ тайных наслаждений
И поэтических отрад!
(강조는 필자)

## 할라트의 유행과 확산

이처럼 할라트는 상류층 귀족과 작가, 그리고 예술가 사이에서 큰 반향을 불러일으켰다. 특히 1830년대에 형성된 이 패션 트렌드는 민중 의식이 고취된 '낭만주의'의 흔적을 간직하고 있었으며, 음악과 연극 장르에서도 자주 목격됐다.[113]

다음과 같은 세 예술가의 초상은 당시 분위기를 인상적으로 전해준다. 일리야 레핀이 그린 두 작곡가 무소르그스키와 글린카, 그리고 바실리 페로프가 그린 극작가 오스트롭스키는 모두 대표적인 농민 의상이었던, 그리고 자유와 평온의 상징으로 고양된 할라트를 입고 있다. 이 그림들은 당시 민중(농민)에 대한 증폭된 관심이 낳은 시대적 산물이기도 하지만, 무

작곡가 무소르그스키와 글린카, 그리고 극작가 오스트롭스키의 초상[115]

엇보다 "예술인의 정신적인 삶"의 흔적들을 보여준다고 할 수 있다.[114]

또한 할라트는 문화 예술의 경계를 넘어 도덕적 인텔리겐치아를 포함한 정계 인물들로부터도 공명을 얻는다. 하나의 "지적인 표지"로서 할라트는 그 동양적 기원이 무색할 정도로 러시아적 자유의 상징으로서 자리 잡는다.[116] 그러다가 20세기 초가 되면 할라트는 각종 명절과 기념일에 입는 축제 의상으로도 기능하게 된다. 전통 혼례식에서 신랑과 신부가 예복으로 할라트를 착용했던 사례는 여러 곳에서 발견된다.[117]

할라트는 이렇게 유럽 쪽 대부분의 러시아와 시베리아는 물론, 알타이 지역까지 착용 범위가 드넓게 확산됐다. 다만 북러시아의 대표적인 항구 도시 아르한겔스크와 올로네츠, 노브고로드와 같은 지역에서는 할라트가 그리 쉽게 발견되지 않는다.[118] 17세기부터 북러시아는 분리파 구교도들의 은신처였기 때문에, 동양에서 기원한 할라트가 보수적인 이들에게 나름의 매력을 호소할 수 없었기 때문일 것이다.

## 통제되거나 강요된 정체성

1796년 권좌에 오른 파벨 1세는 프랑스 혁명(1789)의 정신을 상기시킨다는 명목으로 프랑스 남성용 조끼 질레(жилет, gilet)의 착용을 금지한다. 그러나 질레는 본래 프랑스 혁명기의 검소한 시민풍을 반영한 의복이었다.[119] 러시아 황실의 판단과 달리 전제 군주제를 붕괴시킨 프랑스 혁명은 사치스런 귀족풍과 거리가 멀었다. 계몽주의의 영향을 받아 고양된 시민의식을 가진 개혁가들의 검소한 평상복이 바로 질레였기 때문이다. 질레는 시대정신의 한 표상으로서 시민의 정체성을 보여주는 중요한 매개체였다.[120]

또한 혁명을 전후해 프랑스에서는 이른바 공화주의자들의 의상인 붉은 모자와 카르마뇰(carmagnole)이라 불렸던 짧은 윗도리, 그리고 느슨한 바지 등이 유행했다. 의복을 통해 "개인의 성향이 공적인 의미를 표출"하게 된 것이다.[121] 1789년에는 신분에 따른 복식 규제가 철폐됨에 따라 '복식 민주화'의 기초도 마련됐다.

1780년대의 질레[122]

하지만 봉건적인 러시아 황실은 이런 공화주의 정서를 두려워했다. 통제 목록에는 질레뿐만 아니라 프랑스 혁명기 급진파들이 착용한 바지 판탈롱(панталоны)과 둥근 털모자 쉴랴파(круглые шляпы), 장화 사포기(сапоги) 등도 포함됐다. 한편 표트르 대제의 칙령으로 시행됐던 단발령은 해제돼 턱수염은 그대로 기를 수 있게 됐다.[124] 이국풍 의상이나 자유정신을 상기시키는 의복이 통제된 반면, 지극히 러시아적인 풍속은 다시 허용된 것

파벨 페도토프가 그린 「신선한 구혼자」(Свежий Кавалер). 나이가 들어 전혀 신선할 것이 없는 남자가

이다. 러시아 사회의 보수화 물결과 궤를 같이한 이 조처와 함께 '러시아의 정체성'은 강요되고 있었다.

또한 질레는 이 같은 황실의 공식적인 통제뿐만 아니라 조국 전쟁 이후 애국주의 정서와 민중 의식의 고양으로 크게 주목 받지 못한 것도 사실이다. 평상복 할라트의 유행에서도 알 수 있듯이, 이 시기엔 단순하고 소박한 의복 스타일이 유행했다. 상류층에서도 전쟁으로 파괴된 일상의 리듬을 민중의 일상복을 착용함으로써 회복하려는 움직임이 있었다.

그러나 1870년대로 들어서면서 이러한 상황에 변화가 일어났다. 서구 부르주아지를 상징하던 남성복 질레가 러시아 농민도 애용하는 의복으로 자리 잡았기 때문이다. 질레 외에도 피드좌크(пиджак)/핀좌크(пинжак)와 카르투스(картуз)라는 모자가 농민들 사이에서 유행했다.[125] 이렇게 타국의 한 혁명 표상이 러시아에 유입돼 민중의 일상 속으로 흡수되는 데 70년 이상의 세월이 흘렀다. 19세기 초에 전래된 카르투스는 러시아 중부와 볼가 강 부근에서 특히 유행했다고 전해진다. 20세기로 접어들면서 도시 노동자들도 애용하는 대표적인 남성용 모자가 됐다.[126]

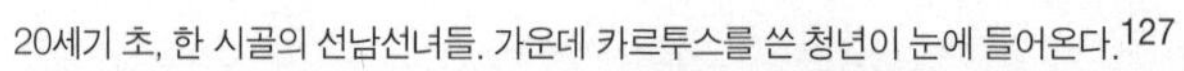

20세기 초, 한 시골의 선남선녀들. 가운데 카르투스를 쓴 청년이 눈에 들어온다.[127]

조끼 질레와 모자 카르투스[128]

## 보존되고 보편화된 정체성

19~20세기에 걸쳐 러시아 복식사에서 주목해야 할 지점이 또 있다. 바로 러시아 민중 의상의 정체성이 정착돼가는 과정에서 명절이나 축일, 그리고 무엇보다도 세례와 혼례 등의 예식에서 착용됐던 의례복(обрядовая одежда)의 역할이다. 특별한 날의 특별한 복식에는 무엇보다 자연의 리듬을 담는 것이 중요했다. 그리고 이는 대부분 '여성성'을 표상하는 맥락으로 이해되고 보존됐다. 때문에 여성들의 의례복은 그 자체로 러시아 민중을, 궁극적으로는 러시아의 정체성을 드러내는 대표적인 물질문화로 인식된다.

하지만 남성의 복식은 각기 특별한 지방색을 드러내는 여성의 것과 달리 차별성이 점차 둔화돼갔다. 여성의 복식이 민중의 정체성을 드러내며 개성이 짙어졌다면, 남성의 복식은 보편화되는 방식을 택했다.[129] 지방색은 다소 있을지언정 "남성복은 실질적으로 어디서나 같았다."[130]

이른바 물질문화의 역사를 단순화하는 게 부담스럽긴 하지만, 18세기 서유럽 추수형의 통제기와 19세기 맹아적 민족주의의 발현기, 그리고 19

세기 말~20세기 초, 동양의 유산에서 완전히 벗어나 문화적 자주성이 고취되는 시기를 거치면서 러시아의 복식 문화는 할라트와 사라판이라는 민중(농민)의 의상이 확산되는 과정을 보여주었다.

18세기 상류 귀족 계급이 유럽을 추종하며 러시아적 정체성을 외면했을 때도, 러시아 민중은 할라트와 사라판 등을 입고 생활하며 지방색과 민족적 정체성을 지켜냈다. 비록 그 기원은 외래였을지라도 이 복식들은 점차 민중의 전통으로 자리 잡아갔고, 나아가 러시아적 정체성을 지키는 중요한 매개가 되어갔다. 이런 이유에서 사라판이 북러시아를 포함해 우랄, 서시베리아, 남러시아, 스텝 지역으로까지 확산돼갔다는 사실은 러시아적 정체성의 확대로도 해석해볼 만하다.[131]

# 두 번째, 복식의 정체성과 다양한 물질적 조건 르상티망의 심리 기저와 역학 구조

## 복식 문화 접변의 역동적 구도

"문명화된 사람들에게 전형적이라고 간주되는 행동 양식"에 천착해온 엘리아스에 따르면, '생래적으로' 전형적인 문화와 행동 양식은 존재하지 않는다.[132] 문화는 마치 생명을 지닌 유기체처럼 '여러 맥락에서' 생성되고 전개되며, 외부와 영향을 주고받으며 변화를 겪고, 접점에 오르거나 폐기되기도 한다. 예컨대 특정 계급과 계층에서는 그 정체성을 대변할 만큼 가치가 격상되지만, 또 다른 차원에서는 철저하게 외면당하기도 한다.

지금까지 다뤄온 러시아 복식사도 이러한 역동적인 문화 맥락 안에 놓여 있다. 이국(서구/동양)의 복식과 러시아 고유의 복식은 이질적이지만 서로 영향을 주고받는 문화적 구도를 형성하고, 상류층(귀족)의 복식과 하류층(민중)의 복식도 동일한 방식으로 또 다른 역동적인 구도를 형성한다. 복식 문화의 이러한 역학 구도 아래, 양자 사이에서 타자를 향해 상호 형성된 심리 기저 가운데 하나인 르상티망에 대한 조망은 가능해진다. 이해를 돕기 위해 이를 다음과 같이 도식화해보자.

타자에 대한 심리적 반향은 상하의 두 방향성을 띠고 전개된다. 신분상 낮은 계층의 문화가 상류층에서 대중성을 확보하며 전개되는 상황을 상향식으로 보고, 반대로 하류층이 상류층의 문화에 관심을 보이며 그 문화를 수용하려는 자세가 확산되는 상황을 하향식으로 규정할 수 있다. 이때 이질적인 두 문화 계층 간의 문화 요소들이 적극적인 교감을 이루는,

르상티망의 심리 기저와 역학 구조: 문화 접점 형성의 맥락

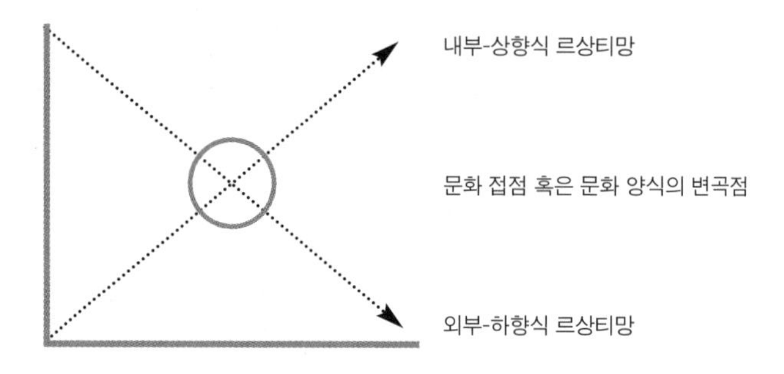


이른바 '문화 접점(혹은 문화 양식의 변곡점)'이 존재한다.

이 지점은 국가나 문화권 내에서 발생하는 역사적 사건이 계기가 되기도 한다. 예컨대 조국 전쟁(1812) 당시 농민 출신 병사로부터 귀족 출신 장교들이 영향 받은 바나 데카브리스트 봉기(1825) 당시 청년 장교들의 '민중성' 선언은 이질적이었던 두 계층의 문화적 교감과 변화상을 보여주는 대표적인 사례다.

중요한 것은 이 접점에서 르상티망이라는 감정 왜곡이나 긴장이 해소되고, 태도나 심리의 변화, 그리고 상대 문화에 대한 적극적인 수용 등 생산적인 전환이 일어난다는 점이다. 특히 이러한 전환은 상류층에서 더 자주 포착됐다. 19세기 초만 놓고 보더라도, 상류층의 민중을 향한 관심의 증폭과 모방 수준 이상의 심정적 '동화'를 거론하지 않을 수 없다. 앞서 살폈듯, 이는 사라판과 할라트 등의 의복 코드의 확산을 통해서 확인된 바다.

이렇게 문화 접점에서 기존 문화 형태에 변화가 발생하는 현상을 통칭하여 '문화 접변(acculturation)'이라 부른다. 그리고 이 현상이 빈번하게 일어나는 영역 가운데 하나로 복식 문화를 꼽을 수 있다. "타인을 인지하는

과정에서 특별한 역할을 수행하는 옷"[133]은 특정 문화 그룹으로의 동화를 설명하는 데 가장 기본적인 요소이자, "그 자체로 인간과 가장 밀접하며, 시각적으로도 쉽게 변화가 관측되는 속성"[134]을 가지고 있기 때문이다.

이쯤에서 패션 영역에서 문화 접변의 현상을 연구한 시멜, 베블렌, 볼드윈의 견해를 종합해보자. 시멜과 베블렌은 '엘리트'란 용어를 사용하면서 이 그룹의 패션이 '하향 침투(trickle-down)'한다고 말한다. 반대로 하류층의 문화가 상류층으로 전달돼 문화 접변이 일어나는 것은 '상향 확산(tickle-across)'의 형식으로서, "하류층은 위로부터 전해지는 것을 수동적으로 접수하기보다 자신만의 스타일을 적극적으로 구성하거나 더 높은 계급의 스타일을 추구한다"고 주장한다.[135]

이와 관련하여 러시아 민중들의 복식 문화는 상류층의 영향을 받기보다 거꾸로 오랜 시간에 걸쳐서 자신들의 의복 문화를 상류층으로 전파한 사례들을 보여준다. 물론 이것은 민중들의 주체적인 활동이었다기보다는 상류층의 자발적인 문화 수용의 결과였지만, 나름대로 중요한 의미를 확보하고 있다.

## 러시아 복식 문화의 접변

러시아 복식 문화의 변천 과정을 살펴보기 위해서는, 예컨대 세 가지 변이 조건들—자아와 타자, 상류층과 하류층, 그리고 남성과 여성—을 입체적으로 검토해야 한다. 필자는 이 변이 조건들 간의 상호 영향 관계를 다음과 같이 도식화해보았다.

좌측의 두 사각형은 러시아 의복에 영향을 미친 타국(서유럽과 동양)을 의미한다. 우측의 두 사각형은 남성과 여성의 것으로 구분돼 있는데, 타국

의복의 민족 정체성과 역학 구조: 계층과 성별 차이

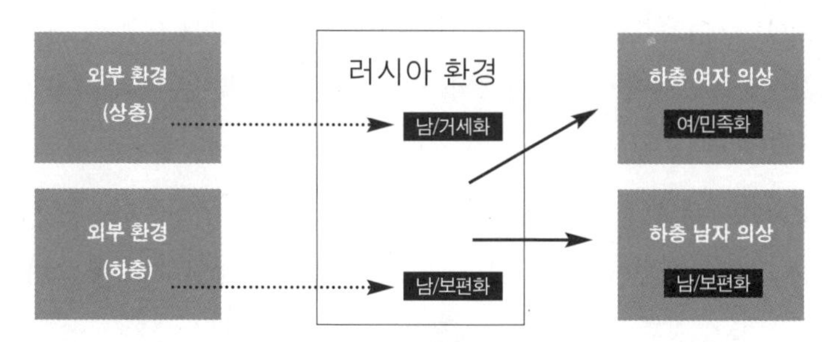


'자아와 타자', '상류층과 하류층', '남성과 여성'의 요소로 재구성한 러시아 복식 문화

문화가 침투해 영향을 미친 최종적인 결과를 보여준다. 가운데 사각형은 변화가 일어나는 러시아적 환경으로서, 의복의 민족화나 보편화가 이뤄지는 과정을 의미한다.

앞 장에서 살폈듯이, 착용 금지된 프랑스 기원의 질레는 외래의 정체성이 러시아 환경에서 '거세된' 사례다. 18세기 말~19세기 초, 파벨 1세 치하에서 단행된 이 조처로 이 옷에 담긴 프랑스 혁명의 정신과 그 상징성은 가치 절하돼 규제의 틀 속에 갇힌다. 하지만 똑같이 외부에서 유입된 할라트의 운명은 이와 달랐다. 할라트는 몽고 타타르의 지배기를 거치며 동양에서 전래돼 농민 평상복으로 착용되다 19세기에는 러시아의 전 계층으로 확산된다. 또한 질레가 상류층 귀족과 엘리트 집단에서만 한정적으로 유통됐던 데 반해, 할라트는 상류층에까지 전파되면서 그 민중성이 '보편화된' 사례다.

남성복에서 여성복으로 전환이 이뤄진 사례도 눈여겨볼 만하다. 예컨대 사라판은 본래 남성복에서 출발했다가 여성복으로 용도가 변경되고, 조국 전쟁 시기 민중에 대한 사회적 관심과 애국주의 분위기의 고조에 힘

18세기 말~19세기 초, 미혼 여성들의 전통 명절 의상[138]

19세기, 볼고그라드 지역 여성들의 전통 명절 의상139

입어 러시아 민족의 상징물로 격상됐다. 상술하자면, 러시아는 전쟁을 치르며 국가적인 상징이 필요하게 됐고, 이때 농민 아낙들의 기본 의상이었던 사라판에 '붉고 아름답다(러시아어 '붉다'에는 '아름답다'는 의미가 함께한다)'는 수식어가 더해진 붉은 사라판이 그 자체로 '민족의' 상징으로 격상된 것이다. 이는 "여성이 속한 가사의 영역(domestic sphere)이 흔히 민족의 영역(national)으로 해석된다"[136]고 말한 에덴서의 지적과 같은 맥락에서 이해되는 부분이다.

본질적으로 이러한 연상 작용은 여성성이 '집단체의 정체성'을 전달하는 상징과 관련돼 있음을 보여준다. 여타의 여러 문화권에서도 '여성 = 어머니 조국 = 집단의 정서 = 정체성의 인격화'의 점층적 단계를 쉽게 찾아볼 수 있다. 특히 특정 여성복이 함축하고 있는 정체성 상징은 이 문제를 잘 설명해준다.[137] 이렇게 여성복은 하나의 문화 서사이자, 한 집단과 계층을 넘어 국가 전체로까지 확대 적용할 수 있는 문화 상징의 저력을 간직하고 있다.

## 댄디즘, 상류층의 정신

민족성과 민중성을 내장한 사라판이나 할라트와 유사한 차원으로 상류 귀족층과 인텔리겐치아들 사이에서 착용된 의복이나 그 패션 스타일이 존재하지 않았을까?

푸시킨의 『예브게니 오네긴』에서 작가가 이탤릭체로 강조하여 표기한 단어 "댄디(данди)"가 있다. 신사를 의미하는, "1847년 러시아어 사전에 처음 등장한" 이 신조어[140]는 당대의 관습과 규율에 연연해하지 않으며, 독립적인 삶을 강조하는 개인주의자로 인식됐다. "사교계의 규약을 어기는 뻔뻔한 파괴자"로도 간주됐거니와 애초에 댄디즘 그 어디에도 민중적인 보편성의 의미는 들어 있지 않았다.[141]

이른바 댄디들의 스타일 역시, 『예브게니 오네긴』에 나오는 "적어도 세 시간은 거울 앞에서 보냈다(Он три часа по крайней мере/ Пред зеркалами проводил)"는 문장처럼, 자기중심의 치장에 신경 쓰면서도 타자의 시선으로부터 벗어날 수 없는 이중적인 개인주의자의 모습으로 그려지곤 했다. 로트만의 언급처럼, "댄디의 행위와 1820년대 정치적 자유주의의 다양한 뉘앙스 사이에는 교차점들이 존재했다."[142]

그런데 사실 18세기 말부터 유럽 전역에서 불기 시작한 반(反)프랑스 감정은 패션에도 영향을 미쳤고, 그 결과 댄디즘에도 이러한 정서가 반영돼 있었다. 댄디 스타일은 프랑스식의 섬세한 유행과 달리, 활동성을 강조한 검은색 연미복으로 규격화된 영국의 남성 복식 스타일을 의미했다. 19세기 초 "유럽을 풍미한 반프랑스적 애국주의의 감정들과 밀착된" 댄디즘은 낭만주의적인 반항의 색채, 그리고 "사교계를 모욕하는 기발한 행위나 개인숭배"와도 그 친연성을 보여주었다.[143]

여기서 흥미로운 점은, 애초에 프랑스에서 사용되던 댄디즘의 의미 맥락 역시 부르주아적이거나 화려한 사교계 취향의 스타일과 문화가 아니었다는 것이다. 오히려 프랑스 혁명 이후, 댄디즘은 복식마저 계급화됐던 과거의 적폐들을 소거하기 위해 혁명의 정신이 녹아든 평등의 의복 코드였다. 그리하여 남성 귀족 계급의 전유물이었던 퀼로트를 입지 않는다는 의미의 '상퀼로트(sans-culotte)'가 유행했거니와,[144] 댄디즘은 바로 이러한 측면에서 "출신 성분에 얽매이지 않는 적극적인 반항의 이미지"로 해석돼야 옳다.[145] 하지만 댄디즘의 이러한 정치적·상징적 의미가 거세되고, 감정적 반응(르상티망)으로만 일관됨으로써 도리어 왜곡된 채 러시아에 전달된 결과가 바로 러시아의 댄디즘에 담긴, 반프랑스라는 정서적 일체감인 것이다.

그러나 반프랑스 정서와 같은 타자의 문화에 대한 배척과 거부는 자연스럽게 자기 문화에 대한 자긍심과 내적 지향의 민중 문화로 연결됐다.[146] 프랑스풍 의상 착용을 금지했던 파벨 1세의 조처는 내부에서 할라트의 확산으로 이어졌고, 이에 대해서는 그 어떤 조처도 내려지지 않았다. 결국 외향적 르상티망의 지체가 순응적 내면화로 탈바꿈하면서 내부에서 자생적 문화가 성장하고, 점차 민족적 정체성이 확보돼간 것으로 해석할 수 있다.

## 인위와 자연

아울러 의복을 통해 위계질서가 만들어지기도 했다. 모든 공직을 문관, 무관, 그리고 궁내관 세 부류로 나눈 표트르 대제의 관등제는 18세기 초 러시아 상류층 사회를 관복과 제복의 세계로 탈바꿈시켜 놓았다. 이른바 "법제화된 허상(узаконенная фикция)"인 관등제가 작동되면서 "국가의 간섭(государственное вмешательство)이 가장 강력하게 나타난 곳이 바로 제복 문화였다."[147] 하지만 관등제는 관료 세계의 정체성과 위계를 확립하기 위한 실용적인 정책이었지 국가 전체의 정신문화와는 아무런 관계도 없었다. 이처럼 위로부터 생성된 자극이 강제성을 띨 때 그 영향을 받은 문화는 오래갈 수 없다. 자발적인 수용의 형태와 달리 강압적 추인은 '허위성(фиктивность)'에 근거를 두고 있기 때문이다.

이러한 제복 숭배의 역사는 19세기로 접어들면서 댄디즘과 평민복의 부상으로 일대 전환의 계기를 맞는다.[148] 표트르 대제의 무관 중심 사회가 점차 상류 귀족과 살롱 문화 중심의 문관 사회로 전환되면서 제복이 세속 의상에 자리를 내주었기 때문이다. 검은색과 연미복이 상류층 귀족의 공식 색상과 공식 문관 제복[149]이 되었고, 하층민의 흰 할라트는 민족 정체성의 표상으로 부상했다.

민중 친화적으로 자연 생성됐다고 볼 수 있는 할라트의 유행은 정책적 시행과는 무관했다. 할라트는 푸시킨 시대에 형성된 사회적 기호이자 애국심의 표현으로서, 농민의 일상에 대한 귀족 계급의 '반성적 수용'의 성격도 함께 띠고 있었다. 때문에 위계적인 제복과는 본질적으로 다를 수밖에 없었다. "인위적인 유행(неестественные моды)은 부정적인 반응을 불러왔지만, 자연스러움(естественность)은 이상화되기 시작했다"는 로트만의 언급은 표트르 대제의 집권기를 전후로 명백하게 달라진 사회적 기호와 분위기의 변화를 함축하는 문장이다.[150] 19세기에 들어 이제 이러한 인위적 요소들은 후경화됐고, 사람들은 자연스러움의 모델을 농민의 일상에서 발견하게 됐다.

# 4

# 나가며

지금까지 러시아 복식사를 시대별로 점검해보았다. 민족 정체성, 사회적 신분, 그리고 성별 단위로는 심층적인 분석이 진행했다. 러시아 내부의 시각과 외부(서구)의 해석은 함께 논의됐다.

무엇보다 통시적 관점에서 표트르 대제의 서구화 정책은 러시아 복식 문화의 전과 후를 가르는 분기점이 될 만큼 그 영향이 컸다. 러시아를 방문했던 외국인들은 "러시아는 제복의 나라(страна мундиров)"[151]였다는 기록을 자주 남기곤 했는데, 그 제복 문화의 시발이 바로 관등제를 시행한 표트르 대제였음은 두말할 필요가 없다. 이후 러시아의 복식 문화는 서구화의 영향으로 점차 세속화돼갔고, 특히 상류층에서는 서유럽의 부르주아풍이 유행하기도 했다.

이런 이국풍의 주류 복식 문화에 혁명처럼 등장한 것이 민중(농민)의 옷 할라트였다. 물론 이 역시 이국적 기원(동양)을 가진 의복이었지만, 조국 전쟁의 여파와 애국주의 분위기의 고양으로 서유럽을 닮거나 수용하는 것에 거부감을 느끼던 러시아는 또 다른 타자인 동양의 의복 문화에 대해서는 이렇다 할 반동 심리가 없었다. 덧붙여 조국 전쟁 과정에서 러시아 민중(농민)들이 보여주었던 애국과 헌신의 모습도 할라트의 확산에 크게 기여했다.

이른바 의복이란 착용 주체의 분명한 정체성의 표현이자, 그 자체로 기호적 상징성(의복 코드)을 가지는 표상이다. 특정 의복을 착용한 주체(발신자)와 이를 접하는 수용자(수신인) 사이에 영향 관계가 형성되기 때문이다. 발신자와 수신자의 관계가 수평일(평등할) 때 그 의복은 대체로 보편성을 획득하며 확산되는데, 이와 같은 사례로서 할라트와 같은 남성복을 꼽을 수 있다. 반면 '붉고 아름다운' 사라판처럼 러시아의 민족적인 상징으로까지 격상된 여성복의 경우엔 발신자와 수신자의 관계가 수직적(위계적)이다.

타자의 복식이 러시아로 유입됐을 때에도 이 같은 메커니즘은 반복됐다. 반유럽적, 반프랑스적 애국주의 분위기가 의복에 그대로 드러났으며, 르상티망의 분명한 실체가 의복의 선택에 직접적인 영향을 미쳤다. 이른바 민중의 의복이었던 할라트와 사라판이 보편화되고 민족의 정체성을 표상하는 단계로 격상되는 동안, 프랑스 조끼 질레와 같은 상류층의 의복은 저항감을 불러일으키며 러시아적 환경에서 거세된다. 요컨대 러시아 민중의 복식 문화는 저항보다는 순응, 단기적인 유행보다는 광범위한 보편성을 확보해가는 특징을 보여준다.

러시아 복식사에서 무엇보다 눈여겨봐둘 지점은 상류층의 고급스런 의복이 아니라, 민중의, 그것도 여성복이 러시아의 민족적 정체성과 상징적으로 더 많은 교감을 이뤄내고 있다는 사실이다. 예컨대 머리 장식 코코쉬니크와 수건 플라토크의 무늬, 그리고 치마 파뇨바의 가장자리를 두른 예쁜 새 무늬 등은 러시아 전통 통나무 가옥인 이즈바의 창을 두른 무늬들과 많은 부분 일치한다. 도회적인 의복에서는 찾아볼 수 없던 이러한 상징적 모티프들은 고대의 형상들과 연결돼 있으며, 주로 농민 여성의 의복에서 발견되곤 한다.[152]

남성복이 대체로 보편화·일반화되는 변화의 과정을 거쳤다면, 여성복은 이렇게 국가와 민족의 정체성을 상징하는 단계로 발전해갔다. 러시아 민중들의 전통 의상 역시 같은 변화의 경로를 따랐다. 전통이 새로운 발굴을 통해 다시 창조되는 메커니즘 속에 존재하는 생리를 지녔듯, 그 가운데 한 사례인 러시아 민중(농민)의 의복은 풍요로운 변화의 역사를 보여줬다. 20세기 초 『예술 세계』(Мир искусства)의 초기 작업들이 러시아의 전통적인 농민 예술을 모방하며 발전해간 사실을 환기해본다면, 전통의 이러한 창의적인 맥락은 쉽게 이해될 수 있을 것이다.[153]

참고문헌

주

찾아보기

# 참고문헌

고애란. 『서양의 복식문화와 역사』. 파주: 교문사, 2012.

김민자 외. 『서양 패션 멀티 콘텐츠』. 서울: 교문사, 2012.

______. 『복식 미학: 패션을 보는 시각과 패션에 대한 생각』. 파주: 교문사, 2013.

김복래. 『속속들이 이해하는 서양 생활사』. 파주: 안티쿠스, 2007.

김상현. 「러시아 민속(학) 강좌의 필요성과 효과적인 강의 방법론 연구」. 『슬라브학보』 제23권 3호 (2008).

______. 「러시아 문화사 강좌와 '러시아성' 주제에 대한 접근 방법: 역사, 문화, 문학, 민속의 경계를 넘는 소통을 위해」. 『노어노문학』 제21권 1호 (2009).

______. 「루머와 저항의 민속: 러시아 조국 전쟁(1812)에 대한 민중 문화의 풍경」. 『슬라브학보』 제 27권 4호 (2012).

______. 「마슬레니차: '겨울은 가고, 봄이어 어서 오소서'」. 『한국외국어대학교 러시아연구소Russia-CIS FOCUS』 제260호 (2014).

______. 「쌍두 독수리 문양과 성게오르기 상: 상징성과 정치권력의 메커니즘」. *e-Eurasia* Vol. 15 (2009).

______. 「러시아의 전통 수건과 복띠로 본 러시아 문화 코드」. 『노어노문학』 제25권 2호 (2013).

______. 『러시아의 전통 혼례 문화와 민속』. 서울: 성균관대학교 출판부, 2014.

______. 「권력의 아이콘, 회화의 정치 기호학: 러시아 조국 전쟁(1812)의 예술적 구현을 중심으로」. 『러시아 연구』 제24권 2호 (2014).

______. 「투르게네프의 『사냥꾼의 수기』에 나타난 러시아성 주제와 '영적 순례기'의 문제」. 『슬라브학보』 제31권 3호 (2016).

______. 「러시아성의 주제로 읽는 『예브게니 오네긴』」. 『노어노문학』 제28권 4호 (2016).

______. 「도시와 숲의 기호학적 텍스트: 『사냥꾼의 수기』를 읽는 러시아성 문제와 문화 코드」. 『슬라브학보』 제32권 1호(2017).

김성일. 「이반 투르게네프의 『살아 있는 유해』에 나타난 종교적 형상」. 세계문학비교학회

전북대학교 국제문화교류연구소 심포지움 (2009년 5월) 춘계학술대회 발표집.
김수환. 『사유하는 구조. 유리 로트만의 기호학 연구』. 서울: 문학과 지성사, 2011.
김영옥 · 안수경 · 조신현. 『서양복식문화의 현대적 이해』. 서울: 경춘사, 2013.
김응종. 『서양사 개념어 사전』. 파주: 살림, 2015.
김재성. 『미로, 길의 인문학』. 파주: 글항아리, 2016.
드 카르피니, 플라노 · 윌리엄 루브룩. 『몽골 제국 기행 : 마르코 폴로의 선구자들』, 김호동 역주. 서울: 까치, 2015.
랜달, 제임스. 『결투. 명예와 죽음의 역사』. 채계병 옮김. 서울: 이카루스미디어, 2008.
리치먼드, 예일. 『우리가 몰랐던 러시아, 러시아인』. 이윤선 옮김. 서울: 일조각, 2004.
바쇼, 마쓰오. 『바쇼 하이쿠 선집. 보이는 것 모두 꽃 생각하는 것 모두 달』. 류시화 옮김. 파주: 열림원, 2015.
박윤정. 「러시아 절대주의 예술의상 연구」. 『복식문화연구』 제17권 6호 (2009).
박종성. 『패션과 권력: 또 다른 지배와 복종』. 서울: 서울대학교출판문화원, 2013.
볼코프, 솔로몬. 『권력과 예술가들. 로마노프 왕조의 러시아 문화사(1613-1917)』. 이대우 · 백경희 옮김. 서울: 우물이 있는 집, 2015.
벌린, 이사야. 『러시아 사상가』. 조준래 옮김. 서울: 생각의 나무, 2008.
브룩스, 피터. 『플롯 찾아 읽기: 내러티브 설계와 의도』. 박혜란 옮김. 서울: 강, 2012.
벨린스키, 비사리온. 『전형성, 파토스, 현실성. 벨린스키 문학비평선』. 심성보 · 이병훈 · 이항재 옮김. 파주: 민음사, 2003.
사이드, 에드워드. 『지식인의 표상: 지식인이란 누구인가?』. 최유준 옮김. 서울: 마티, 2012.
소로우, 헨리 데이빗. 『월든』. 강승영 옮김. 서울: 은행나무, 2016.
송호영 · 간호섭. 「현대 패션에 나타난 러시아 구성주의의 조형성에 관한 연구」. 『복식』 제61권 10호 (2011).
샤피로, 레너드. 『투르게네프. 아름다운 서정을 노래한 작가』. 최동규 옮김. 서울: 책세상, 2002.
심슨, 재커리. 『예술로서의 삶. 니체에서 푸코까지』. 김동규 · 윤동민 옮김. 서울: 갈무리, 2016.
아놀드, 데이비드. 『인간과 환경의 문화사』. 서미석 옮김. 파주: 한길사, 2006.
아리에스, 필립 · 조르주 뒤비. 『사생활의 역사, 제4권 프랑스 혁명부터 제1차 세계대전까지』. 전수연 옮김. 서울: 까치, 2003.

오선희. 「20세기 초반 러시아 아방가르드 미술가의 의상디자인 활동」. 『복식』 제51권 3호 (2001).
유발-데이비스, 니라. 『젠더와 민족: 정체성의 정치에서 횡단의 정치로』. 박혜란 옮김. 서울: 그린비, 2012.
애벗, H. 포터. 『서사학 강의』. 우찬제 외 옮김. 서울: 문학과 지성사, 2010.
엘런, 그레이엄. 『문제적 텍스트 롤랑 바르트』. 송은영 옮김. 서울: 앨피, 2015.
에덴서, 팀. 『대중문화와 일상, 그리고 민족 정체성』. 박성일 옮김. 서울: 이후, 2008.
엘리아스, 노르베르트. 『문명화과정 I』. 박미애 옮김. 파주, 2011.
엘리아스, 노르베르트. 『궁정사회』. 박여성 옮김. 파주: 한길사, 2011.
이다경. 「소비에트 Red Dior 패션디자인 특성에 대한 연구」. 홍익대학교 산업미술대학원 산업디자인학과 석사학위 논문 (2014).
윌리엄스, 레인먼드. 『시골과 도시』. 이현석 옮김. 파주: 나남, 2013.
장석주. 『단순한 것이 아름답다』. 서울: 문학세계사, 2016.
주쯔이. 『단 한 줄도 읽지 못하게 하라』. 허유영 옮김. 서울: 글담출판사, 2016.
조윤경·금기숙. 「1920년대 소비에트 구성주의 패션에 관한 연구」. 『복식』 제36권 (1998).
최동규. 「체르토프하노프와 네도퓨스킨」과 「체르토프하노의 최후」에 나타난 주제 구성의 시학」. 『노어노문학』 제23권 2호 (2011).
최현숙. 「러시아 혁명기의 직물과 의상 디자인」. 『한국의류학회지』 제17권 1호 (1993)
파묵, 오르한. 『소설과 소설가』. 이난아 옮김. 서울: 민음사, 2012
파이지스, 올란도. 『나타샤 댄스』. 채계병 옮김. 서울: 이카루스미디어, 2005.
푹스, 에두아르트. 『풍속의 역사 3: 색의 시대』. 이기웅 · 박종만 옮김. 서울: 까치, 1994.
페로, 필리프 『부르주아 사회와 패션: 19세기 부르주아 사회와 복식의 역사』. 이재한 옮김. 서울: 현실문화연구, 2007.
하트, 피에르. 「서구」. 니콜라스 르제프스키 엮음. 『러시아 문화사 강의』. 최진석 외 옮김. 서울: 그린비, 2011.
한순자. 「러시아 복식에 대한 연구: 제정러시아 시대를 중심으로」. 『복식』 제28권 (1996).
호이징하, 요한. 『문화사의 과제』. 김원수 옮김. 서울: 아모르문디, 2006.
홉스봄, 에릭. 『파열의 시대: 20세기의 문화와 사회』. 서울: 까치, 2015.
헬러, 아그네서. 「일상생활의 이질성」. 미셸 마페졸리·앙리 르페브르 외 지음. 『일상생활의 사회학』. 박재환. 서울: 한울, 2010.

Абрамович, Стелла. *Пушкин в 1833 году. Хроника.* Москва: Слово, 1994.

Анисимов, А. В. рецен. *Русское деревянное зодчество. Произведения народных мастеров и вековые традиции.* Москва: Северный паломник, 2012.

Анишкин, В. Г. и Л. В. Шманева. *Быт и нравы царской россии.* Ростов: Феникс, 2010.

Белов, Василий. *Лад. Очерки о народной эстетике.* Москва: Молодая гвардия, 1982.

Беловинский, Л. В. *Иллюстрированный энциклопедический словарь русского народа XVIII - начала XX в.* Москва: ЭКСМО, 2007.

————. *История русской материальной культуры.* Москва: ФОРУМ, 2015.

Бердинских, Виктор. *Русские у себя дома.* Москва: Ломоносовъ, 2016.

Библин, Иван. “Народное творчество русского севера.” // *Мир искусства* (Санкт Петербург, 1904), том 12, но. 6.

Вернадский, Георгий. *Монголы и Русь.* Москва: Ломоносовъ, 2015.

Воронов, В. С. *О крестьянском искусстве. Избранные труды.* Москва: Советский художник, 1972.

Воротников, Ю. Л. ответ. ред., *Иван Тургенев и общество любителей россииской словесности.* Москва: Академия, 2009.

Воскресенская, Ирина. *Российская империя. Полная энциклопедия. 《Табель о рангах》.* Москва: Астрель, 2009.

Власова, И. В. и В. А. Тишкова. *Русские: история и этнография.* Москва: АСТ Олимп, 2008.

Герцен, А. И. *Собрание сочинений в 30 томах.* Москва: Наука, Акад. наук СССР, Инт мировой лит. им. А. М. Горького, 1954-1965.

Гиляровская, Н. В. Сост., *Русский исторический костюм для сцены. Киевская и Московская Русь.* Москва: В. Шевчук, 2014.

Горожанина, С. В. и В. А. Демкина. *Русский сарафан. Белый, синий, красный.* Москва: БОСЛЕН, 2015.

Забылин, М. *Русский народ. Его обычаи, обряды, предания, суеверия м поэзия.* Москва: ТЕРРА, 1996.

Заручевская, Елена. *Про крестьянские хоромы.* Москва: Арт Волхонка, 2015.

Иванов, Вяч. Вс. и В. Н. Топоров. *Славянские языковые моделирующие семиотические системы (Древний период).* Москва: Наука, 1965.

Казарина, В. Б. ред. 《*Во всех ты, душенька, нарядах хороша*》. *Традицирнный праздничный костюм XVIII – XX вековю* Москва: Русский музей, 2015.

Калашникова, Н. М. *Народный костюм (семиотические функции).* Москва: СВАРОГ и К, 2002.

Калашникова, Н. М.《Пояса сл словесами..》. Москва: Современный паломник, 2014.

Калмыкова, Вера и Вадим Перельмутер Сост. и комм. *Город и люди. Книга московскойпрозы.* Москва: Русский импульс, 2008.

Кантор, Владимир. *Русская классика, или бытие России*. Москва-Санкт-Петербург: Центр гуманнитарных инициатив университетская книга, 2014.

Карпович, М. М. *Лекции по интеллектуальной истории России (XVIII - начало XX века).* Москва: Русский путь, 2012.

Колесов, В. В. Д. В. Колесова, А. А. Харитонов. *Словарь русской ментальности в двухтомах.* Санкт-Петербург: Златоуст, 2014. Том 2.

Короткова, М. В. "Знатные московиты в XIV – XVII вв." // *Культура повседневности: истоия костюма.* Москва: ВДАДОС, 2002.

Костомаров, Н. И. *Домашняя жизнь и нравы великорусского народа.* Москва: Экономика, 1993.

Кошман, Л. В. и другие. *История русской культуры IX – XX веков.* Москва: КДУ, 2011.

Коринфский, А. А. *Народная Русь. Круглый год сказаний, поверий, обычаев и пословиц русского народа.* Москва: АСТ·Астрель, 2011.

Кулакова, Ирина. "О халате как атрибуте интеллектуального быта россиян XVIII - первой половины XIX века." *Новое литературное обозрение.* Но 19 (2011).

Куприянов, А. И. *Городская культура русской провинции. Конец XVIII - первая половинаXIX века.* Москва: Новый хронограф, 2007.

Лапин, К. *Кто? Что? Где? Когда? в*《*Евгении Онегине*》*А. С. Пушкина.* Москва: ТОРУС ПРЕСС, 2015.

Лихачев, Дмитрий. *Заметки о русском.* Москва: КоЛибри, 2014.

Лотман, Ю. "Вокруг девятой главы *Евгения Онегина.*" // *Пушкин. Исследования и материалы* 12 (1986).

Лотман, Ю. *Беседы о русской культуре.* Санкт-Петербург Искусство-СПБ, 1994.

Лотман, Ю. М. *А. С. Пушкин : Биография писателя Роман 《Евгений Онегин》. Комментарий.* Санкт-Петербург: Азбука, 2015.

Манкевич, И. А. *Повседневный Пушкин: поэтика обыкновенного в жизнетворчестве русского гения. Костюм. Застолье. Ароматы и запах: монография.* СПБ: Алетейя, 2016.

Матрин, Алексаднр. *Просвещенный метрополис. Создание имперской Москвы 1762-1855.* Москва: *Новое литературное обозрение*, 2015.

Маслова, Г. С. *Народная одежда в восточнославянских традиционных обычаях и обрядах XIX - начала XX в.* Москва: Наука, 1984.

Мережковский, Дмитрий. "Пушкин" // С. Я. Левит, главный ред., *Пушкин в русской философской криитике. Конец XIX – XX века.* Москва-Санкт Петербуг: Центр гуманитарных инициатив, 2015.

Мильдон, Валерий. *Вся Россия - наш сад. Русская литература как одна книга.* Москва: Серебряные нити, 2013.

Миронов, Б. Н. *Российская империя: от традиции к модерну в трех томах.* Санкт-Петербург: Дмитрий Буланин, 2014. Том 1, 2.

Набоков, Владимир. *Лекции о русской литературе.* Москва: Независимая газета, 1996.

Никишов, Ю. М. *Творческая история 《Евгения Онегина》.* Москва: URSS, 2016.

Новикова-Строганова, Алла. *Христианский мир И. С. Тургенева.* Рязань: Зёрна-Слово, 2015.

Огоновская, И. С. *История россии. Словарь-справочник.* Екатеринбург: Сократ, 2014.

Павловская, Анна. *Русский мир. Характер, быт и нравы.* Москва: Слово, 2009.

Панкеева, Ивана. соста. *Круг жизни.* Москва: ОЛМА-ПРЕСС, 1999.

Пропп, В. Я. *Исторические корни волшебной сказки.* Ленинград: ЛГУ, 1986.

Разалогов, К. Э. главный реда., *Историческая культурология. Серия Энциколопедия куьтурологии.* Москва: Альма Матер, 2015.

Рощина, Н. В. *Царское платье.* Москва: Московский кремль, 2012.

*Русский костюм в фотографиях. Метаморфозы.* Москва: СЛОВО, 2010.

Селиванова, С. И. *Русский фольклор: основные жанры и персонажи.* Москва: Логос, 2008.

Семенова, Л. Н. *Очерки истории быта и культурной жизни россии. Первая половинаXVIII в.* Ленинград: Наука, 1982.

Скляр, Людмила. Сост., *Костюм в русском стиле. Городской вышитый костюм концаXIX - начала XX века.* Москва: БОСЛЕН, 2014.

Соловьев, Дамир соста. *Русские писатели и публицисты о русском народе.* СПб: ЛИМБУС ПРЕСС, 2016.

Соснина, Н. и И. Шангина. *Русский тридиционный костюм. Иллюстрированная энциклопедия.* Санкт-Петербург: Искусство-СПБ, 1999.

Терещенко, А. *Быт русского народа*. Часть 1. Москва: Русская книга, 1997.

Толстая, С. М. "Нечистая сила." в книге: *Славянская мифологиия. Энциклопедический словарь.* Москва: Международные отношения, 2011.

Томашевский, Борис. "Девятая глава. (История загадки)." // *Пушкин. Работы разных лет.* Москва: Книга, 1990.

Тынянов, Юрий. "О композиции《Евгения Онегина》(1921-1922)." // Юрий Тынянов, *Поэтика. История литературы. Кино.* Москва: Наука, 1977.

Тургенев, И. С. *Полное собрание сочинений и писем в 28-х томах.* Москва-Ленинград: Академия наук, 1963.

Фесенко, Э. Я. *Русская литература XIX века в поисках героя.* Москва: Академический Проект, 2013.

Чистов, К. В. Ответ., ред. *Этнография восточных славян. Очерки традиционной культуры.* Москва: Наука, 1987.

Шангина, И. И. *Русский народ. Будни и праздники.* Санкт-Петербург: Азбука-классика, 2003.

Шпидлик, О. Томаш. *Русская идея иное видение человека.* Москва: Дары, 2014.

Лев Шестов, "А. С. Пушкин" // С. Я. Левит, главный ред., *Пушкин в русской философской криитике. Конец XIX – XX века.* Москва-Санкт Петербуг: Центр гуманитарных инициатив, 2015.

Янтовская, В. А. *Дворянская Москва пушкинского времени.* Москва: Москвоведение, 2007.

Alapuro, Risto, Arto Mustajoki, and Pekka Pesonen, ed. *Understanding Russianness*. London and New York: Routledge, 2012.

Baldick, Chris. *Oxford Concise Dictionary of Literary Terms.* Oxford: Oxford University Press, 2004.

Baldwin, Elaine et al, *Introducing Cultural Studies.* Athens: The University of Georgia Press, 1999.

Bethea, David. "Literature." In Nicholas Rzhevsky, ed. *The Cambridge Companion to Modern Russian Culture.* UK: Cambridge University Press, 1998.

Bethea, David Ed., *The Pushkin Handbook.* Madison: The University of Wisconsin Press, 2005.

Billington, James H. *The Icon and the Axe. An Interpretive History of Russian Culture.* New York: Vintage Books, 1966.

Billington, James. *The Face of Russia: Anguish, Aspiration, and Achievements in Russian Culture.* New York: TV Books, 1998.

Binyon, T. J. *Pushkin. A Biography.* New York: Vintage Books, 2002.

Bird, Robert. "Russian Writing / Writing Russia." In Russell Bova. *Russia and Western Civilization. Cultural and Historical Encounters.* London and New York: M. E. Sharpe, 2003.

Blum, Jerome. *Lord and Peasant in Russia: From the Ninth to the Nineteenth Century.* New Jersey: Princeton University Press, 1971.

Booth, Wayne C. *The Rhetoric of Fiction.* New York: Penguin Books, 1991.

Bowers, Katherine. "Unpacking Viazemskii's Khalat: The Technologies of Dilettantism in Early Nineteenth-Century Russian Literary Culture." *Slavic Review.* Vol. 74. No. 3 (Fall 2015).

Cross, Anthony. *Russia under Western Eyes 1517-1825.* London: Elek Books, 1971.

Eagleton, Terry. *How to Read Literature.* New Haven: Yale University Press, 2013.

Edensor, Tim. *National Identity, Popular Culture and Everyday Life.* Oxford and New York: Berg, 2002.

Fanger, Donald. "The Peasant in Literature." In Wayne S. Vucinich, ed. *The Peasant in Nineteenth-Century Russia.* Stanford: Stanford University Press, 1968.

Feinstein, Elaine. *Pushkin. A Biography.* New Jersey: The ECOO Press, 1998.

Figes, Orlando. *Natasha's Dance. A Cultural History of Russia.* New York: Metropolitan Books, 2002.

Gasparov, Boris, Robert P. Hughes, and Irina Paperno. Eds. *Cultural Mythologies of Russian Modernism: From the Golden Age to the Silver Age.* California: University of California Press, 1992.

Gifford, H. "Turgenev." In John Fennell, ed. *Nineteenth-Century Russian Literature. Studies of Ten Russian Writers.* Berkeley and Los Angeles: University of California Press, 1973.

Greenfeld, Liah. *Nationalism: Five Roads to Modernity.* Cambridge: Harvard University Press, 1992.

Hellberg-Hirn, Elena. *Soil and Soul: The Symbolic World of Russianness.* Vermont and Adlershot: Ashgate, 1998.

Hellberg, Elena. "Folklore, Might, and Glory: On the Symbolism of Power Legitimation." *Nordic Journal of Soviet and East European Studies.* Vol. 3. No. 2 (1986).

Hellie, Richard. *The Economy and Material Culture of Russia 1600-1725.* Chicago and London: The University of Chicago Press, 1999.

Hilton, Alison. *Russian Folk Art.* Bloomington and Indianapolis: Indiana University Press, 1995.

Hosking, Geoffrey. *Russia and the Russians: A History.* Cambridge: Harvard University Press, 2003.

Kim, Sang Hyun. "Left and Right in Russian Literature from Pushkin to Dostoevskii." *Zeitschrift für Slavische Philologie,* Band 67.1 (2010).

Kristof, Ladis K. D. "The Russia Image of Russia: An Applied Study in Geographical Methodology." In Charles A. Fisher, ed. *Essays in Political Geography.* London: Metheun & Co Ltd., 1968.

Langer, Lawrence N. *Historical Dictionary of Medieval Russia.* Lanham and London: The Scarecrow Press, Inc., 2002.

Likhachev, Dmitrii S. *Reflections on Russia.* ed., by Nicolai N. Petro and translated by Christina Sever. Boulder and Oxford: Westview Press, 1991.

Lincoln, W. Bruce. *Between Heaven and Hell. The Story of a Thousand Years of Artistic Life in Russia.* New York: Viking, 1998.

Levitt, Marcus. "Evgenii Onegin." In Andrew Kahn. ed. *The Cambridge Companion to*

*Pushkin.* Cambridge: Cambridge University Press, 2006.

Luscher, Robert M. "The Short Story Sequence: An Open Book." In Susan Lohafer and Jo Ellyn Clarey, ed. *Short Story Theory at a Crossroads.* Baton Rouge and London: Louisiana State University Press, 1989.

Masaryk, Thomas G. *The Spirit of Russia.* London: George Allen & Unwin LTD., 1967. Vol. 3,

Massie, Suzanne. *Land of the Firebird. The Beauty of Old Russia.* Maine: HeartTress Press, 1980.

Mirsky, D. S. *A History of Russian Literature from Its Beginnings to 1900.* New York: Vintage Vintage Books, 1958.

Nielson, Kai. "Cultural Nationalism, Neither Ethnic nor Civic." In Ronald Beiner, ed. *Theorizing Nationalism*. New York: State University of New York Press, 1999.

O'Bell, Leslie "Evgenii Onegin as Pushkin's Central Novel of Development." In *David M.* Bethea. *The Pushkin Handbook.* Madison: The University of Wisconsin Press, 2005.

Olearius, Adam. *The Travels of Olearius in Seventeenth-Century Russia.* California: Stanford University Press, 1967.

Onassis, Jacqueline ed. *In the Russian Style.* New York: The Viking Press, 1976.

Peace, Richard. *The Enigma of Gogol: An Examination of the Writings of N. V. Gogol and Their Place in the Russian Literary Tradition.* Cambridge University Press, 2009.

Rabow-Edling, Susanna. *Slavophile Thought and the Politics of Cultural Nationalism.* New York: State University of New York Press, 2006.

Richmond, Yale. *From Net to Da. Understanding the Russians.* Maine: Intercultural Press, Inc., 1992.

Ross, Robert. *Clothing: A Global History. Or, The Imperialists' New* Clothes. Cambridge: Polity, 2008.

Ruane, Christine. *The Empire's New Clothes. A History of the Russian Fashion Industry, 1700-1917.* New Haven and London: Yale University Press, 2009.

Sekatcheva, Oksana. "The Formation of Russian Women's Costume at the Time before the Reforms of Peter the Great." In Catherine Richardson. Ed., *Clothing Culture, 1350-1650.* London: ASHGATE, 2011.

Simmel, G. "Fashion." *American Journal of Sociology*. Vol. 62. No. 5 (1904).

Terras, Victor. *A History of Russian Literature.* New Haven and London: Yale University Press, 1991.

Tomashevsky, Boris. "Thematics." In *Russian Formalist Criticism. Four Essays.* Trans., Lee T. Lemon and Marion J. Reis. Lincoln and London: University of Nebraska Press, 1965.

Veblen, T. *The Theory of the Leisure Class.* New York: Modern Library, 1934.

Wellek, René and Austin Warren. *Theory of Literature.* New York: Harcourt Brace and Company, 1956.

Yarmolinsky, Avrahm. *The Russian Literary Imagination*. New York: Funk & Wagnalls, 1969.

Yefimova, Luisa V. and Tatyana S. Aleshina. *Russian Elegance. Country and City Fashion from the 15th to the Early 20th Century.* London: Vivays Publishing, 2011.

# 주

## 머리말

1 Terry Eagleton, *How to Read Literature* (Yale University Press, 2014), p. x.

2 Terry Eagleton, ibid., p. 117.

3 Владимир Кантор, *Русская классика, или бытие России* (Москва-Санкт-Петербург: Центр гуманнитарных инициатив университетская книга, 2014), с. 146. 평생 서구파에 속해 있으면서도 슬라브파적인 견해와 그에 정서적 친근함을 보여주곤 했던 투르게네프는 도스토옙스키와 특별한 갈등 관계에 있었다. 생전에 어머니로부터 2천 명의 남자 농노를 재산으로 물려받을 정도로 엄청난 재산가였던 투르게네프는 서른네 살에 『사냥꾼의 수기』를 발표해, 당대 진보·보수계 작가 모두에게 큰 파장을 불러일으킨 바 있다. "서구에 굽실거리는" 자세를 취하며 독일 심취 경향을 떨쳐버리지 못했음에도 불구하고, 그의 저작은 다량 인쇄됐고 소비에트 시대까지 많이 읽혔다. 1918년부터 1955년까지 그의 작품들은 52개 언어로 번역돼 총 3,600만 부나 인쇄됐다. Avrahm Yarmolinsky, *The Russian Literary Imagination* (New York: Funk & Wagnalls, 1969), pp. 59-74.

4 В. В. Колесов, Д. В. Колесова, А. А. Харитонов, *Словарь русской ментальности в двух томах* (Санкт-Петербург: Златоуст, 2014), том 2, сс. 196-197. 서구에서 출판된, '러시아성'과 관련된 문헌 가운데 가장 최근의 것은 다음과 같다. 총 15편의 논문을 '언어', '사회', '문화'의 세 장으로 구분해 편집한 이 논문집에는 다양한 접근방법으로 러시아에 대한 새로운 이해와 해석을 선보이고 있다. Risto Alapuro, Arto Mustajoki, and Pekka Pesonen, ed., *Understanding Russianness* (London and New York: Routledge, 2012).

5 러시아에서 가장 존경받던 학술원 회원이자 러시아 고대문학 연구의 대가였던 드리트리 리하쵸프는 러시아 '고대(古代) 문학'에서 루스코스티가 가장 분명하게 드러난다고 적은 바 있다. Дмитрий Лихачев, *Заметки о русском* (Москва: КоЛибри, 2014), с. 71.

6 그레이엄 엘런, 『문제적 텍스트, 롤랑 바르트』, 송은영 옮김 (서울: 앨피, 2015), p. 148 참조.

7 유리 로트만은 260쪽이 넘는 해설을 통해, 텍스트의 구조를 분석해놓았다. "Роман А. С. Пушкина <<Евгений Онигин>>. Комментарий. Пособие для учителя," *Пушкин. Биография писателя. Статьи и заметки 1960-1990. <<Евгений Онигин>>. Комментарий* (Санкт-Петербург: Искуссиво-СПБ, 1995), сс. 472-730. 나보코프가 직접 영어로 번역하고 해설을 단 네 권짜리 문헌도 귀중한 노작이다. *Eugene Onegin: A Novel in Verse, translated from the Russian with a Commentary in 4 volumes* (Princeton: Princeton University Press, 1976).

8 투르게네프의 작품 세계 전면에 나타난 '기독교 세계'에 집중한 책으로, 투르게네프의 종교적 색채를 문학적으로 이해하기에 필요한 지침을 제공한다. Алла Новикова-Строганова, *Христианский мир И. С. Тургенева* (Рязань: Зёрна-Слово, 2015).

9 여기서 '문화 텍스트'라는 용어는 유리 로트만이 그의 저서 여러 곳에서 개념화해 사용하기 시작한 용어와 상이하다는 점을 밝혀둔다. 김수환의 연구에 의지해 풀어 말하면, "문화 텍스트란 특정한 문화 유형에 속하는 모든 텍스트를 위해 불변체로 기능하는 모종의 텍스트 구성체"인데, 이는 "해당 문화의 입장에서 파악된 현실의 가장 추상화된 모델"에 해당한다. 나아가 이 개념은 "해당 문화의 세계상"이라고도 할 수 있다. 로트만에 의하면, 문화 텍스트는 필연적으로 "공간성의 특징"을 지닌다. 김수환, 『사유하는 구조. 유리 로트만의 기호학 연구』 (서울: 문학과 지성사, 2011), p. 127. 이 개념은 로트만의 논문 「문화를 유형학적으로 기술하기 위한 메타언어에 관해」(О метаязыке типологических описаний культуры, 1968)에서 처음 언급된 바 있다. 이에 대해서는, 김수환, 『기호계』 (서울: 문학과 지성사, 2008) 참고.

하지만 필자는 이 책에서 구체적인 사례를 로트만의 시각에 맞추어 분석하진 않았다. 로트만의 '문화 텍스트' 개념이 담론적 특징 속에서 기술되고 있는 것과 달리, 필자는 하나의 텍스트가 문학 장르를 뛰어넘어 기타 여러 재현의 장에서 한 나라의 문화와 역사적 현상과 정체성을 표상하고, 중요한 문헌들과 물질문화의 코드 등을 포괄하는 것으로 이 개념을 사용했다.

10 러시아 정교회 사학자 젠콥스키의 유명한 명제 "영혼 발현으로서의 문화(культура – это тоже проявление Духа)"는 필자에게 큰 영감을 주었다. В. Зеньковский, *История русской философии* (Москва: Феникс, 2004), Том 1, Часть 2, с. 121. О. Томаш Шпидлик, *Русская идея иное видение человека* (Москва: Дары, 2014), с. 165에서 재인용.

11 '네루카트보르니(нерукотворный)'란 형용사는 푸시킨의 의도적인 선택으로 보인다. 일찍이 노브고로드에서 그려진 정통 러시아 이콘들 가운데 대표적인 작품이 '만달리온 이콘'으로 불렸던, '손으로 그려지지 않은 구세주(Спас нерукотворный)'이다. 푸시킨은 이 이콘의 전통을 독자에게 상기시키며 자신의 시 창작 활동의 위대함을 겉으로 드러내고 있다. 분명한 것은 바로 이 만달리온 이콘이 본질적으로 '자기 현현하는 예수 그리스도의 이미지'란 점이다. 제3자의 조력이나 증언을 통해서가 아니라 예수가 스스로 자신의 몸을 드러내 보인 사건이 형상화됐다는 것이다.

12 오르한 파묵, 『소설과 소설가』, 이난아 옮김 (서울: 민음사, 2012), p. 18.

13 Ю. Лотман, *Беседы о русской литературы* (Санкт-Петербург: Искусство-СПБ, 1994), c. 8.

14 요한 호이징하, 『문화사의 과제』, 김원수 옮김 (서울: 아모르문디, 2006), p. 115.

15 요한 호이징하, ibid., p. 104.

16 Владимир Набоков, *Лекции о русской литературе* (Москва: Независимая газета, 1996), c. 26.

17 Владимир Набоков, там же.

18 마쓰오 바쇼, 『보이는 것 모두 꽃, 생각하는 것 모두 달』, 류시화 옮김 (경기: 열림원, 2015), p. 5.

1 이 글은 필자의 역서 『러시아인의 삶, 농노의 수기로 읽다』(민속원, 2011)에서 178~219쪽의 내용과 학술지 게재 논문인 졸고, 「러시아 문화사 강좌와 '러시아성' 주제에 대한 접근 방법: 역사, 문화, 문학, 민속의 경계를 넘는 소통을 위해」(『노어노문학』, 제21권 1호 (2009), pp. 267~303)를 수정·보완한 것이다. 19세기 러시아의 사회상을 소상히 들여다볼 수 있는 사료로서, 『푸를렙스키의 수기』는 농민 문제가 사학계에서 본격적으로 궤도에 오른 2000년대 중반 중요한 업적으로 간주된다. 수기의 실제 원문은 "С. Д. Пурлевский. Воспоминания крепостного 1800-1868," // В. А. Кошелева, Всту., статья и сост., *Воспоминания русских крестьян XVIII - первой половины XIX века* (Москва: Новое литературное обозрение, 2006), сс. 108-155 참조.

2 원문은 다음과 같다. "Земледельцы и доднесь между нами рабы; мы в них не познаем сограждан нам равных, забыли в них человека. О возлюбленные наши сограждане! О истинные сыны отечества! Воззрите окрест вас и познайте заблуждение ваше."

3 "Может ли государство, где две трети граждан лишены гражданского звания и частию в законе мертвы, назваться блаженным? Можно ли назвать блаженным гражданское положение крестьянина в России?"

4 같은 맥락에서 러시아의 오브록은 중세 유럽의 봉건사회에서 영주들이 왕으로부터 하사받았던 땅인 '봉(封)'을 상기시킨다. 영주들은 『사냥꾼의 수기』에서 도시민 출신의 '지주 화자'처럼, 사냥에 열중했다. "영주들은 전시(戰時)가 아닌 경우에는 거의 광적일 정도로 사냥에 열중했다"는 전언도 유럽의 영주나 러시아의 지주 모두 잉여적인 취미 생활에 열중함으로써 하층 농민들의 삶과는 거리가 멀었음을 증명한다. 김복래, 『속속들이 이해하는 서양 생활사』(경기: 안티쿠스, 2007), p. 191.

5 리처드 파이프스, 『소유와 자유』, 서은경 옮김 (경기: 나남, 2008), p. 285.

6 더구나 거주지로부터 30베르스타 이상을 벗어날 수 없다는 규정 탓에 농노들의 이동 자유는 제한적이었다. Б. Н. Миронов, *Российская империя: от традиции к модерну*

*в трех томах* (Санкт-Петербург: Дмитрий Буланин, 2014), том 2. с. 22 참고.

7 미로노프가 모은 사료에 따르면, 1796~1855년 사이 한 해 기준 100회 이상 농민 반란이 있었던 해는 다음과 같다. 1797년 177회, 1826년 178회, 1845년 116회, 1848년 202회, 1852년 107회. 그리고 이 수치는 19세기 초에 들어 점차 증가세를 보인다. Б. Н. Миронов, там же. с. 461. 이를 다시 연대별로 재배열하면, 농민 반란의 발생 빈도가 보다 분명하게 드러난다. Б. Н. Миронов, там же. с. 580. 「농노 해방령」이 공표된 1861년 한 해에만 무려 1,889건의 반란이 있었다.

| 연대 | 농민 반란 (총 횟수) | 농민 반란 (연평균) |
|---|---|---|
| 1796~1800 | 272 | 54 |
| 1801~1810 | 209 | 21 |
| 1811~1820 | 485 | 49 |
| 1821~1830 | 691 | 69 |
| 1831~1840 | 702 | 70 |
| 1841~1850 | 944 | 94 |
| 1851~1860 | 1355 | 136 |
| 1861 | 1889 | 1889 |
| 1862~1870 | 1984 | 220 |

8 David MacKenzie and Michael W. Curran, *A History of Russia, the Soviet Union, and Beyond* (Bermont: West/Wadsworth, 1998), p. 300.

9 그림의 출처는 다음과 같다. http://artcyclopedia.ru/img/big/004180663.jpg (검색일: 2016.08.09.).

10 И. С. Огоновская, *История россии. Словарь-справочник* (Екатеринбург: Сократ, 2014), с. 381.

11 Geoffrey Hosking, *Russia and the Russians: A History* (Cambridge: Harvard University Press, 2003), p. 292.

12 Geoffrey Hosking, ibid., p. 291.

13 최근 러시아뿐 아니라 서구에서도 이런 관점에서 집필된, 농노와 농민 개개인의 삶에 대한 연구서들이 출판되기 시작한 것은 고무적인 일이다. 이 결과물들은 대개 실

제 개인이 쓴 수기나 기록을 엮은 형태를 취하고 있다. 다음은 그 사례들이다. Olga Yokoyama, *Russian Peasant Letters: Texts and Contexts* (Verlag, 2008). John MaCkay, *Four Russian Serf Narratives* (University of Wisconsin Press, 2009). David L. Ransel, trans., *A Russian Merchant's Tale. The Life and Adventures of Ivan Alekseevich Tolchenov, Based on His Diary* (Indiana University Press, 2009).

14 Jerome Blum, *Lord and Peasant in Russia: From the Ninth to the Nineteenth Century* (New Jersey: Princeton University Press, 1971), p. 420.

15 Б. Н. Миронов, *Российская империя: от традиции к модерну в трех томах* (Санкт-Петербург: Дмитрий Буланин, 2014), том 1. с. 511.

16 Алексаднр Матрин, *Просвещенный метрополис. Создание имперской Москвы 1762-1855* (Москва: Новое литературное обозрение, 2015), с. 191에서 재인용.

17 이런 입장에서 저술된 한 사례로, 김상현, 『러시아의 전통 혼례 문화와 민속』 (서울: 성균관대학교 출판부, 2014) 참조.

18 철저하게 농민의 입장에서 접근해본다면, 이 같은 해석은 비논리적이거나 하층 농민의 세계에만 집착한 온정적 분석도 아니다. 빗대어 표현하자면, 이러한 입장은 로트만이 러시아의 '궁정 문화(дворянская культура)'에 대해 취한 태도를 역전시킨 것일 뿐이다.

로트만은 농민층과 대척점에 서 있던 상류층의 귀족 문화, 즉 궁정의 문화가 러시아 정통의 국민 문화(народная культура)로 정착했다고 평가했다. 그는 『러시아 문화 담론』이란 저작에서 귀족 문화에 대한 편견을 걷어내 종국에는 "러시아 국민 문화의 위대함은 [그 뿌리가] 귀족 문화였다"는 사실을 증명하려 노력했다. Ю. Лотман, *Беседы о русской культуре* (Санкт-Петербург: Искусство-СПБ, 1994), с. 15.

로트만은 민중의 입장을 대변한 민속이나 구전 문학의 유산을 부정할 수는 없지만, 이와 같은 하층민의 민중 문화는 러시아 문화 전체를 포괄하는 거시적인 얼개를 형성하지도 못했으며, 이른바 흔히 위대한 러시아 문화라 지칭되는 대표적인 유산들을 창조하지도 못했다고 주장했다. 민족적 또는 민중적이라는 편협한 신화적 배경 속에서 일종의 편견에 가로막혀 제대로 바라보지 못했던 상류층 귀족 문화의 진수를 객관적으로 직시하려 했던 것이 바로 로트만이 취한 학문적 자세였다.

19 Виктор Бердинских, *Русские у себя и дома* (Москва: Ломоносовъ, 2016), с. 30.

20 "땅이란 농민에게 자신의 삶 그 자체다(Земля для крестьянина - это сама жизнь)"

또는 "러시아인에게 땅은 조국의 인간된 모습이었다(Земля для русского человека была воплощением родины)"는 전언들은 러시아 사람(농민)들에게 대지가 선사하는 상징적인 의미를 분명하게 드러내고 있는 문장이다. Анна Павловская, *Русский мир. Характер, быт и нравы* (Москва: Слово, 2009), с. 280.

21 James H. Billington, *The Icon and the Axe. An Interpretive History of Russian Culture* (New York: Vintage Books, 1966), p. 20.

22 К. Э. Разалогов, главный реда., *Историческая культурология. Серия Энциколопедия куьтурологии* (Москва: Альма Матер, 2015), с. 335.

23 그러나 농민의 형상과 그 전형성에 대한 관심은 상대적으로 낮았다. 예컨대 러시아 문학사 기술에서 '잉여 인간', '작은 인간', '니힐리스트', '러시아 햄릿', '1860년대 새로운 인간들' 등의 (도시적) 유형은 독자들에게 익숙했던 반면, 농민은 그 어떤 범주로도 유형화된 분석을 찾아보기 쉽지 않다. 인물론을 다룬, 비교적 최근의 한 연구서에서는 농민 캐릭터가 아예 보이지 않을 정도다. Э. Я. Фесенко, *Русская литература XIX века в поисках героя* (Москва: Академический Проект, 2013).

24 이 기행문에서 그 원형을 찾아볼 수 있는 또 하나의 중요한 모티프로 '육체의 건강미'가 있다. 이는 농민 형상을 묘사하는 과정에서 자주 발견된다. 예컨대 19세기 후반 작품들에서 자주 보이는 요소로서, "흰 치아(белые зубы)"에 대한 극찬은 특별할 정도다. "미소(улыбка)"와 "두 볼의 건강미(здоровье на щеках начертанное)", "사랑스러운 웃음(смех сердечный)" 역시 농민 형상의 아름다움을 고양시키는 중요한 키워드로 등장한다.

25 궁정 귀족 문화의 근원과 전개 방식에 천착했던 문명사가 엘리아스도 이와 유사한 언급을 한다. "지방 생활은 상실된 순수함, 구속되지 않은 소박함과 자연스러움의 상징이 됐다." 노르베르트 엘리아스, 『궁정사회』, 박여성 옮김 (파주: 한길사, 2011), p. 385.

26 Виктор Бердинских, *Русские у себя дома* (Москва: Ломоносовъ, 2016), с. 15.

27 러시아 통계청 자료 참고: http://www.gks.ru/bgd/regl/b15_11/Main.htm (검색일: 2016.01.12.).

28 도스토옙스키는 특별히 이 언급을 『작가일기』에서 프랑스어와 러시아어를 병기해가며 적고 있기도 하다. (Grattez le Russe et vous verrez le Tartare, поскоблите руссгого, и окажется татарин). Ф. М. Достоевский, "Мой парадокс," Дневник писателя, *Полоное собрание сочинений* (Ленинград: Наука, 1981), т. 23, с. 39.

29 19세기와 20세기 문학을 통해 가장 대표적으로 나타나는 '둥근 얼굴'의 모델은 톨스토이의 『전쟁과 평화』에 등장하는 농부 카라타예프와 솔제니친의 『마트료나의 집』에 나오는 마트료나 할머니다.

30 George F. Kennan, *Memoirs, 1925-1950* (Boston: Little, Brown and Company, 1967), p. 528. Yale Richmond, *From Net to Da. Understanding the Russians* (Maine: Intercultural Press, Inc., 1992), p. 44에서 재인용.

31 Alexander Chubarov, *The Fragile Empire: A History of Imperial Russia* (New York: Continuum, 1999), p. 201.

32 Alexander Chubarov, ibid., p. 29.

33 James Billington, *The Face of Russia: Anguish, Aspiration, and Achievements in Russian Culture* (New York: TV Books, 1998), pp. 16-17. 국문 강조는 필자의 것. 에드워드 케넌도 이와 유사한 관점에서 러시아인의 기질을 설명한 바 있다. "러시아인은 먼저 자기 것이 아닌 철학 체계를 수용하고, 시간이 흐른 뒤에는 자신들이야말로 받아들인 외래의 것을 진정으로 해석해 누리는 자들이라고 주장하는 경향이 있다." Yale Richmond, op cit., p. 30에서 재인용.

34 리하쵸프의 이 글은 원래 「리테라투르나야 가제타」(Литературная газета, 1988, 12월 12일, 41호)에 게재됐었다. 하지만 그 원문을 구할 수 없어, 다음의 영역본에서 재인용했다. Dmitrii S. Likhachev, *Reflections on Russia*, ed., by Nicolai N. Petro and translated by Christina Sever (Boulder and Oxford: Westview Press, 1991), p. 176.

35 미국 작가 헤리엇 비쳐 스토우의 『톰 아저씨의 오두막』(Uncle Tom's Cabin)이 발표된 해도 1852년으로, 투르게네프의 『사냥꾼의 수기』가 출판된 해와 같다. 노예제를 폭로하며 링컨의 「노예 해방령」을 앞당길 정도의 영향력을 행사한 이 작품 덕분에, 스토우는 러시아의 투르게네프에 비견된다.

36 В. Ф. Одоевский, *Русские ночи* (Ленинград: Наука, 1975), сс. 146-148.

37 세묜 벤게로프의 지적에 따르면, "러시아의 리얼리즘은 서구의 그것과 여러모로 다른데, 왜냐하면 러시아 문학에는 주도적인 부르주아 계급의 주인공이 없기 때문이다." 서구의 산문이 대체로 주인공의 사회적 성공이라는 주제를 기본으로 삼을 때, 러시아 문학에서는 그 비중이 가장 적다는 것이 그의 주장의 요점이다. Donald Fanger, "On the Russianness of the Russian Nineteenth-Century Novel," in Theofanis George Stavrou, ed., *Art and Culture in Nineteenth-Century Russia*

(Blomington: Indiana University Press, 1983), p. 42.

38 세상을 떠나기 1년 전, 푸시킨은 1836년에 쓴 짧은 에세이 「알렉산드르 라디셰프」에서 라디셰프의 치적과 그의 작가적 삶의 모습을 묘사하고 있다. 니콜라이 1세 치하의 러시아에 대한 정치적 비판의 성격을 띤 이 글은 라디셰프의 풍자적 식견과 반정부적 정서의 정의감을 높이 평가한다. "아무런 권력도, 후견인도 없는 별 볼일 없는 관리가 공공질서에, 군주제와 황제 예카테리나에게 반기를 들었다!" (Мелкий чиновник, человек безо всякой власти, безо всякой опоры, дерзает вооружиться противу общего порядка, противу самодержавия, противу Екатерины!). 출처는 다음과 같다. http://rvb.ru/pushkin/01text/07criticism/01criticism/0536un publ/0970.htm(검색일 : 2017.01.17.) 검열을 통과하지 못한 이 글은 본래 푸시킨이 운영하던 잡지 「동시대인」(Современник)에 게재될 예정이었다. 1833년 12월부터 시작된 푸시킨의 '모스크바에서 페테르부르크로의 여행'에서 본격화된 정치적 극단주의 성향이 계속되고 있음을 보여준다.

한편 라디셰프의 여행기는 그의 사후(1802) 1세기에 가까운 시간이 지나도록 금서로 묶여 있었다. 그러다 러시아 최초의 사회주의 철학자 게르첸이 1858년 런던에서 이 책을 출판했다. 1790년 발간된 초판은 현재까지 17권이 남아 있다. 라디셰프의 저작은 1905년에 잠시 출판됐다가 1908년에 다시 출판 금지 조치를 받게 됐고, 정상적인 출판은 1917년 10월 혁명 이후에야 재개됐다. 푸시킨의 송시 「자유」(Вольность)는 라디셰프가 쓴 동명의 시를 모방한 것이고, "나는 내게 기념비를 세웠다(Я памятник себе воздвиг нерукотворный)"로 그 첫 행이 시작되는 시(Exegi monumentum)에서도 푸시킨은 자신이 라디셰프를 계승하고 있음을 밝히고 있다. 주쯔이, 『단 한 줄도 읽지 못하게 하라』, 허유영 옮김 (서울: 글담출판사, 2016), pp. 190-192 참조.

39 제5장 4연에서 푸시킨은 첫눈 내린 겨울을 이야기하면서 타티야나에 대해 "자신도 웬일인지 모르지만 러시아적인 정서로 가득 찬"이란 표현으로 묘사하고 있다. "Татьяна (русская душою, / Сама не зная почему)."

40 Ю. Лотман, там же. с. 59.

41 투르게네프의 단편 「무무」와 도스토옙스키의 「농부 마레이」 모두 이 사례에 속한다. 또한 톨스토이의 『이반 일리이치의 죽음』에서 병석에 누워 죽음을 기다리던 이반의 마음을 유일하게 이해하며 꿋꿋하게 병시중을 드는 하인 게라심의 형상도 빼놓을 수 없다.

42 Elena Hellberg, "Folklore, Might, and Glory: On the Symbolism of Power Legitimation," *Nordic Journal of Soviet and East European Studies*, vol. 3, no. 2 (1986), p. 10.

43 졸고, 「쌍두 독수리 문양과 성 게오르기 상: 상징성과 정치권력의 메커니즘」, *e-Eurasia*, vol. 15 (2009), p. 12에서 재인용.

44 필자의 졸고를 참고할 것. 「Folklore, Fakelore, Folklorism: 소비에트 시대 민속과 민속학 연구 경향」, 『슬라브학보』, 제23권 2호 (2008), pp. 61-104. 「러시아 민속학: 태동과 전개 그리고 동시대적 양상」, 『노어노문학』, 제21권 4호 (2009), pp. 239-276. 『소비에트 러시아의 민속과 사회이야기』(서울: 민속원, 2009). 「러시아 민속학사의 이해를 위한 통합 모델: 전통의 발견과 창조 그리고 정치적 이용의 변증법」, 『국제지역연구』, 제13권 4호 (2010), pp. 69-102.

## 2부

1 여기에 수록된 글은 다음의 논문을 수정·보완한 것이다. 김상현, 「러시아성의 주제로 읽는 『예브게니 오네긴』」, 『노어노문학』, 제28권 4호 (2016).

2 애초의 구상대로라면, 지금과 같이 총8장 구조가 아니라 크게 1·2부로 돼 있었다. 그러던 것이 총9장으로 변경됐다가 8장으로 다시 축소됐다. 제10장이 불태워진 까닭은, 부분적으로 해석이 가능하긴 하지만, 정치적으로 민감한 내용을 함축하고 있었기 때문으로 알려져 있다. Marcus Levitt, "Evgenii Onegin," in Andrew Kahn, ed., *The Cambridge Companion to Pushkin* (Cambridge: Cambridge University Press, 2006), p. 45. 『예브게니 오네긴』 집필에 들어간 총 7년 이상의 시간 동안 푸시킨은 여러 차례 수정을 가했던 것으로 알려져 있다. 애초에 푸시킨이 염두에 두고 있던 오네긴의 말로(末路)는 우리가 익히 알고 있는 스토리와 상당한 차이가 있었다. 8장으로 돼 있는 현존 텍스트는 본래 10장까지 구상돼 있었고, 여기에서 오네긴은 카프카스에서 죽거나 1825년 데카브리스트 봉기에 참여해 사망하는 것, 둘 중 하나의 경우로 묘사돼 있었다. 오네긴의 여행을 말로의 플롯으로 연구한 대표적인 사람이 바로 형식주의 비평가 트이냐노프였다. Ю. Тынянов, "О композиции Евгения Онегина," *Поэтика. История литературы. Кино* (Москва: Наука, 1977), cc. 53-78. 한편 현존하지 않는 마지막 제10장에 대한 논의 역시 여러 비평가들에 의해 시도됐는데, 토마셰프스키와 로트만의 논문이 대표적이다. Томашевский "Девятая глава. (История загадки)," *Пушкин. Работы разных лет* (Москва: Книга, 1990), cc. 569-615. Ю. Лотман, "Вокруг девятой главы *Евгения Онегина*," *Пушкин. Исследования и материалы* 12 (1986), cc. 124-151. 미국과 영국의 러시아 문학 비평계에서도 『예브게니 오네긴』에 대한 연구는 꾸준하게 지속됐지만, 거의 대부분의 논문은 주인공을 둘러싼 시학적 발전과 모티프 문제에 할애됐다. Leslie O'Bell, "Evgenii Onegin as Pushkin's Central Novel of Development," in David M. Bethea, *The Pushkin Handbook* (Madison: The University of Wisconsin Press, 2005), pp. 172-189.

3 출판 당시 총 8장으로 구성됐던 이 책은 한 장당 40루블의 가격에 판매됐고, 완결판은 이보다 훨씬 저렴해 12루블의 어처구니없는 가격으로 팔렸다. Стелла Абрамович,

*Пушкин в 1833 году. Хроника* (Москва: Слово, 1994), с. 185.

4 Elaine Feinstein, *Pushkin. A Biography* (New Jersey: The ECOO Press, 1998), pp. 128-129.

5 판본과 출판에 대한 연대기적 설명은 다음의 책을 참고. К. Лапин, *Кто? Что? Где? Когда? в 《Евгении Онегине》 А. С. Пушкина* (Москва: ТОРУС ПРЕСС, 2015), сс. 17-23.

6 이런 의미에서 로트만은 결투가 단순히 남자들의 정의로움과 의기를 보여주는 데 머무르지 않고, "[그 역할이] 사회적이고 기호적이다"라고 지적하고 있다(роль дуэль - социально-знаковая). Ю. Лотман, там же. с. 164.

7 제임스 랜달, 『결투, 명예와 죽음의 역사』, 채계병 옮김 (서울: 이카루스미디어, 2008), p. 369.

8 오네긴의 형상을 '잉여 인간'으로 보는 것에는 이견이 존재하지는 않는다. 물론 보다 세련되고 개성적인 해석들이 없던 것은 아니다. 예컨대 도스토옙스키는 오네긴의 유형을 러시아의 보편적인 전형으로 자주 언급한다. 이에 기초해 소비에트 비평가 보차로프는 "이 전형은 그 자체로 역동적인 구조를 지녔으며, 문학뿐 아니라 러시아인의 일상과 사회적 삶 전체에서 자기발전(саморазвитие)을 소유하고 있다"며 확대 해석한다. 그러나 유리 로트만은 이 같은 해석에 반대하며, 오네긴의 형상을 도스토옙스키의 『악령』에 나오는 스타브로긴과의 유사성 차원에서 강조한다. 이에 대해서는 다음의 책을 참고. Э. Я. Фесенко, там же. сс. 107-109.

9 마지막 장인 제8장 18연에서 오네긴과 타티야나가 재회하는 장면은, 첫 만남 이후 8년이 지난 26세의 오네긴을 보여주는데, 그의 형상에는 그간 성숙의 과정을 하나도 찾아볼 수 없다. 오네긴을 오래도록 따라다닌 우울증은 결혼해 세속 귀족 사회에서 성공한 옛 연인 타티야나의 변모된 모습을 본 이후 더욱 깊어졌다. 이렇게 제8장 이전까지의 총 7개의 장과 8장 사이에는 8년이란 시간차가 존재한다.

10 http://www.aif.ru/dontknows/infographics/aleksandr_pushkin_osobye_primety (검색일: 2016.03.21). 위 그림에는 나타나 있지 않지만, 푸시킨의 패션 스타일 가운데 흥미로운 점들이 있다. 평소 푸시킨은 긴 손톱이 특징이었다. 때문에 손톱이 부러질까봐 금색 골무(золотой наперсток)를 늘 소지하고 다녔다고 한다. 또한 동양 문화에 관심이 많아 통이 넓은 바지(широкие шаровры)를 입고 다니거나, 농민들이 신던 가벼운 여름샌들(сандалия), 검은 수술이 달린 터키산 모자(феска)를 외출 시 자

주 착용했다. 19세기 초 유행하던 여성복 패션이 주로 프랑스에서 유입된 것에 반해, 남성복은 주로 영국에서 들어왔다. 특히 지팡이(трость), 쇠사슬 달린 시계(часы на цепочке), 오페라글라스(лорнет)는 남성 옷차림에서 빼놓을 수 없는 중요 소품이었다. 푸시킨의 구레나룻(бакенбарды)과 챙이 24센티미터나 되는 깊고 커다란 실크햇(цилиндр)도 남성들의 주요한 패션 소품이었다. В. А. Янтовская, *Дворянская Москва пушкинского времени* (Москва: Москвоведение, 2007), сс. 146-147.

11 『벨킨 이야기』 다섯 편을 일종의 '문학 게임(литературная игра)'으로 간주하고, 푸시킨이 설정해놓은 코드들을 분석한 필자의 논문과 단행본을 참고. 이 논문의 동기는 각 단편들의 창작 연대가 모두 다르고, 순서대로 배열돼 있지 않은 데 있었다. 푸시킨은 자신의 최종 원고를 출판사에 넘길 때, 작품의 순서를 살짝 바꾼다. 오늘날 독자는 (1) 「일발」, (2) 「눈보라」, (3) 「장의사」, (4) 「역참지기」, (5) 「농갓집 처녀」 순서로 『벨킨 이야기』를 읽게 된다. 필자는 이 단편들에 공통으로 숨어 있는 '결혼'의 모티프에 주목했다. Sang Hyun Kim, "An Intelligent Game by Pushkin: Plot Structure and Thematic Unity in *The Tales of Belkin*," *Russian Literature*, vol. 60, no. 2. "A Structuralist Reading of Pushkin's "Mistress into Maid," *Zeitschrift für Slavische Philologie*, Band 64.1. *Aleksandr Pushkin's The Tales of Belkin: Formalist and Structuralist Readings and Beyond the Literary Theories* (The University of America, 2008).

12 Luisa V. Yefimova and Tatyana S. Aleshina, *Russian Elegance. Country and City Fashion from the 15th to the Early 20th Century* (London: Vivays Publishing, 2011), p. 131.

13 제7장에는 페테르부르크와 극명하게 대조되는 도시 모스크바가 묘사된다. 오네긴의 서재에서 그의 정체성을 꿰뚫어본 타티야나는 실망감을 뒤로 한 채 어머니와 함께 모스크바의 신부 시장으로 나선다. 제36연은 그녀가 탄 마차 일행이 모스크바에 당도해 지나가는 장면을 묘사하고 있는데, 여기서 모스크바는 사치와 향락, 서유럽풍의 연극 무대로 상징되는 페테르부르크와 다른 면모를 보인다. 고풍스런 교회 외관과 십자가, 황금빛의 둥근 사원 지붕, 정원과 교회, 종루 등 러시아적인 기표들로 가득 차 있다. 오네긴의 이국적인 고향(페테르부르크)과 근본적으로 다르다.

14 하지만 홍미롭게도 이 작품을 집필하던 당시 푸시킨은 1824년 8월부터 부모의 영지인 미하일롭스코예에 칩거하면서 전원생활에 푹 빠져 있었다. 작품 속 주인공인 오네긴과 달리, 푸시킨은 시골 농민들과도 친하게 지냈다. 그는 아직 황제 직속 경찰의 감시를 받던 시절로, 그의 일거수일투족, 옷차림, 말과 행동까지 모조리 보고되던 때

였다. 특히 그의 기이한 옷차림은 여러 자료와 평전 등에서 자주 언급된다.

비평가 미르스키가 인용한 한 기록에서 마을 주막에 나타난 푸시킨은 이렇게 묘사됐다. (1) 스뱌토고르스키 수도원에 장이 섰을 때, 푸시킨은 블라우스[아마도 루바하]를 입고 있었는데, 허리춤에 있어야 할 포야스 대신에 분홍색 리본이 달려 있었음. 챙이 넓은 모자에, 손에는 쇠막대가 들려 있었음. (2) 어쨌든 그는 신중해보였고, 분별력이 있어 보였음. 여기저기를 다니면서 정부에 대해 얘기는 하지 않았음. 또 시인을 둘러싼 어떤 소문도 도는 것이 없었음. (3) 푸시킨은 무리지어 다니거나 어떤 선동적인 노래를 부르는 것을 좋아하지 않아 보임. 농부들을 자극하려고도 하지 않았음. Elaine Feinstein, *Pushkin. A Biography* (New Jersey: The ECOO Press, 1998), p. 111.

이 기록을 보면, 신분과 달리 그는 상당히 소박했으며, 격의 없이 지내면서 전원생활에 잘 적응한 것처럼 보인다. 특히 남자들이 외출 시 반드시 차야 했던 허리춤의 띠인 포야스를 착용하지 않고 그 자리에 분홍색 리본을 달았다는 것 자체가 상당한 파격이다. 이는 마치 기혼 여성이 머릿수건인 플라토크를 하지 않은 채 외출하는 것처럼, 상스럽고 예절을 지키지 않는 행동으로 여겨지기 때문이다. 이와 같은 푸시킨의 기행, 특히 그의 옷차림은 미하일롭스코예에서 세인의 눈길을 끌기에 충분했다. 이는 곧바로 비밀경찰의 펜과 종이에 기록됐다. 이에 대해서는 Elaine Feinstein의 앞의 책에서 잘 나와 있다. pp. 111-113.

15 오네긴을 감싼 이국적이며 비러시아적인 기호들은 곳곳에 등장한다. 그가 걸친 의상은 대부분 프랑스어로 표기된다. 이러한 외국어 표현들 가운데 특별한 것 하나가 그를 '파르마존(фармазон)'이라고 언급한 부분이다. 파르마존이란 프랑스어 'franc-maçon'를 잘못 발음한 표현으로, 이는 프리메이슨의 프랑스어 식 표기다. 5연에서 화자는 오네긴에 대해 의도적으로 잘못된 프랑스어까지 인용하여 비유하면서, 숙부가 살고 있던 시골의 영지에 갑자기 출현한 이 도시민의 이국적 면모를 강조하고 있다.

16 Robert Bird, "Russian Writing / Writing Russia," in Russell Bova, *Russia and Western Civilization. Cultural and Historical Encounters* (London and New York: M. E. Sharpe, 2003), p. 156.

17 흥미로운 것이 귀족 가문 출신의 여주인공에게 붙여진 타티야나란 이름이다. 평민의 이름들 가운데 흔한 이 이름을 여주인공에게 부여한 것 자체가 이미 오네긴과의 거리를 염두에 둔 소설적 장치다. 제2장 25연에서는 타티야나가 유달리 예쁜 구석이 없고, 지극히 평범하며 심지어 촌스럽다고도 표현돼 있다. 동생 올가와 달리, 타티야나

는 어려서부터 부모에게 응석 한 번 부리지 않고 집 안에서도 손님처럼 어색하게 굴었음을 화자는 강조하고 있다. "Итак, она звалась Татьяной. / Ни красотой сестры своей, / Ни свежестью ее румяной / Не привлекла б она очей. / Дика, печальна, молчалива, / Как лань лесная боязлива, / Она в семье своей родной / Казалась девочкой чужой."

18 이 시에서 언급된 마슬레니차의 풍습들에 대해서는 필자의 졸고 참고. 김상현, 「마슬레니차: '겨울은 가고, 봄이여 어서 오소서」, 한국외국어대학교 러시아연구소, 『Russia-CIS FOCUS』, 제260호 (2014).

마슬레니차(масленица)는 매년 2월 말에서 3월 초 사이 월요일에서 시작돼 일요일까지 일주일간 계속된다. 마슬레니차가 끝나고 부활절이 시작하기 전 7주간은 흔히 대재계기(大齋戒期, Великий Пост)로 불린다. 마슬레니차는 봄의 초입인 입춘에 겨울을 보내버리는 러시아의 세시풍속이다. 본래 고대 슬라브인들 사이에서 춘분기를 기리던 농월력에 기초한 농경 축제로서, 농사와 씨족 숭배의 요소를 강하게 띠고 있었다. 고대 루시에서 기원했고, 연간 세시풍속 가운데 가장 유쾌하고 즐거웠다. 988년 블라디미르의 기독교 도입 이전부터 전해져 내려왔던 유서 깊은 전통으로서, 사실 기독교 문화의 영향을 거의 받지 않은 러시아 토속 신앙과 관련이 깊다. 기독교가 들어오면서부터는 러시아 정교력에 따라 사순절(四旬節) 전야로 맞춰졌고, 교회력으로 치면 대재계기 시작 전 일주일 기간에 해당하는 날로 지정됐다.

예부터 일반 민중들 사이에서는 마슬레니차에 대한 다음과 같은 언급들이 있어 왔다. "하늘보다 높은 것이 무엇이며, 마슬레니차보다 긴 날이 무엇이뇨?(Что выше неба, что шире Масленицы?)", "마슬레니차와 같은 삶은 없을 지어다(Не житье, а Масленицы)", "자신은 잡아두어도, 마슬레니차는 보내주어라(Хоть с себя что заложить, а Масленицу проводить)."

마슬레니차는 기원상 봄이 오면서 겨울의 여성 신을 떠나보내는 민중의 축일이었다. 사람들은 축일의 첫날 가장 먼저 짚으로 만든 허수아비 여자 인형을 만들어 농민들의 전통 의상이었던 카프탄을 입히고 발에는 자작나무 가지로 만든 전통 신발 라프티(лапти)를 신겼다. 사람처럼 성장시킨 짚 인형을 가지고 사람들은 본격적인 놀이를 시작한다. 인형을 태운 썰매를 타고 돌아다니며 왁자지껄하게 놀던 풍습이 마슬레니차의 진풍경 가운데 하나였다.

이 축제 기간에 꼭 필요한 음식이 있었는데, 바로 블린(блин)이라는 러시아식 팬

케이크다. 축일의 이름과 관련해 블린을 먹는 배경에는 흥미로운 문화적 의미가 담겨 있다. 부활절까지 무려 7주 동안이나 지속될 대재계기의 영향뿐만 아니라 육류 섭취를 금했던 교회령 탓에, 마슬레니차란 이름에는 버터를 뜻하는 '마슬로'를 블린에 듬뿍 발라먹음으로써 금욕과 절제로부터 한시적으로 해방되는 탐식 문화로서의 의미가 함께 담겨 있다. 그래서 마슬레니차는 '버터 주간' 혹은 '치즈 주간(сырная неделя)'이라고도 불렸으며, 이 기간 교회는 육류 대신 유제품과 물고기, 달걀을 한시적으로 허용했다.

마슬레니차 기간은 요일마다 각기 다른 이름으로 불렸다. 월요일은 '만나는 날(встреча)', 화요일은 '신나게 노는 날(заигрыш)', 수요일과 목요일은 '꺾어지는 날(перелом)'과 '하루가 긴 날(широкий)', 금요일은 '장모의 날(тещины вечера)', 토요일은 '보내는 날(проводы)', 마지막 일요일은 '용서의 날(прощёное)'이었다. 본격적인 축제로서의 성격이 잘 드러나는 마슬레니차는 보통 목요일부터 시작됐다. 그리하여 목, 금, 토, 일요일을 일컬어 "기나긴 마슬레니차의 날"이라고 부르기도 했다.

명절 분위기를 한껏 내기 위해 사람들은 남녀노소 할 것 없이 새 옷으로 갈아입고, 길거리로 쏟아져 나온다. 그리고 오래된 민요에서부터 길거리에서 유행하던 속요 차스투쉬카(частушка)를 흥얼대면서 '길거리 쏘다니기'라고 불리는 '굴랴네(гуляне)'를 시작한다. 굴랴네는 커다란 바구니 모양의 그네가 여러 개 달려서 둥그런 원을 그리며 회전하는 대형 놀이기구를 뜻하기도 했다. 시골 마을 장터인 야르마르카(ярмарка)나 대도시의 공터에서 이런 놀이가 벌어지곤 했는데, 이를 그린 풍속화는 다수 전해진다.

마지막 토요일에는 일명 '주먹 싸움(кулачные бои)'이란 문화가 있었다. 발을 사용하지 않고 순전히 맨손만 가지고 주먹질을 해 상대를 때려눕히는 놀이이다. 일견 마구잡이로 싸우는 듯해 보여도 여기엔 엄격한 규칙이 있었다. '누운 자 때리지 않기', '아픈 부위 건드리지 않기', '곤봉 등으로 때리지 않기'를 따라야 했고, 싸움은 한쪽에서 피를 흘리는 것과 동시에 종결됐다. 이 싸움은 역사가 오래된 것으로, 16~17세기 러시아를 방문해 남긴 외국인들의 기록에도 나올 정도였다.

마지막 일요일에는 떠나보내는 축일이 아쉬워 행해지는 독특한 풍습이 있었다. 이른바 '용서의 일요일(Про щёное воскресение)'에는 길 가던 행인을 아무나 붙잡고 '나를 용서해주세요(прости меня)'라고 말한다. 붙잡힌 자는 이에 '하느님께서 당신을 용서하실 겁니다(Бог простит)'라고 화답한다. 용서해야 할 대상은 비단 살아 있는 자들뿐만 아니라 이미 돌아가신 부모님들도 포함했다. 마지막 일요일에는 고인이 된 부모님의 산소를 찾아가 읍소하며 참회하거나 갈등을 푸는 회개와 화해의 시간을 갖기도 했다. 대재기 전 마지막 일요일이 오기 전에 사람들은 이렇게 자신들이 저지른 죄와 불경한 마음을 씻어내야 한다고 믿었다. 아울러 마지막 일요일 이후부터는 길거리 쏘다니기나 오락, 유흥, 혼례, 손님맞이 등이 일체 금지됐기 때문에, 이날 모든 열정을 놀이에 집중하곤 했다.

일요일 오후가 되면 마당에 놓여 있던 짚 인형을 동구 밖으로 끌고 나가 찢거나 불에 태워 재로 날려버린다. 태우고 남긴 재를 사람들은 들판에 가져다가 뿌리기도 했는데, 이는 풍작을 염원하는 유사 마술 행위로서 자연에 아직 남아 있을 수 있는 혹한과 사악한 기운을 불로 없애버리려는 토속 신앙과 생활의 지혜가 어울린 좋은 예라 할 수 있다. 인형을 없애버리려는 행위는 민속적으로 인형에게 '장례'를 치러주는 것으로 이해됐다. 즉, 마슬레니차 떠나보내기(проводы Масленицы)는 '마슬레니차 장례 지내기(похороны Масленицы)'와 동일하게 인식되기도 했다. 사람들은 우리의 쥐불놀이를 연상시키는 불놀이를 즐기기도 했다. 몸과 마음을 움츠러들게 했던 겨울의 화신을 봄기운으로 죽여 자연으로 되돌린다는 의미가 여기에 있었다.

19 여기서 "관등 순"이라고 하는 것은 1722년 1월 24일부로 도입된 표트르 대제의 14등급제(табель о рангах)를 말한다. 집을 찾은 손님에게 음식을 대접할 때, 관직의 서열을 따져서 최상류층부터 먼저 음식을 내왔다는 것을 의미하는 것으로, 100년 이상이 지났어도 표트르 대제의 관등제 문화와 사회 서열화가 잘 지켜지고 있음을 보여준다. 고대 러시아 성립 이후 남아 있던 잔재로서, 지방 지주 계급뿐 아니라 보야르 층의 지배를 원천적으로 폐지하기 위해 만들어낸 행정적 관등제는 대제가 시행한 개혁 프로그램을 효과적으로 시행하기 위한 인프라였다. 국가의 모든 공직자들에게 적절한 의무를 부여하고, 이들을 행정적으로 관리하기 위한 시스템이 바로 14등급의 관등제다. 총 3개의 영역—군계(военные службы), 행정계(гражданские службы), 궁궐 내 직분(придворные службы)—으로 대분류하고, 세 개의 영역을 다시 14단계의 서열로 나눈 이 등급제는 대제의 권력이 중앙집권화하고 통치 기반을 체계화함에 있어 큰 역할을 했다. 이에 대해서는 다음의 책을 참고. Ирина Воскресенская, *Российская империя. Полная энциклопедия*. 《Табель о рангах》 (Москва: Астрель, 2009).

20 А. А. Коринфский, *Народная Русь. Круглый год сказаний, поверий, обычаев и пословиц русского народа* (Москва: АСТ·Астрель, 2011), сс. 303-308.

21 그림의 출처는 다음과 같다. http://vsdn.ru/museum/catalogue/exhibit11954.htm (검색일: 2016.07.28).

22 사진의 출처는 다음과 같다. И. И. Шангина, *Русский народ. Будни и праздники* (Санкт-Петербург: Азбука-классика, 2003), с. 101.

23 사진의 출처는 다음과 같다. И. И. Шангина, там же. сс. 124-125, 134.

24 그림의 출처는 다음과 같다. http://co-a.com/coa/maslenitsa-v-zhivopisi.html (검색일: 2016. 07.28).

25 사진의 출처는 다음과 같다. И. И. Шангина, там же. с. 72.

26 오른쪽·왼쪽 공간에 대한 기호학적 해석과 사례 분석은 다음의 졸고들을 참고할 것. 러시아 문학 텍스트들을 분석한 것으로는, Sang Hyun Kim, "Left and Right in Russian Literature from Pushkin to Dostoevskii," *Zeitschrift für Slavische Philologie*, Band 67.1 (2010), pp. 51-70. 특히 문학 작품들에서 방향성에 대해 이처럼 뚜렷한 대비를 보여주는 장르는 종교와 전쟁 분야이며, 이러한 대비는 회화 장르에도 공히 적용된다. 이와 관련해 조국 전쟁 당시의 전쟁 루복들을 분석한 것으로는, 김상현,「권력의 아이콘, 회화의 정치 기호학: 러시아 조국 전쟁(1812)의 예술적 구현을 중심으로」,『러시아연구』, 제24권 2호 (2014), pp. 53-100.

27 Chris Baldick, *Oxford Concise Dictionary of Literary Terms* (Oxford: Oxford University Press, 2004), p. 130.

28 Лев Шестов, "А. С. Пушкин" // С. Я. Левит, главный ред., Пушкин в русской философской критике. Конец XIX – XX века (Москва-Санкт Петербуг: Центр гуманитарных инициатив, 2015), с.

29 도시 모스크바에 대한 인문학적 성찰을 집대성한 다음 책을 참고할 것. 수록된 짧은 꼭지들 가운데, "귀족 [문화의] 모스크바는 정주 생활과 항상적인 요소의 상징이다"는 구절은 푸시킨의 인용된 시와 잘 조응한다. Вера Калмыкова и Вадим Перельмутер Сост., и комм., *Город и люди. Книга московской прозы* (Москва: Русский импульс, 2008), с. 21.

30 그림의 출처는 다음과 같다. http://www.liveinternet.ru/community/2281209/post202326081/(검색일: 2016.07.20).

31 그림의 출처는 다음과 같다. http://www.liveinternet.ru/community/2281209/post202326081/(검색일: 2016.07.20).

32 사진의 출처는 다음과 같다. И. И. Шангина, там же. с. 295.

33 사진의 출처는 다음과 같다. А. В. Анисимов, рецен., *Русское деревянное зодчество. Произведения народных мастеров и вековые традиции* (Москва: Северный паломник, 2012), с. 376.

34 소비에트의 여성 시인 마리나 츠베타예바는 이미 여섯 살 때 이 장면을 대했고, 눈물과 함께 이 구절을 읽고 난 뒤 평생 가슴에 새겼다고 회고한 바 있다. 푸시킨 평전을 쓴 비평가 엘라인도 이 장면에 대해 "타티야나는 행복하지는 않지만, 자부심이 강하고 여전히 뛰어난 미모에 유혹에도 넘어가지 않는 여인으로서, 한 남자의 이상적인 여인상"이라고 말한 바 있다. Elaine Feinstein, op cit., p. 192.

35 20세기 초 러시아 형식주의자 유리 트이냐노프 등의 비평가들은 푸시킨이 오네긴의 말로에 대해 훨씬 더 비극적인 방식을 염두에 두고 있었다고 주장한다. 그에 따르면, 푸시킨은 오네긴을 코카서스에서 죽게 하거나 1825년 데카브리스트 봉기에서 죽도록 내버려둘 계획을 갖고 있었다. Юрий Тынянов, "О композиции 《Евгения Онегина》 (1921-1922)," // Юрий Тынянов, Поэтика. *История литературы. Кино* (Москва: Наука, 1977), сс. 52-78. http://philologos.narod.ru/ tynyanov/pilk/ist5.htm (검색일: 2016.08.01)

36 Ю. М. Лотман, *А. С. Пушкин : Биография писателя Роман 《Евгений Онегин》.* Комментарий (Санкт-Петербург: Азбука, 2015), с. 259에서 재인용.

37 Э. Я. Фесенко, там же. с. 111에서 재인용.

38 Orlando Figes, op cit., p. 110.

39 마사릭은 오네긴을 "방랑자(wanderer)"라고 지칭하면서, "자신이 태어난 본래 토양으로부터 지적으로 뿌리 뽑혔을 뿐만 아니라, 국가적 부의 원천으로부터도 잘려나갔다"고 진단하고 있다. Thomas G. Masaryk, op cit., p. 100.

40 "the evolution of literary taste in Russia over the preceeding few decades." T. J. Binyon, *Pushkin. A Biography* (New York: Vintage Books, 2002), p. 392.

41 Л. Штильман, "Проблема литературных жанров и тридиции в 《Евгении Онегине》 Пушкина," in *American Contributions to the Fourth International Congress of Slavists* (Mouton, 1958), pp. 321-367. 일각에서는 푸시킨의 여성 주인공들이 지닌 역할을 각별히 강조하기도 한다. 특히 볼코프는 이를 투르게네프의 남자 주인공들의 박약함이나 우유부단함 그리고 부정적인 성격들과 비교한다. 그는 "투르게네프의 남자들은

대부분 의지가 약하고 우유부단했지만, 여성들은 직선적이고 순수하며 이상적이며 강인했다. 이런 점에서 투르게네프는 푸시킨과 조르주 상드의 계보를 동시에 잇고 있다고 말할 수 있다"고 말한다. 앞으로 살피게 될 투르게네프의 농민 형상과는 다르지만, 투르게네프의 귀족 청년 주인공들은 결국 오네긴의 잉여 인간적 계보를 공유하고 있다고 볼 수 있다. 솔로몬 볼코프, 『권력과 예술가들. 로마노프 왕조의 러시아 문화사(1613-1917)』, 이대우·백경희 옮김(서울: 우물이 있는 집, 2015), pp. 305-306. 마사릭도 마찬가지로 투르게네프의 여자 주인공들을 언급하면서, 그가 특히 푸시킨의 타티야나 캐릭터를 꾸준하게 세련되게 만들고, 발전시켰다고 해석한다. Thomas G. Masaryk, *The Spirit of Russia* (London: George Allen & Unwin LTD., 1967), vol. 3, p. 274.

42 И. А. Манкевич, *Повседневный Пушкин: поэтика обыкновенного в жизнетворчестве русского гения. Костюм. Застолье. Ароматы и запах: монография* (СПБ: Алетейя, 2016), с. 43. 원문은 다음과 같이 적혀 있다. "Онегин раскрывается через понятие-символ мода, а Татьяна через понятие-символ старина, они во многом являются воплощениями этих понятий-символов, хотя и не сводимы к ним. <u>Мода манипулирует взаимоотношениями людей</u>. <u>Старина их стабилизирует</u>." (밑줄 강조는 필자).

43 그럼에도 불구하고, "타티야나는 사라판(러시아 전통 의상)을 입은 러시아 여인이라기보다는 코르셋(서양식 속옷)을 입은 러시아 처녀"라는 어느 비평가의 지적을 눈여겨볼 필요가 있다. 물론 비유적인 표현이기는 하나, 이는 외적인 환경이 이국적이었음에도 본질은 러시아적인 바탕을 소유하고 있었다는 점일 것이다. "Татьяна - не русская в сарафане, а русская в корсете." Ю. М. Никишов, *Творческая история 《Евгения Онегина》* (Москва: URSS, 2016), с. 303.

44 그림의 출처는 다음과 같다. http://www.art-portrets.ru/artists/kiprensky-portret-pushkina.html (검색일: 2016.07.16).

45 Пушкин есть явление чрезвычайное и, может быть, единственное явление русского духа.

46 http://bibliotekar.ru/encSlov/15/275.htm (검색일: 2016.08.01)

47 푸시킨을 '문화적 신화(cultural myth)'로 바라보는 관점은 1980년대에 형성됐다. 푸시킨을 '러시아의 정체성(Russian identity)'의 차원에서 이해하려 태도도 이와 같은

것이다. 로트만을 중심으로 타루트의 기호학파가 이러한 연구 경향을 개척했으며, 포스트구조주의 문학의 영향으로 이러한 추세는 러시아에서보다 서구에서 강하게 나타난 바 있다. 대표적인 사례가 다음의 문헌들과 같은 것이다. Boris Gasparov, Robert P. Hughes, and Irina Paperno, eds., *Cultural Mythologies of Russian Modernism: From the Golden Age to the Silver Age* (California: University of California Press, 1992). 서구 학자들 중심의 대표적인 푸시킨 연구서로는 다음 연구 논문집이 유용하다. David Bethea, ed., *The Pushkin Handbook* (Madison: The University of Wisconsin Press, 2005).

48 2015년 러시아 통계청 발표 자료(Россия в цифрах в 2015 г.)에 따르면, 러시아인들이 애송하는 시인은, 푸시킨 13%, 예세닌 8%, 레르몬토프 5% 순이었다. 학교를 졸업한 후, 다시 읽고 싶은 작가의 작품에 대해서도, 1위가 푸시킨 35%, 2위가 예세닌 30%, 3위가 레르몬토프 23%였다. 출처는 다음과 같다. http://www.gks.ru/bgd/regl/b15_11/Main.htm (검색일: 2016.01.24.).

49 Дмитрий Мережковский, "Пушкин" // С. Я. Левит, главный ред., *Пушкин в русской философской критике. Конец XIX – XX века* (Москва-Санкт Петербуг: Центр гуманитарных инициатив, 2015), с. 105.

50 이런 점에서 당대 러시아를 방문해 수십 편의 기록을 남긴 바 있는 프랑스의 반정부 작가 마담 드 스퇴엘은 러시아어의 뛰어난 아름다움을 강조하면서 러시아인의 갈라마니아 현상을 이렇게 꼬집고 있다: "러시아인들의 언어는 너무도 부드럽고 뛰어나서, 러시아어를 이해하지 못하는 자들에게조차 분명하게 인식될 정도이다… 러시아인들은 프랑스 문화를 모방하려는 실수를 저지르고 있는 듯하다." Suzanne Massie, *Land of the Firebird. The Beauty of Old Russia* (Maine: HeartTress Press, 1980), p. 208에서 재인용.

51 『도모스트로이』의 역사·문화·민속적 의미에 대해서는, 김상현, 『러시아의 전통 혼례 문화와 민속』(서울: 성균관대학교 출판부, 2014), pp. 280-345 참조. 이 책에서는 『도모스트로이』 원문 가운데 후반부 'Чин свадебный'를 완역하고, 해설을 달아 부록으로 실었다. 16세기 러시아 귀족 가정에서 전통적으로 지켜지던 혼례 문화를 파악해볼 수 있는 풍부한 자료들이 함께 실려 있다.

1 예컨대 발표순으로 네 번째 작품이었던 「체르토프하노프와 네도퓨스킨」은 1849년에 완성돼 『동시대인』에 실렸다가 완결판에서는 스물한 번째로 위치가 이동한다. 유사한 제목의 단편인 「체르토프하노프의 최후」는 「체르토프하노프와 네도퓨스킨」의 속편으로, 23년이 지난 1872년 최종본에 스물두 번째로 배치돼 전편과 후편이 한 쌍으로 연결된다. 최동규, 「체르토프하노프와 네도퓨스킨」과 「체르토프하노프의 최후」에 나타난 주제 구성의 시학」, 『노어노문학』, 제23권 2호(2011), p. 255.

2 *Тургенев в русской критике* (Моква: Государственное издательство учебной литературы, 1953), с. 399.

3 H. Gifford, "Turgenev," in John Fennell, ed., *Nineteenth-Century Russian Literature. Studies of Ten Russian Writers* (Berkeley and Los Angeles: University of California Press, 1973), p. 145.

4 이사야 벌린, 『러시아 사상가』, 조준래 옮김 (서울: 생각의 나무, 2008), p. 430.

5 레너드 샤피로, 『투르게네프, 아름다운 서정을 노래한 작가』, 최동규 옮김 (서울: 책세상, 2002), pp. 136-137 참고.

6 투르게네프가 영국과 맺은 인연은 각별하다. 자신의 작품이 번역된 것 외에도, 그는 1879년 옥스퍼드 대학교에서 명예 법학박사 학위를 받았고, 이 자리에서 "자유의 투사"란 찬사를 받아 매우 흡족해했다는 기록이 전해진다. 이사야 벌린, op cit., pp. 430-431.

7 Алла Новикова-Строганова, там же. с. 37.

8 Алла Новикова-Строганова, там же. с. 37.

9 그림의 출처는 다음과 같다. http://ilya-repin.ru/jpg/artists2/turgeneff.jpg (검색일: 2016.7.26)

10 조국 전쟁 당시의 전쟁 루복에 대해서는, 김상현, 「권력의 아이콘, 회화의 정치 기호학: 러시아 조국 전쟁(1812)의 예술적 구현을 중심으로」, 『러시아연구』, 제24권 2호 (2014).

11 그림의 출처는 다음과 같다. И. И. Шаншгина, там же. с. 226.

12 그림의 출처는 다음과 같다. И. И. Шаншгина, там же. с. 60.

13 사실 전통 가옥인 이즈바의 내부는 이보다 훨씬 앞서서 알렉산드르 라디셰프의 『페테르부르크에서 모스크바로의 여행』에 수록된 「페쉬키」(Пешки)라는 짧은 에세이에서 잘 드러나 있다. 계몽작가이자 철학자였던 라디셰프는 여행 중 농민 가옥에 난생 처음으로 들어가 본다. 내부는 어두웠고, 검게 그을린 벽이 인상적이었다. 굴뚝이 따로 없기 때문에 언제나 검은 공기가 실내를 가득 메우고 있기 때문이다. 그는 이렇게 열악한 주거 환경을 묘사하면서 귀족의 탐욕과 비인간적인 처사, 무제한적인 법의 남용이야말로 농민들의 헐벗은 삶의 주된 원인이라고 역설한다. "우리가 그들에게서 빼앗지 않은 게 있다면, 그것은 공기뿐이다(То, чего отнять не можем, - воздух)"라고 그는 적고 있다.

14 주인공 호리(Хорь)는 '족제비'를 의미하는 러시아어 하료크(хорёк)에서 파생한 이름이다.

15 И. С. Тургенев, *Собрание сочинений в 5-и томах* (Москва: Русская книга, 1994), т. 1. сс. 16-17.

16 사진의 출처는 다음과 같다. И. И. Шангина, там же. с. 396, 399.

17 Василий Белов, *Лад. Очерки о народной эстетике* (Москва: Молодая гвардия, 1982), с. 185.

18 사진의 출처는 다음과 같다. Н. М. Калашникова,《Пояса сл словесами...》(Москва: Современный паломник, 2014), с. 34.

19 러시아 사회의 영원한 소외자요, 극빈층의 상징이었던 농민에 대한 조명은 역사적으로나 문학적으로도 드문 것이 현실이다. 하지만 러시아 문학에서 지주나 주인의 정신적인 갱생을 끌어내는 촉매자로서 충직한 농민(농노)의 형상은 자주 등장한다. 지주의 영지에 귀속된 농민은 시간이 흘러 이 종속 상태가 영구화되면서 농노의 신분으로 전락하곤 했다. 19세기를 살았던 농노 사바 푸를렙스키의 수기는 이런 측면에서 당대의 사정과 경제적 환경을 촘촘하게 들여다볼 수 있는 자료다. 이에 대해서는, 김상현 역, 『러시아 농노 사바 푸를렙스끼의 수기』(서울: 민속원, 2009) 참고.

20 Дамир Соловьев, соста., *Русские писатели и публицисты о русском народе* (СПб: ЛИМБУС ПРЕСС, 2016), сс. 210-211에서 재인용.

21 그림의 출처는 다음과 같다. http://portal1.ru/kartiny-raznyx-xudozhnikov/fragmenty-5.html/attachment/morozov-aleksandr-ivanovich-otdyx-na-senokose-1861 (검색일: 2016.08.12)

22 이 작품의 배경이 되는 칼루가와 오룔 지방의 문맹률(грамотность) 통계(1880년대)를 보면, 오룔 근방의 도시 거주민의 문맹률은 35.4%인데 반해, 오룔의 시골 농민들은 이보다 훨씬 높은 87%에 달했다. 칼루가도 마찬가지였다. 칼루가 농촌민의 문맹률은 72.9%였고, 칼루가 근방 도시민의 문맹률은 34.1%였다. 도농간 격차가 두 배 이상이었다. 보다 자세한 통계는 다음의 문헌을 참고. Б. Н. Миронов, *Российская империя: от традиции к модерну в трех томах* (Санкт-Петербург: Дмитрий Буланин, 2014), том 2. сс. 457-458.

23 Christine Ruane, *The Empire's New Clothes. A History of the Russian Fashion Industry, 1700-1917* (New Haven and London: Yale University Press, 2009), p. 77.

24 사진의 출처는 다음과 같다. И. И. Шангина, там же. с. 273.

25 이 문제는 그의 또 다른 장편인 『아버지와 아들』에서도 논쟁적인 부분이다. 바자로프라는 니힐리스트를 전면에 부각시키고 있지만, 막상 투르게네프가 가슴 깊은 곳에서 동의하고 전달하려는 메시지는 아버지 세대 방식의 삶과 사랑이었다. 바자로프는 아들 세대의 교만과 과학과 이성만을 맹신하는 질병과 같은 정신 상태를 보여주는 인물일 뿐이다. 투르게네프의 전 작품은 이러한 모순된 정체성의 혼란 문제와 결부시켜 볼 수 있다. 작가는 사랑을 우선시한, 액면 그대로의 서구파에 설 수도 없었고, 스스로 강한 주장을 펼치지도 못했던, '경계에 선 위태로운 작가'였다고 보인다. 저명한 러시아 사상사 연구가 이사야 벌린 역시 흥미로운 전언을 남겼다. 러시아 문학을 포함해 세계 문학 전체를 놓고 볼 때, "투르게네프만큼 좌익과 우익 모두에게서 그토록 지독하고 지속적으로 공격을 받은 인물이 없다." 이에 대해서는, 이사야 벌린, op cit., p. 437.

26 「호리와 칼리느이치」에서 표트르 대제에 대한 언급은 각별한 의미를 갖는다. 서구주의자로 인식되고 있던 투르게네프는 슬라브주의자들로부터 공격을 받고 있었다. 예컨대 슬라브주의자들 사이에서 러시아의 영적인 타락과 영혼 부재의 가장 큰 원흉으로 지목됐던 표트르 대제를 긍정적으로 칭찬하는 이 대목은 많은 논란을 불러왔다. 하지만 악사코프와 같은 대표적인 슬라브주의자는 이 부분을 특별히 지적하며 찬사를 보낸 것으로 기록돼 있기도 하다. 이에 대해서는, 레너드 샤피로, op cit., p. 105.

27 예르몰라이는 투르게네프의 자전적 이야기에 실재했던 인물로, 아파나시 알리파노프라는 농노였다. 독일에서 러시아로 돌아온 투르게네프는 어머니의 영지에서 이 농노를 알게 됐고, 한 지주에게서 그를 사서 자유를 주었고, 후견인 역할을 했다는 이야

기가 전해진다. 이에 대해서는, 래너드 샤피로, op cit., p. 51.

28 일반적으로 "일개인의 가장 단순한 특징"을 의미하는 것으로서, 작중 인물의 이름은 그들의 존재론적 정체성을 밝힐 뿐만 아니라, 향후 그에 대한 정보를 추가하기 위해서도 기능한다. Boris Tomashevsky, "Thematics," in *Russian Formalist Criticism. Four Essays*, trans., Lee T. Lemon and Marion J. Reis (Lincoln and London: University of Nebraska Press, 1965), p. 88.

29 사진의 출처는 다음과 같다. http://galina-lukas.ru/article/783 (검색일: 2016.7.23)

30 스쵸푸시카가 러시아에서 불경스러운 이민족 형상 가운데 하나로 언급되는, 터키인의 후예임을 은근슬쩍 제시하는 화자의 의도는 분명해보인다.

31 Luisa V. Yefimova, and Tatyana S. Aleshina, *Russian Elegance. Country and City Fashion from the 15th to the Early 20th Century* (London: Vivays Publishing, 2011), p. 13.

32 그림의 출처는 다음과 같다: http://historydoc.edu.ru/attach.asp?a_no=3678 (검색일: 2016.8.10)

33 앞의 주 참고. 조국 전쟁 당시의 전쟁 루복에 대한 연구는 필자의 졸고 참고. 김상현, 「권력의 아이콘, 회화의 정치기호학: 러시아 조국 전쟁(1812)의 예술적 구현을 중심으로」, 『러시아연구』, 제24권 2호(2014).

34 "농민과 농민의 일상(Крестьяне и крестьянский быт)"이란 제목 하에 실린 글과 위에서 인용한 사진은 다음의 사이트에서 볼 수 있다. http://russiahistory.ru/krest-yane-i-krest-yanskij-by-t/ (검색일: 2016.2.27)

35 위의 사이트에서 추가 인용.

36 С. И. Селиванова, *Русский фольклор: основные жанры и персонажи* (Москва: Логос, 2008), с. 104.

37 두 목각 문양의 루살카 그림은 다음의 책에서 인용했다. В. С. Воронов, *О крестьянском искусстве. Избранные труды* (Москва: Советский художник, 1972), с. 426 49.

38 보다 자세한 정보는 다음의 책을 참고. С. М. Толстая, "Нечистая сила,"// *Славянская мифология. Энциклопедический словарь* (Москва: Междунароные отношения, 2011), сс. 319-321.

39 자연인과 도시인, 전원과 도시, 목가적 환경과 분주하고 탐욕스런 도시 환경과의 이분법은 서구 문학에서 오랜 역사를 지니고 있다. 영국의 문화사가 레이먼드 윌리엄

스가 기록하고 있듯이, "후기 그리스 문학과 라틴 문학에서부터 시골의 순수함과 도시의 탐욕의 관례적 대조는 이미 상투적인 것이었다." 잉글랜드에서 진행된 도시화 과정을 추적한 윌리엄스의 이 고전은 투르게네프의 작품 기저에 깔린, 러시아 농노제의 음영을 이해하는 데 큰 도움을 준다. 레인먼드 윌리엄스, 『시골과 도시』, 이현석 옮김 (파주: 나남, 2013), p. 102.

40 Lawrence N. Langer, *Historical Dictionary of Medieval Russia* (Lanham and London: The Scarecrow Press, Inc., 2002), p. 29.

41 자연의 힘을 통제하고 이용하려는 욕구와 '개선'의 프리즘으로 전원을 관찰하는 시선은 계몽주의 시대의 지배적인 사상이었다. 이에 대해서는, 데이비드 아널드, 『인간과 환경의 문화사』, 서미석 옮김 (파주: 한길사, 2006), pp. 48-57 참고.

42 이와 같은 맥락에서 라디스 크리스토프는 러시아에 대한 이미지를 통시적으로 일별하면서 네 단계로 설명한다. 1) 러시아의 정신적이고 물리적인 중심으로서 키예프 러시아 시대의 이미지로, 주로 척박한 자연 환경에서 축성된 러시아의 자연이 강조돼 있다. 2) 그리스와 로마 문명으로부터 독립돼 나온 모스크바 공국 시절의 러시아로서, 주로 강의 수원을 상기한다. 3) 도시 자체의 외관으로 본 페테르부르크 이미지로서의 러시아, 4) 민족적 근거에서라기보다는 순전히 지리적인 측면에서 바라본 유라시아로서의 러시아이다. Ladis K. D. Kristof, "The Russia Image of Russia: An Applied Study in Geographical Methodology," in Charles A. Fisher, ed., *Essays in Political Geography* (London: Metheun & Co Ltd., 1968), pp. 356-364.

43 이 인용문은 중세 이후부터 현대에 이르기까지 독일의 숲에 대한, 숲에서 일어난 일의 역사를 문화사 시각에서 분석한 연구서에서 빌린 것이다. 숲에 대한 과학적 분석, 나무에 대한 경제적 활용과 산업과의 관계는 농촌 공동체에 대한 침탈의 양식일 수밖에 없었다. 요아힘 라트카우, 『숲과 나무의 문화사. 나무 시대』, 서정일 옮김 (서울: 자연과 생태, 2013), p. 193.

44 자크 브로스, 『나무의 신화』, 주향은 옮김 (서울: 이학사, 2007), p. 39.

45 이런 이유에서 "숲속에 수도원을 짓는" 행위는 이중적인 함의를 내포한다. 자크 브로스는 "숲에 남아 있던 초자연적인 피조물들과 범법자들을 그곳에서 [숲에서] 몰아냈던 것이다"는 근거로 이를 해석하고 있다. 자크 브로스, ibid., p. 216.

46 레너드 샤피로, op cit., p. 106.

47 헨리 데이빗 소로우, 『월든』, 강승영 옮김 (서울: 은행나무, 2016), p. 319.

48 헨리 데이빗 소로우, ibid., p. 199.

49 책표지의 출처는 다음과 같다. https://en.wikipedia.org/wiki/Walden (검색일: 2016.12.28)

50 Orlando Figes, op cit., p. 60.

51 Василий Белов, там же. с. 65, 111.

52 사진의 출처는 다음과 같다. А. В. Анисимов, рецен., *Русское деревянное зодчество. Произведения народных мастеров и вековые традиции* (Москва: Северный паломник, 2012), с. 47, 153.

53 James Billington, op cit.

54 사진의 출처는 다음과 같다. Елена Заручевская, *Про крестьянские хоромы* (Москва: Арт Волхонка, 2015), с. 15, 20.

55 *Исторический музей. Шедевры и реликвич* (Москва: Исторический музей, 2013), с. 114.

56 한 연구서에 따르면, 19세기 중반까지 러시아 문학에서 묘사되는 수염은 오랫동안 "보수성의 상징(как символ косности)"으로서 끊임없는 조롱의 대상이었다. А. И. Куприянов, *Городская культура русской провинции. Конец XVIII - первая половина XIX века* (Москва: Новый хронограф, 2007), с. 370.

57 러시아 농부의 정직함은 큰 자랑거리가 아닐 수 없다. 물론 간교한 농부 캐릭터들도 존재하지만, 정직하고 사리사욕이 없으며 순수한 것이 특징적인 러시아 농부의 품성이다. 1860년대 시민 비평과 시민 시의 창작자로 유명했던 네크라소프와 투르게네프가 나눈 다음의 대화 내용은 이러한 러시아 농부의 정직함을 잘 담아내고 있다. "러시아 농부와 대화를 나눌 때마다 나는 이들이 간교함이 전혀 없는 건강한 말씨를 사용하고, 사리사욕도 없으며, 가까운 지인들에게 그야말로 인간다운 감정을 지니고 있는 것을 보고는 놀라지 않을 수 없습니다. 그리고 이들 앞에서 스스로를 돌아보면, 내가 얼마나 타락해 있는지, 뼛속과 골수까지 스며든 내 이기심에 얼굴이 붉어지곤 하지요." Дамир Соловьев, coста., там же. с. 225.

58 И. С. Тургенев, *Собрание сочинений в шести томах* (Москва: Огонек, 1968), том 1. с. 129.

59 러시아어로 '독신'을 지칭하는 단어에는 'бобыль'가 있다. 이 어휘는 '경작할 땅을 소유하고 있지 않은 자'란 의미를 함축함으로써 부정적인 맥락에서 사용되곤 한다(물

론 투르게네프의 이 단편에서 스테구노프의 독신 상태를 의미하는 것에는 적용되지 않는다). 언어적으로 독신 상태를 토지 무소유의 신분과 연결 짓고 있는 러시아어의 맥락은 한번쯤 생각해볼 일이다. 이에 대해서는 Анна Павловская, *Русский мир. Характер, быт и нравы*, там же. с. 320 참고.

60 두 사진의 출처는 다음과 같다. (상) *Русский костюм в фотографиях. Метаморфозы* (Москва: СЛОВО, 2010), сс. 70-71. (하) там же. с. 217. 특히 머릿수건 플라토크의 문화사적 의미와 복식 코드의 중요성에 대해서는 필자의 졸고 참고. 김상현, 「러시아의 전통 수건과 복띠로 본 러시아 문화 코드」, 「노어노문학」, 제25권 2호 (2013), pp. 247-284.

61 Василий Белов, *Лад. Очерки о народной эстетике* (Москва: Молодая гвардия, 1982), с. 94.

62 사진의 출처는 다음과 같다. И. И. Шангина, там же. с. 343.

63 물론 투르게네프의 작품엔 악덕하고 폭력적인 여지주들도 존재한다. 예컨대 「무무」에서는 포악스러운 여자 지주의 명령에 따라 개를 바다에 빠져 죽게 하는 이야기가 나온다. 투르게네프가 반복적으로 여지주를 부정적으로 그려내는 까닭을 그의 어머니와 관련짓기도 한다. 실제로 작가는 어머니를 "폭압적이고 비이성적이며 집안의 폭군으로" 묘사하면서 자신의 거친 유년시절을 회상하곤 했다. 이에 대해서는, W. Bruce Lincoln, *Between Heaven and Hell. The Story of a Thousand Years of Artistic Life in Russia* (New York: Viking, 1998), p. 159 참고. 이사야 벌린 역시 투르게네프의 인생에 지대한 영향을 끼친 인물로, "그 최초는 벨린스키를, 가장 파괴적인 인물은 과부가 된 그의 생모를 꼽을 것이다"라고 말하고 있다. 나아가 "투르게네프는 어머니가 농노와 하인들에게 자행했던 잔혹한 행위와 욕설을 보며 자랐다"고 적고 있다. 이에 대해서는, 이사야 벌린, op cit., p. 431.

64 에드워드 사이드는 자신의 책 『지식인의 표상』에서 바자로프의 형상을 자세하게 언급한 바 있다. 그는 바자로프를 "자기생산적인 인물"로 규정하고, 사회 관습이나 평범하고 진부한 것들에 "끊임없이" 저항하며 의문을 제시하고, 사태에 굳건하게 맞서는, 이른바 "지식인으로서의 순수한 동력"으로 묘사한다. 또한 바자로프를 통해 지식인의 자세를 풀어낸다. 그것은 "영원한 각성의 상태, 절반의 진실이나 널리 퍼진 생각들을 끊임없이 경계하는" 태도다. 에드워드 사이드, 『지식인의 표상: 지식인이란 누구인가?』, 최유준 옮김 (서울: 마티, 2012), p. 28, 37.

65 Виктор Бердинских, там же. с. 61. 원문은 이렇게 기록하고 있다. "Русский человек жил в симбиозе с лесом с рождения до кончины."

66 Orlando Figes, op cit., p. 351.

67 사진의 출처는 다음과 같다. И. И. Шангина, там же. с. 297.

68 러시아 정교식 무덤에 대해서는 다음의 문헌을 참고. Ивана Панкеевя, соста., *Круг жизни* (Москва: ОЛМА-ПРЕСС, 1999), с. 451.

69 사진의 출처는 다음과 같다. И. И. Шангина, там же. с. 269.

70 러시아 농부의 특징을 규정하는 여러 요소들 가운데 하나가 '감수성(чувствительность)'이다. 알렉산드르 니키텐코는, "러시아 민중에게서 뭔가 특별한 자질(замечательное свойство)이 있는데, 이는 바로 감수성이다"라고 언급한다. Дамир Соловьев, соста., там же. с. 129.

71 라디셰프의 이 '민중의 영혼'에 대한 맥락은 훗날 문명사학자 호이징하가 언급한 민중의 특징과 상통한다. 그는 "민중은 언제나 반(反)스토아적이다. 격렬한 감정의 물결, 눈물의 홍수, 흘러넘치는 감동은 언제나 민중의 영혼의 제방 위에서 부딪치는 파도"라고 적는다. 요한 호이징하, op cit., p. 80.

72 로트만은 이 나타샤의 춤의 의미를 이질적인 두 계층 간의 침투, 즉 "민중의 일상이 귀족 의식 속에 침투해 들어간 것(проникновение бытовой народности в дворянское сознание)"으로 해석한다. Ю. Лотман, там же. с. 110. 이와 비슷한 맥락으로 우리는 이미 『예브게니 오네긴』 제5장 5연에서 귀족 아가씨 타티야나가 갖고 있는 민중적 삶에 대한 사랑과 관심을 이미 지켜본 바 있다. "타티야는 믿고 있었다(Татьяна верила преданьям)/ 예로부터 내려오는 민간 전설이며(Простонародной старины)/ 꿈이나 카드점 ...등을(И снам, и карточным гаданиям...)"이란 시구에서 우리는 타티야나가 지니고 있는 민중에 대한 호기심을 잘 읽을 수 있다.

73 김상현, 「러시아 민속(학) 강좌의 필요성과 효과적인 강의 방법론 연구」, 「슬라브학보」, 제23권 3호 (2008), p. 107과 Orlando Figes, *Natasha's Dance. A Cultural History of Russia* (New York: Metropolitan Books, 2002), p. xxv-xxvi에서 재인용. 강조는 필자.

74 포쉴로스티는 고골의 거의 전 작품에서 다뤄지는 주제로서, '범속성' 혹은 '속물근성' 정도로 옮겨지는데(영어로도 적확한 등가어가 없어, 'banality' 정도로 옮겨진다), 질적으로 보잘 것 없으며 문화적으로도 매우 낮고 저열함을 의미한다. 러시아의 저명

한 언어학자 빅토르 비노그라도프는 이 어휘의 역사적 기원에 대해, 형용사 포쉴리이(пошлый)는 17세기 상인들의 언어에서도 발견되며, 18세기 말 무렵에 부정적인 함의가 내포되기 시작해 "질적으로 낮고, 지극히 평범하고 하찮은 것"을 의미한다고 설명한다. Gennady Obatnin, "Two hundred years of poshlost'" a historical sketch of the concept," in Risto Alapuro, Arto Mustajoki, and Pekka Pesonen, ed., *Understanding Russianness* (London and New York: Routledge, 2012), p. 184에서 재인용.

75 Christine Ruane, op cit., p. 129.

76 '원치 않는 결혼'은 18세기에도 만연했다. 개인 간 사랑과 인권이 무시된, 가부장제 질서의 대표적인 사례인 '부당한 결혼'은 라디셰프의 『페테르부르크에서 모스크바로의 여행』(1790)에도 기록돼 있다. 어린 신부가 강제 중매로 어쩔 수 없이 지주와 혼례를 치르는 내용인 「진흙탕」(Черная Грязь)이란 장은 자신이 본 결혼식 장면을 "농민들에게 행한 귀족의 무례한 전제 권력의 예(изрядный опыт самовластия дворянского над крестьянами)"라고 규정하며 시작한다. 작가는 혼례를 집전하는 사제를 "강제적 폭군(исторгнутая власть)"으로, 부당하게 팔려가는 신부의 결혼식을 "신성모독(богохуление)"으로, 지주 계급의 정의롭지 못한 풍속 조장을 "인류에 대한 폭력(поносительное человечеству насилие)"으로 규정하고 있다. 이야기의 끝부분에는 "수백만 명에 달하는 농노들의 이 쓰디쓴 운명은 손자 세대에 이르러도 그 끝이 보이지 않을 것(O! горестная участь многих миллионов! Конец твой сокрыт еще от взора и внучат моих...)"이라고 적는다.

「자이초보」(Зайцово)라는 장에서는 한 시골 지주의 비인간적인 행동이 소개된다. 자기 하인들인 어느 선남선녀의 결혼식이 있던 날, 이 악독 지주는 남정네들과 짜고, 어린 신부를 바냐로 유인해 자신의 욕정을 치르고 만다. 이 광경을 목격한 신랑은 지주를 패 죽이고, 작가는 신랑이 당하는 억울한 판결과 이에 대한 양심적인 고백의 탄원을 보여준다.

77 М. М. Карпович, *Лекции по интеллектуальной истории России (XVIII - начало XX века)* (Москва: Русский путь, 2012), с. 209.

78 이 단편은 한편의 연극으로 해석해볼 만하다. 이에 대해는 필자의 졸고를 참고. Sang Hyun Kim, "A Theatrical Interpretation of Turgenev's "Gamlet Shchigrovskogo uezda," *Russian Literature* (Vol. 56. No. 4). 사나이와 화자가 간밤에 나눈 긴 이야기는 무대에 두 인물만 등장해 보여주는 모노드라마와 같다는 점, 그리고 부산하고 시

끄러운 파티 장면은 관객들이 연극 무대에 도착해 자리를 잡는 모습과 유사하다는 점, 두 사람의 대화가 시작되면서부터 관객 속으로 숨어 들어간 고관대작과 손님들 때문에 무대 위는 조용한 침묵과 긴장이 흐르게 된다는 점 등이 이 단편의 연극성을 입증한다.

79 이 묘사 외에도 이 단편에는 체르토프하노프의 옷차림이 또 한 번 등장한다. 이때에도 그는 아시아풍의 할라트를 입고 나타난다. "기름때 묻은 부하라직 실내복(할라트)에 품이 넓은 바지를 입고 새빨간 실내모를 쓰고서 의자에 걸터앉아...(В засаленном бухарском халате, широких шароварах и красной ермолке сидел он на стуле...)"

80 그림의 출처는 다음과 같다. http://io.ua/6360900 (검색일: 2016.8.25) Н. М. Калашникова, *Народный костюм (семиотические функции)* (Москва: СВАРОГ и К, 2002), c. 294. 19세기 중반에 이 옷은 이미 일정한 형태의 재봉 스타일을 포함해 '전면의 줄무늬(всякий полосатый халат)' 옷을 뜻하는 것이었다. 이후 여러 색깔의 색동(полоски)이 들어간 옷으로 정착돼 현재에 이른다.

81 그림의 출처는 다음과 같다. http://www.art-portrets.ru/artists/kartina-fedotova-svezhiy-kovaler.html (검색일: 2016.7.26)

82 그림의 출처는 다음과 같다. http://www.artsait.ru/art/s/suhodolskyP/img/2.jpg (검색일: 2016.8.9)

83 그리하여 블라디미르 칸토르 같은 비평가는 도스토옙스키의 농부 마레이, 톨스토이의 플라톤 카라타예프, 투르게네프의 동명 작품의 주인공 무무의 형상을 비교하면서, 투르게네프가 "최초로 러시아 민중의 상징적인 형상을 창조했다"고 적고 있다. Владимир Кантор, там же. с. 147.

84 피터 브룩스, 『플롯 찾아 읽기: 내러티브 설계와 의도』, 박혜란 옮김 (서울: 강, 2012), p. 32.

85 피터 브룩스, ibid., p. 11.

86 이런 의미에서 러시아 민담에 자주 등장하는 공간인 숲도 연관 지어 살펴볼 수 있다. 민담의 주인공들은 보통 숲에서 길을 잃거나 위기를 겪으면서도 종국에는 집으로 돌아온다. 숲에서 바바야가를 만나 어려운 상황에 놓였다가도 극적으로 귀환하기도 한다. 이는 숲이 결국 반환점이지 결코 그 자체로 끝나버리는 종착지가 아니란 점을 말해준다. 또한 숲은 '일시적 죽음(временная смерть)'과 '입문제의(обряд посвящения)'가 발생하는 공간으로, 주인공의 인격 형성 혹은 플롯 구성에 필수적인 요소로 기능하

기도 한다. 이에 대해서는, В. Я. Пропп, *Исторические корни волшебной сказки* (Ленинград: ЛГУ, 1986), с с. 52-111 참조.

87 Дом-Лес의 기호학적 대립의 의미에 대해서는 다음의 책을 참고. Вяч. Вс. Иванов и В. Н. Топоров, *Славянские языковые моделирующие семиотические системы (Древний период)* (Москва: Наука, 1965), сс. 168-175.

88 В. В. Колесов, Д. В. Колесова, А. А. Харитонов, там же. с. 404.

89 일찍이 『러시아적인 것에 대한 단상』에서 드미트리 리하쵸프는 러시아 숲에 자리한 목조 교회를 일컬어 "주변 자연 환경에 덧붙여진 장식(украшение окружающим миром)"으로 이해하면서 그 안에 들어 있는 "나무들은 언제나 따스하며(теплое), 그 안에는 뭔가 인간미가 들어 있다(человеческое)"고 적고 있다. Дмитрий Лихачев, там же. с. 19.

90 В. В. Колесов, Д. В. Колесова, А. А. Харитонов, там же. с. 169.

91 리하쵸프는 "러시아인들에게 자연은 언제나 자유(свобода), 자유의지(воля), 그리고 광활함(приволье)을 의미했다"고 말한 바 있다. 그러면서 세 단어를 각기 다르게 구분한다. 먼저 "탁 트인 공간(широкое пространство)은 러시아인의 심장에서 언제나 멀리에 있으며", 이 어휘는 다른 언어권에서는 찾아볼 수 없는 것이라고 주장한다. 한편 자유의지(вольная воля)는 물리적 공간에 의해서 그 외부 경계가 지워지지 않은 상태로, 자유인 스바보다(свобода)를 가리킨다고 정리한다. Дмитрий Лихачев, там же. с. 14.

92 러시아의 초원이 간직한 초월적 자유의 이미지와 의인화된 조국 러시아의 여성성 등은 본 저술의 범위를 넘어선다. 특히 광활한 초원의 이미지는 회귀의 공간으로서 고향으로의 복귀 혹은 영적인 반성이 일어나는 숲과 근본적으로 다르다. 이에 대해서는, Elena Hellberg-Hirn, *Soil and Soul: The Symbolic World of Russianness* (Aldershot and Sydney: Ashgate, 1998), pp. 126-131 참조.

93 러시아 문학을 포함해 세계 문학 전반에 나타나는 경계 이탈의 모티프에 대한 의미 있는 분석으로는 다음의 책을 참고. Ю. В. Шатин, *Русская литература в зеркале семиотики* (Москва: Язык славянской культуры, 2015), сс. 128-132.

94 이 글은 김상현, 「투르게네프의 『사냥꾼의 수기』에 나타난 러시아성 주제와 '영적 순례기'의 문제」, 『슬라브학보』, 제31권 3호(2016)에 게재된 것을 수정·보완한 것이다.

95 라디셰프의 『페테르부르크에서 모스크바로의 여행』 가운데 「페쉬키」(Пешки)에서

발췌. 라디셰프는 처음 들어가 본 이즈바 내부의, 더럽고, 누추하며, 검게 그을린 벽과 바닥을 보고 나서 이렇게 말했었다.

96 러시아성 주제와 관련해 첫 번째 단편 「호리와 칼리느이치」의 배치의 의미에 대해서는, 김상현, 「러시아 문화사 강좌와 '러시아성' 주제에 대한 접근방법: 역사, 문화, 문학, 민속의 경계를 넘는 소통을 위해」, 『노어노문학』, 제21권 1호 (2009), pp. 267-303 참조.

97 출처에 대한 정보는 И. С. Тургенев, *Полное собрание сочинений и писем в 28-х томах* (Москва-Ленинград: Академия наук, 1963), cc. 534-611. 총 스물네 편 가운데 1850~1851년, 즉 러시아에 돌아온 후에 쓴 단편은 네 편에 불과하고, 외국 여행 시에 집필된 작품이 상당수 있다. 1847년 프랑스 체류 시에는 열두 편으로 가장 많은 작품을 썼고, 나머지 두 편 역시 1848년 프랑스에서 집필했다.

98 Victor Terras, A *History of Russian Literature* (New Haven and London: Yale University Press, 1991), p. 273.

99 Donald Fanger, "The Peasant in Literature," in Wayne S. Vucinich, ed., *The Peasant in Nineteenth-Century Russia* (Stanford: Stanford University Press, 1968), p. 247.

100 '작가의 의도' 개념은 일반적으로 서사 해석의 가능한 세 가지 방법(intentional reading, symptomatic reading, adaptive reading) 가운데 그 첫 번째의 것으로, "서사는 그 안에 들어 있는 모든 요소가 서사의 의미를 구성하고 그에 기여한다는 측면에서 하나의 통합체"라는 점을 인정하는 데서 출발한다. 즉, 단편 한 편도 작품 전체의 실마리를 내포한다. 이에 대해서는, H. 포터 애벗, 『서사학 강의』, 우찬제 외 옮김 (서울: 문학과 지성사, 2010), pp. 194-195 참고.

101 H. Gifford, "Turgenev," in John Fennell, ed., *Nineteenth-Century Russian Literature. Studies of Ten Russian Writers* (Berkeley and Los Angeles: University of California Press, 1976), p. 145.

102 그림의 출처는 다음과 같다. http://artru.info/il/img.php?img=25915 (검색일: 2016.8.9)

103 Ю. Л. Воротников, ответ. ред., *Иван Тургенев и общество любителей россиискои словесности* (Москва: Академия, 2009), с. 63에서 재인용.

104 René Wellek and Austin Warren, *Theory of Literature* (New York: Harcourt Brace and Company, 1956).

105 비사리온 벨린스키, 『전형성, 파토스, 현실성. 벨린스키 문학비평선』, 심성보·이병훈·이항재 옮김 (파주: 민음사, 2003), p. 459.

106 비사리온 벨린스키, ibid., p. 459.

107 투르게네프의 작품 전체를 일별해보면, 사실 종교적 색채의 작품은 드물다. 「살아 있는 유해」을 제외하고, 「여인숙」(Постольный двор), 「그리스도」(Христос)와 산문시 일부에 성서적 모티프와 종교에 대한 신념과 이해가 피력돼 있다. 이에 대해서는, 김성일, 「이반 투르게네프의 「살아 있는 유해」에 나타난 종교적 형상」, 세계문학비교학회 전북대학교 국제문화교류연구소 심포지움 (2009년 5월) 춘계학술대회 발표집, pp. 208-209 참조.

108 사진의 출처는 다음과 같다. И. И. Шангина, там же. с. 288.

109 Orlando Figes, op cit., p. 107.

110 Orlando Figes, ibid., p. 107.

111 Wayne C. Booth, *The Rhetoric of Fiction* (New York: Penguin Books, 1991), p. 115.

112 Robert M. Luscher, op cit., p. 166.

4부

1 이 글은 김상현, 「르상티망과 부정(否定)의 시학: 러시아 복식사에 나타난 민족 및 민중 정체성, 동양문화와의 접점」, 『노어노문학』 제28권 2호 (2016), pp. 271-330의 내용을 수정·보완한 것이다.

2 "Европа нам ну...жна как идеал, как у···прек, как благой пример; если она не такая, ее надобно выду...мать." А. И. Герцен, *Собрание сочинений в 30 томах* (Москва: Наука, Акад. наук СССР, Ин-т мировой лит. им. А. М. Горького, 1954-1965), с. 66.

3 Susanna Rabow-Edling, *Slavophile Thought and the Politics of Cultural Nationalism* (New York: State University of New York Press, 2006), p. 3.

4 피에르 하트, 「서구」, 니콜라스 르제프스키 엮음, 『러시아 문화사 강의』, 최진석 외 옮김 (서울: 그린비, 2011), p. 154.

5 Liah Greenfeld, *Nationalism: Five Roads to Modernity* (Cambridge: Harvard University Press, 1992), p. 255.

6 В нашем новом поколепии есть странный кряж; в нем спаяны, как в маятниках, самые противу...положные элементы: с одной стороны, оно толкается каким-то жестяным, костлявым, неукладчивым самолюбием, заносчивой самонадеянностью, щепетильной обидчивостью; с другой–в нем поражает обескураженная подавленность, недоверие к России, нреждевременное старчество. Это естественный результат тридцатилетнего рабства; в нем в иной форме сохранилась наглость начальника, дерзость барина – с подавленностью подчиненного, с отчаянием ревизской души, отпускаемой в услужение. А. И. Герцен, там же. с. 67.

7 데이비드 아놀드, 『인간과 환경의 문화사』, 서미석 옮김 (파주: 한길사, 2006), p. 213.

8 에릭 홉스봄, 『파열의 시대 : 20세기의 문화와 사회』 (서울: 까치, 2015), p. 120.

9 에릭 홉스봄, ibid., p. 121.

10 보가티레프의 원전은 *Слово о словесности* 2 (1936), cc. 43-47에 게재된 짧은 글이나, 다음의 책에서 재인용했음을 밝혀둔다. Elena Hellberg-Hirn, *Soil and Soul: The*

*Symbolic World of Russianness* (Vermont and Adlershot: Ashgate, 1998), p. 140.

11 К. В. Чистов, ответ., ред., *Этнография восточных славян. Очерки традиционной культуры* (Москва: Наука, 1987), с. 259.

12 Н. М. Калашникова, там же. сс. 7-8.

13 가장 최근에 발표된 연구물부터 소개하면 다음과 같다. 정현, 「현대 패션에 반영된 러시아풍의 특성」, 『한국패션디자인학회지』, 제14권 3호 (2014), pp. 51-67; 이다경, 「소비에트 Red Dior 패션 디자인 특성에 대한 연구」, 홍익대학교 산업미술대학원 산업디자인학과 석사학위 논문 (2014); 송호영·간호섭, 「현대 패션에 나타난 러시아 구성주의의 조형성에 관한 연구」, 『복식』, 제61권 10호 (2011), pp. 1-15; 박윤정, 「러시아 절대주의 예술 의상 연구」, 『복식문화연구』, 제17권 6호 (2009), pp. 1083-1098; 오선희, 「20세기 초반 러시아 아방가르드 미술가의 의상 디자인 활동」, 『복식』, 제51권 3호 (2001), pp. 59-73; 조윤경·금기숙, 「1920년대 소비에트 구성주의 패션에 관한 연구」, 『복식』, 제36권 (1998), pp. 183-203; 한순자, 「러시아 복식에 대한 연구: 제정 러시아 시대를 중심으로」, 『복식』, 제28권 (1996), pp. 151-168; 최현숙, 「러시아 혁명기의 직물과 의상 디자인」, 『한국의류학회지』, vol. 17, no. 1 (1993), pp. 89-101.

14 김민자, 『복식 미학: 패션을 보는 시각과 패션에 대한 생각』 (파주: 교문사, 2013), p. 110.

15 Н. И. Костомаров, *Домашняя жизнь и нравы великорусского народа* (Москва: Экономика, 1993), с. 87.

16 고대 루시 시기의 여러 연대기에서 스뱌토슬라프가 "한쪽 귀에 두 개의 진주와 루비가 달린 금귀걸이를 달고 있었다"는 묘사는 잘 알려져 있다. 또한 "망토 혹은 카프탄을 입고 있되, 팔 달린 소매를 한쪽으로만 해 입은 상태였고, 반대편 어깨는 노출돼 있었다"는 기록이 함께 전해진다. В. Г. Анишкин и Л. В. Шманева, *Быт и нравы царской россии* (Ростов: Феникс, 2010), с. 42. 그러나 또 다른 문헌에 따르면 카프탄은 애초에 페르시아 혹은 아랍을 거쳐 타타르에게로 전해졌고, 다시 15세기 말엽에 최종적으로 타타르 이민족에게서 유래된 것으로 기록돼 있다. 상용된 시기상에 많은 차이가 나기 때문에 철저한 고증이 필요하다. Richard Hellie, *The Economy and Material Culture of Russia 1600-1725* (Chicago and London: The University of Chicago Press, 1999), p. 354.

17 А. Терещенко, *Быт русского народа*. Часть 1 (Москва: Русская книга, 1997), сс. 180-181.

18 (좌) Н. В. Рощина, *Царское платье* (Москва: Московский кремль, 2012), с. 23. (우) Luisa V. Yefimova and Tatyana S. Aleshina, op cit., p. 13.

19 Н. Соснина и И. Шангина, *Русский тридиционный костюм. Иллюстрированная энциклопедия* (Санкт-Петербург: Искусство-СПБ, 1999), с. 92 (좌), 243 (우).

20 И. В. Власова и В. А. Тишкова, там же. с. 264.

21 Гуд Станислав, "Ферязь как часть старинного русского костюма" (2014) (검색일: 2016.2.23) 중세 유럽에서도 의복의 변천사는 이와 유사했다. 기본적으로 통이 넓고 느슨한 의복에서 좁고 몸에 딱 맞는 양식으로의 전환이었다. 한 연구에 따르면, "초기(4-10세기), 중기(11-13세기), 말기(14-15세기), 이렇게 세 시기로 구분되는 중세의 복장은 통이 넓은 옷에서 좁은 옷으로 이행했으며, 남방계의 관의(寬依, 느슨한 원피스의 의복) 양식은 북방계의 착의(窄依, 몸에 맞게 재단한 의복) 양식으로 바뀐다." 김복래, 『속속들이 이해하는 서양 생활사』, op cit., p. 198.

22 Н. И. Костомаров, там же. с. 88.

23 지역 특색으로 구별하자면, 사라판은 주로 북부에서, 치마 파뇨바는 주로 남부에서 입었다고 알려져 있다. Alison Hilton, *Russian Folk Art* (Bloomington and Indianapolis: Indiana University Press, 1995), p. 86.

24 (좌)(우) Н. В. Рощина, там же. с. 46, 21.

25 Luisa V. Yefimova and Tatyana S. Aleshina, op cit., p. 74.

26 Luisa V. Yefimova and Tatyana S. Aleshina, ibid., p. 71.

27 Luisa V. Yefimova and Tatyana S. Aleshina, ibid., p. 51.

28 Н. В. Гиляровская, Сост., *Русский исторический костюм для сцены. Киевская и Московская Русь* (Москва: В. Шевчук, 2014), с. 75. 이렇게 절개면이 왼쪽으로 이동해 사선으로 기울어져 보이는 형태의 옷을 '코소보로트카(косоворотка)'라고 한다. 힐튼의 설명에 따르면, 카프탄 역시 여며 입는 방식의 다목적 외투인데, 흥미롭게도 이 여며 묶는 곳이 착용자의 방향에서 좌측에 있다. 상술하자면, 오른손으로 우측의 옷감을 잡고, 중앙 배면을 가로질러 좌측의 옷감 위를 덮는 형태로 좌측에서 최종적으로 옷을 여미는 방식이다. 한국 정통 복식 용어를 빌려 말하면, 좌임(左衽) 형태다. Alison Hilton, op cit., p. 88. 한편 단추가 달려 있지 않던 카프탄에 단추가 생기기 시작한 건 1720년으로, 이는 표트르 대제의 의복 개혁이 일으킨 변화 가운데 하나다. Л. В. Беловинский, *История русской материальной культуры* (Москва:

ФОРУМ, 2015), с. 241.

29 О. Г. Гордеева, Т. Т. Иванова, и А. А. Цветкова, *Праздничная одежда народов России* (Москва: Исторический музей, 2016), с. 195.

30 О. Г. Гордеева, Т. Т. Иванова, и А. А. Цветкова, там же. с. 177.

31 플라노 드 카르피니 · 윌리엄 루브룩, 『몽골 제국 기행 : 마르코 폴로의 선구자들』, 김호동 역주 (서울: 까치, 2015), p. 192. 하지만 이 기록의 모호한 점은 묶는 위치가 착용자의 방향을 말하는 것인지, 보는 사람을 기준으로 하고 있는지의 여부이다.

32 http://folk-costume.com/epancha/ (검색일: 2016.2.24)

33 Richard Hellie, op cit., p. 158.

34 М. Забылин, *Русский народ. Его обычаи, обряды, предания, суеверия м поэзия* (Москва: ТЕРРА, 1996), с. 92. В. Г. Анишкин и Л. В. Шманева, там же. с. 52.

35 О. Г. Гордеева, Т. Т. Иванова, и А. А. Цветкова, там же. с. 58.

36 О. Г. Гордеева, Т. Т. Иванова, и А. А. Цветкова, там же. с. 61

37 О. Г. Гордеева, Т. Т. Иванова, и А. А. Цветкова, там же. с. 63.

38 И. В. Власова и В. А. Тишкова, там же. с. 269.

39 18세기에는 부유하지 않은 상인층의 여인복 혹은 수공업자들과 농민층의 여자들이 입던 옷이 됐다. 그러다가 19세기에는 그 용도가 변경돼 오로지 농민들만 입는 것으로 축소돼 20세기에 이르렀다고 전해진다. Н. Соснина и И. Шангина, там же. сс. 282-283.

40 Richard Hellie, op cit., p. 356.

41 С. В. Горожанина и В. А. Демкина, *Русский сарафан. Белый, синий, красный* (Москва: БОСЛЕН, 2015), с. 162.

42 С. В. Горожанина и В. А. Демкина, там же. с. 172.

43 И. В. Власова и В. А. Тишкова, *Русские: история и этнография* (Москва: АСТ Олимп, 2008), с. 264.

44 몽고어와 튀르크어에서 차용된 단어들은 상당수 알려져 있다. 예컨대 돈과 재정 관련(деньги, казна, таможня), 교역과 상업 관련(базар, балаган, кумач), 그리고 의복 관련 (армяк, башлык, башмак) 어휘 등이다. Георгий Вернадский, *Монголы и Русь* (Москва: Ломоносовъ, 2015), с. 410.

45 Luisa V. Yefimova and Tatyana S. Aleshina, op cit., p. 15.

46 Н. В. Рощина, там же. с. 31.

47 И. В. Власова и В. А. Тишкова, там же. с. 270.

48 Н. В. Гиляровская, там же. с. 24.

49 Giles Fletcher, *Of the Russe Common Wealth* (London, 1591). Anthony Cross, *Russia under Western Eyes 1517-1825* (London: Elek Books, 1971), p. 80에서 재인용.

50 Adam Olearius, *The Travels of Olearius in Seventeenth-Century Russia* (California: Stanford University Press, 1967), pp. 127-128.

51 Adam Olearius, ibid., p. 130.

52 Adam Olearius, ibid., p. 129.

53 А. Терещенко, там же. сс. 184-186.

54 Н. В. Гиляровская, там же. с. 78.

55 Richard Hellie, op cit., p. 357.

56 Н. В. Рощина, там же. с. 25.

57 (상) Н. В. Гиляровская, там же. с. 78, 80. (하) Н. Соснина и И. Шангина, там же. с. 108, 122.

58 Н. Соснина и И. Шангина, там же. сс. 107-108. 쥐스토코르는 본래 "몸에 꼭 맞는다"는 의미로, "중세 때 병사들이 입었던 실용적인 코트에 기원을 둔 것"으로 알려져 있다. 17세기 중엽, 루이 14세가 즉위하면서 재출현한 의상으로, 귀족풍에 대항하는 의미에서 1670년경부터 널리 유행한 상의다. 18세기를 거쳐 20세기에 이르기까지 남자 복식에 시민적 성격을 확립시키는 데 큰 기여를 했다. 오늘날 수수하고 실용적인 의상으로서 남성 양복(suit)의 형태가 완성되는 데에도 큰 역할을 했다. 정흥숙, 『서양복식문화사』(파주: 교문사, 2014), pp. 219-220, 256-257.

59 М. Забылин, там же. с. 93. 동여매는 방식에서 동양 기원과의 차이점은 코스토마로프의 연구에서도 일치하고 있다. 그리고 의복에 정식으로 단추를 다는 복식이 등장하기 전까지 12-13세기에 카프탄의 단추는 거의 가슴팍에만 다는 것이 관례였다. Н. И. Костомаров, там же. с. 91. 밑자락 부분이 금실로 덧대어진 스타일의 카프탄은 고대의 타타르식 복식을 대체한 새로운 양식으로, 이 형태 역시 17세기 황제 표도르 알렉세예비치 치세기에 러시아에 들어왔다. Н. В. Гиляровская, там же. с. 85. М. В. Короткова, Знатные московиты в XIV – XVII вв. // *Культура повседневности: истоия костюма* (Москва: ВДАДОС, 2002). http://izhlib.ru/article/300 (검색일: 2016.2.24)

60 Н. В. Гиляровская, там же. с. 77, 89.

61 Н. И. Костомаров, там же. с. 90.

62 Н. В. Гиляровская, там же. с. 89. 스타노보이 카프탄과 유사한 것으로 서유럽의 러프(ruff)가 있다. 둘을 비교 연구한 결과는 아직 없는 것으로 보이나, 필자가 보건대 그 외관과 착용 권력과의 관계 측면에서 이 둘은 유사한 부분이 많다. 외견상 "러프는 르네상스기 유럽 패션 정치를 풍미한 옷 장식"으로서, "압도적인 장식미를 통해 권력의 위용을 자랑한 대표적인 데코레이션"이었다. "원래 남자 셔츠의 목둘레선의 프릴에서 발전된 칼라"였는데, 특히 목을 둘러 화려하게 장식된 러프는 남녀를 불문하고 애용됐으며, 17세기에 이르러서는 "유난스러울 정도로 목에 포인트를 주기 시작한다." 이에 대해서는 박종성, 『패션과 권력: 또 다른 지배와 복종』 (서울: 서울대학교문화원, 2013), pp. 103~124 참고(특히 유럽의 러프에 대한 사회학적, 복식사적 전개와 의미에 대해서는 제3장 '러프의 장식 권력', 제4장 '러프의 성정치학'을 참고). 여기서 필자가 주목하는 것은 차르의 카프탄이 포르피리로 발전하면서 부여받은 정치적 상징성과, 러프의 엄청난 장식에 딸린 권력 표현이 서로 유사하다는 차원이다. 이에 대해서는 고애란, 『서양의 복식문화와 역사』 (파주: 교문사, 2012), p. 177 참고. 서유럽의 시대정신과 그에 따른 의복의 변화에 대해서는 김민자, op cit., pp. 340-353 참고.

63 Н. В. Рощина, там же. с. 20.

64 사진의 출처는 다음과 같다. (상) В. Б. Казарина, с. 187. (하) Н. М. Калашникова, 《*Пояса со словесами*...》 (Москва: Современный паломник, 2014), с. 169. 복띠 포야스의 문화사적, 민속적 의미에 대해서는 필자의 연구를 참고. 김상현, 「러시아의 전통 수건과 복띠로 본 러시아 문화 코드」, 「노어노문학」, 제25권 2호 (2013), pp. 247-284.

65 Richard Hellie, op cit., p. 361.

66 Гуд Станислав, там же. 남성용 팔 길이는 무려 95센티미터, 여성용은 더욱 길어서 130~140센티미터였다고 전해진다. 길이 때문에 생겨난 관용어가 있을 정도다. 예컨대 "소매를 걷어 올리고(засучив рукава)" 또는 "대충대충 되는 대로 일하다(спустя рукава)"는 바로 이러한 배경에서 생겨난 관용 어구들이다.

67 М. Забылин, там же. с. 94.

68 Н. В. Гиляровская, там же. с. 81.

69 Гуд Станислав, там же.

70 И. В. Власова и В. А. Тишкова, там же. сс. 270-271.

71 당대 사료와 연대기들에서 파뇨바에 대한 언급이 거의 없을 정도로 착용 범위가 놀랍도록 축소됐다. 반면 사라판은 남성용으로 출발했지만, 여성 의복으로도 용도가 확장됐다. И. В. Власова и В. А. Тишкова, там же. с. 275.

72 그림의 출처는 다음과 같다. Л. Б. Скляр, проект., *Костюм в русском стиле. Городской вышитый костюм конца XIX - начала XX века* (Москва: БОСЛЕН, 2014), с. 17.

73 Elena Hellberg-Hirn, op cit., p. 141. 페르시아 기원의 사라판보다 더 오랜 기원을 가지는, 폭이 넓은 치마인 파뇨바는 당시 러시아 남부에서 유행했고, 오늘날 우크라이나의 전통 의상으로 자리 잡았다. 19세기 민족주의 의식이 고양되던 시기에는 모스크바 상인층의 부인들이 사라판과 코코쉬니크를 선호했다. 이는 니콜라이 1세가 예카테리나 여제에 의해서 도입된 러시아 의상은 반드시 궁중의 여인들이 착용해야 한다는 칙령(1834)의 결과였다. Elena Hellberg-Hirn, ibid., p. 142.

74 И. В. Власова и В. А. Тишкова, там же. с. 276.

75 А. Терещенко, там же. с. 202.

76 Н. В. Рощина, там же. с. 43

77 Людмила Скляр, Сост., *Костюм в русском стиле. Городской вышитый костюм конца XIX - начала XX века* (Москва: БОСЛЕН, 2014), с. 16.

78 И. В. Власова и В. А. Тишкова, там же. с. 285.

79 루바하는 남녀 구분이 없는 기본적인 의상으로 맨몸에 직접 입는 상의다. 러시아의 일부 지역에서는 루바하를 자신의 운명과 동일시해 절대 타인에게 팔거나 양도하지 않았다고 한다. Г. С. Маслова, *Народная одежда в восточнославянских традиционных обычаях и обрядах XIX - начала XX в.* (Москва: Наука, 1984), с. 41. 18세기 말~19세기 초, 여성복의 한 트렌드는 가슴골이 깊게 파이고, 어깨와 목덜미가 훤히 보이게 만들어진 데콜테(декольте) 양식이었다. В. А. Янтовская, там же. с. 136.

80 Людмила Скляр, там же. с. 17.

81 하지만 모든 여관이 제복을 상시 착용하는 것은 아니었고, 관등에 따라 미리 고지된 행사 등에서만 착용하는 것이 예절이었다. А. М. Конечный и другие, *Быт пушкинского Петербурга Опыт энциклопедического словаря* (СПб: Иван Лимбах, 2011), том 2, с. 122.

82 Людмила Скляр, там же. с. 18.

83 К. В. Чистов, там же. с. 260. 일반적인 머리 장식 코코쉬니크와 달리, 키카는 양 모서리에 뿔과 같은 날카로운 막대기 모양의 물체를 넣어 각이 드러나게 한 것으로, 모자 형태의 샤프카를 지칭하는 용어이다. М. Забылин, там же. с. 102.

84 (좌) Н. В. Рощина, там же. с. 53. (우) С. В. Горожанина и В. А. Демкина, там же. с. 179.

85 Л. Н. Семенова, *Очерки истории быта и культурной жизни россии. Первая половина XVIII в.* (Ленинград: Наука, 1982), с. 127.

86 Л. Н. Семенова, там же. с. 128.

87 Robert Ross, *Clothing: A Global History. Or, The Imperialists' New* Clothes (Cambridge: Polity, 2008), p. 107.

88 단추는 표트르 대제의 개혁 이전부터 러시아에서 고가의 현대적인 소품으로 취급되고 있었다. 금, 은, 진주, 크리스털 등 소재도 다양했으며, 옷에 부착되는 위치마다 이름이 다르게 붙여질 만큼 의미가 남달랐다. М. В. Короткова, там же.

89 К. В. Чистов, там же. с. 260.

90 표트르 대제가 도입한 녹색 군복은 100년 이상 지속됐다. 황제의 기병대와 포병대는 각각 푸른색과 붉은색의 군복을 착용했다. 표트르 대제 사후 여러 명의 여제가 보위를 이어가면서 군대의 조끼가 점차 짧아지는 경향이 있었으며, 모자에는 약간의 변화가 가해졌다. 전통적으로 군인이 착용하던 삼각모는 양각모로 바뀌었다. 표트르 대제의 군 제복 개혁에 관한 흥미 있는 기사는 다음을 참고. http://rbth.com/defence/2015/02/02/uniform_as_standard_moustaches_mandatory_peter_the_greats_army_reform_43361.html (검색일: 2016.10.3)

91 http://az.lib.ru/k/kantemir_a_d/text_0020.shtml (검색일: 2016.2.28) 한편 일부 보수층에서는 표트르 대제의 의복 개혁에 맞서 옛 복식을 유지 · 보존하려는 운동이 일어나기도 했다. 포소쉬코프는 각 계급마다 고유한 의상을 착용하자는 프로젝트를 제안하기도 했다. Л. Н. Семенова, там же. с. 132.

92 사진의 출처는 다음과 같다. И. И. Шангина, там же. с. 217.

93 Л. Н. Семенова, там же. с. 128. В. Г. Анишкин и Л. В. Шманева, там же. с. 271.

94 서유럽도 마찬가지였다. 필리프 페로도 프랑스의 예를 들면서, "한두 세기 동안은 농촌에서 의상의 변화가 없었다"고 적고 있다. 필리프 페로, op cit., p. 45.

95 Л. Н. Семенова, там же. с. 136.

96 Л. Н. Семенова, там же. с. 136.

97 조국 전쟁을 전후한 시대의 변화를 민중과 풍속화의 입장에서 재해석한 연구는 필자의 졸고를 참고. 「루머와 저항의 민속: 러시아 조국 전쟁(1812)에 대한 민중 문화의 풍경」, 『슬라브학보』 제27권 4호 (2012), pp. 57-94.

98 필리프 페로, op cit., p. 41.

99 Л. В. Беловинский, там же. с. 723.

100 Orlando Figes, op cit., p. 75.

101 Orlando Figes, ibid., p. 76.

102 Orlando Figes, ibid., p. 76.

103 프록코트는 1770년대에 처음 러시아에 등장해, 도심 외출복이나 명절 때 입는 귀한 옷으로 여겨졌다. Л. В. Беловинский, там же. с. 242. 키프렌스키의 초상화는 현재 트레티야코프 미술관에 소장돼 있다.

104 И. А. Манкевич, там же. с. 45. 일례로 1825년 한 호에 소개된 여성 패션에 대한 기사가 흥미롭다. 매 호수에는 당대의 유행과 의상 정보를 그림과 함께 소개했었는데, 숙녀들이 오른팔 손목에는 여러 개의 팔지를, 왼팔에는 딱 하나만 차고 다닌다는 기록이 전해질 정도였다. В. А. Янтовская, там же. с. 140.

105 И. А. Манкевич, *Повседневный Пушкин: поэтика обыкновенного в жизнетворчестве русского гения. Костюм. Застолье. Ароматы и запах: монография* (СПБ: Алетейя, 2016), с. 40.

106 Richard Peace, *The Enigma of Gogol: An Examination of the Writings of N. V. Gogol and Their Place in the Russian Literary Tradition* (Cambridge University Press, 2009), p. 150.

107 사진의 출처는 다음과 같다. (상) http://www.hermitagemuseum.org/wps/wcm/connect/ (하) http://lera-komor.livejournal.com/1112714.html (검색일: 2016.8.25)

108 http://www.liveinternet.ru/tags/%D7%C5%CF%C5%D6+%C2+%C6%C8%C2%CE%CF%C8%D1%C8/ (검색일: 2016.8.25)

109 『예브게니 오네긴』에는 당대 귀족의 일상생활을 엿볼 수 있는 다수의 정보들이 산재해 있다. 이 가운데 복식과 관련된 것들로는, 프랑스풍의 조끼 질레, 판탈롱 바지, 영국 신사를 의미하는 댄디와 같은 단어들이다. 하지만 이런 단어들은 당시 귀족들에게 꽤 친숙한 것들이긴 했지만, 대개가 순전한 외국어였다.

110 Katherine Bowers, “Unpacking Viazemskii's Khalat: The Technologies of Dilettantism in Early Nineteenth-Century Russian Literary Culture,” *Slavic Review*, vol. 74, no. 3 (Fall 2015), p. 530.

111 http://rvb.ru/19vek/vyazemsky/01text/01versus/046.htm (검색일: 2016.2.24)

112 Елена Кудинская, там же.

113 В. А. Янтовская, там же. с. 139.

114 Елена Кудинская, “Халат как символ лености и свободы в русской литературе века,” http://lit.1september.ru/article.php?ID=199804401 (검색일: 2016.2.24)

115 인용한 초상화의 출처는 다음과 같다(검색일: 2016.2.24.).

1) http://www.artsait.ru/foto.php?art=r/repin/img/128,

2) http://www.bibliotekar.ru/kRepin/17.htm,

3) http://www.artsait.ru/foto.php?art=p/perov/img/31

116 Ирина Кулакова, “О халате как атрибуте интеллектуального быта россиян XVIII - первой половины XIX века,” *Новое литературное обозрение*, но 19 (2011).

117 김상현, 『러시아의 전통 혼례 문화와 민속』 (서울: 성균관대학교 출판부, 2014) 참고.

118 Н. Соснина и И. Шангина, там же. сс. 334-335.

119 김영옥·안수경·조신현, 『서양 복식 문화의 현대적 이해』 (서울: 경춘사, 2013), p. 192.

120 귀족적 계급의식이 드러나는 의복으로 프록(frac), 조끼(gilet), 바지 퀼로트(culotte), 네크웨어(jabot)가 있었다. 반면 민중에 근거를 둔 자코뱅당은 무릎 밑까지 오는 통 좁은 바지 퀼로트 대신, 길고 헐렁한 판탈롱 형식의 바지인 상퀼로트(sans-culotte)를 주로 입었다. 상퀼로트란 말은 프랑스어로 “퀼로트를 입지 않은 사람”이란 의미로, 당시 귀족이 입던 퀼로트를 거부하고, 시민풍의 정체성을 강조한 의복의 표상이었다. 이에 대해서는, 김민자 외, 『서양 패션 멀티 콘텐츠』 (서울: 교문사, 2012), p. 296; 정홍식, op cit., p. 262 참고.

121 필립 아리에스 · 조르주 뒤비, 『사생활의 역사, 제4권 프랑스 혁명부터 제1차 세계대전까지』, 전수연 옮김 (서울: 까치, 2003), p. 57.

122 사진의 출처는 다음과 같다. Christine Ruane, op cit., p. 49.

123 ‘러시아 회화계의 고골(Гоголь русской живописи)’이란 별명을 지니고 있으면서, 19세기 초중반의 위대한 풍속화가였던 파벨 안드레예비치 페도토프의 그림은 현재

트레티야코프 미술관에 소장돼 있다. http://www.art-portrets.ru/artists/kartina-fedotova-svezhiy-kovaler.html (검색일: 2016.7.26)

124 Л. В. Беловинский, там же. с. 243. 본래 판탈롱은 "프랑스 혁명기에 급진파들이 착용함으로써 복식을 통해 정치적 신념을 표출"했던 매개로, 러시아는 이것의 유행을 적잖이 걱정한 것으로 보인다. 김영옥·안수경·조신현, op cit., p. 211; 1705년 시행된 표트르 대제의 칙령에 따라, 사제(поп)와 부제(дьякон), 경작 소작농(пашенные крестьяне)을 제외한 모든 관등의 관료들은 수염을 깎아야 했다. А. И. Куприянов, там же. с. 364.

125 Л. В. Беловинский, там же. с. 233.

126 Н. Соснина и И. Шангина, там же. сс. 104-105.

127 사진의 출처는 다음과 같다. И. И. Шангина, там же. с. 215.

128 Н. Соснина и И. Шангина, там же. с. 83, с. 104.

129 И. В. Власова и В. А. Тишкова, там же. сс. 294-295.

130 Elena Hellberg-Hirn, op cit., p. 140.

131 И. В. Власова и В. А. Тишкова, там же. сс. 298-299.

132 노르베르트 엘리아스, 『문명화과정 I』, 박미애 옮김 (파주: 한길사, 2011), p. 45.

133 Judith A. c. Forney, An Investigation of the Relationship between Dress and Appearance and Retention of Ethnic Identity, Ph.D. diss., Purdue University (1980), p. 6.

134 김민자, op cit., p. 381.

135 T. Veblen, The Theory of the Leisure Class (New York: Modern Library, 1934). G. Simmel, "Fashion," *American Journal of Sociology*, vol. 62, no. 5 (1904), pp. 541-548. Elaine Baldwin, et al, *Introducing Cultural Studies* (Athens: The University of Georgia Press, 1999), p. 291.

136 Tim Edensor, op cit., p. 108.

137 니라 유발-데이비스, 『젠더와 민족: 정체성의 정치에서 횡단의 정치로』, 박혜란 옮김 (서울: 그린비, 2012), p. 85, 88-89.

138 사진의 출처는 다음과 같다: В. Б. Казарина, ред., *《Во всех ты, душенька, нарядах хороша》. Традицирнный праздничный костюм XVIII – XX веков* (Москва: Русский музей, 2015), с. 18.

139 사진의 출처는 다음과 같다: В. Б. Казарина, там же. с. 219.

140 А. М. Конечный и другие, там же. с. 192.

141 А. М. Конечный и другие, там же. с. 194.

142 Ю. Лотман, *Беседы о русской культуре* (Санкт-Петербург: Искусство-СПБ, 1994), с. 133.

143 Ю. Лотман, там же. с. 123.

144 김민자 외, op cit., p. 289.

145 바로 여기서 댄디즘에 대해 긍정과 부정의 두 측면을 동시에 고려해야 하는 이유가 생겨난다. 프랑스 혁명을 전후로 댄디풍의 복식에서 찾을 수 있는 저항 정신과 애국심, 자기표현의 민주적 주장은 결국 댄디즘이 "댄디 그 자신 안에 우월한 의식을 창조하고, 외모, 옷, 행동, 성적 편력, 지적 관심사, 그리고 사회적 지위에 대한 세심한 주의를 통해 성취될 수 있는 결과를 창조하려는 자기표현의 방식"이었음을 말해주는 일종의 확정적 기호였다. 반면 댄디에게 예술이 작품과 전시로서 이해되는 만큼, 댄디의 삶은 '극단적인 인위성'으로 향하는 성향이 있었음을 고려하면, 이는 댄디의 부정적인 측면으로 해석될 수 있는 요건이 된다. 이렇게 댄디와 댄디즘은 푸시킨의 시대에 새로운 일상적 복식사와 문화 기호로 통용됐던 것이 사실이다. 시인 푸시킨의 삶과 그의 의복 코드가 이미 당대의 전기적 삶의 예술 작품, 즉 '삶의 예술(жизнетворчество)'의 가장 훌륭한 사례가 됐던 것처럼, 댄디즘에 대한 해석은 섬세해야 할 필요가 있다. "댄디즘에서 삶은 예술처럼 되는 것이 아니라, 오히려 긍정적인 예술 그 자체로 여겨졌다"는 지적 역시 마찬가지다. 다시 말해, 당대 푸시킨의 시적 화자와 상류 작가 사회에서 이러한 복식 및 음식 문화의 일상적 소재에 관심을 보인 이유도 긍정적인 의미에서 댄디즘을 보는 것과 무관하지 않다. 때문에 "우리의 삶의 사소한 것들에 대한 진지한 집중, 지독한 자기 훈련을 보여주었던 외모와 식습관, 예절, 그리고 관계들에 대한 금욕주의, 신의 죽음 이후의 자기 형성에 대한 기민한 자각을 강조했다"는 해석은 댄디즘에 대한 가장 총체적이고 객관적인 평가라 하겠다. 이에 대해서는, 재커리 심슨, 『예술로서의 삶. 니체에서 푸코까지』, 김동규·윤동민 옮김 (서울: 갈무리, 2016), pp. 45-46 참고.

146 내적인 저항의 증거로 17세기 초 귀족 계급에서 있었던 대응들도 주목할 만하다. 표트르 대제의 서구 복식 착용의 강제에 대항해 이들은 새로운 유행인 '모직 셔츠(hair-shirts underneath)'를 착용함으로써 차르를 방해했다. David Bethea, "Literature,"

in Nicholas Rzhevsky, ed., *The Cambridge Companion to Modern Russian Culture* (UK: Cambridge University Press, 1998), p. 170.

147 Ю. Лотман, там же. сс. 32-33.

148 Ю. Лотман, там же. 표트르 대제의 관등 개혁 이후 나타난 제복과 의복에서의 변화에 대해서는, 로트만의 책에서 제1장 「사람과 관등」(Люди и чины). cc. 18-45 참고.

149 하위에서 상위로 서열이 이동함에 따라 공식적으로 지정된 색깔도 엄격하게 변했다. 흰색이 평민의 색상이라면, 검은색은 상류층 귀족 계급을 대표하는 색이었다. 마찬가지로 색상의 권위는 붉은색에서 파란색으로, 은색에서 금색으로 바뀌어갔다. Rober Ross, op cit., p. 107.

150 Ю. Лотман, там же. с. 52.

151 А. М. Конечный и другие, там же. с. 121. Jacqueline Onassis, ed., *In the Russian Style* (New York: The Viking Press, 1976), p. 16.

152 И. В. Власова и В. А. Тишкова, там же. с. 282 참고.

153 Иван Билибин, "Народное творчество русского севера,"//*Мир искусства* (Санкт Петербург, 1904), том 12, но. 6, сс. 267-302 и 303-318 (текст).

# 찾아보기

## 인명


그리고리예프, 아폴론 137
게르첸, 알렉산드르 336, 419
고골, 니콜라이 37, 50, 74, 135, 146, 261, 312, 326, 332, 439, 454
고두노프, 보리스 24, 350
곤차로프, 이반 288, 369
그린펠드, 리아 336
글린카, 표도르 367, 376
나보코프, 블라디미르 17, 412
네크라소프, 니콜라이 40, 42, 437
니콘 155, 218, 357
니콜라이 1세 27, 361, 419, 451
도스토옙스키, 표도르 35, 39, 54, 185, 230, 411, 417, 419, 422, 441
라디셰프, 알렉산드르 23, 37, 55, 143~144, 272~273, 419, 433, 439~440, 442~443
레르몬토프, 미하일 288, 327, 431
레비탄, 이삭 314
레스코프, 니콜라이 266
레핀, 일리야 149, 183, 311, 357, 376
로트만, 유리 12, 16, 57, 369, 390, 392, 412, 416, 421~422, 431, 439, 457
루브룩, 윌리엄 345
무소르그스키, 모데스트 376
미르스키, 드미트리 424
바르트, 롤랑 11, 401, 411
바실리예프, 표도르 297
뱌젬스키, 표트르 360, 373
벌린, 이사야 144, 432, 434, 438
벨린스키, 비사리온 129, 144, 438
보가티레프, 표도르 337, 445
부스, 웨인 332
브룩스, 피터 305, 441
비노그라도프, 빅토르 440
빌링턴, 제임스 50~53, 238
사이드, 에드워드 337, 438
사쿨린, 파벨 326~327
살티코프-셰드린, 미하일 144, 266
상드, 조르주 430
스타소프, 블라디미르 357
스퇴엘, 마담 드 431
시슈킨, 이반 250~251
에덴서, 팀 389
엘리아스, 노르베르트 383, 417, 455
예카테리나 여제 143, 300, 360, 419, 451
오도옙스키, 블라디미르 53~54
이반 뇌제 341, 352
젠콥스키, 바실리 412
차다예프, 표트르 54
체호프, 안톤 17, 37, 40, 288, 299, 320

츠베타예바, 마리나 429
칸테미르, 안티오흐 365
케넌, 에드워드 418
크릴로프, 이반 192
키프렌스키, 오렌스트 136, 368, 372, 453
토마셰프스키, 보리스 421
톨스토이, 레프 17, 37, 39, 163, 266, 276~277, 419, 441
튜체프, 표도르 40, 304~305
트로피닌, 바실리 368~369
트이냐노프, 유리 421, 429
파벨 1세 378, 386, 391
파이지스, 올란도 130, 266, 332
페로프, 바실리 296
프랴니쉬니코프, 일라리온 308
플레처, 가일 350
피스, 리차드 369
하트, 피에르 336, 445
호이징하, 요한 16, 413, 439

## 지명

니즈니노브고로드 65, 344
랴잔 164, 257, 345
무롬 347
볼가 380
블라디미르 153
수즈달 150, 153, 237, 240~241, 246
스몰렌스크 11, 93, 151, 154, 196~198, 267, 321, 344
아르한겔스크 257, 364, 377
아브람체보 183
오룔 148, 150, 160, 172, 249, 434
올로네츠 343, 348, 377
칼루가 148, 150, 434
탐보프 345, 362
툴라 94, 224, 280, 312~313
트베리 347
황금 고리 153

## 용어

조국 전쟁 71, 130, 157, 196~197, 199~200, 361, 366~367, 380, 384, 386, 393, 432, 435, 453
갈리치즘(갈라마니아) 133
경계 이탈(공간 이탈) 320, 442, 427
관등제 363, 391, 393, 427
구교(도) 127, 218, 266~267, 357, 377
궁정 문화 416
길(дорога) 318
네루카트보르니 413

「농노 해방령」 28, 30~31, 143~144, 202, 224, 298, 415
농민 의상 166, 338, 365~366, 376
농민 이미지 60, 243, 249
농민 문화 13~14, 57~58, 139, 279
댄디즘 111, 389~391, 456
데카브리스트 봉기 27, 367, 375, 384, 429
데콜테 451
도시(город) 13, 318
러시아 민요 272~273, 276
러프 450
레트니크 361
로마노프 왕조 49, 357, 430
루바하 205, 240, 257, 342~345, 361, 364, 424, 451
루복 49, 150, 155~160, 200, 240~241, 246, 270, 275, 428, 432, 435
르상티망 335~337, 383~384, 390~391, 394, 445
마슬레니차 91, 94, 97, 158, 425~427
만들어진 유행 366
만들어진 전통 359
머리 장식 60, 346~347, 361, 364~366, 372, 394, 452
모순의 합일 274
몰락한 귀족 186, 189, 299
문화 서사 389
문화 텍스트 12, 144, 185, 412
문화 접변 383~385
문화 접점 10, 57, 384
문화 코드 256, 438, 450
물질문화 10, 16, 74, 144, 180, 361, 365, 381, 412
민족적 정체성 391, 394
민중적 정체성 139, 156, 367~368
블린 91, 158, 425~426
사포기 378
상퀼로트 390, 454
상호텍스트성 188, 190
서구파 161, 170, 172, 232, 289~290, 434
성 베드로 축일 309
세속 문화 57, 138
소로치차 342
속물성(포쉴로스티) 278~279
숲(лес) 13, 317, 320, 442
쉴라포르 371
쉴랴파 378
슈바 349
스타노노이 카프탄 354
슬라브파 161, 170~172, 233, 289~291, 411
아르자마스 373
아르할루크 280, 293~294, 367
아시아성(Asianess) 337

아이러니 109~110, 229, 255
알레고리 162, 224, 291, 305, 319
에판차 346
오리엔탈리즘 337
오브록 24, 414
오체르크 143~144, 160, 202, 243, 255, 328
유럽화 49, 360, 365
윤무 91, 95, 306
의복 코드 361, 366, 384, 390, 394, 456
이원성 274
이즈바 83, 150~154, 206, 209, 235~238, 240, 245~246, 252, 297, 394, 433, 443
잉여 인간 71, 74, 77, 82, 111, 125, 288, 290, 299, 318, 326~327, 369, 417, 422, 430
전원 오디세이 319, 326, 329, 331
정신의 순례기 326
정원(сад) 13, 320
제복 363, 374~375, 391~393
종교 개혁 155, 357
지방색 150, 381~382
지푼 340~342, 354, 356
질레 77, 378~380, 386, 394
집(дом) 317
체페츠 372
카르마뇰 378
카르투스 257, 289, 380~381
카프탄 256, 340, 349~356, 362, 365, 367~368, 425, 446~447, 449~450
코소보로트카 345, 447
코코쉬니크 346~347, 361, 451~452
콜파크 352
퀼로트 390, 454
키카 361~362, 452
타피야 349~350
테를리크 352~353
튜닉 342, 363
파뇨바 340, 356~357, 394, 447, 451
판탈롱 77, 256, 453~455
페랴지 193, 341, 351, 353, 356
포르트 342
포르피리 354, 450
포야스 342, 355~356, 424
프록코트 76~77, 282, 369, 453
플라토크 257~258, 350, 394, 424, 438
피드좌크 380
핀좌크 380
할라트 89, 367~370, 372~380, 382, 384, 386, 389, 391~394, 441
햄릿 284, 288, 290~292
헝가리 의복 359

**작품 및 서명**

「눈보라」 373, 423
『니콘 연대기』 348
『도모스트로이』 139, 431
「돈키호테와 햄릿」 288
『동시대인』 143, 145, 202, 299, 323, 419, 432
『러시아의 얼굴』 50
「무무」 39, 419
『벚꽃 동산』 320
『벨킨 이야기』 76, 108, 373, 423
「상자 속에 든 사나이」 288
「세 죽음」 266
「소피야」 272
『아버지와 아들』 8, 264, 290, 320, 434
『악령』 422
『오블로모프』 369
『유럽통보』 299
『이고리 원정기』 346
『이콘과 도끼』 238
「자이초보」 440
『전쟁과 평화』 276, 418
『죽은 혼』 261, 326, 332
「진흙탕」 440
「페쉬키」 433, 442
『페테르부르크에서 모스크바로의 여행』 23, 37, 55, 272, 433, 442

**지은이** 김상현

한국외국어대학교 노어과와 동대학원 노어과를 졸업했고, 미국 캔자스대학에서 「푸시킨의 『벨킨 이야기』의 주제론적 통일성 연구: 형식주의와 구조주의의 이론적 관점의 경계를 넘어」라는 논문으로 박사학위를 받았다. 현재 성균관대학교 러시아어문학과 교수로 있다.
푸시킨, 고골, 투르게네프, 톨스토이, 도스토옙스키 등 19세기 주요 산문 작가들에 대한 문학 논문을 비롯해, 러시아 민속·역사·문화 정체성 등에 대한 다양한 논문들을 발표해왔다. 주요 저서로 『러시아 전통 혼례 문화』와 『소비에트 러시아의 민속과 사회 이야기』가 있으며, 게오르기 페도토프의 『러시아 종교사상사 1: 키예프 루시 시대의 기독교』와 사바 드미트리예비치 푸를렙스키의 『러시아인의 삶, 농노의 수기로 읽다』를 우리말로 옮겼다.

자유학예
artes liberales 01

러시아 문화의 풍경들
러시아성과 문화 텍스트

1판 1쇄 인쇄 2017년 10월 30일
1판 1쇄 발행 2017년 11월 10일

지 은 이 김상현
펴 낸 이 정규상
책임편집 현상철
편 집 신철호·구남희
마 케 팅 박정수·김지현

펴 낸 곳 성균관대학교 출판부
주 소 03063 서울특별시 종로구 성균관로 25-2
등 록 1975년 5월 21일 제1975-9호
전 화 02)760-1252~4
팩시밀리 02)762-7452
홈페이지 http://press.skku.edu

ISBN 979-11-5550-247-1 93890
값 30,000원

* 잘못된 책은 구입한 곳에서 교환해 드립니다.